Stefan Zweig

Liebesgeschichten

Fischer Taschenbuch Verlag

FSC
www.fsc.org
MIX
Papier aus verantwortungsvollen Quellen
FSC® C083411

Veröffentlicht im Fischer Taschenbuch Verlag,
ein Unternehmen der S. Fischer Verlag GmbH,
Frankfurt am Main, November 2011

Satz: pagina GmbH, Tübingen
Druck und Bindung: CPI – Clausen & Bosse, Leck
Printed in Germany

Unsere Adressen im Internet:
www.fischerverlage.de
www.fischer-klassik.de
ISBN 978-3-596-90369-6

Inhalt

Sommernovellette

Den Augustmonat des vergangenen Sommers verbrachte ich in Cadenabbia, einem jener kleinen Orte am Comer See, die dort zwischen weißen Villen und dunklem Wald so reizvoll sich bergen. Still und friedsam wohl auch in den lebendigeren Tagen des Frühlings, wenn die Reisenden von Bellagio und Menaggio den schmalen Strand beschwärmen, war das Städtchen in diesen warmen Wochen eine duftende, sonnenbeglänzte Einsamkeit. Das Hotel war fast ganz verlassen: ein paar versprengte Gäste, jeder dem andern durch die Tatsache merkwürdig, sich so verlorene Stelle zum Sommeraufenthalt erwählt zu haben, wunderten sich jeden Morgen, den andern noch standhaft zu finden. Am erstaunlichsten war dies mir bei einem älteren, sehr vornehmen und kultivierten Herrn, der – dem Aussehen nach ein Mitteltypus zwischen korrektem englischem Staatsmann und einem Pariser Coureur –, ohne zu irgendwelchem Seesport Zuflucht zu nehmen, den Tag damit verbrachte, den Rauch von Zigaretten sinnend vor sich in der Luft zergehen zu sehen oder ab und zu in einem Buche zu blättern. Die drückende Einsamkeit zweier Regentage und sein offenes Entgegenkommen gaben unserer Bekanntschaft rasch eine Herzlichkeit, die der Jahre Ungleichheit fast ganz überbrückte. Livländer von Geburt, in Frankreich und später in England erzogen, berufslos seit je, ohne ständigen Aufenthalt seit Jahren, war er heimatlos in dem edlen Sinne derer, die, Wikinger und Piraten der Schönheit, aller Städte Kostbarkeiten im räuberischen Flug in sich versammelt haben. Dilettantisch war er allen Künsten nahe, aber stärker als die Liebe war seine vornehme Verachtung, ihnen zu dienen: er dankte ihnen tausend schöne Stunden, ohne ihnen eine einzige schöpferischer Not gewidmet zu haben. Er lebte eines jener Leben, die überflüssig scheinen, weil sie sich keiner Gemeinsamkeit einketten, weil all der Reichtum, den tausend einzelne kostbare Erlebnisse in ihnen aufgespeichert haben, mit ihrem letzten Atemzug unvererbt zerrinnt.

Davon sprach ich eines Abends zu ihm, als wir nach dem Diner vor dem Hotel saßen und sahen, wie sich der helle See langsam vor unserem Blick verdunkelte. Er lächelte: »Vielleicht haben Sie nicht unrecht. Ich glaube zwar nicht an Erinnerungen: das Erlebte ist erlebt in der Sekunde, da es uns verläßt. Und Dichtung: geht das nicht ebenso zugrunde, zwanzig, fünfzig, hundert Jahre später? Aber ich will Ihnen heute etwas erzählen, wovon ich glaube, daß es eine hübsche Novelle wäre. Kommen Sie! Solche Dinge sprechen sich besser im Gehen.«

So gingen wir den wunderbaren Strandweg entlang, überschattet von den ewigen Zypressen und verworrenen Kastanienbäumen, zwischen deren Gezweige der See unruhig spiegelte. Drüben lag die weiße Wolke Bellagio, sanft getönt von den hinrinnenden Farben der schon gesunkenen Sonne, und hoch, hoch oben über dem dunklen Hügel glänzte, von den Strahlen diamanten umfaßt, die funkelnde Mauerkrone der Villa Serbelloni. Die Wärme war leicht schwülend und doch nicht lastend; wie ein sanfter Frauenarm lehnte sie sich zärtlich an die Schatten und füllte den Atem mit dem Dufte unsichtbarer Blüten.

Er begann: »Ein Geständnis soll den Anfang machen. Ich habe Ihnen bislang verschwiegen, daß ich schon im vergangenen Jahre hier war, hier in Cadenabbia, zur gleichen Jahreszeit und im gleichen Hotel. Das mag Sie wundern, um so mehr als ich Ihnen ja erzählte, daß ich es von je vermied, etwas in meinem Leben zu wiederholen. Aber hören Sie! Es war natürlich ebenso einsam wie diesmal. Der gleiche Herr aus Mailand war hier, der den ganzen Tag Fische fängt, um sie abends wieder loszulassen und am nächsten Morgen wieder einzufangen; es waren zwei alte Engländerinnen da, deren leise vegetative Existenz man kaum bemerkte, ferner ein hübscher junger Bursch mit einem lieben, blassen Mädel, von der ich bis heute noch nicht glaube, daß sie seine Frau war, weil sie sich viel zu herzlich gern zu haben schienen. Schließlich eine deutsche Familie, Norddeutsche vom schärfsten Typus. Eine ältere, semmelblonde, hartknochige Dame mit eckigen, häßlichen Bewegungen, stechenden Stahlaugen und einem wie mit dem Messer geschnittenen scharfen, zänkischen Mund. Mit ihr eine Schwester, unverkennbar, denn es waren die gleichen Züge, nur zergangen, zerfaltet, irgendwie weich geworden, beide stets zusammen und nie doch im Gespräch und immer über die Stickerei gebeugt, in die sie ihre ganze Gedankenlosigkeit zu spinnen schienen, unerbittliche Parzen einer Welt der Langeweile und Beschränktheit. Und zwischen ihnen ein junges, etwa sechzehnjähriges Mädchen, die Tochter einer der beiden, ich weiß nicht, welcher, denn die harte Unfertigkeit ihrer Züge mischte sich schon mit leichter frauenhafter Rundung. Sie war eigentlich unhübsch, zu schlank, unreif, überdies natürlich ungeschickt gekleidet, aber es war etwas Rührendes in ihrer hilflosen Sehnsucht. Ihre Augen waren groß und wohl auch voll dunklen Lichtes, aber sie flüchteten immer verlegen weg, den Glanz in zwinkernde Lichter verflatternd. Auch sie kam immer mit einer Arbeit, aber ihre Hände wurden oft langsam, die Finger schliefen ein, und dann saß sie still, mit einem träumerischen, unbewegten Blick über den See hin. Ich weiß nicht, was mich so merkwürdig an diesem Anblick ergriff. War es der banale und doch so unvermeidliche Gedanke, der einen befällt, wenn man die verblühte Mutter mit der blühenden Tochter sieht, den Schatten hinter der Gestalt, der Gedanke, daß in jeder Wange die Falte, in jedem Lachen die Müdigkeit, in jedem Traume schon die Enttäuschung versteckt wartet? Oder war es diese wilde, eben ausbrechende, ziellose Sehnsucht, die sich überall in ihr verriet, jene einzige, wunderbare Minute im Leben der Mädchen, wo sie den Blick begehrend ins All richten, weil sie das Eine noch nicht haben, an das sie sich dann klammern und an dem sie dann faulend hängen wie Algen am schwimmenden Holz? Es war für mich unendlich packend, sie zu beobachten, den träumerischen, feuchten Blick, die wilde, überschwengliche Art, mit der sie jeden Hund und jede Katze liebkoste, die Unruhe, die sie vielerlei beginnen ließ und nichts zu Ende tun. Und dann die glühende Hast, mit der sie abends die paar elenden Bände der Hotelbibliothek durchjagte oder in den zwei zerlesenen Gedichtbänden blätterte, die sie sich mitgebracht hatte, in ihrem Goethe und Baumbach ... Doch warum lächeln Sie?«

Ich mußte mich entschuldigen: »Es ist nur die Zusammenstellung, Goethe und Baumbach.«

»Ach so! Natürlich, es ist ja komisch. Und doch wieder nicht. Glauben Sie mir, daß es jungen Mädchen in diesem Alter ganz gleichgültig ist, ob sie gute oder schlechte, echte oder verlogene Gedichte lesen. Ihnen sind Verse nur Becher für den Durst, und sie achten nicht auf den Wein, denn der Rausch ist ja schon in ihnen, noch ehe sie getrunken. Und so war dieses Mädchen, so kelchvoll von Sehnsucht, daß sie ihr bis in die Augen glänzte, die Spitzen der Finger über den Tisch zittern ließ und ihrem Gang eine eigene ungelenke und doch wieder beschwingte Art zwischen Flug und Furcht gab. Man sah, daß sie hungerte, mit jemandem zu sprechen, etwas von ihrer Fülle wegzugeben, aber da war niemand, nur Einsamkeit, nur das Klappern der Nadeln rechts und links, die kalten, bedächtigen Blicke der beiden Damen. Ein unendliches Mitleid kam mich an. Und doch, ich konnte mich ihr nicht nähern, denn erstlich, was ist ein bejahrter Mann einem Mädchen in diesem Augenblick, und dann, mein Abscheu vor Familienbekanntschaften und besonders Bekanntschaft ältlicher Bürgerdamen erdrosselte jede Möglichkeit. Da versuchte ich eine merkwürdige Sache. Ich dachte: dies ist ein junges Mädchen, unflügge, unerfahren, das erstemal wohl in Italien, das ja in Deutschland, dank dem Engländer Shakespeare, der nie dort gewesen ist, als das Land der romantischen Liebe gilt, der Romeos, der heimlichen Abenteuer, der fallenden Fächer, blitzenden Dolche, der Masken, Duennas und der zärtlichen Briefe. Sicherlich träumt sie von Abenteuern, und wer kennt Mädchenträume, diese weißen, wehenden Wolken, die ziellos im Blau schweben und so wie die Wolken immer am Abend in heißeren Farben, in Rosa und dann in brennendem Rot erglühen? Nichts wird ihr hier Unwahrscheinlichkeit, Unmöglichkeit dünken. So entschloß ich mich, ihr einen geheimnisvollen Liebhaber zu erfinden.

Und noch am selben Abend schrieb ich einen langen Brief demütiger und respektvoller Zärtlichkeit, voll fremdartiger Andeutungen und ohne Unterschrift. Einen Brief, der nichts verlangte, nichts verhieß, überschwenglich und zurückhaltend zugleich, kurz, einen romantischen Liebesbrief wie aus einem Versstück. Und da ich wußte, daß sie täglich, von ihrer Unrast gejagt, als erste beim Frühstück erschien, faltete ich ihn in die Serviette ein. Der Morgen kam. Ich beobachtete sie vom Garten aus, sah ihre ungläubige Überraschung, ihr jähes Erschrecken, sah die rote Flamme, die über die blassen Wangen schoß und hastig bis tief in die Kehle lief. Sah ihr hilfloses Umblicken, das Zucken, die diebische Bewegung, mit der sie den Brief verbarg, und dann, wie sie unruhig, nervös saß, das Frühstück kaum berührend und schon wegschießend, hinaus, irgendwohin in die schattigen, unbelebten Gänge, das geheimnisvolle Schreiben zu entziffern ... Sie wollten etwas sagen?«

Ich hatte unwillkürlich eine Bewegung gemacht, die ich jetzt erklären mußte. »Ich finde das sehr verwegen. Haben Sie nicht daran gedacht, sie könnte nachforschen, oder das Einfachste, den Kellner fragen, wie der Brief in die Serviette kam? Oder ihn ihrer Mutter zeigen?«

»Natürlich dachte ich daran. Aber hätten Sie das Mädchen gesehen, dieses furchtsame, verschreckte liebe Geschöpf, das sich immer ängstlich umsah, wenn sie einmal etwas lauter gesprochen hatte, dann wäre Ihnen jedes Bedenken verflogen. Es gibt Mädchen, deren Schamhaftigkeit so groß ist, daß Sie mit ihnen das Äußerste wagen können, weil sie so hilflos sind und lieber das Ärgste erdulden, ehe sich mit einem Worte andern anzuvertrauen. Lächelnd sah ich ihr nach und freute mich, wie sehr mein Spiel gelungen war. Da kam sie schon zurück, und ich fühlte mein Blut plötzlich an der Schläfe: das war ein anderes Mädchen, ein anderer Schritt. Sie ging unruhig und verworren heran, eine glühende Welle hatte ihr Gesicht übergossen, und eine süße Verlegenheit machte sie ungelenk. Und so den ganzen Tag. Zu jedem Fenster flog ihr Blick auf, als könnte er dort das Geheimnis fassen, jeden Vorüberschreitenden umkreiste er, und einmal fiel er auch auf mich, der ihm vorsichtig auswich, um sich nicht durch ein Blinken zu verraten; aber in dieser blitzschnellen Sekunde hatte ich ein Feuer der Frage gefühlt, vor dem ich fast erschrak, und wieder nach Jahren empfunden, daß keine Wollust gefährlicher, verlockender und verderbter ist, als jenen ersten Funken in das Auge eines Mädchens zu sprengen. Ich sah sie dann zwischen den beiden sitzen mit schläfrigen Fingern und sah, wie sie manchmal hastig an eine Stelle ihres Kleides griff, von der ich sicher war, daß sie den Brief verbarg. Nun lockte mich das Spiel. Und noch am Abend schrieb ich ihr einen zweiten Brief und so die nächsten folgenden Tage: es wurde mir ein eigener erregender Reiz, die Empfindungen eines verliebten, jungen Menschen in meinen Briefen zu verkörpern, Steigerungen einer Leidenschaft zu erfinden, die nur ersonnen war, es wurde mir ein fesselnder Sport, wie Jäger ihn wohl haben mögen, wenn sie Schlingen legen oder Wild vor ihre Läufe locken. Und so unbeschreiblich, fast schreckhaft war für mich mein eigener Erfolg, daß ich schon dachte abzubrechen, hätte die Versuchung mich nicht so glühend an das begonnene Spiel gefesselt. Eine Leichtigkeit, eine wilde Wirrnis wie von Tanz kam in ihren Gang, eine eigene fiebrige Schönheit brach aus ihren Zügen; ihr Schlaf mußte ein Warten und Wachen auf den Brief des Morgens sein, denn ihr Auge war dunkel in der Frühe verschattet und unstet in seinem Feuer. Sie begann auf sich zu achten, trug Blumen in ihrem Haar, eine wunderbare Zärtlichkeit gegen alle Dinge beschwichtigte ihre Hände, eine stete Frage lag in ihrem Blick, denn sie fühlte aus tausend Kleinigkeiten, die ich in den Briefen verriet, daß der Schreiber ihr nahe sein mußte, ein Ariel, der mit Musik die Lüfte füllt, nahe schwebend, das geheimste Tun belauschend und doch durch seinen Willen unsichtbar. So heiter wurde sie, daß selbst den beiden stumpfen Damen die Wandlung nicht entging, denn manchmal ließen sie gütig-neugierig ihren Blick an der eilenden Gestalt und an den aufknospenden Wangen haften, um sich dann mit verstohlenem Lächeln anzusehen. Ihre Stimme bekam Klang, wurde lauter, heller, verwegener, und an ihrer Kehle zitterte oft ein Zucken und Schwellen, als wollte plötzlich Gesang in jubelnden Trillern aufsteigen, als wäre ... Aber Sie lächeln schon wieder!«

»Nein, nein, bitte, erzählen Sie nur weiter. Ich meine nur, Sie erzählen sehr gut. Sie haben – verzeihen Sie – Talent und würden sicher das so gut erzählen wie einer unserer Novellisten.«

»Damit wollen Sie mir wohl höflich und vorsichtig andeuten, daß ich erzähle wie Ihre deutschen Novellisten, also lyrisch verstiegen, breit, sentimentalisch, langweilig. Ja, ich will kürzer sein! Die Marionette tanzte, und ich zog die Fäden mit überlegter Hand. Um von mir jeden Verdacht abzulenken – denn manchmal fühlte ich, wie sich ihr Blick prüfend an dem meinen anhalten wollte –, hatte ich ihr die Möglichkeit nahe gestellt, daß der Schreiber nicht hier, sondern in einem der nahen Kurplätze wohne und täglich im Boot oder mit dem Dampfer herüberkäme. Und nun sah ich sie immer, wenn die Glocke des nahenden Schiffes klang, unter einem Vorwand der mütterlichen Wacht entgleiten, wegstürmen und von einem Winkel des Piers die Ankommenden mit angehaltenem Atem mustern.

Und da geschah es einmal – es war ein trüber Nachmittag, und ich wußte nichts Besseres, als sie zu beobachten –, daß etwas sehr Merkwürdiges sich ereignete. Unter den Passagieren war ein hübscher junger Mann, mit jener extravaganten Eleganz der italienischen jungen Leute gekleidet, und wie er suchend den Ort überflog, fiel ihm voll der verzweifelt suchende, fragende, saugende Blick des jungen Mädchens ins Auge. Und sofort überstürzte, das leise Lächeln wild überflutend, die rote Welle der Scham ihr Gesicht. Der junge Mann stutzte, wurde aufmerksam – wie ja leicht verständlich ist, wenn man einen so heißen Blick voll tausend ungesagter Dinge zugeworfen empfängt –, lächelte und suchte ihr zu folgen. Sie flüchtete, stockte in der Sicherheit, daß es der lang Gesuchte war, eilte wieder weiter und sah sich doch wieder um, es war jenes ewige Spiel zwischen Wollen und Fürchten, Sehnsucht und Scham, in dem doch immer die süße Schwäche die Stärkere ist. Er, sichtlich ermutigt, wenn auch überrascht, eilte nach und war ihr schon nahe, und ich fühlte mit Erschrecken, wie sich alles zu einem beängstigenden Chaos verwirren müsse – da kamen die beiden Damen den Weg entlang. Das Mädchen flog ihnen wie ein scheuer Vogel entgegen, der junge Mann zog sich vorsichtig zurück, aber noch trafen sich im Rückwenden einmal ihre Blicke, um sich fieberhaft ineinanderzusaugen. Dieses Ereignis mahnte mich zuerst, dem Spiel ein Ende zu machen, aber doch die Verlockung war zu stark, und ich entschloß mich, diesen Zufall als willigen Gehilfen zu wählen, und schrieb ihr am Abend einen ungewöhnlich langen Brief, der ihre Vermutung bestätigen mußte. Es reizte mich, nun mit zwei Personen zu agieren.

Am nächsten Morgen erschreckte mich die zitternde Verwirrung in ihren Zügen. Die schöne Unrast war einer mir unverständlichen Nervosität gewichen, ihre Augen waren feucht und gerötet wie von Tränen, ein Schmerz schien sie im Tiefsten zu durchdringen. All ihr Schweigen schien nach einem wilden Schrei zu drängen, Dunkel lag um ihre Stirne, eine düstere herbe Verzweiflung in ihren Blicken, während ich gerade diesmal klare Freude erwartet hatte. Mir wurde bange. Zum erstenmal drängte sich etwas Fremdes ein, die Marionette gehorchte nicht und tanzte anders, als ich wollte. Ich grübelte nach allen Möglichkeiten und fand keine. Mir begann angst zu werden vor meinem Spiel, und ich kehrte nicht vor abends heim, um der Anklage in ihren Blicken zu entweichen. Als ich heimkam, verstand ich alles. Der Tisch war nicht mehr gedeckt, die Familie war abgereist. Sie hatte fort müssen, ohne ihm ein Wort sagen zu können, und konnte den Ihren nicht verraten, wie sehr ihr Herz noch an einem einzigen Tage, an einer Stunde hing, sie war fortgeschleppt worden aus einem süßen Traum in irgendeine klägliche Kleinstadt. Daran hatte ich vergessen. Und ich fühle jetzt noch wie eine Anklage diesen letzten Blick, diese furchtbare Gewalt von Zorn, Qual, Verzweiflung und bitterstem Weh, das ich, wer weiß wie weit, in ihr Leben hineingeschleudert habe.«

Er schwieg. Mit uns war die Nacht gegangen, und von dem durch Gewölk verhangenen Mond ging ein eigentümlich klirrendes Licht aus. Zwischen den Bäumen schienen Funken und Sterne zu hängen und die bleiche Fläche des Sees. Wir gingen wortlos weiter. Endlich brach mein Begleiter das Schweigen. »Das war die Geschichte. Wäre es nicht eine Novelle?«

»Ich weiß nicht. Es ist jedenfalls eine Geschichte, die ich mit den anderen mir bewahren will, für die ich Ihnen schon dankbar sein muß. Aber eine Novelle? Ein schöner Einsatz, der mich verlocken könnte, vielleicht. Denn diese Menschen, sie streifen sich nur, sie beherrschen sich nicht ganz, es sind Ansätze zu Schicksalen, aber kein Schicksal. Man müßte sie zu Ende dichten.«

»Ich verstehe, was Sie meinen. Das Leben des jungen Mädchens, die Heimkehr in die Kleinstadt, die furchtbare Tragik der Alltäglichkeit ...«

»Nein, nicht das so sehr. Das junge Mädchen interessiert mich weiter nicht. Junge Mädchen sind immer uninteresssant, so merkwürdig sie sich auch selbst dünken, weil ihre ganzen Erlebnisse nur negative und darum zu ähnliche sind. Das Mädchen in diesem Falle heiratet, wenn ihre Zeit gekommen ist, den braven Bürgersmann daheim, und diese Affäre bleibt das blühende Blatt ihrer Erinnerungen. Das Mädchen interessiert mich nicht weiter.«

»Das ist merkwürdig. Ich wieder weiß nicht, was Sie an dem jungen Mann finden können. Solche Blicke, dieses Feuer im Vorübersprühen, fängt jeder in seiner Jugend, die meisten bemerken es gar nicht, die anderen vergessen rasch daran. Man muß alt werden, um zu wissen, daß gerade dies vielleicht das

Edelste und Tiefste ist, das man empfängt, das heiligste Vorrecht der Jugend.«

»Es ist auch gar nicht der junge Mann, der mich interessiert ...«

»Sondern?«

»Ich würde den älteren Herrn, den Briefschreiber, umformen, ihn zu Ende dichten. Ich glaube, in keinem Alter schreibt man ungestraft feurige Briefe und träumt sich in die Gefühle einer Liebe hinein. Ich würde darzustellen versuchen, wie aus dem Spiele Ernst wird, wie er das Spiel zu beherrschen glaubt, da das Spiel schon ihn beherrscht. Die erwachende Schönheit des Mädchens, die er als Beobachter nur zu sehen vermeint, reizt und faßt ihn tiefer. Und der Augenblick, da ihm plötzlich alles entgleitet, gibt ihm eine wilde Sehnsucht nach dem Spiel und – dem Spielzeug. Mich würde jene Umkehr in der Liebe reizen, die die Leidenschaft eines alten Mannes der eines Knaben sehr ähnlich machen muß, weil beide sich nicht ganz vollwertig fühlen, ich würde ihm das Bangen und die Erwartung geben. Ich ließe ihn unstet werden, ihr nachreisen, um sie zu sehen, und doch im letzten Augenblick sich nicht in ihre Nähe wagen, ich ließe ihn an denselben Ort wieder zurückkommen in der Hoffnung, sie wiederzusehen, den Zufall zu beschwören, der dann immer grausam ist. In dieser Linie würde ich mir die Novelle denken, und sie wäre dann ...«

»Verlogen, falsch, unmöglich!«

Ich schrak auf. Die Stimme fuhr hart, heiser zitternd und fast drohend in meine Worte. Nie hatte ich bei meinem Begleiter eine solche Erregung gesehen. Blitzschnell ahnte ich, woran ich unbedachtsam getastet hatte. Und wie er so hastig stehen blieb, sah ich, peinlich berührt, sein weißes Haar schimmern.

Ich wollte rasch ablenken, umbiegen. Aber da sprach er schon wieder, und jetzt ganz herzlich und dunkelweich mit seiner ruhenden tiefen Stimme, die von leiser Melancholie schön getönt war. »Oder Sie mögen recht haben. Es ist ja viel interessanter, ›*L'amour coûte cher aux vieillards*‹, so hat, glaube ich, Balzac eine seiner rührendsten Geschichten genannt, und es ließen sich noch viele zu dem Titel schreiben. Aber die alten Leute, die davon das Heimlichste wissen, erzählen nur gern von ihren Erfolgen und nicht von ihren Schwächen. Sie fürchten lächerlich zu sein in Dingen, die doch nur irgendwie der Pendelschlag des Ewigen sind. Glauben Sie wirklich, daß es ein Zufall war, daß gerade jene Kapitel der Memoiren des Casanova ›verlorengegangen‹ sind, wo er altert, wo aus dem Hahn ein Hahnrei, aus dem Betrüger der Betrogene wird? Vielleicht wurde ihm nur die Hand zu schwer und das Herz zu eng.«

Er bot mir die Hand. Nun war seine Stimme wieder ganz kühl, ruhig und unbewegt. »Gute Nacht! Ich sehe, es ist gefährlich, jungen Leuten in Sommernächten Geschichten zu erzählen. Das gibt leicht törichte Gedanken und allerhand unnötige Träume. Gute Nacht!«

Und er ging mit seinen elastischen, aber doch von den Jahren schon verlangsamten Schritten ins Dunkel zurück. Es war schon spät. Aber die Müdigkeit, die sonst von der Wärme der weichen Nächte mich früh befing, war heute zerstreut durch die Erregung, die im Blute aufklingt, wenn einem Seltsames widerfährt oder wenn man Fremdes für einen Augenblick wie Eigenes erlebt. So ging ich den stilldunklen Weg entlang bis zur Villa Carlotta, die mit marmorner Treppe in den See niedersteigt, und setzte mich auf die kühlen Stufen. Wunderbar war die Nacht. Die Lichter von Bellagio, die früher nahe wie Leuchtkäfer zwischen den Bäumen funkelten, schienen nun unendlich ferne über dem Wasser, und langsam fielen sie, eins nach dem anderen, in das schwere Dunkel zurück. Schweigsam lag der See, blank wie ein schwarzer Edelstein und doch von wirrem Feuer an den Kanten. Und wie weiße Hände zu hellen Tasten, so griffen die plätschernden Wellen mit leisem Schwall die Stufen auf und nieder. Endlos hoch schien die bleiche Himmelsferne, auf der Tausender Sterne Funkeln war. Ruhevoll, in blitzendem Schweigen standen sie: nur manchmal löste sich einer aus dem demantenen Reigen jäh los und stürzte in die Sommernacht hinein; hinein in das Dunkel, in Täler, Schluchten, Berge oder ferne Wasser, ahnungslos und von blinder Kraft geschleudert wie ein Leben in die jähe Tiefe unbekannter Geschicke.

Die spät bezahlte Schuld

Dear old Ellen,

Du wirst, ich weiß es, verwundert sein, von mir nach so langen Jahren einen Brief zu erhalten; es mögen fünf oder vielleicht gar sechs Jahre sein, seitdem ich Dir zum letztenmal geschrieben habe. Ich glaube, es war ein Glückwunsch, als Deine jüngste Tochter sich verheiratete. Diesmal ist der Anlaß nicht so feierlich, und vielleicht scheint Dir sogar mein Bedürfnis sonderbar, gerade Dich zum Vertrauten einer merkwürdigen Begegnung zu machen. Aber das, was mir vor wenigen Tagen begegnet ist, kann ich nur Dir erzählen. Nur Du allein kannst es verstehen.

Unwillkürlich stockt mir die Feder, indem ich dies hinschreibe. Ich muß selbst ein wenig lächeln. Haben wir nicht genau dasselbe »Nur Du kannst das verstehen« uns tausendmal als fünfzehnjährige, als sechzehnjährige unflügge, aufgeregte Mädchen auf der Schulbank oder auf dem Nachhauseweg gegenseitig gesagt, wenn wir uns unsere kindischen Geheimnisse anvertrauten? Und haben wir uns nicht damals in unserer grünen Zeit feierlich zugeschworen, uns alles in jeder Einzelheit zu berichten, was einen gewissen Menschen betrifft? All das liegt heute mehr als ein Vierteljahrhundert weit, aber was einmal beschworen ist, möge bestehen bleiben. Du sollst sehen, ich halte getreulich, wenn auch verspätet, mein Wort.

Die ganze Sache kam so. Ich hatte in diesem Jahr eine schwere und angestrengte Zeit hinter mir. Mein Mann war als Chefarzt an das große Hospital nach R. versetzt worden, ich mußte allein die ganze Übersiedlung durchführen, zwischendurch reiste mein Schwiegersohn mit seiner Frau geschäftlich nach Brasilien und ließ uns die drei Kinder im Haus, die prompt Scharlach bekamen, eins nach dem andern, und ich mußte sie pflegen ... Und noch war das letzte nicht aufgestanden, so starb die Mutter meines Mannes. Alles das ging quer durcheinander. Ich meinte zuerst, diesen wilden Betrieb tapfer getragen zu haben, aber irgendwie mußte er mich doch mehr hergenommen haben, als ich wußte, denn eines Tages sagte mein Mann zu mir, nachdem er mich lange schweigend angesehen: »Ich glaube, Margaret, Du solltest jetzt, nachdem die Kinder wieder glücklich gesund sind, selbst etwas für Deine Gesundheit tun. Du siehst übermüdet aus und hast Dich auch gründlich übernommen. Zwei, drei Wochen am Land in irgendeinem Sanatorium und Du bist wieder auf dem Damm.«

Mein Mann hatte recht. Ich war sehr erschöpft, mehr als ich mir zugestand. Ich spürte es daran, daß manchmal, wenn Leute kamen – und wir mußten schrecklich viel repräsentieren und Besuche machen, seit mein Mann hier die Stellung übernommen hatte –, nach einer Stunde nicht mehr recht zuhören konnte, wenn sie sprachen, daß ich oft und öfter im Haushalt das Allereinfachste vergaß und mir morgens Gewalt antun mußte, um aufzustehen. Mit seinem klaren, ärztlich geschulten Blick mußte mein Mann diese körperliche und auch seelische Übermüdung richtig konstatiert haben. Mir fehlten wirklich nichts als vierzehn Tage Erholung. Vierzehn Tage ohne an die Küche, die Wäsche, an Besuche, an den täglichen Betrieb zu denken, vierzehn Tage Alleinsein, sein eigenes Ich sein und nicht nur immer Mutter, Großmutter, Hausvorstand und Chefarztsgattin. Zufällig hatte meine verwitwete Schwester gerade Zeit, zu uns herüberzukommen; so war für meine Abwesenheit alles vorgesorgt, und ich hatte weiter keine Bedenken, dem Ratschlag meines Mannes zu folgen und zum erstenmal seit fünfundzwanzig Jahren allein von Hause wegzugehen. Ja, ich freute mich sogar im voraus mit einer gewissen Ungeduld der neuen Frische entgegen, die mir dieses Ausspannen gewähren sollte. Nur in einem Punkte lehnte ich den Vorschlag meines Mannes ab, nämlich die Erholung in einem Sanatorium zu suchen, obwohl er schon vorsorglich eines ausgewählt hatte, mit dessen Besitzer er von Jugend auf befreundet war. Denn dort waren wieder Menschen, Bekannte, dort hieß es weiter höflich und umgänglich sein. Aber ich wollte nichts als mit mir allein sein, vierzehn Tage mit Büchern, mit Spazierengehen, Träumereien und langem ungestörten Schlaf, vierzehn Tage ohne Telephon und ohne Radio, vierzehn Tage Schweigen, vierzehn Tage ungestörtes eigenes Ich, wenn ich so sagen darf. Unbewußt hatte ich mich seit Jahren nach nichts so sehr gesehnt als nach diesem vollkommenen Ausschweigen und Ausruhen.

Nun erinnerte ich mich aus den ersten Jahren meiner Ehe, von Bozen, wo mein Mann damals als Hilfsarzt praktizierte, einmal drei Stunden zu einem kleinen verlorenen Dorf hoch in den Bergen hinaufgewandert zu sein. Dort stand an dem winzigen Marktplatz gegenüber der Kirche eines jener ländlichen Wirtshäuser jener Art, wie sie in Tirol häufig zu finden sind, zu ebener Erde in breiten wuchtigen Steinen gequadert, das erste Stockwerk unter dem breiten überhängenden hölzernen Dach mit einer geräumigen Veranda und das ganze umsponnen mit Weinlaub, das damals im Herbst wie ein rotes und doch kühlendes Feuer das ganze Haus umglühte. Zur rechten und zur linken duckten sich wie getreue Hunde kleine Häuschen und breite Scheunen, das Haus selbst aber stand mit offener Brust frei unter den weichen wehenden Wolken des Herbstes und sah hinüber in das endlose Panorama der Berge.

Vor diesem kleinen Wirtshaus war ich damals sehnsüchtig und fast verzaubert gestanden. Du kennst das gewiß, daß man von der Eisenbahn aus oder auf einer Wanderung ein Haus sieht, und plötzlich faßt einen der Gedanke an: ach, warum lebt man nicht hier? Hier könnte man glücklich sein. Ich glaube, jeden Menschen überkommt manchmal dieser Gedanke, und wo man einmal ein Haus lange angeblickt hat mit dem heimlichen Wunsch, hier könnte man glücklich sein, dort prägt sich das sinnliche Bild mit jeder Linie dem Gedächtnis ein. Jahrelang erinnerte ich mich noch an die roten und gelben Blumenstöcke vor den Fenstern und an die Holzgalerie an dem ersten Stock, wo damals wie bunte Fahnen die Hauswäsche flatterte, und an die gemalten Fensterläden, gelb auf blauem Grund, in die kleine Herzen in der Mitte eingeschnitten waren, und an den First auf dem Giebel mit dem Storchennest. Manchmal, in einer Unruhe des Herzens, fiel mir dieses Haus ein. Dorthin für einen Tag, dachte ich in jener träumerischen und halb unbewußten Weise, wie man an Unmögliches denkt. War nicht jetzt die beste Gelegenheit, diesen alten und fast schon verschollenen Wunsch zu erfüllen? War nicht gerade dies das Richtige für übermüdete Nerven, dies bunte Haus auf dem Berg, dies Wirtshaus ohne all die lästigen Bequemlichkeiten unserer Welt, ohne Telephon, ohne Radio, ohne Besucher und Formalitäten? Schon während ich es nur mir wieder in die Erinnerung zurückrief, meinte ich den starken, würzigen Duft der Bergluft einzuatmen und das ferne Klingen der ländlichen Kuhglocken zu hören. Schon im Erinnern war ein erstes neues Mutfassen und Gesunden. Es war einer jener Einfälle, die uns ganz ohne Ursache zu überraschen scheinen, aber in Wirklichkeit nur Emanationen lang verhaltener und unterirdisch wartender Wünsche sind. Mein Mann, der nicht wußte, wie oft ich von diesem, vor Jahren einmal gesehenen Häuschen geträumt, lächelte zuerst ein wenig, aber sprach mir zu, dort anzufragen. Die Leute antworteten, alle drei Gastzimmer stünden leer und ich könnte wählen, welches ich wollte. Um so besser, dachte ich: keine Nachbarn, keine Gespräche, und fuhr mit dem nächsten Nachtzug. Am nächsten Morgen brachte mich ein kleiner ländlicher Einspänner mit meinem schmalen Koffer in langsamem Trott den Berg hinauf.

Ich fand alles so vortrefflich, wie ich es nur wünschen konnte. Das Zimmer leuchtete blank mit seinen einfachen Möbeln aus hellem Zirbelholz, von der Veranda, die mir durch die Abwesenheit jedweder Gäste allein zugedacht war, ging die Aussicht in die unendliche Ferne. Ein Blick in die blankgescheuerte, blitzend saubere Küche zeigte mir als erfahrener Hausfrau, daß ich hier auf das Beste versorgt sein würde. Nochmals bestätigte mir die Wirtin, eine hagere, freundliche, grauhaarige Tirolerin, daß ich keinerlei Störung oder Belästigung durch Besucher zu befürchten hätte. Jeden Abend nach sieben kämen freilich der Amtsschreiber, der Gendarmeriekommandant und ein paar andere Nachbarn ins Wirtshaus, um ihren Wein zu trinken, Karten zu spielen und zu plaudern. Aber das seien alles stille Leute, und um elf Uhr gingen sie wieder ihres Weges. Sonntags nach der Kirche und vielleicht auch nachmittags ginge es etwas redseliger zu, weil da von den Halden und Höfen die Bauern herüberkämen. Aber ich würde kaum etwas davon bis in mein Zimmer hören.

Der Tag leuchtete zu schön, als daß es mich lange in meinem Zimmer gehalten hätte. Ich packte die paar Sachen aus, die ich mitgebracht hatte, ließ mir ein Stück guten braunen Landbrots und paar Scheiben kaltes Fleisch mitgeben und wanderte los über die Wiesen, höher und höher. Alles lag frei vor mir, das Tal mit seinem schäumenden Fluß, der Kranz der Firnen, frei wie ich selbst. Ich spürte die Sonne bis in die Poren und ging und ging und ging, eine Stunde, zwei Stunden, drei Stunden lang bis zu der höchsten der Alpenwiesen. Dort streckte ich mich hin in das weiche, warme Moos und spürte, wie mit dem Summen der Bienen, dem leichten und rhythmischen Sausen des Winds eine große Ruhe über mich kam, die Ruhe, nach der ich so lange mich gesehnt. Ich schloß wohlig die Augen und geriet ins Träumen und merkte es gar nicht, daß und wann ich einschlief. Ich wachte erst durch ein Gefühl der Kälte in meinen Gliedern auf. Es war nahezu Abend, und ich mußte fünf Stunden geschlafen haben. Nun wußte ich erst, wie müde ich gewesen. Aber die Frische war schon in meinen Nerven, in meinem Blut. Mit starken, festen, beschwingten Schritten ging ich zwei Stunden den Weg nach dem kleinen Wirtshaus zurück.

Vor der Türe stand schon die Wirtin. Sie war ein wenig beunruhigt gewesen, ob ich mich nicht etwas verloren hätte und bot mir an, gleich das Abendessen zu bereiten. Ich war herzhaft hungrig, so hungrig wie ich mich nicht erinnern konnte, seit

Jahren gewesen zu sein, und folgte ihr gern in die kleine Wirtsstube. Es war ein dunkler, niederer Raum, holzgetäfelt und behaglich mit seinen rot und blau karierten Tischtüchern, den Gemsenkrucken und gekreuzten Gewehren an der Wand. Und obwohl der mächtige blaue Kachelofen an diesem warmen Herbsttage nicht geheizt war, strömte eine behagliche eingewohnte Wärme von dem Raume aus. Auch die Gäste gefielen mir. An einem der vier Tische saßen der Gendarmerieoffizier, der Finanzer, der Amtsschreiber bei einer Kartenpartie zusammen, jeder sein Glas Bier neben sich. An dem andern lümmelten, die Ellbogen aufgestützt, ein paar Bauern mit dunkelgebräunten markigen Gesichtern. Wie alle Tiroler sprachen sie wenig und sogen nur an ihren langstieligen Porzellanpfeifen. Man sah ihnen an, daß sie tagsüber hart gearbeitet hatten und eigentlich nur ausruhten, zu müde, um zu denken, zu müde, um zu sprechen, brave, rechtliche Leute, in deren holzschnittharte Gesichter zu schauen dem Blick wohltat. Am dritten Tisch saßen ein paar Fuhrwerker und tranken mit kleinen Zügen ihren starken Kornschnaps, müde auch sie und gleichfalls still. Der vierte Tisch war für mich gedeckt und wurde bald belastet mit einem Rostbraten so riesigen Formats, daß ich ihn ansonsten nicht zur Hälfte bewältigt hätte, ohne den zehrenden, gesunden Hunger, den ich mir in der frischen Bergluft angegangen.

Ich hatte mir ein Buch von meinem Zimmer heruntergeholt, um zu lesen, aber es war so wohlig, hier zu sitzen in dieser stillen Stube unter freundlichen Menschen, deren Nähe nicht bedrückte und nicht belastete. Manchmal ging die Tür, ein blondhaariges Kind kam und holte einen Krug Bier für die Eltern, ein Bauer trat im Vorübergehen ein und leerte ein Glas an dem Schanktisch. Eine Frau kam, um leise mit der Wirtin zu plaudern, die am Schanktisch die Strümpfe ihrer Kinder oder Enkel stopfte. Es war ein wunderbar stiller Rhythmus in all diesem Kommen und Gehen, der den Blick beschäftigte und das Herz nicht belastete, und ich fühlte mich wunderbar wohl in dieser behaglichen Atmosphäre.

So hatte ich eine Zeitlang gesessen, träumerisch und gedankenlos, als sich – es mochte etwa neun Uhr sein – wiederum die Türe öffnete, aber diesmal nicht in der langsamen, behäbigen Art der andern Bauern. Sie wurde plötzlich breit aufgestoßen, und der Mann, der eintrat, blieb, statt sie sofort zu schließen, einen Augenblick breit auf der Schwelle stehen, als wäre er noch nicht ganz entschlossen, ob er eintreten solle. Dann erst warf er, viel lauter als die andern, die Tür ins Schloß, blickte nach allen Seiten und grüßte mit einem tiefen und tönenden »Grüß Gott allesamt, meine Herren.« Mir fiel sofort dieser etwas künstliche und unbäurische Gruß auf. In einem Tiroler Dorfwirtshaus pflegte man sich nicht mit dem städtischen »Meine Herren« zu begrüßen, und in der Tat schien auch jene pompöse Ansprache bei den Insassen der Wirtsstube wenig Begeisterung zu erwekken. Niemand schaute auf, die Wirtin stopfte ruhig weiter an den grauen Wollsocken, nur vom Tisch der Kutscher knurrte einer leise ein gleichgültiges »Grüß Gott« zurück, das im Tonfall ebenso sagen konnte: »Hol dich der Teufel.« Niemanden schien das Sonderbare dieses sonderbaren Gastes zu verwundern, aber der Fremde ließ sich durch diesen unfreundlichen Empfang keineswegs verwirren. Langsam und gravitätisch hing er seinen etwas zu breiten und gar nicht bäurischen Hut mit der abgegriffenen Krempe an eine der Gemskrucken und blickte dann von Tisch zu Tisch, unschlüssig, an welchem er Platz nehmen sollte. Von keinem kam ein Wort der Aufforderung. Die drei Spieler vertieften sich mit merkwürdigem Eifer in ihre Karten, die Bauern auf ihren Bänken machten nicht die geringsten Anstalten, zusammenzurücken, und ich selbst, etwas unbehaglich berührt von diesem merkwürdigen Gebaren und die Gesprächigkeit dieses Fremden befürchtend, schlug eilig mein Buch auf.

So blieb dem Fremden nichts übrig als mit einem auffällig schweren und ungelenken Schritt zum Schanktisch hinzutappen. »Ein Bier, schöne Frau Wirtin, schäumend und frisch«, bestellte er ziemlich laut. Wieder fiel mir dieser merkwürdig pathetische Ton auf. In einem Tiroler Dorfwirtshaus schien mir eine solche gedrechselte Redeweise wenig am Platz, und an der Wirtin, dieser braven alten Großmutter, war nichts, was auch nur im entferntesten ein solches Kompliment rechtfertigen konnte. Wie zu erwarten war, machte diese Ansprache keineswegs besonderen Eindruck auf sie. Ohne zu antworten, nahm sie einen der breitgebauchten Krüge aus Steingut, spülte ihn mit Wasser aus, trocknete ihn mit einem Tuch, füllte ihn aus dem Faß und schob ihn – nicht gerade unhöflich, aber doch völlig gleichgültig – dem Gast über den Schanktisch zu.

Da über ihm, gerade vor dem Schanktisch die runde Petroleumlampe an ihren Ketten schwebte, hatte ich Gelegenheit, mir diesen merkwürdigen Gast besser anzusehen. Er mochte etwa fünfundsechzig Jahre alt sein, war stark beleibt, und mit der Erfahrung, die ich als Arztgattin immerhin gewonnen hatte, erkannte ich sofort, was die Ursache des schlurfenden und schwerfälligen Ganges war, der mir schon bei seinem Eintreten aufgefallen war. Ein Schlagfluß mußte die eine Körperseite leicht gelähmt haben, denn auch sein Mund war nach dieser Seite hin schief verzogen, und über dem linken Auge hing das Lid sichtlich tiefer und schlaffer herab, was seinem Gesicht einen verzerrten und bitteren Zug aufprägte. Seine Kleidung war absonderlich für ein Gebirgsdorf; er trug statt der ländlichen, bäurischen Joppe und der üblichen Lederhose gelbe schlottrige Pantalons, die einmal weiß gewesen sein mochten, sowie einen Rock, der ihm offenbar seit Jahren zu eng geworden war und an den Ellbogen gefährlich glänzte; die Krawatte, unordentlich gebunden, hing wie ein schwarzer Strick nieder von dem schwammigen und verdickten Hals. Etwas Heruntergekommenes war in seinem ganzen Aufzug, und doch war es möglich, daß dieser Mann einmal stattlich gewirkt haben mochte. Die Stirn, rund und hochgewölbt, weiß und wirr überlodert vom dichten Haar, hatte etwas Gebietendes, aber knapp unter den buschigen Augenbrauen begann schon der Verfall, verschwommen die Augen unter den geröteten Lidern, schlaff und faltig die Wangen niederfallend in den weichen und verdickten Nacken. Unwillkürlich erinnerte er mich an die Maske eines jener römischen Imperatoren der Spätzeit, die ich einmal in Italien gesehen hatte, an einen jener Kaiser des Untergangs. Ich wußte im ersten Augenblick noch nicht, was es war, das mich so stark zwang, ihn so aufmerksam zu beobachten, aber ich verstand sogleich, daß ich mich hüten mußte, ihm meine Neugier zu zeigen, denn es war offenkundig, daß er schon ungeduldig war, mit irgend jemandem ein Gespräch anzuknüpfen. Es war, als sei es ein Zwang für ihn, zu sprechen. Kaum daß er mit seiner etwas zitternden Hand das Glas gehoben und einen Schluck getan, äußerte er laut: »Ah … prächtig, prächtig«, und blickte um sich. Niemand antwortete ihm. Die Spieler mischten und teilten ihre Karten, die andern schmauchten ihre Pfeifen, alle schienen ihn zu kennen und doch aus irgendeinem mir unbekannten Grunde auf ihn nicht neugierig zu sein.

Schließlich hielt es ihn nicht länger. Er nahm sein Glas Bier und trug es hinüber zum Tisch, wo die Bauern saßen. »Gestatten die Herren etwas Raum für meine alten Knochen.« Die Bauern rückten etwas auf der Bank zusammen und achteten nicht weiter auf ihn. Eine Zeitlang blieb er still, rückte das halbvolle Glas abwechselnd vor und zurück. Wieder sah ich, daß seine Finger dabei zitterten. Schließlich lehnte er sich zurück und begann zu sprechen, und zwar ziemlich laut. Es war eigentlich nicht sichtlich, zu wem er sprach, denn die beiden Bauern neben ihm hatten deutlich ihre Abneigung bekundet, sich mit ihm einzulassen. Er sprach eigentlich für alle. Er sprach – ich spürte das sofort – um zu sprechen und sich sprechen zu hören.

»Das war heute eine Sache«, begann er. »Gut gemeint vom Herrn Grafen, gut gemeint, da läßt sich nichts sagen. Begegnet mir mit seinem Auto auf der Straße und hält an – jawohl, hält eigens an für mich. Er fahre mit den Kindern hinunter nach Bozen ins Kino, und ob ich nicht Lust hätte mitzukommen – ist eben ein vornehmer Mann, ein Mann mit Bildung und Kultur, der Verdienst zu würdigen versteht. Einem solchen Mann darf man nicht nein sagen, man weiß schließlich, was sich gehört. Nun, ich fahr' mit, im Rücksitz natürlich, neben dem Herrn Grafen – ist immerhin eine Ehre mit einem solchen Herrn, und laß' mich von ihm in diese Schattenbude führen, die sie in der Hauptstraße aufgemacht haben, groß aufgemacht mit Reklamen und Lichtern wie für eine Kirchweih. Nun, warum soll man sich's nicht ansehen, was die Herren Engländer oder Amerikaner drüben machen und uns andrehn für teures Geld. Soll ja, so sagen sie, auch eine Kunst sein, diese Kinospielerei. Aber, pfui Teufel« – er spie dabei kräftig aus – »ja, pfui Teufel sage ich, was für einen Dreck ziehn sie da über die Leinwand! Eine Schmach ist das für die Kunst, eine Schmach für die Welt, die einen Shakespeare hat und einen Goethe! Erst kam da so ein farbiger Blödsinn mit bunten Viechern – na, da sag' ich noch nichts, das macht vielleicht Kindern Spaß und tut niemandem Schaden. Aber dann machen sie einen ›Romeo und Julia‹, und das sollte verboten sein, verboten im Namen der Kunst! Wie das nur klingt, die Verse, als ob sie einer aus einem Ofenrohr quäkte, die heiligen Verse Shakespeares, und wie das verzuckert ist und verkitscht! Aufgesprungen wäre ich und davongelaufen, wenn's nicht wegen dem Herrn Graf gewesen wär', der mich eingeladen hatte. So einen Dreck, so einen Dreck zu machen aus dem lautersten Gold! Und unsereins muß leben in so einer Zeit!«

Er faßte das Bierglas, tat einen kräftigen Zug und stellte es so laut zurück, daß es krachte. Seine Stimme war jetzt ganz laut geworden, er schrie beinahe. »Und dazu geben sich die Schauspieler von heut her – für Geld, das verfluchte Geld spucken sie Shakespeareverse in Maschinen und versauen die Kunst. Da lob' ich mir jede Hur' auf der Straße! Vor der letzten hab' ich mehr Respekt als vor diesen Affen, die ihre glatten Gesichter metergroß auf die Plakate picken lassen und sich Millionen scheffeln für das Verbrechen, das sie an der Kunst tun. Die das Wort verstümmeln, das lebendige Wort, und Shakespeareverse in einen Trichter brüllen, statt das Volk zu erziehen und die Jugend zu belehren. Eine moralische Anstalt, so hat Schiller das Theater genannt, aber der gilt ja nicht mehr. Nichts gilt heut mehr, nur das Geld, das verfluchte Geld, und die Reklame, die einer mit sich zu machen versteht. Und wer's nicht verstanden hat, der krepiert. Aber besser krepieren, sag ich, für mich gehört jeder an den Galgen, der sich verkauft an dies verfluchte Hollywood! An den Galgen, an den Galgen!«

Er hatte ganz laut geschrien und mit der Faust auf den Tisch geschlagen. Vom Tisch der Spieler murrte einer herüber: »Zum Teufel, sei doch stad! Man weiß doch selber nicht mehr, was man spielt mit deinem blöden Geschwätz!«

Der alte Mann zuckte auf, als wollte er etwas erwidern. Sein erloschenes Auge blinkte für einen Augenblick stark und heftig, aber dann machte er nur eine verächtliche Bewegung, als ob er sagen wollt, er sei sich zu gut um zu antworten. Die beiden Bauern sogen an ihren Pfeifen, er starrte stumm mit glasigen Augen vor sich hin und schwieg, dumpf und schwer. Man sah, es war nicht das erste Mal, daß er sich zum Schweigen zwang.

Ich war zutiefst erschrocken. Mir bebte das Herz. Etwas erregte mich an diesem gedemütigten Menschen, der, das fühlte ich sofort, einmal etwas Besseres gewesen sein mußte und auf irgendeine Weise – vielleicht durch Trunk – so tief heruntergekommen war. Ich konnte kaum mehr atmen aus Furcht, daß er oder die andern eine heftige Szene beginnen könnten. Schon vom ersten Augenblick an, da er eingetreten war und ich seine Stimme gehört, hatte etwas in ihm – ich wußte nicht was – mich unruhig gemacht. Aber nichts geschah. Er blieb still, sein Kopf senkte sich tiefer herab, er starrte vor sich hin und mir war, als ob er leise für sich etwas murmelte. Niemand achtete auf ihn.

Unterdessen war die Wirtin von ihrem Schanktisch aufgestanden, um etwas aus der Küche zu holen. Ich nützte den Anlaß, um ihr nachzugehen und sie zu fragen, wer das wäre. »Ach«, sagte sie gleichmütig, »der arme Kerl, der wohnt hier im Armenhaus, und ich spendier ihm jeden Abend ein Glas Bier. Er kann sich's nicht selber zahlen. Aber man hat's nicht leicht mit ihm. Er ist früher einmal irgendwo Schauspieler gewesen, und es kränkt ihn halt, daß die Leut' ihm nicht recht glauben, daß er irgend etwas gewesen ist und ihm keine Ehre antun. Manchmal ziehen sie ihn auf und sagen ihm, er solle ihnen etwas vortragen. Und da stellt er sich dann hin und redt stundenlang herunter, lauter Dinge, die kein Mensch versteht. Manchmal schenken sie ihm dann einen Tabak und zahlen ihm noch ein Bier. Manchmal lachen sie ihn aus, und dann wird er immer wild. Man muß halt mit ihm vorsichtig sein. Und dabei tut er keinem etwas. Zwei, drei Maß Bier, wenn man ihm zahlt, dann ist er schon glücklich – ja, er ist halt ein armer Teufel, der alte Peter.«

»Wie, wie heißt er?« fragte ich ganz erschrocken, ohne noch recht zu wissen, warum ich erschrocken war.

»Peter Sturzentaler. Sein Vater war Holzfäller hier im Dorf, und so haben sie ihn aufgenommen ins Armenhaus.«

Du kannt Dir denken, Liebe, warum ich so erschrak. Denn ich verstand sofort das Unausdenkbare. Dieser Peter Sturzentaler, dieser herabgekommene, vertrunkene, gelähmte alte Mann aus dem Armenhaus konnte niemand anderer sein als der Gott unserer Jugend, der Herr unserer Träume; er, der als Peter Sturz, als Schauspieler und erster Liebhaber unseres Stadttheaters für uns der Inbegriff des Hohen und Erhabenen gewesen, er, den wir beide – Du weißt es doch – als Mädchen, als halbe Kinder so wahnwitzig bewundert, so irrwitzig geliebt hatten. Jetzt wußte ich auch, warum gleich beim ersten Wort, das er in der Wirtsstube gesprochen, etwas in mir unruhig geworden war. Ich hatte ihn nicht erkannt – wie hätte ich ihn erkennen können in dieser verfallenen Larve, in dieser Verwandlung und Verwesung – aber in der Stimme war etwas gewesen, was einen Zugang aufsprengte zu der längst verschütteten Erinnerung. Weißt Du noch, wie wir ihn zum erstenmal sahen? Er war von irgendeiner Provinzstadt an unser Stadttheater in Innsbruck engagiert worden, und zufällig erlaubten uns unsere Eltern, zu seiner Antrittsvorstellung zu gehen, weil es ein klassisches Stück war, die ›Sappho‹ von Grillparzer, und er spielte den Phaon, den schönen Jüngling, der Sapphos Herz verwirrt. Aber wie erst ergriff er das unsere, als er auf die Szene trat, griechisch gewandet, den Kranz im vollen dunklen Haar, ein anderer Apoll; noch hatte er kaum die ersten Worte gesprochen, da zitterten wir vor Erregung und hielten einander die Hände. Nie hatten wir in dieser Stadt der kleinen Bürger und Bauern einen Mann wie diesen gesehen, und der kleine Provinzschauspieler, dessen Schminke und Aufmachung wir von der Galerie nicht wahrnehmen konnten, schien uns ein gottgesandtes Sinnbild des Edlen und Erhabenen auf Erden. Unsere kleinen törichten Herzen schlugen in der jungen Brust; wir waren andere, Verzauberte, als wir aus dem Theater gingen, und da wir innige Freundinnen waren und diese Freundschaft nicht gefährden wollten, schworen wir einander, ihn gemeinsam zu lieben, gemeinsam zu verehren, und mit diesem Augenblick begann der Irrwitz. Nichts war uns mehr wichtig als er. Alles was in der Schule, im Haus, in der Stadt geschah, verband sich auf geheimnisvolle Weise mit ihm, alle anderen Dinge schienen uns schal, wir liebten Bücher nicht mehr, und nur in seiner Sprache suchten wir Musik. Ich glaube, daß wir Monate und Monate lang nichts anderes sprachen als von ihm und über ihn. Jeder Tag begann mit ihm; wir huschten die Treppe hinab, um die Zeitung vor den Eltern zu erhaschen, um zu wissen, welche Rolle ihm zugeteilt sei, um die Kritiken zu lesen, und keine war uns begeistert genug. Stand ein unfreundliches Wort über ihn darin, so waren wir verzweifelt, war ein anderer Schauspieler gelobt, so verabscheuten wir ihn. Ach, unsere Narrheiten, es waren zu viele, als daß ich mich des tausendsten Teils heute noch besinnen könnte. Wir wußten, wann er ausging und wohin er ging, wir wußten, mit wem er sprach, und beneideten jeden, der mit ihm die Straße entlangschlendern durfte. Wir kannten die Krawatten, die er trug, und den Stock, wir hatten seine Photographien nicht nur zu Hause versteckt, sondern auch im Umschlag unserer Schulbücher, so daß wir mitten in der Stunde ab und zu einen heimlichen Blick auf ihn werfen konnten; eine eigene Zeichensprache hatten wir erfunden, um während der Schulzeit von Bank zu Bank uns beweisen zu können, daß wir an ihn dachten. Wenn wir den Finger zur Stirn hoben, meinte das: »Ich denke an ihn«, wenn wir Gedichte vorzulesen hatten, sprachen wir unwillkürlich mit seiner Stimme, und noch heute könnte ich manche Stücke, in denen ich ihn damals gesehen habe, nicht anders hören als in seinem Tonfall. Wir warteten auf ihn an dem Bühnenausgang und schlichen hinter ihm her, wir standen in einem Haustor gegenüber dem Kaffeehaus, wo er saß, und sahen endlos zu, wie er die Zeitung las. Aber unsere Verehrung war so groß, daß wir in diesen zwei Jahren nie wagten, ihn anzusprechen oder mit ihm bekannt zu werden. Andere unbefangenere Mädchen, die für ihn schwärmten, bettelten ihn an um Autogramme, ja, sie wagten sogar, ihn auf der Straße zu begrüßen. Nie hätten wir dazu den Mut gehabt. Aber einmal, als er ein Zigarettenende weggeworfen hatte, hoben wir es auf wie ein Heiligtum und teilten es in zwei Teile, Du die eine Hälfte und ich die andere. Und diese kindische Götzendienerei übertrug sich auf alles, was zu ihm Beziehung hatte. Seine alte Haushälterin, die wir sehr beneideten, weil sie ihn bedienen und betreuen durfte, war für uns ein ehrfürchtiges Wesen. Einmal, als sie am Markte einkaufte, boten wir ihr an, ihr den Korb zu tragen und waren glücklich, daß sie uns ein gutes Wort dafür gab. Ach, was für Narrheiten haben wir Kinder nicht getan für ihn, der nichts davon wußte oder ahnte, für diesen Peter Sturz.

Heute mag es für uns, da wir ältliche und darum vernünftige Personen geworden sind, leicht sein, über diese Torheiten verächtlich zu lächeln, als eine bei halbwüchsigen Mädchen ganz übliche Schwärmerei. Und doch kann ich mir nicht verschweigen, daß sie in unserem Fall schon gefährlich geworden war. Ich glaube, unsere Verliebtheit nahm nur deshalb so übertreibliche und absurde Formen an, weil wir dummen Kinder uns geschworen hatten, ihn gemeinsam zu lieben. Dies bedingte, daß eine die andere in ihrer Exaltation überbieten wollte, daß wir uns täglich weiter und weiter trieben und uns immer neue Beweise gegenseitig erfanden, daß wir nicht einen Augenblick an diesen Gott unserer Träume vergaßen. Wir waren nicht wie die anderen Mädchen, die zwischendurch für glatte Jungen schwärmten und einfältige Spiele spielten; für uns war alles Gefühl und alle Begeisterung beschlossen in diesem einen; nur ihm haben alle unsere Gedanken während dieser zwei leidenschaftlichen Jahre gehört. Manchmal wundere ich mich, daß es uns nach dieser frühen Besessenheit später überhaupt noch möglich war, unsere Männer, unsere Kinder mit einer klaren, festen und gesunden Liebe zu lieben und wir nicht schon alle Kraft des Gefühls in diesen unsinnigen Übersteigerungen verbraucht hatten. Aber trotz allem, wir brauchen uns dieser Zeit nicht zu schämen. Denn wir haben dank dieses Menschen doch auch in der Leidenschaft für die Kunst gelebt, und in unserer Narrheit ist doch ein geheimnisvoller Drang nach dem Höheren, Reineren, Besseren gewesen, das nur in seiner Person eine höchst zufällige Personifizierung gewann.

All das schien längst schon so furchtbar ferne, so überwachsen von anderem Leben und anderem Gefühl, und doch, als die Wirtin mir seinen Namen nannte, schrak ich so heftig auf, daß es ein Wunder war, daß sie es nicht bemerkte. Die Überraschung war zu groß, jenen Mann, den wir nur von der Aura der Begeisterung umstrahlt gesehen und als das Sinnbild der Jugend und Schönheit derart fanatisch geliebt hatten, als Bettler, als anonymen Almosenempfänger zu sehen, von groben Bauern verlacht, und schon zu alt und müde, um Scham zu empfinden über seinen Verfall. Unmöglich war es mir, gleich in die Wirtsstube zurückzugehen, ich hätte vielleicht die Tränen nicht verhalten können bei seinem Anblick oder mich sonst irgendwie vor ihm verraten. Ich mußte erst wieder Fassung gewinnen. So ging ich hinauf in mein Zimmer, um mich erst wieder recht zu erinnern, was dieser Mensch meiner Jugend gewesen. Denn so sonderbar ist das menschliche Herz: ich hatte Jahre und Jahre nicht ein einzigesmal mehr mich an diesen Mann erinnert, der einst mein ganzes Denken beherrscht und meine ganze Seele erfüllt hatte.

Ich hätte sterben können und ihm nie mehr nachgefragt, er hätte sterben können und ich es nicht gewußt.

Ich zündete kein Licht an in meinem Zimmer, ich setzte mich ins Dunkle und versuchte mich zu erinnern an das eine, an das andere, an den Anfang und an das Ende, und mit einemmal erlebte ich wieder die ganze alte verlorene Zeit. Mir war, als würde mein eigener Körper, der vor Jahren und Jahren schon Kinder geboren, wieder der schmale, unflügge Mädchenleib und ich sei dieselbe, die damals pochenden Herzens saß auf ihrem Bett vor dem Schlafengehen und an ihn dachte. Unwillkürlich wurden mir die Hände heiß, und dann geschah etwas, über das ich erschrak, etwas was ich Dir kaum schildern kann. Mit einemmal, ich wußte zuerst nicht warum, lief ein Schauer über mich hin. Etwas rüttelte mich durch und durch. Ein Gedanke, ein bestimmter Gedanke, ein bestimmtes Erinnern hatte mich überkommen an etwas, an das ich mich seit Jahren und Jahren nicht hatte erinnern wollen. Schon in der Sekunde, wo die Wirtin seinen Namen genannt hatte, spürte ich, daß etwas in mir drückte und drängte, etwas, an das ich mich nicht erinnern wollte, das ich, wie jener Professor Freud in Wien sagt, »verdrängt hatte« – so tief in mich hinein verdrängt, daß ich es jahrelang wirklich vergessen hatte, eines jener tiefen Geheimnisse, die man trotzig sogar sich selber verschweigt. Auch Dir habe ich dies Geheimnis damals verschwiegen, auch Dir, der ich geschworen hatte, alles zu sagen, was ihn betrifft. Jahrelang hatte ich es vor mir selbst versteckt. Nun war es plötzlich wieder wach und nah, und erst heute, da es an unseren Kindern und bald an unseren Enkeln ist, ihre Torheiten zu begehen, kann ich Dir gestehen, was zwischen mir und diesem Menschen damals geschehen.

Jetzt kann ich es Dir offen sagen, dies innerste Geheimnis. Dieser fremde Mensch, dieser alte, zerbrochene, heruntergekommene kleine Komödiant, der den Bauern für ein Glas Bier jetzt Verse vorsprach und den sie verhöhnten und verlachten, dieser Mann, Ellen, dieser Mann hat eine gefährliche Minute lang mein ganzes Leben in Händen gehabt. Es lag an ihm, es lag in seiner Willkür, und meine Kinder wären nicht geboren, ich wäre heute, ich weiß nicht wo und ich weiß nicht was. Die Frau, die Freundin, die Dir heute schreibt, wäre wahrscheinlich ein unglückliches Wesen und vielleicht ebenso vom Leben zermalmt und zertreten wie er selbst. Halte das bitte nicht für eine Übertreibung. Ich habe damals ja selbst nicht begriffen, wie gefährdet ich war, aber heute sehe und verstehe ich klar, was ich damals nicht verstand. Heute erst weiß ich, wie tief ich diesem fremden, vergessenen Menschen verschuldet war.

Ich will Dir's erzählen, so gut ich's vermag. Du erinnerst Dich, daß damals knapp vor Deinem sechzehnten Jahr Dein Vater plötzlich versetzt wurde aus Innsbruck, und ich sehe Dich noch, wie Du verzweifelt in mein Zimmer stürmtest und schluchztest, Du müßtest mich verlassen, ihn verlassen. Ich weiß nicht, was Dir schwerer war. Fast glaube ich, daß Du ihn nicht mehr sehen durftest, den Gott unserer Jugend, ohne den Dir das Leben kein Leben schien. Damals mußte ich Dir zuschwören, alles Dir zu berichten, was auf ihn sich bezog, jede Woche, nein, jeden Tag einen Brief, ein ganzes Tagebuch, und eine Zeitlang habe ich es auch getreulich getan. Auch für mich war es hart, Dich zu verlieren, denn wem konnte ich mich nun anvertrauen, wem diese Exaltationen berichten, diese seligen Narrheiten unseres Überschwangs. Aber immerhin, ich hatte noch ihn, ich durfte ihn sehen, er gehörte mir allein, und dies war eine kleine Lust inmitten der Qual. Aber bald darauf ereignete sich – Du erinnerst Dich vielleicht noch – jener Zwischenfall, über den wir nur Ungewisses erfuhren. Es hieß, daß Sturz der Frau des Direktors den Hof machte – wenigstens später erzählte man mir dies – und nach einer heftigen Szene genötigt war, seine Entlassung zu nehmen. Nur ein letztes Auftreten zu seinem Benefiz wurde ihm noch bewilligt. Einmal noch sollte er unsere Bühne betreten, dann hatte auch ich ihn vielleicht zum letzten Male gesehen.

Wenn ich heute nachdenke, so finde ich keinen Tag in meinem Leben, der unglücklicher war als jener, der ankündigte, Peter

Sturz spiele zum letztenmal. Ich war wie krank. Ich hatte niemanden, der meine Verzweiflung teilte, niemanden, um mich ihm anzuvertrauen. In der Schule fiel es den Lehrern auf, wie schlecht und wie verstört ich aussah, zu Hause war ich derart heftig und wild, daß mein Vater, der nichts ahnte, in Zorn geriet und zur Strafe mir verbot, das Theater zu besuchen. Ich flehte ihn an – vielleicht zu heftig, zu leidenschaftlich – und machte alles nur schlimmer, denn auch meine Mutter sprach jetzt gegen mich: das viele Theatergehen mache mich nervös, ich müsse zu Hause bleiben. In diesem Augenblick haßte ich meine Eltern – ja, so wirr und wahnsinnig war ich an diesem Tag, daß ich sie haßte und ihren Anblick nicht mehr ertrug. Ich sperrte mich ein in mein Zimmer. Ich wollte sterben. Eine jener plötzlichen gefährlichen Melancholien kam über mich, wie sie jungen Menschen manchmal gefährlich werden können, ich saß starr auf meinem Sessel, ich weinte nicht – ich war zu verzweifelt, um zu weinen. Etwas war in mir eiskalt, und dann riß es mich plötzlich wieder auf wie ein Fieber. Ich lief hin und her von einem Zimmer ins andere. Ich riß die Fenster auf und starrte hinunter auf den Hof, drei Stock tief, und maß die Tiefe aus, ob ich mich hinabstürzen solle. Und immer wieder dazwischen der Blick auf die Uhr: drei Uhr erst, und um sieben Uhr begann die Vorstellung. Er sollte zum letztenmal spielen und ich ihn nicht hören, er sollte umjubelt sein von den andern und ich ihn nicht sehen. Plötzlich hielt es mich nicht mehr. Das Verbot meiner Eltern, das Haus zu verlassen, war mir gleichgültig. Ich lief fort, ohne jemandem etwas zu sagen, ich lief die Treppe hinab und auf die Straße – ich weiß nicht wohin. Ich glaube, ich hatte irgendeine wirre Vorstellung, mich zu ertränken oder sonst etwas Unsinniges zu tun. Nur nicht mehr leben wollte ich ohne ihn und wußte nicht, wie man das Leben beendet. Und so lief ich die Straßen auf und nieder, ohne den Gruß zu erwidern, wenn Freunde mich anriefen. Alles war für mich gleichgültig, jeder andere Mensch auf der Welt für mich nicht mehr vorhanden außer ihm. Plötzlich, ich weiß nicht, wieso es geschah, stand ich vor seinem Hause. Wir hatten oft gegenüber in der Nische des Tors gewartet, ob er nach Hause käme, oder hinaufgeschaut zu seinen Fenstern, und vielleicht die wirre Hoffnung hatte mich unbewußt hergetrieben, daß ich durch Zufall ihm noch einmal begegnen könnte. Aber er kam nicht. Dutzende gleichgültiger Menschen, der Postbote, ein Schreiner, eine dicke Marktfrau verließen das Haus oder gingen hinein, Hunderte und Hunderte gleichgültiger Menschen eilten auf der Gasse vorbei, nur er kam nicht, er.

Wie es dann kam, weiß ich nicht mehr. Aber mit einemmal riß es mich hin. Ich lief über die Straße, lief die Treppen hinauf in seinem Haus zum zweiten Stock, ohne Atem zu holen, und hin bis zu seiner Wohnungstür; nur ihm nahe sein, nur ihm näher sein! Nur ihm etwas noch sagen, ich wußte nicht was. Es geschah wirklich in einem Zustand der Besessenheit, der Tollheit, über den ich mir keine Rechenschaft geben konnte, und ich rannte vielleicht so rasch die Stufen empor, um alle Bedenken zu überrennen, und schon – noch immer, ohne Atem geholt zu haben – drückte ich auf die Klingel. Heute höre ich noch den scharfen, grellen Ton, und dann das lange völlige Schweigen, durch das plötzlich mein erwachendes Herz schlug. Endlich vernahm ich von innen her Schritte, die schweren, festen, pathetischen Schritte, wie ich sie vom Theater kannte. In diesem Moment erwachte in mir die Besinnung. Ich wollte wieder wegflüchten von der Tür, aber alles in mir war vor Schrecken erstarrt. Meine Füße waren wie gelähmt, und mein kleines Herz stand still.

Er öffnete die Tür und sah mich verwundert an. Ich weiß nicht, ob er mich überhaupt kannte oder erkannte. Auf der Straße schwirrten ja immer dutzendweise die vielen unflüggen Buben und Mädchen um ihn herum, die ihn bewunderten. Wir beide aber, die ihn doch am meisten liebten, waren zu scheu gewesen, wir waren immer geflüchtet vor seinem Blick. Auch diesmal stand ich gesenkten Hauptes vor ihm und wagte nicht aufzuschauen. Er wartete, was ich ihm auszurichten hätte –

offenbar glaubte er, ich sei ein Laufmädel von irgendeinem Geschäft, das ihm eine Botschaft zu überbringen hätte. »Nun, mein Kind, was gibt's?« ermutigte er mich schließlich mit seiner tiefen sonoren Stimme.

Ich stammelte: »Ich wollte nur … Aber ich kann das hier nicht sagen …« und stockte schon wieder.

Gutmütig brummte er: »Nun, kommen Sie nur herein, mein Kind. Was ist denn los?«

Ich folgte ihm in sein Zimmer. Es war ein weiter, einfacher Raum, der ziemlich unordentlich aussah; die Bilder von den Wänden waren schon abgeräumt, Koffer standen halbgepackt umher. »Nun, also los … von wem kommen Sie?« fragte er wieder.

Und plötzlich brach es heraus aus mir zugleich mit brennenden Tränen. »Bitte, bleiben Sie hier … bitte, bitte, reisen Sie nicht ab … bleiben Sie hier bei uns.«

Er trat unwillkürlich einen Schritt zurück. Seine Brauen schoben sich empor, ein scharfer Zug schnitt sich ein in den Mund. Er hatte verstanden, daß es wieder eine jener zudringlichen Schwärmerinnen war, die ihn belästigten, und ich fürchtete schon, er würde mich grob anfahren. Aber etwas muß in mir gewesen sein, das ihn mitleidig machte mit meiner kindischen Verzweiflung. Er trat auf mich zu, strich mir sanft über den Arm: »Liebes Kind« – wie ein Lehrer zu einem Kind sagte er das – »das liegt doch nicht an mir, daß ich hier Abschied nehme, und läßt sich jetzt nicht mehr ändern. Es ist sehr lieb von Ihnen, daß Sie gekommen sind, mir das zu sagen. Für wen wirkt man denn als für die Jugend? Das war immer meine beste Freude, daß man die jungen Menschen für sich hatte. Aber die Würfel sind gefallen, ich kann es nicht mehr ändern. Nun, wie gesagt« – er trat einen Schritt zurück – »es war sehr, sehr lieb von Ihnen, daß Sie mir das zu sagen kamen, und ich danke Ihnen. Bleiben Sie mir weiter gut und bewahrt mir alle ein freundliches Andenken.«

Ich verstand, daß er mich verabschiedet hatte. Aber gerade

das steigerte nur meine Verzweiflung. »Nein, bleiben Sie hier«, brach ich schluchzend heraus, »bleiben Sie um Gotteswillen hier ... Ich ... ich kann ohne Sie nicht leben.«

»Sie Kind«, wollte er begütigen. Aber ich klammerte mich an ihn an, mit beiden Armen klammerte ich mich an ihn, ich, die ich bisher nie den Mut gehabt hatte, auch nur seinen Rock anzustreifen. »Nein, gehen Sie nicht fort«, schluchzte ich verzweifelt, »lassen Sie mich nicht allein! Nehmen Sie mich mit. Ich geh' mit Ihnen, wohin Sie wollen ... überallhin ... tun Sie mit mir, was Sie wollen ... nur verlassen Sie mich nicht.«

Ich weiß nicht, was für unsinnige Sachen ich ihm damals noch sagte in meiner Verzweiflung. Ich preßte mich an ihn, als könnte ich ihn damit festhalten, völlig ahnungslos, in welche gefährliche Situation ich mit diesem leidenschaftlichen Angebot geriet. Denn Du weißt doch, wie naiv wir damals noch waren, ein wie fremder und unbekannter Gedanke die körperliche Liebe. Aber immerhin, ich war ein junges Mädchen und – heute darf ich es wohl sagen – ein auffallend hübsches Mädchen, dem die Männer auf der Straße schon nachsahen, und er war ein Mann, siebenunddreißig oder achtunddreißig Jahre damals, und er hätte mit mir damals tun können, was er wollte. Ich wäre ihm wirklich gefolgt; was immer er versucht hätte, ich hätte keinen Widerstand geleistet. Es wäre ein Spiel gewesen für ihn, damals in seiner Wohnung meinen Unverstand zu mißbrauchen. In dieser Stunde hatte er mein Schicksal in der Hand. Wer weiß, was aus mir geworden wäre, hätte er in einer unedlen Weise mein kindisches Drängen genützt, hätte er seiner Eitelkeit nachgegeben und vielleicht seinem eigenen Verlangen und der heftigen Versuchung – heute erst weiß ich, in welcher Gefahr ich damals gewesen. Ein Augenblick war, in dem ich nun fühle, daß er unsicher wurde, da er meinen Körper an sich fühlte und meine zuckenden Lippen ganz nah. Aber er beherrschte sich und drängte mich langsam fort. »Einen Augenblick«, sagte er, beinahe gewaltsam sich losreißend, und wandte sich hin zur anderen Tür. »Frau Kilcher!«

Ich erschrak furchtbar. Instinktiv wollte ich fortlaufen. Wollte er mich lächerlich machen vor dieser alten Frau, seiner Haushälterin? Mich vor ihr verhöhnen? Da kam sie schon herein. Er wandte sich ihr zu. »Denken Sie sich, wie lieb, Frau Kilcher«, sagte er zu ihr. »Da kommt dies junge Fräulein, um mir im Namen der ganzen Schule noch herzliche Abschiedsgrüße zu überbringen. Ist das nicht rührend?« Er wandte sich mir wieder zu. »Ja, sagen Sie allen meinen besten Dank. Ich habe es immer als das Schöne unseres Berufes empfunden, daß wir die Jugend für uns haben und damit das Beste auf Erden. Nur die Jugend ist dankbar für das Schöne, ja, ja, nur sie. Sie haben mir eine große Freude gemacht, liebes Fräulein, ich werde Ihnen das« – dabei faßte er meine Hände – »niemals vergessen.«

Meine Tränen stockten. Er hatte mich nicht beschämt, er hatte mich nicht gedemütigt. Aber noch weiter ging seine Fürsorge, denn er wandte sich nun zur Haushälterin:

»Ja, wenn wir nicht so viel zu tun hätten, wie gern hätte ich mit diesem lieben Fräulein geplaudert. Aber nicht wahr, Sie begleiten sie hinunter bis zur Tür, und alles Gute, alles Gute!«

Erst später verstand ich, wie vorsorglich er für mich gedacht, um mich zu schonen, um mich zu schützen, indem er mir die Haushälterin mitsandte bis zur Tür. Ich war schließlich in der kleinen Stadt bekannt, und irgendein Böswilliger hätte sehen können, wie ich junges Mädchen allein aus der Türe des bekannten Schauspielers schlich, und Übles verbreiten. Er hatte, dieser fremde Mensch, besser verstanden, als ich Kind es hätte verstehen können, was mir gefährlich war. Er hatte mich vor meiner eigenen unverständigen Jugend geschützt – wie klar war mir das nach mehr als fünfundzwanzig Jahren.

Ist es nicht sonderbar, ist es nicht beschämend, liebste Freundin, daß ich all dies vergessen hatte, Jahre und Jahre, weil ich es aus Scham vergessen *wollte*. Daß ich innerlich nie diesem Manne dankbar gewesen, nie mehr nach ihm gefragt, nach ihm, der damals an jenem Nachmittag mein Leben, mein Schicksal in Händen gehabt. Und nun saß dieser selbe Mann unten vor seinem Bierglas, ein gescheitertes Wrack, ein Bettler, von allen verhöhnt, und niemand wußte von ihm, wer er war und wer er gewesen, als ich allein. Nur ich wußte es. Ich war vielleicht die einzige auf Erden, die sich überhaupt noch an seinen Namen erinnerte, und ich war in Schuld gegen ihn. Nun konnte ich sie vielleicht entgelten. Mit einemmal kam eine große Ruhe über mich. Ich war nicht mehr erschrocken, ich war nur ein wenig beschämt, daß ich so ungerecht hatte sein können, so lange vergessen zu haben, daß dieser fremde Mensch einmal in einer entscheidenden Stunde meines Lebens großmütig zu mir gewesen.

Ich ging die Treppe hinab wieder in die Wirtsstube. Es mochten im ganzen nur zehn Minuten vergangen sein. Nichts war verändert. Die Spieler spielten weiter Karten, die Wirtin nähte am Schanktisch, die Bauern sogen mit schläfrigen Augen an ihren Pfeifen. Auch er saß noch unverändert an seinem Platz, das leere Bierglas vor sich, und starrte vor sich hin. Und jetzt wurde ich erst gewahr, wieviel Trauer in diesem verstörten Antlitz lag, stumpf die Augen unter den schweren Lidern, bitter und verbissen der durch die Lähmung ins Schiefe gezogene Mund. Verdüstert saß er da mit aufgestützten Ellbogen, um das vorgeneigte Haupt gegen die Müdigkeit zu halten, gegen die Müdigkeit, die nicht die eines Schlafes, sondern Müdigkeit am Leben war. Niemand sprach zu ihm, niemand kümmerte sich um ihn. Wie ein großer, grauer, zerschlissener Vogel im Dunkel des Käfigs hockt, vielleicht träumend von seiner einstigen Freiheit, da er noch Schwingen entfalten konnte und durch den Äther fahren, so saß er da.

Wieder ging die Tür, abermals traten drei Bauern ein mit schweren, schlurfenden Schritten, bestellten ihr Bier und sahen sich dann um nach einem Platz. »Geh', rück zur Seiten«, befahl einer ihm ziemlich grob. Der arme Sturz starrte auf. Ich sah, diese grobe Verächtlichkeit, mit der man über ihn verfügte, beleidigte ihn. Aber er war schon zu müde und zu gedemütigt, um sich zu wehren oder zu streiten. Schweigend rückte er zur Seite und schob sein leeres Bierglas mit sich hin. Die Wirtin brachte den andern die vollen Krüge. Er sah, ich merkte es, mit einem gierigen, einem durstigen Blick darauf hin, aber die Wirtin blickte gleichmütig an seiner stummen Bitte vorbei. Er hatte sein Bettlerteil schon erhalten, und wenn er nicht fortging, so war es seine Schuld. Ich sah, er hatte keine Kraft mehr, sich zu wehren, und wie viel an Demütigung erwartete sein Alter noch!

In diesem Augenblick kam endlich der befreiende Gedanke über mich. Ich konnte ihm nicht wirklich helfen, das wußte ich. Ich konnte ihn nicht wieder jung machen, diesen zerbrochenen, zermürbten Mann. Aber ich konnte ihn vielleicht ein wenig schützen gegen die Pein dieser Verachtung, ihm hier in diesem verlorenen Dorf für die paar Monate, die der vom Griffel des Todes Gezeichnete noch zu leben hatte, ein bißchen Ansehen retten.

So stand ich auf und schritt, ziemlich auffällig, auf seinen Tisch zu, wo er eingezwängt zwischen den Bauern saß, die verwundert bei meinem Kommen aufblickten, und sprach ihn an. »Habe ich vielleicht die Ehre, mit Herrn Hofschauspieler Sturz zu sprechen?«

Er zuckte auf. Es war wie ein elektrischer Schlag durch und durch, sogar das schwere Lid über dem linken Auge hob sich auf. Er starrte mich an. Jemand hatte ihn gerufen mit seinem alten Namen, den hier niemand kannte, mit diesem Namen, den alle außer ihm selbst längst vergessen hatten, und sogar Hofschauspieler hatte ich ihn genannt, was er in Wirklichkeit nie gewesen war. Die Überraschung war zu heftig, als daß er die Kraft gehabt hätte, aufzustehen. Allmählich wurde sein Blick unsicher; vielleicht war auch dies nur ein abgekarteter Spaß.

»Allerdings ... das ist ... das war mein Name.«

Ich bot ihm die Hand. »Oh, das ist eine große Freude für mich ... eine ganz große Ehre.« Ich sprach absichtlich laut, denn es galt jetzt, kühn zu lügen, um ihm Achtung zu verschaffen. »Ich habe zwar nie das Glück gehabt, Sie auf der Bühne bewundern zu dürfen, aber mein Mann hat mir immer und immer wieder von Ihnen erzählt. Er hat Sie als junger Gymnasiast oft auf dem Theater gesehen. Es war, glaube ich, in Innsbruck ...«

»Jawohl, in Innsbruck, dort war ich zwei Jahre.« Sein Gesicht begann sich plötzlich zu beleben. Er merkte, daß ich ihn nicht verspotten wollte.

»Sie können gar nicht ahnen, Herr Hofschauspieler, wie viel er mir von Ihnen erzählt hat, wie viel ich von Ihnen weiß! Oh, er wird mich beneiden, wenn ich ihm morgen schreibe, daß ich das Glück hatte, Ihnen persönlich hier begegnen zu dürfen. Sie ahnen nicht, wie er Sie noch heute verehrt. Nein, niemand, so hat er mir oft und oft gesagt, war Ihrem Marquis Posa zu vergleichen, selbst Kainz nicht, niemand Ihrem Max Piccolomini, Ihrem Leander, und ich glaube, er ist eigens dann später einmal nach Leipzig gefahren, nur um Sie auf der Bühne zu sehen. Aber er hatte dann nicht den Mut, Sie anzusprechen. Aber alle Ihre Photographien aus jener Zeit hat er noch aufbewahrt, und ich wünschte, Sie könnten in unser Haus kommen, um zu sehen, wie sorgfältig sie behütet sind. Er würde sich furchtbar freuen, mehr von Ihnen zu hören, und vielleicht können Sie mir da behilflich sein, indem Sie mir einiges erzählen, das ich ihm dann berichten will ... ich weiß nur nicht, ob ich Sie nicht störe oder ob ich Sie bitten darf, hinüber an meinen Tisch zu kommen.«

Die Bauern neben ihm starrten auf und rückten unwillkürlich respektvoll zur Seite. Ich sah, daß sie irgendwie beunruhigt und beschämt waren. Sie hatten diesen alten Mann bisher als einen Bettler behandelt, dem man ab und zu ein Glas Bier schenkt und mit dem man seinen Spaß hat. Durch die ehrfurchtsvolle Art, mit der ich, eine Fremde, ihn behandelte, überkam sie zum erstenmal der beunruhigende Verdacht, daß er jemand war, den man draußen in der Welt kannte und sogar verehrte. Der absichtlich demütige Ton, mit dem ich ein Gespräch mit ihm wie eine gewaltige Auszeichnung erbat, begann zu wirken. »Na, so geh' doch«, drängte ihn der Bauer an seiner Seite.

Er stand auf, noch schwankend, wie man aus einem Traum aufsteht. »Aber gern ... gern«, stammelte er. Ich merkte, daß er

Mühe hatte, seine Begeisterung zurückzuhalten, und daß er, der alte Schauspieler, jetzt mit sich rang, nicht vor den andern zu verraten, wie überrascht er war, wie er sich ungeschickt bemühte, so zu tun, als wären solche Aufforderungen und Bewunderungen für ihn eine alltägliche und selbstverständliche Sache. Mit der am Theater gelernten Würde schritt er langsam hinüber zu meinem Tisch.

Ich bestellte laut: »Eine Flasche Wein und den besten zu Ehren des Herrn Hofschauspielers.« Jetzt blickten auch die Spieler am Kartentisch auf und begannen zu wispern. Ein Hofschauspieler, ein berühmter Mann, ihr Sturzentaler? Es mußte schon etwas an ihm sein, wenn die Fremde aus der Großstadt ihm solche Ehre antat. Und es war mit einer anderen Geste als vordem, mit einer durchaus respektvollen, mit der nun die alte Wirtin das Glas vor ihn stellte.

Und dann kam eine wunderbare Stunde für ihn und für mich. Ich erzählte ihm alles, was ich von ihm wußte, indem ich ihm vortäuschte, mein Mann hätte es mir erzählt. Er konnte sich vor Staunen nicht fassen, daß ich jede einzelne seiner Rollen und den Namen des Kritikers kannte und jede Zeile, die er über ihn geschrieben. Und wie bei einem Gastspiel Moissi, der berühmte Moissi, sich geweigert habe, allein vor die Rampe zu treten und ihn mit sich gezogen und ihm dann abends noch das brüderliche Du angeboten. Immer wieder staunte er wie aus einem Traum: »Das wissen Sie auch!« Er hatte sich längst vergessen und begraben geglaubt, und nun war da eine Hand und pochte an seinen Sarg und holte ihn heraus und täuschte ihm einen Ruhm vor, den er in Wahrheit nie gehabt. Und da das Herz sich immer gern selber belügt, so glaubte er diesem seinen Ruhm in der großen Welt und hatte keinen Verdacht. »Ach, das wissen Sie auch … ich hatte es doch selbst schon vergessen«, stammelte er immer wieder, und ich merkte, er mußte sich wehren, um seine Rührung nicht zu verraten; zweimal, dreimal holte er sein großes, etwas schmutziges Taschentuch aus dem Rock und wandte sich ab, um sich zu schneuzen, in Wirklichkeit aber, um die Tränen rasch wegzuwischen, die ihm über die verfallenen Wangen liefen. Ich merkte es, und mir bebte das Herz, wie ich sah, daß ich ihn glücklich machen konnte, daß dieser alte, kranke Mann noch einmal glücklich war vor dem Sterben.

So saßen wir in einer Art Verzückung beisammen bis elf Uhr nachts. Dann trat der Gendarmerieoffizier sehr bescheiden heran und mahnte höflich, es sei Polizeistunde. Der alte Mann erschrak sichtlich: das Wunder vom Himmel sollte schon zu Ende sein? Er wäre am liebsten stundenlang noch gesessen, um von sich zu hören, von sich zu träumen. Aber ich war dieser Mahnung froh, denn immer fürchtete ich mich, er müsse schließlich den wahren Sachverhalt doch erraten. Und so bat ich die andern: »Ich hoffe, die Herren werden so gütig sein, den Herrn Hofschauspieler nach Hause zu begleiten.«

»Mit größtem Vergnügen«, sagten alle wie aus einem Mund; einer holte ihm respektvoll den zerschlissenen Hut, der andere half ihm empor, und ich wußte, von diesem Augenblick an würden sie nie mehr über ihn spotten, nie mehr über ihn lachen, nie mehr ihm Schmerz antun, diesem armen alten Mann, der einstens das Glück und die Not unserer Jugend gewesen.

Bei dem letzten Abschied allerdings verließ ihn die krampfhaft bewahrte Würde, die Rührung überwältigte ihn, und er konnte die Haltung nicht mehr bewahren. Plötzlich strömten die Tränen dick und breit aus seinen müden alten Augen, und seine Finger bebten, wie er meine Hand faßte. »Oh, Sie gute, gute gnädige Frau«, sagte er, »grüßen Sie mir Ihren Mann und sagen Sie ihm, daß der alte Sturz noch lebt. Vielleicht kann ich doch noch einmal zurück ans Theater. Wer weiß, wer weiß, vielleicht werde ich noch einmal gesund.«

Die beiden Männer zur rechten und zur linken stützten ihn. Aber er ging beinahe aufrecht; ein neuer Stolz hatte den Gebrochenen aufgestrafft, und ich hörte, es war ein anderer stolzer Ton in seiner Stimme. Ich hatte ihm helfen können am Ende seines Lebens, wie er mir im Anfang geholfen. Ich hatte meine Schuld bezahlt.

Am nächsten Morgen entschuldigte ich mich bei der Wirtin, daß ich nicht länger bleiben könne, die Gebirgsluft sei zu stark für mich. Ich versuchte ihr Geld zurückzulassen, damit sie dem armen alten Manne von nun ab statt des einen Glases Bier, immer wenn er wolle, noch ein zweites und drittes schenke. Aber da stieß ich auf den heimatlichen Stolz. Nein, das wolle sie schon selber tun.

Sie hätten im Dorf ja nicht gewußt, daß der Sturzentaler so ein großer Mann gewesen sei. Das sei eine Ehre für das ganze Dorf, der Bürgermeister hätte schon angeordnet, daß man ihm von nun ab monatlich etwas zuzahlen solle, und sie stünde ein dafür, daß sie alle gut auf ihn achten würden. So ließ ich nur einen Brief an ihn zurück, einen Brief überschwenglichen Danks, daß er so gütig gewesen sei, mir einen Abend zu schenken. Ich wußte, er würde ihn tausendmal lesen vor seinem Tod und jedem zeigen, diesen Brief, er würde nun selig diesen falschen Traum seines Ruhms immer wieder träumen bis zum Ende.

Mein Mann war sehr verwundert, daß ich so rasch von meinem Urlaub zurückkam, und noch mehr erstaunt, wie frisch, wie froh mich diese zwei Tage Abwesenheit gemacht hatten. Eine Wunderkur, so nannte er es. Aber ich kann nichts Wunderbares dabei finden. Nichts macht einen so gesund als Glücklichsein, und es gibt kein größeres Glück, als einen anderen Menschen glücklich zu machen.

So, und damit habe ich auch an Dich meine Schuld aus den Mädchentagen entrichtet. Jetzt weißt Du alles von unserem Peter Sturz und auch das letzte alte Geheimnis

von Deiner Freundin
Margaret

Praterfrühling
Eine Novelle

Wie ein Wirbelwind stürmte sie zur Tür herein.

»Ist mein Kleid schon gekommen?«

»Nein, gnädiges Fräulein«, antwortete das Dienstmädchen, »ich glaube auch kaum, daß es heute noch kommen wird.«

»Natürlich nicht, ich kenne ja diese faule Person«, rief sie mit einer Stimme, in der schon ein verhaltenes Schluchzen zitterte. »Jetzt ist zwölf Uhr, um halb zwei sollte ich hinunterfahren, in den Prater zum Derby. Und wegen der blöden Person kann ich nicht! Und dazu noch dieses schöne Wetter!«

Und wild, in heller Wut warf sie ihr schlankes Figürchen auf das schmale, persische Sofa hin, das mit Decken und Fransen überreich behängt, in einer Ecke des phantastisch-geschmacklos ausgestatteten Boudoirs stand. Ihr ganzer Körper zitterte vor Ärger, daß sie nicht das Derby mitmachen konnte, bei dem sie doch als bekannte Dame und berühmte Schönheit eine der wichtigsten Rollen spielte. Und heiße Tränen rannen ihr zwischen den schmalen, schwerberingten Fingern herab.

So lag sie ein paar Minuten, dann richtete sie sich ein wenig auf, so daß ihre Hand zu dem kleinen, englischen Tischchen greifen konnte, wo sie ihre Pralinébonbons wußte. Mechanisch steckte sie eines nach dem andern in den Mund und ließ sie langsam vergehen. Und ihre schwere Müdigkeit, die durchschwärmte Nacht, das kühle Halbdunkel des Zimmers und ihr großer Schmerz wirkten zusammen in der Weise, daß sie langsam einnickte.

Ungefähr eine Stunde ruhte sie diesen leichten, traumlosen, halb noch wirklichkeitsbewußten Schlaf. Sie war sehr hübsch, wenn auch die Augen, die sonst in ihrer fröhlichen Unbeständigkeit ihre stärkste Attraktion bildeten, jetzt geschlossen waren. Und nur die feingestrichenen Augenbrauen gaben ihr ein mondänes Aussehen, sonst hätte man sie für ein schlafendes Kind halten können, so zierlich und ebenmäßig waren ihre Züge, von denen der Schlaf den Schmerz über die verlorene Freude genommen hatte.

Gegen ein Uhr erwachte sie, etwas überrascht, daß sie geschlafen hatte, und nach und nach erinnerte sie sich wieder an alles. Auf ihr heftiges, nervös wiederholtes Klingeln erschien wieder das Mädchen.

»Ist mein Kleid gekommen?«

»Nein, gnädiges Fräulein!«

»Diese elende Person! Sie weiß doch, daß ich es brauche. Jetzt ist es aus, jetzt kann ich nicht fahren.«

Und erregt sprang sie auf, lief einigemale im engen Boudoir auf und ab, dann steckte sie den Kopf zum Fenster hinaus, ob ihr Wagen schon gekommen sei.

Natürlich, der war da. Alles hätte gepaßt, wenn nur diese verfluchte Schneiderin gekommen wäre. Und so mußte sie zu Hause bleiben. Sie verbohrte sich nach und nach in die Idee, daß sie todunglücklich sei, wie keine zweite Frau in der Welt.

Aber es machte ihr beinahe ein Vergnügen, traurig zu sein, sie fand unbewußt einen eigenen Reiz darin, sich selbst zu kasteien. Und in dieser Anwandlung befahl sie dem Mädchen, ihren Wagen wegzuschicken, ein Befehl, der von diesem mit überschwenglicher Freude akzeptiert wurde, weil er am Derbytag ein herrliches Geschäft machen konnte.

Kaum sah sie aber schon das elegante Coupé in scharfem Trab davonfahren, als sie ihr Befehl schon wieder reute, und sie hätte ihn am liebsten selbst vom Fenster zurückgerufen, wenn sie sich nicht geniert hätte, denn sie wohnte im nobelsten Viertel Wiens, am Graben.

So, jetzt war's aus. Sie hatte Zimmerarrest, wie ein Soldat, dem das Verlassen der Kaserne strafweise untersagt ist.

Mißmutig ging sie herum. Es war ihr hier so ungemütlich in

diesem engen Boudoir, das mit allen möglichen Dingen, Schund ärgster Sorte und erlesenen Kunstwerken wahl- und stillos vollgepfropft war. Und dazu noch dieser Geruch, der aus zwanzig verschiedenen Parfüms zusammenkomponiert war, und dieser durchdringende Zigarettenduft, der an allen Gegenständen haftete. Zum ersten Mal kam ihr das alles so widerwärtig vor, und auch die gelben Romanbände Prevosts hatten heute für sie keinen Reiz, weil sie immer wieder an den Prater, ihren Prater und an die Freudenau mit dem Derby dachte.

Und das alles nur, weil sie keine elegante Toilette hatte.

Es war zum Weinen. Gleichgiltig gegen jeden Gedanken lehnte sie im Fauteuil und wollte wieder schlafen, um so den Nachmittag totzuschlagen. Aber es ging nicht. Die Augenlider zogen doch immer wieder hinauf und sehnten sich nach Licht.

Dann ging sie wieder zum Fenster und blickte hinaus auf das Trottoir des Grabens, das heiß in der Sonne schimmerte, und auf die Menschen, die darauf eilten. Und der Himmel war so blau, die Luft so warm, daß ihre Sehnsucht nach dem Freien immer stärker und dringender wurde und immer lautere Stimmen fand. Und plötzlich kam ihr der Gedanke, allein in den Prater zu gehn, da sie ihn ja nicht missen konnte, um sich den Corso wenigstens anzusehen, wenn sie schon nicht mitfahren konnte. Dazu brauchte sie ja keine noble Toilette, ein einfaches Kleid war sogar besser, weil man sie da nicht erkennen konnte.

Der Plan wurde rasch zum Entschluß.

Sie öffnete ihren Kasten, um ihr Kleid zu wählen. Grelle, leuchtende, übermütige, schreiende Farben starrten ihr im bunten Wirbel entgegen, und es rauschte von Seide unter ihrer Hand, als sie die Wahl begann, die ihr recht schwer wurde, denn es waren fast nur Toiletten, die die prononcierte Absicht hatten, die Aufmerksamkeit auf sich zu lenken – gerade das, was sie heute vermeiden wollte. Endlich nach längerm Suchen flog auf einmal ein kindliches, frohes Lächeln über ihr Gesicht. Ganz in der Ecke, verstaubt und zerdrückt, hatte sie ein einfaches, fast ärmliches Kleid entdeckt und nicht der Fund allein war es, was sie lächeln machte, sondern die Vergangenheit, die dieses Andenken lebendig machte. Sie dachte an den Tag, wie sie mit ihrem Geliebten aus dem Elternhause in diesem Kleidchen entflohen war, an das viele Glück, das sie mit ihm gehabt, und dann an die Zeit, wo sie es mit reichen Toiletten vertauscht hatte, als Geliebte eines Grafen und dann eines andern und dann vieler anderer …

Sie wußte nicht, wozu sie es noch besaß. Aber sie freute sich darüber: Und als sie sich umgezogen hatte und in den schweren Venetianer Spiegel sah, da mußte sie über sich lachen, so ehrbar, so bürgerlich-kindlich, so gretchenhaft sah sie aus …

Nach einigem Herumkrabbeln fand sie auch den Hut, der zu diesem Kleid gehört hatte, dann warf sie noch einen lachenden Blick in den Spiegel, aus dem sie ein junges Bürgerfräulein im Sonntagsstaat ebenfalls lachend zurückgrüßte und ging.

Mit dem Lächeln auf den Lippen trat sie auf die Straße.

Zuerst hatte sie das Gefühl, es müsse ein jeder an ihr bemerken, daß sie nicht das sei, was sie vorgäbe.

Aber die spärlichen Leute, die eiligst in der Mittagshitze an ihr vorüberschossen, hatten größtenteils keine Zeit sie zu betrachten, und langsam fand sie sich in ihre neue Situation hinein und schritt nachdenklich die Rotenturmstraße hinab.

Alles lag hier im Sonnenlichte gebadet, blank und schimmernd da. Die Sonntäglichkeit war von den geputzten, fröhlichen Menschen auf Tier und Ding übergegangen, alles blitzte, blinkte, jubelte und grüßte ihr zu. Und sie starrte hinein in das bunte Treiben, das sie eigentlich niemals kennengelernt, – »wie eine Landpomeranze«, sagte sie sich selbst, als sie vor Schauen und Betrachten beinahe in einen Wagen hineingelaufen wäre.

Nun gab sie wieder etwas mehr acht, aber wie sie in die Praterstraße gelangt war, da quoll wieder ihr Übermut frisch empor, als sie in einem eleganten Wagen, hart neben sich, einen ihrer Verehrer vorbeirollen sah, so nahe, daß sie ihn bei den Ohren hätte zupfen können, wie sie es am liebsten getan hätte. Er aber bemerkte sie nicht, weil er in vornehmer Weise nachlässig zurückgelehnt war. Da lachte sie so laut, daß er sich umwandte und wenn sie nicht blitzschnell ihr Taschentuch sich ins Gesicht gepreßt hätte, wäre sie ihm vielleicht doch nicht entgangen.

Fröhlich schritt sie weiter und war bald mitten im Menschengewühle eingedrängt, das in hellen Scharen am Sonntag zum Wiener Nationalheiligtume pilgert, in die Praterallee, die wie weiße Holzbalken in einem grünen Rasen durch die waldreichen, pfadlosen Praterauen gelegt sind. Und ihr Übermut ging in der freudigen Stimmung der Menge unbemerkt verloren, denn eine Sonntagsfröhlichkeit und Naturbegeisterung machte jeden die sechs staubigen, arbeitsschweren Wochentage vergessen, die den Sonntag umschließen.

Sie trieb in dieser Menge, wie eine einzelne Welle im Meer, plan- und ziellos, aber doch schäumend und sich überschlagend im kraftbewußten Jubel.

Beinahe freute sie sich schon darüber, daß die Schneiderin ihr Kleid vergessen hatte, denn sie fühlte sich hier so glückselig, so frei, wie nie in ihrem Leben, ähnlich wie in ihrer Kindheit, als sie den Prater kennenlernte.

Und da kamen wieder alle diese Erinnerungen und Bilder, aber von ihrer fröhlichen Stimmung wie mit einem lichtgoldenen Saum umwoben, sie dachte wieder an ihre erste Liebe, aber nicht in traurigem Trotz, wie an etwas, das man ungern berührt, sondern wie an ein Geschick, das man so gern noch einmal wiederleben möchte, diese Liebe, die man schenkt, nicht verkauft …

In tiefen Träumen schritt sie weiter und das Sprechen der Menge wurde ihr zum dumpfen Wogenbrausen, aus dem sie keinen einzelnen Laut vernahm. Sie war allein mit sich und ihren Gedanken, mehr als sie es je gewesen war, wenn sie untätig in ihrem Zimmer auf dem schmalen persischen Divan lag und Zigarettenringe in die stille, stockende Luft blies …

Plötzlich sah sie auf.

Zuerst wußte sie nicht warum. Sie hatte nur eine dunkle

Empfindung verspürt, die plötzlich einen Schleier über ihre Gedanken zog, der nicht zu entwirren war. Als sie jetzt aufblickte, bemerkte sie ein Paar Augen stetig auf sich gerichtet. Ihr weiblicher Instinkt hatte, obwohl sie nicht hingeblickt, doch diese Blicke richtig gedeutet, die sie aus ihren Träumen aufgestört.

Die Blicke kamen von einem Paar dunkler Augen, die in einem Jünglingsgesicht ihren Platz fanden, das sympathisch war durch den kindlichen Ausdruck, der trotz des stattlichen Bärtchens noch geblieben war. Die Tracht deutete auf einen Studenten hin, auch eine nationale Parteiblume, die im Knopfloch steckte, konnte diese Vermutung nur bestätigen. Ein Kalabreserhut, der schief die weichen, regelmäßigen Züge beschattete, gab diesem einfachen, fast gewöhnlichen Kopfe etwas Dichterhaftes, Ideales.

Ihre erste Bewegung war, verächtlich die Brauen zusammenzuziehen und stolz wegzublicken. Was wollte dieser gewöhnliche Mensch denn von ihr haben? Sie war doch kein Mädchen von der Vorstadt, sie war …

Plötzlich hielt sie inne und das übermütige Lachen glänzte wieder in ihren Augen. Sie hatte sich momentan wieder als Weltdame gefühlt und ganz vergessen, daß sie die Maskerade eines bürgerlichen Mädchens angelegt hatte, und kindisch freute sie sich darüber, daß die Verkleidung so gut gelungen war.

Der junge Mann, der das Lächeln als Avance für sich gedeutet hatte, trat näher an sie heran, sie unablässig mit den Augen fixierend. Vergebens bemühte er sich, seinen Zügen einen männlichen, siegesbewußten Ausdruck zu geben, den aber die Zaghaftigkeit und Unentschlossenheit immer wieder zunichte machte. Und das war es gerade, was ihr an ihm gefiel, weil für sie Zurückhaltung und Reserviertheit von Seiten der Männer etwas Unbekanntes war. Das Kindliche, das in diesem jungen Menschen noch nicht verwaschen war, bot ihr etwas Unbekanntes, eine neue, in ihrer Natürlichkeit unvergleichliche Sensation. Es war für sie ein Lustspiel von unendlichem Humor, zu beobachten, wie der Student Dutzende Male die Lippen ansetzte, um sie anzusprechen, und immer wieder im entscheidenden Augenblicke absetzte, von Furcht und verschämter Angst erfaßt. Und sie mußte ganz fest auf die Lippen beißen, um ihm nicht ins Gesicht zu lachen.

Zu den guten Eigenschaften dieses Jünglings zählte noch die, daß er nicht blind war. Und so konnte er deutlich das verräterische Zucken um die feinen Mundwinkel bemerken, was seinen Mut bedeutend erhöhte.

Und ganz unvermittelt platzte er auf einmal mit der höflichen Frage heraus, ob er sie ein wenig begleiten dürfe. Motive gab er dazu keine an, schon aus dem höchst einfachen Grunde, weil er trotz angestrengtestem Nachdenken keine verwendbaren gefunden hatte.

Sie selbst war trotz seiner langwierigen Vorbereitungen im kritischen Momente der Fragestellung selbst überrascht. Sollte sie annehmen? Warum nicht? Nur nicht gleich jetzt daran denken, wie die Sache enden solle. Sie wollte, da sie schon im Kostüm war, die Rolle auch spielen; wie ein bürgerliches Mädchen wollte sie auch einmal mit ihrem Verehrer in den Prater gehn. Vielleicht war es sogar amüsant?

Sie beschloß also anzunehmen und sagte ihm, sie danke, er möge sie nicht begleiten, weil er zu viel Zeit verlieren würde. Das »Ja« lag in diesem Falle im Kausalsatz.

Er verstand dies auch sofort und trat an ihre Seite.

Bald kam ein Gespräch in Fluß.

Er war ein junger, lustiger Student, noch nicht allzuviel Jahre dem Gymnasium entronnen, von dem er ein hübsches Stückchen Übermut ins Leben mitgenommen hatte. Erlebt und erfahren hatte er noch wenig, geliebt zwar nach Knabenweise unendlich viel, aber »die Abenteuer«, nach denen sich die meisten jungen Leute sehnen, waren ihm sehr, sehr selten, wenn nicht niemals passiert, weil ihm die aggressive Keckheit, die Hauptbedingung für solche Erlebnisse fehlte. Seine Liebe war meistens im bloßen Schmachten steckengeblieben, das behutsam aus der Ferne bewundert und sich in Gedichten und Träumen verliert.

Sie hingegen wunderte sich über sich selbst, was sie mit einem Male für eine Plaudertasche geworden war, um was für Dinge sie sich zu kümmern begann – und wie sie plötzlich in ihren alten Wiener Dialekt hineingekommen war, den sie nun vielleicht fünf Jahre nicht gesprochen oder gedacht hatte. Und es war ihr, als seien diese fünf Jahre des eleganten, tollen Lebens spurlos verschwunden, versunken, als sei sie wieder das schmächtige lebensdurstige Vorstadtkind von einstmals, das den Prater und seinen Zauber so geliebt.

Ohne daß sie es gemerkt hatte, waren sie langsam vom Wege abgekommen, heraus aus dem brausenden Menschenstrom in die weiten Praterauen, wo voller Frühling war.

In tiefem Grün waren die hundertjährigen, ästebreiten Kastanienbäume, die sich wie Riesen emporhoben. Und wie verliebtes Flüstern klang es, wenn sie die blütenschweren Zweige gegeneinander rauschen ließen, daß die weißen, feinbeblätterten Flocken wie Winterschnee herabstäubten in das dunkelgrüne Gras, in dem die bunten Blumen eigenartige Muster eingewirkt hatten. Und ein süßer, schwerer Duft quoll aus der Erde auf und floß in weichen Wellen dahin, an jeden sich anschmiegend, so eng und fest, daß man gar nicht mehr ein bestimmtes Bewußtsein des Genusses hatte, sondern nur ein vages Gefühl von etwas Süßem, Lieblichem, Einschläferndem. Wie ein Saphir wölbte sich der Himmel über den Bäumen, so blau, so blank und rein. Und die Sonne breitete ihr reichstes Gold über ihre wundervolle, unvergängliche, unvergleichliche Schöpfung – den Praterfrühling.

Praterfrühling! –

Das Wort lag förmlich in der Luft, sie fühlten alle den tiefen Zauber um sich, aber auch in ihnen war das Empfinden des Knospens in reichen Blüten aufgegangen. Arm in Arm wandelten Liebespaare durch die weiten, unbegrenzten Auen dahin, glückstrahlend, und in den Kindern, denen dieses Glück noch fremd war, war ein eigenes Regen erwacht, das sie zwang, zu springen und zu tanzen und zu jubeln, daß die fröhlichen Stimmen weit in Wind und Wald verklangen.

Wie eine Glorie krönte alle diese arbeitsbefreiten, glücklichen Menschen der Praterfrühling.

Die beiden hatten es gar nicht gemerkt, wie sich der Zauber auch langsam um ihre Seelen gesponnen, aber nach und nach hatte sich in ihr fröhliches Scherzen eine herzliche Intimität eingeschlichen, ein ungeladener, aber gern gesehener Gast. Sie waren einander Freund geworden, er war voll Entzücken über dieses reizende, muntere und fröhliche Mädchen, das in ihrem souveränen Übermut wie eine verkleidete Prinzessin erschien und auch sie hatte den frischen Burschen recht gern gewonnen. Und die Komödie, die sie mit ihm begonnen hatte, war ihr jetzt selbst ein wenig ernst geworden, mit dem Kleide von damals hatte sie auch wieder die Empfindung von damals angezogen, sie war wieder voll Sehnsucht nach einem Glücke, nach der Seligkeit der ersten Liebe …

Es war ihr, als möchte sie dies jetzt alles zum ersten Male erleben, dieses scherzende Bewundern, dieses verborgene Begehren, diese einfache, stille Seligkeit. –

Leise hatte er seinen Arm unter den ihren geschoben und sie wehrte es ihm nicht. Und sie fühlte seinen warmen Atem an ihrem Haar, wie er ihr tausend Dinge erzählte, von seiner Jugend, seinen Erlebnissen und dann, daß er Hans hieße und studiere und daß er sie furchtbar gern habe. Halb spaßend, halb ernst machte er ihr eine Liebeserklärung, die sie von Fröhlichkeit und Glück erbeben ließ. Sie hatte schon Hunderte gehört, vielleicht auch in schöneren Worten, sie hatte auch schon viele erhört, aber keine hatte ihr die Wangen in ein so leuchtendes Rot getaucht, als diese einfache innige herzliche Sprache, die heut an ihrem Ohre flüsterte und von innerer Erregung leise vibrierte. Wie ein süßer Traum, den man zu erleben sehnt, klangen die zitternden Worte und ihr Beben lief weiter durch ihren ganzen Körper, bis sie selig erschauerte. Und wie berauscht fühlte sie den Druck seines Armes auf den ihren immer stärker und stärker werden, in wilder, trunkener Zärtlichkeit.

Tief waren sie schon drinnen in den weiten menschenleeren Auen, in die nur noch leise und murmelnd das Getöse der Wagen hineinsummte, fast allein. Nur hie und da blitzten aus dem Grün helle Sommerkleider auf, wie weiße Schmetterlinge, die wieder weiter ihren Weg ziehen, selten klang eine Menschenstimme zu ihnen her, alles war wie im tiefen, sonnenmüden Schlafe ...

Nur seine Stimme wurde nicht müde, tausend Zärtlichkeiten zu flüstern, von denen eine mehr herzlich und bizarr war wie die andere. Und sie hörte betäubt zu, wie man im Einschlafen einem fernen Musikstücke horcht, ohne die einzelnen Töne zu vernehmen, sondern nur das Rhythmische, Melodische des Klanges.

Und sie wehrte es auch nicht, als er ihren Kopf mit den Händen zu sich herüberzog und sie küßte, mit einem langen innigen Kusse, in dem unzählige, verschwiegene Liebesworte lagen.

Und mit diesem Kusse war ihre ganze Erinnerung verflogen, sie fühlte ihn wie den ersten Liebeskuß ihres Lebens. Und das Spiel, das sie mit dem jungen Menschen treiben wollte, war jetzt volles Leben und Empfinden. Eine tiefe Zuneigung hatte in ihr Wurzel gefaßt, die sie ihre ganze Vergangenheit vergessen ließ, so wie ein Schauspieler in den Augenblicken höchster Kunst sich selbst als König oder Held fühlt und nicht mehr an seinen Beruf denkt.

Es war ihr, als ob sie die erste Liebe durch ein Wunder noch einmal leben dürfte ...

Ein paar Stunden waren sie so planlos umhergeirrt, Arm in Arm, im süßen Rausch der Zärtlichkeit. Der Himmel brannte schon in tiefem Rot, in das die Wipfel wie dunkelschwarze Hände hineingriffen, die Umrisse und Konturen wurden im Dämmer immer unsicherer und verschwommener, und der Abendwind raschelte in den Blättern.

Hans und Lise – gewöhnlich nannte sie sich Lizzie, aber ihr Kindername war ihr mit einem Male wieder so lieb und vertraut geworden, daß sie ihm denselben nannte – waren auch schon umgekehrt und gingen jetzt dem Volksprater zu, dem Wurstlprater, der sich schon von weitem durch den hundertfältigen Wirrwarr von möglichen und unmöglichen Geräuschen bemerkbar machte.

Ein bunter Menschenstrom floß hier an den Buden vorbei, die mit grellen Lichtern leuchteten, Soldaten mit ihren Geliebten, junge Leute, jubelnde Kinder, die sich an den unerhörten Sehenswürdigkeiten nicht sattsehen konnten. Und dazwischen ein entsetzliches Chaos von Tönen. Militärkapellen und andere Musiker, die sich gegenseitig zu übertönen suchten, Werkel, Ausrufer, die mit schon heiserer Stimme ihre Schätze anpriesen, Gewehrschüsse aus den Schießbuden und Kinderstimmen in jeder Tonlage. Das ganze Volk war hier zusammengedrängt, mit seinen wichtigsten Vertretern, seinen Wünschen, die die Buden- und Wirtshausbesitzer zu stillen suchten und mit seiner kompakten Masse, die aus der Mannigfaltigkeit die Einheit formt.

Für Lise war dieser Prater ein neuentdecktes oder besser ein wiedergefundenes Land ihrer Kindheit. Sie kannte nurmehr die Hauptallee mit der stolzen Wagenflucht, der Eleganz und Noblesse, aber jetzt fand sie hier alles entzückend, wie ein Kind, das man in eine Spielwarenhandlung führt, wo es begehrlich nach jedem Dinge greift. Sie war wieder übermütig und lustig geworden und die träumerische, fast lyrische Stimmung war vergangen. Wie zwei ausgelassene Kinder lachten und tollten die beiden in dem großen Menschenmeer.

Bei jeder Bude blieben sie stehen und ergötzten sich an dem monotonen, marktschreierischen Rufen der Budenbesitzer, die »die größte Dame der Welt« oder den »kleinsten Menschen des Kontinents« oder Schlangenmenschen, Wahrsagerinnen, Untiere, Meerwunder in der possierlichsten Weise anpriesen. Sie fuhren im Karussell, ließen sich wahrsagen, machten alles mögliche mit, und waren so fröhlich und lustig, daß ihnen alle Leute überrascht nachsahen.

Nach einiger Zeit fand Hans heraus, daß auch der Magen in seine Rechte treten müsse. Sie war einverstanden und so gingen sie zusammen in ein Wirtshaus, das nicht mitten drin im ärgsten Trubel lag. Dort verbrauste das Lärmen zu einem ununterbrochenen Sausen, das immer leiser und immer stiller wurde.

Und dort saßen sie beisammen, eng aneinandergeschmiegt. Er erzählte ihr hunderterlei fröhliche Geschichten und wußte in jede ein paar Schmeicheleien geschickt einzuflechten und ihre Lustigkeit zu erhalten. Er gab ihr komische Namen, die sie zu tollem Lachen zwangen, machte ihr Kindereien vor, die sie laut jubeln ließen. Und auch sie, die sonst eine vornehme, ruhige Selbstbeherrschung liebte, war jetzt so übermütig wie nie. Geschichten aus ihrer Kindheit, die sie lange vergessen hatte, fielen ihr wieder ein, Gestalten, die sie aus ihrem Gedächtnis verloren, tauchten auf und formten sich wieder in humoristischer Weise. Sie war wie verzaubert, so anders, so verjüngt.

Lange schwatzten sie so zusammen. –

Die Nacht war schon längst mit ihren dunklen Schleiern gekommen, aber sie hatte die Schwüle des Abends nicht hinweggetragen. Dumpf lastete die Luft, wie ein schwerer Bann. Und fern zuckte ein Wetterleuchten durch die Stille, die immer voller wurde. Langsam verlöschten die Lampen und die Menschen verloren sich in verschiedenen Richtungen, jeder seinem Heim zu.

Auch Hans erhob sich.

»Komm, Liserl, laß uns gehn.«

Sie folgte und sie gingen Arm in Arm aus dem Prater, der dunkel und geheimnisvoll ihnen nachstarrte. Und wie leuchtende Tigeraugen blitzten die letzten farbigen Lichter aus den leise rauschenden Bäumen.

Sie gingen über die Praterstraße, die hell vom Monde beglänzt dalag, ohne viel Menschen, fast schon ruhend. Jeder Schritt hallte laut auf dem Pflaster und die Schatten huschten in scheuer Hast an den Laternen vorbei, die gleichgültig ihr spärliches Licht ausstrahlten.

Sie hatten nicht über die Richtung des Weges gesprochen, aber stillschweigend hatte Hans die Führung übernommen. Sie ahnte, daß er seiner Wohnung zustrebte, wollte aber nicht sprechen.

So schritten sie mit wenig Worten hin. Sie kamen über die Donaubrücke, weiterhin über den Ring gegen den VIII. Bezirk hin, der Wiens Studentenviertel bildet, vorbei an dem blitzenden, mächtigen Steinbau der Universität, vorbei an dem Rathause gegen engere, ärmlichere Gassen zu.

Und plötzlich begann er zu ihr zu sprechen.

Glühende, heiße Worte sagte er zu ihr, das Verlangen der jugendlichen Liebe verkündete er in den brennendsten Farben, die nur der Augenblick des wildesten Begehrens leiht. In seinen Worten lag die ganze wilde Sehnsucht eines jungen Lebens nach Glück und Genießen, nach dem reichsten Ziel der Liebe. Und immer strömender, verlangender wurden seine Worte, wie gierige Flammen flackerten sie hoch empor, das ganze Wesen des Mannes hatte in ihm den höchsten Grad der Steigerung erreicht. Wie ein Bettler flehte er um ihre Liebe …

Ihr ganzer Körper bebte unter seinen Worten.

Ihr Ohr war voll von einem seligen Brausen von Worten und wilden Liedern. Sie verstand seine Rede nicht, aber sein Drängen wuchs aus ihrer eigenen Seele ihr mächtig empor und strebte dem seinen entgegen.

Wie ein kostbares, unvergleichliches Märchengeschenk versprach sie ihm, was sie hundert anderen als einen Bettellohn gegeben.

Vor einem alten, schmalen Hause blieb er stehen und läutete an, während Seligkeit aus seinen Augen glomm. –

Es wurde rasch aufgetan.

Zuerst ein schmaler, feuchtkalter Gang, den sie rasch durchschritten. Und dann viele, viele, enge ausgetretene Wendeltreppen. Aber das merkte sie nicht. Denn er hatte sie mit seinen starken Armen wie einen Federball hinaufgetragen und das erwartungsfreudige Beben seiner Hände floß in ihren Körper hinüber, während sie wie träumend immer höher kam.

Hoch oben hielt er inne und öffnete ein kleines Zimmer. Es war ein enger, dunkler Raum, in dem man nur mit Mühe die Gegenstände unterscheiden konnte, denn die lichten Strahlen des Mondes zerstreuten sich an einer weißen, zerrissenen Gardine, die das schmale Dachfenster deckte.

Leise ließ er sie niedergleiten, um sie nur noch stürmischer zu umfassen. Heiße Küsse rannen durch ihre Adern, ihre Glieder bebten unter der Liebkosung der seinen, und ihre Worte erstarben in sehnsüchtigem Flüstern …

Dunkel und eng ist der Raum.

Aber ein unendliches Glück hält darin seine Flügel ausgespannt in stiller, zufriedener Ruhe. Und heißer Sonnenschein der Liebe leuchtet in dem tiefen Dunkeln …

Es ist noch früh. Vielleicht erst sechs Uhr.

Soeben ist Lizzie wieder nach Hause gekommen, in ihr eigenes elegantes Boudoir.

Das erste ist, daß sie beide Fenstern aufreißt, um die frische Morgenluft zu schöpfen, denn es ekelt sie vor diesem faden, süßlichen Parfümgeruch, der sie an ihr jetziges Leben erinnert. Früher hatte sie gleichgiltig, ohne Gedanken, das Leben hingenommen, wie es war, blind, fatalistisch. Aber dieses Erlebnis von gestern, das wie ein lichter, froher Jugendtraum in ihr Geschick gefallen, hat ihr plötzlich ein Bedürfnis nach Liebe gegeben.

Aber sie fühlt, daß sie nicht mehr zurück kann. Jetzt wird sich bald einer ihrer Verehrer einstellen und dann ein anderer wieder. Sie erschrickt förmlich bei diesem Gedanken.

Und sie fürchtet sich vor dem Tage, welcher langsam heller und deutlicher wird. –

Aber langsam beginnt sie wieder zu sinnen und zu denken an

den vergangenen Tag, der wie ein verlorener Sonnenstrahl in ihr Leben gefallen ist, das so dunkel und trübe ist. Und sie vergißt alles, was da kommen wird.

Auf ihren Lippen spielt das Lächeln eines Kindes, das frühmorgens selig aus einem herrlichen Traume erwacht.

Brennendes Geheimnis

Der Partner

Die Lokomotive schrie heiser auf: der Semmering war erreicht. Eine Minute rasteten die schwarzen Wagen im silbrigen Licht der Höhe, warfen ein paar bunte Menschen aus, schluckten andere ein, Stimmen gingen geärgert hin und her, dann schrie vorne wieder die heisere Maschine und riß die schwarze Kette rasselnd in die Höhle des Tunnels hinab. Rein ausgespannt, mit klaren, vom nassen Wind reingefegten Hintergründen lag wieder die hingebreitete Landschaft.

Einer der Angekommenen, jung, durch gute Kleidung und eine natürliche Elastizität des Schrittes sympathisch auffallend, nahm den andern rasch voraus einen Fiaker zum Hotel. Ohne Hast trappten die Pferde den ansteigenden Weg. Es lag Frühling in der Luft. Jene weißen, unruhigen Wolken flatterten am Himmel, die nur der Mai und der Juni hat, jene weißen, selbst noch jungen und flattrigen Gesellen, die spielend über die blaue Bahn rennen, um sich plötzlich hinter hohen Bergen zu verstecken, die sich umarmen und fliehen, sich bald wie Taschentücher zerknüllen, bald in Streifen zerfasern und schließlich im Schabernack den Bergen weiße Mützen aufsetzen. Unruhe war auch oben im Wind, der die mageren, noch vom Regen feuchten Bäume so unbändig schüttelte, daß sie leise in den Gelenken krachten und tausend Tropfen wie Funken von sich wegsprühten. Manchmal schien auch Duft vom Schnee kühl aus den Bergen herüberzukommen, dann spürte man im Atem etwas, das süß und scharf war zugleich. Alles in Luft und Erde war Bewegung und gärende Ungeduld. Leise schnaubend liefen die Pferde den jetzt niedersteigenden Weg, die Schellen klirrten ihnen weit voraus.

Im Hotel war der erste Weg des jungen Mannes zu der Liste der anwesenden Gäste, die er – bald enttäuscht – durchflog. ›Wozu bin ich eigentlich hier‹, begann es unruhig in ihm zu fragen. ›Allein hier auf dem Berg zu sein, ohne Gesellschaft, ist ärger als das Bureau. Offenbar bin ich zu früh gekommen oder zu spät. Ich habe nie Glück mit meinem Urlaub. Keinen einzigen bekannten Namen finde ich unter all den Leuten. Wenn wenigstens ein paar Frauen da wären, irgendein kleiner, im Notfall sogar argloser Flirt, um diese Woche nicht gar zu trostlos zu verbringen.‹ Der junge Mann, ein Baron von nicht sehr klangvollem österreichischem Beamtenadel, in der Statthalterei angestellt, hatte sich diesen kleinen Urlaub ohne jegliches Bedürfnis genommen, eigentlich nur, weil sich all seine Kollegen eine Frühjahrswoche durchgesetzt hatten und er die seine dem Dienst nicht schenken wollte. Er war, obwohl innerer Befähigung nicht entbehrend, eine durchaus gesellschaftliche Natur, als solche beliebt, in allen Kreisen gern gesehen und sich seiner Unfähigkeit zur Einsamkeit voll bewußt. In ihm war keine Neigung, sich selber allein gegenüberzustehen, und er vermied möglichst diese Begegnungen, weil er intimere Bekanntschaft mit sich selbst gar nicht wollte. Er wußte, daß er die Reibfläche von Menschen brauchte, um all seine Talente, die Wärme und den Übermut seines Herzens aufflammen zu lassen, und er allein frostig und sich selber nutzlos war, wie ein Zündholz in der Schachtel.

Verstimmt ging er in der leeren Hall auf und ab, bald unschlüssig in den Zeitungen blätternd, bald wieder im Musikzimmer am Klavier einen Walzer antastend, bei dem ihm aber der Rhythmus nicht recht in die Finger sprang. Schließlich setzte er sich verdrossen hin, sah hinaus, wie das Dunkel langsam niederfiel, der Nebel als Dampf grau aus den Fichten brach. Eine Stunde zerbröselte er so, nutzlos und nervös. Dann flüchtete er in den Speisesaal.

Dort waren erst ein paar Tische besetzt, die er alle mit eiligem Blick überflog. Vergeblich! Keine Bekannten, nur dort – er gab lässig einen Gruß zurück – ein Trainer, dort wieder ein Gesicht von der Ringstraße her, sonst nichts. Keine Frau, nichts, was ein auch flüchtiges Abenteuer versprach. Sein Mißmut wurde ungeduldiger. Er war einer jener jungen Menschen, deren hübschem Gesicht viel geglückt ist und in denen nun beständig alles für eine neue Begegnung, ein neues Erlebnis bereit ist, die immer gespannt sind, sich ins Unbekannte eines Abenteuers zu schnellen, die nichts überrascht, weil sie alles lauernd berechnet haben, die nichts Erotisches übersehen, weil schon ihr erster Blick jeder Frau in das Sinnliche greift, prüfend und ohne Unterschied, ob es die Gattin ihres Freundes ist oder das Stubenmädchen, das die Türe zu ihr öffnet. Wenn man solche Menschen mit einer gewissen leichtfertigen Verächtlichkeit Frauenjäger nennt, so geschieht es, ohne zu wissen, wieviel beobachtende Wahrheit in dem Worte versteinert ist, denn tatsächlich, alle leidenschaftlichen Instinkte der Jagd, das Aufspüren, die Erregtheit und die seelische Grausamkeit flackern in dem rastlosen Wachsein solcher Menschen. Sie sind beständig auf dem Anstand, immer bereit und entschlossen, die Spur eines Abenteuers bis hart an den Abgrund zu verfolgen. Sie sind immer geladen mit Leidenschaft, aber nicht der des Liebenden, sondern der des Spielers, der kalten, berechnenden und gefährlichen. Es gibt unter ihnen Beharrliche, denen weit über die Jugend hinaus das ganze Leben durch diese Erwartung zum ewigen Abenteuer wird, denen sich der einzelne Tag in hundert kleine, sinnliche Erlebnisse auflöst – ein Blick im Vorübergehen, ein weghuschendes Lächeln, ein im Gegenübersitzen gestreiftes Knie – und das Jahr wieder in hundert solcher Tage, für die das sinnliche Erlebnis ewig fließende, nährende und anfeuernde Quelle des Lebens ist.

Hier waren keine Partner zu einem Spiele, das übersah der Suchende sofort. Und keine Gereiztheit ist ärgerlicher als die des Spielers, der mit den Karten in der Hand im Bewußtsein seiner Überlegenheit vor dem grünen Tisch sitzt und vergeblich den Partner erwartet. Dar Baron rief nach einer Zeitung. Mürrisch ließ er die Blicke über die Zeilen rinnen, aber seine Gedanken waren lahm und stolperten wie betrunken den Worten nach.

Da hörte er hinter sich ein Kleid rauschen und eine Stimme, leicht ärgerlich und mit affektiertem Akzent sagen: »*Mais tais-toi donc, Edgar!*«

An seinem Tisch knisterte im Vorüberschreiten ein seidenes Kleid, hoch und üppig schattete eine Gestalt vorbei und hinter ihr in einem schwarzen Samtanzug ein kleiner, blasser Bub, der ihn neugierig mit dem Blick anstreifte. Die beiden setzten sich gegenüber an den reservierten Tisch, das Kind sichtbar um eine Korrektheit bemüht, die der schwarzen Unruhe in seinen Augen zu widersprechen schien. Die Dame – und nur auf sie hatte der junge Baron acht – war sehr soigniert und mit sichtbarer Eleganz gekleidet, ein Typus überdies, den er sehr liebte, eine jener leicht üppigen Jüdinnen im Alter knapp vor der Überreife, offenbar auch leidenschaftlich, aber erfahren, ihr Temperament hinter einer vornehmen Melancholie zu verbergen. Er vermochte zunächst noch nicht in ihre Augen zu sehen und bewunderte nur die schön geschwungene Linie der Augenbrauen, rein über einer zarten Nase gerundet, die ihre Rasse zwar verriet, aber doch durch edle Form das Profil scharf und interessant machte. Die Haare waren, wie alles Weibliche an diesem vollen Körper, von einer auffallenden Üppigkeit, ihre Schönheit schien im sichern Selbstgefühl vieler Bewunderungen satt und prahlerisch geworden zu sein. Sie bestellte mit sehr leiser Stimme, wies den Buben, der mit der Gabel spielend klirrte, zurecht – all dies mit anscheinender Gleichgültigkeit gegen den vorsichtig anschleichenden Blick des Barons, den sie nicht zu bemerken schien, während es doch in Wirklichkeit nur seine rege Wachsamkeit war, die ihr diese gebändigte Sorgfalt aufzwang.

Das Dunkel im Gesichte des Barons war mit einem Male aufgehellt, unterirdisch belebend liefen die Nerven hin, strafften die Falten, rissen die Muskeln auf, daß seine Gestalt aufschnellte und Lichter in den Augen flackerten. Er war selber den Frauen nicht unähnlich, die erst die Gegenwart eines Mannes brauchen, um aus sich ihre ganze Gewalt herauszuholen. Erst ein sinnlicher Reiz spannte seine Energie zu voller Kraft. Der Jäger in ihm witterte hier eine Beute. Herausfordernd suchte sein Auge ihrem Blick zu begegnen, der ihn manchmal mit einer glitzernden Unbestimmtheit des Vorbeisehens kreuzte, nie aber blank eine klare Antwort bot. Auch um den Mund glaubte er manchmal ein Fließen wie von beginnendem Lächeln zu spüren, aber all dies war unsicher, und eben diese Unsicherheit erregte ihn. Das einzige, was ihm versprechend schien, war dieses stete Vorbeischauen, weil es Widerstand war und Befangenheit zugleich, und dann die merkwürdig sorgfältige, auf einen Zuschauer sichtlich eingestellte Art der Konversation mit dem Kinde. Eben das aufdringlich Vorgehaltene dieser Ruhe bedeutete, das fühlte er, ein erstes Beunruhigtsein. Auch er war erregt: das Spiel hatte begonnen. Er verzögerte sein Diner, hielt diese Frau eine halbe Stunde fast unablässig mit dem Blick fest, bis er jede Linie ihres Gesichtes nachgezeichnet, an jede Stelle ihres üppigen Körpers unsichtbar gerührt hatte. Draußen fiel drückend das Dunkel nieder, die Wälder seufzten in kindischer Furcht, als jetzt die großen Regenwolken graue Hände nach ihnen reckten, immer finstrer drängten die Schatten ins Zimmer hinein, immer mehr schienen die Menschen hier zusammengepreßt durch das Schweigen. Das Gespräch der Mutter mit ihrem Kinde wurde, das merkte er, unter der Drohung dieser Stille immer gezwungener, immer künstlicher, bald, fühlte er, würde es zu Ende sein. Da beschloß er eine Probe. Er stand als erster auf, ging langsam, mit einem langen Blick auf die Landschaft an ihr vorbeisehend, zur Türe. Dort zuckte er rasch, als hätte er etwas vergessen, mit dem Kopf herum. Und ertappte sie, wie sie ihm lebhaften Blikkes nachsah.

Das reizte ihn. Er wartete in der Hall. Sie kam bald nach, den Buben an der Hand, blätterte im Vorübergehen unter den Zeitschriften, zeigte dem Kind ein paar Bilder. Aber als der Baron, wie zufällig, an den Tisch trat, anscheinend, um auch eine Zeitschrift zu suchen, in Wahrheit, um tiefer in das feuchte Glitzern ihrer Augen zu dringen, vielleicht sogar ein Gespräch zu beginnen, wandte sie sich weg, klopfte ihrem Sohn leicht auf die Schulter: »*Viens, Edgar! Au lit!*« und rauschte kühl an ihm vorbei. Ein wenig enttäuscht, sah ihr der Baron nach. Er hatte eigentlich auf ein Bekanntwerden noch an diesem Abend gerechnet, und diese schroffe Art enttäuschte ihn. Aber schließlich, in diesem Widerstand war Reiz, und gerade das Unsichere entzündete seine Begier. Immerhin: er hatte seinen Partner, und ein Spiel konnte beginnen.

Rasche Freundschaft

Als der Baron am nächsten Morgen in die Hall trat, sah er dort das Kind der schönen Unbekannten in eifrigem Gespräch mit den beiden Liftboys, denen es Bilder in einem Buch von Karl May zeigte. Seine Mama war nicht zugegen, offenbar noch mit der Toilette beschäftigt. Jetzt erst besah sich der Baron den Buben. Es war ein scheuer, unentwickelter nervöser Junge von etwa zwölf Jahren mit fahrigen Bewegungen und dunkel herumjagenden Augen. Er machte, wie Kinder in diesen Jahren so oft, den Eindruck von Verschrecktheit, gleichsam als ob er eben aus dem Schlaf gerissen und plötzlich in fremde Umgebung gestellt sei. Sein Gesicht war nicht unhübsch, aber noch ganz unentschieden, der Kampf des Männlichen mit dem Kindlichen schien eben erst einsetzen zu wollen, noch war alles darin nur wie geknetet und noch nicht geformt, nichts in reinen Linien ausgesprochen, nur blaß und unruhig gemengt. Überdies war er gerade in jenem unvorteilhaften Alter, wo Kinder nie in ihre Kleider passen, Ärmel und Hosen schlaff um die mageren Gelenke schlottern und noch keine Eitelkeit sie mahnt, auf ihr Äußeres zu wachen.

Der Junge machte hier, unschlüssig herumirrend, einen recht kläglichen Eindruck. Eigentlich stand er allen im Wege. Bald schob ihn der Portier beiseite, den er mit allerhand Fragen zu belästigen schien, bald störte er am Eingang; offenbar fehlte es ihm an freundschaftlichem Umgang. So suchte er in seinem kindlichen Schwatzbedürfnis sich an die Bediensteten des Hotels heranzumachen, die ihm, wenn sie gerade Zeit hatten, antworteten, das Gespräch aber sofort unterbrachen, wenn ein Erwachsener in Sicht kam oder etwas Vernünftiges getan werden mußte. Der Baron sah lächelnd und mit Interesse dem unglücklichen Buben zu, der auf alles mit Neugier schaute und dem alles unfreundlich entwich. Einmal faßte er einen dieser neugierigen Blicke fest an, aber die schwarzen Augen krochen sofort ängstlich in sich hinein, sobald er sie auf der Suche ertappte, und duckten sich hinter gesenkten Lidern. Das amüsierte den Baron. Der Bub begann ihn zu interessieren, und er fragte sich, ob ihm dieses Kind, das offenbar nur aus Furcht so scheu war, nicht als raschester Vermittler einer Annäherung dienen könnte. Immerhin: er wollte es versuchen. Unauffällig folgte er dem Buben, der eben wieder zur Türe hinauspendelte und in seinem kindischen Zärtlichkeitsbedürfnis die rosa Nüstern eines Schimmels liebkoste, bis ihn – er hatte wirklich kein Glück – auch hier der Kutscher ziemlich barsch wegwies. Gekränkt und gelangweilt stand er jetzt wieder herum mit seinem leeren und ein wenig traurigen Blick. Da sprach ihn der Baron an.

»Na, junger Mann, wie gefällts dir da?« setzte er plötzlich ein, bemüht, die Ansprache möglichst jovial zu halten.

Das Kind wurde feuerrot und starrte ängstlich auf. Es zog die Hand irgendwie in Furcht an sich und wand sich hin und her vor Verlegenheit. Das geschah ihm zum erstenmal, daß ein fremder Herr mit ihm ein Gespräch begann.

»Ich danke, gut«, konnte er gerade noch herausstammeln. Das letzte Wort war schon mehr gewürgt als gesprochen.

»Das wundert mich«, sagte der Baron lachend, »es ist doch eigentlich ein fader Ort, besonders für einen jungen Mann, wie du einer bist. Was treibst du denn den ganzen Tag?«

Der Bub war noch immer zu sehr verwirrt, um rasch zu antworten. War es wirklich möglich, daß dieser fremde elegante

Herr mit ihm, um den sich sonst keiner kümmerte, ein Gespräch suchte? Der Gedanke machte ihn scheu und stolz zugleich. Mühsam raffte er sich zusammen.

»Ich lese, und dann, wir gehen viel spazieren. Manchmal fahren wir auch im Wagen, die Mama und ich. Ich soll mich hier erholen, ich war krank. Ich muß darum auch viel in der Sonne sitzen, hat der Arzt gesagt.«

Die letzten Worte sagte er schon ziemlich sicher. Kinder sind immer stolz auf eine Krankheit, weil sie wissen, daß Gefahr sie ihren Angehörigen doppelt wichtig macht.

»Ja, die Sonne ist schon gut für junge Herren, wie du einer bist, sie wird dich schon braun brennen. Aber du solltest doch nicht den ganzen Tag dasitzen. Ein Bursch wie du sollte herumlaufen, übermütig sein und auch ein bißchen Unfug anstellen. Mir scheint, du bist zu brav, du siehst auch so aus wie ein Stubenhocker mit deinem großen dicken Buch unterm Arm. Wenn ich denke, was ich in deinem Alter für ein Galgenstrick war, jeden Abend bin ich mit zerrissenen Hosen nach Hause gekommen. Nur nicht zu brav sein!«

Unwillkürlich mußte das Kind lächeln, und das nahm ihm die Angst. Es hätte gern etwas erwidert, aber all dies schien ihm zu frech, zu selbstbewußt vor diesem lieben fremden Herrn, der so freundlich mit ihm sprach. Vorlaut war er nie gewesen und immer leicht verlegen, und so kam er jetzt vor Glück und Scham in die ärgste Verwirrung. Er hätte so gern das Gespräch fortgesetzt, aber es fiel ihm nichts ein. Glücklicherweise kam gerade der große gelbe Bernhardiner des Hotels vorbei, schnüffelte sie beide an und ließ sich willig liebkosen.

»Hast du Hunde gern?« fragte der Baron.

»O sehr, meine Großmama hat einen in ihrer Villa in Baden, und wenn wir dort wohnen, ist er immer den ganzen Tag mit mir. Das ist aber nur im Sommer, wenn wir dort zu Besuch sind.«

»Wir haben zu Hause, auf unserem Gut, ich glaube, zwei Dutzend. Wenn du hier brav bist, kriegst du einen von mir geschenkt. Einen braunen mit weißen Ohren, einen ganz jungen. Willst du?« Das Kind errötete vor Vergnügen.

»O ja.«

Es fuhr ihm so heraus, heiß und gierig. Aber gleich hinterher stolperte, ängstlich und wie erschrocken, das Bedenken.

»Aber Mama wird es nicht erlauben. Sie sagt, sie duldet keinen Hund zu Hause. Sie machen zuviel Schererei.«

Der Baron lächelte. Endlich hielt das Gespräch bei der Mama.

»Ist die Mama so streng?«

Das Kind überlegte, blickte eine Sekunde zu ihm auf, gleichsam fragend, ob man diesem fremden Herrn schon vertrauen dürfe. Die Antwort blieb vorsichtig.

»Nein, streng ist die Mama nicht. Jetzt, weil ich krank war, erlaubt sie mir alles. Vielleicht erlaubt sie mir sogar einen Hund.«

»Soll ich sie darum bitten?«

»Ja, bitte tun Sie das«, jubelte der Bub. »Dann wird es die Mama sicher erlauben. Und wie sieht er aus? Weiße Ohren hat er, nicht wahr? Kann er apportieren?«

»Ja, er kann alles.« Der Baron mußte lächeln über die heißen Funken, die er so rasch aus den Augen des Kindes geschlagen hatte. Mit einem Male war die anfängliche Befangenheit gebrochen, und die von der Angst zurückgehaltene Leidenschaftlichkeit sprudelte über. In blitzschneller Verwandlung war das scheue verängstigte Kind von früher ein ausgelassener Bub. ›Wenn nur die Mutter auch so wäre‹, dachte unwillkürlich der Baron, ›so heiß hinter ihrer Angst!‹ Aber schon sprang der Bub mit zwanzig Fragen an ihm hinauf:

»Wie heißt der Hund?«

»Karo.«

»Karo«, jubelte das Kind. Es mußte irgendwie lachen und jubeln über jedes Wort, ganz betrunken von dem unerwarteten Geschehen, daß sich jemand seiner in Freundlichkeit angenommen hatte. Der Baron staunte selbst über seinen raschen Erfolg und beschloß, das heiße Eisen zu schmieden. Er lud den Knaben ein, mit ihm ein bißchen spazierenzugehen, und der arme Bub, seit Wochen ausgehungert nach einem geselligen Beisammensein, war von diesem Vorschlag entzückt. Unbedacht plauderte er alles aus, was ihm sein neuer Freund mit kleinen, wie zufälligen Fragen entlockte. Bald wußte der Baron alles über die Familie, vor allem, daß Edgar der einzige Sohn eines Wiener Advokaten sei, offenbar aus der vermögenden jüdischen Bourgeoisie. Und durch geschickte Umfragen erkundete er rasch, daß die Mutter sich über den Aufenthalt am Semmering durchaus nicht entzückt geäußert und den Mangel an sympathischer Gesellschaft beklagt habe, ja er glaubte sogar, aus der ausweichenden Art, mit der Edgar die Frage beantwortete, ob die Mama den Papa sehr gern habe, entnehmen zu können, daß hier nicht alles zum besten stünde. Beinahe schämte er sich, wie leicht es ihm wurde, dem arglosen Buben all diese kleinen Familiengeheimnisse zu entlocken, denn Edgar, ganz stolz, daß irgend etwas von dem, was er zu erzählen hatte, einen Erwachsenen interessieren konnte, drängte sein Vertrauen dem neuen Freunde geradezu auf. Sein kindisches Herz klopfte vor Stolz – der Baron hatte im Spazierengehen ihm seinen Arm um die Schulter gelegt –, in solcher Intimität öffentlich mit einem Erwachsenen gesehen zu werden, und allmählich vergaß er seine eigene Kindheit, schnatterte frei und ungezwungen wie zu einem Gleichaltrigen. Edgar war, wie sein Gespräch zeigte, sehr klug, etwas frühreif wie die meisten kränklichen Kinder, die viel mit Erwachsenen beisammen waren, und von einer merkwürdig überreizten Leidenschaft der Zuneigung oder Feindlichkeit. Zu nichts schien er ein ruhiges Verhältnis zu haben, von jedem Menschen oder Ding sprach er entweder in Verzückung oder mit einem Hasse, der so heftig war, daß er sein Gesicht unangenehm verzerrte und es fast bösartig und häßlich machte. Etwas Wildes und Sprunghaftes, vielleicht noch bedingt durch die kürzlich überstandene Krankheit, gab seinen Reden fanatisches Feuer, und es schien, daß seine Linkischkeit nur mühsam unterdrückte Angst vor der eigenen Leidenschaft war.

Der Baron gewann mit Leichtigkeit sein Vertrauen. Eine halbe Stunde bloß, und er hatte dieses heiße und unruhig zukkende Herz in der Hand. Es ist ja so unsäglich leicht, Kinder zu betrügen, diese Arglosen, um deren Liebe so selten geworben wird. Er brauchte sich selbst nur in die Vergangenheit zu vergessen, und so natürlich, so ungezwungen wurde ihm das kindliche Gespräch, daß auch der Bub ihn ganz als seinesgleichen empfand und nach wenigen Minuten jedes Distanzgefühl verlor. Er war nur selig von Glück, hier in diesem einsamen Ort plötzlich einen Freund gefunden zu haben, und welch einen Freund! Vergessen waren sie alle in Wien, die kleinen Jungen mit ihren dünnen Stimmen, ihrem unerfahrenen Geschwätz, wie weggeschwemmt waren ihre Bilder von dieser einen neuen Stunde! Seine ganze schwärmerische Leidenschaft gehörte jetzt diesem neuen, seinem großen Freunde, und sein Herz dehnte sich vor Stolz, als dieser ihn jetzt zum Abschied nochmals einlud, morgen vormittags wiederzukommen, und der neue Freund ihm nun zuwinkte von der Ferne, ganz wie ein Bruder. Diese Minute war vielleicht die schönste seines Lebens. Es ist so leicht, Kinder zu betrügen. – Der Baron lächelte dem Davonstürmenden nach. Der Vermittler war nun gewonnen. Der Bub würde jetzt, das wußte er, seine Mutter mit Erzählungen bis zur Erschöpfung quälen, jedes einzelne Wort wiederholen – und dabei erinnerte er sich mit Vergnügen, wie geschickt er einige Komplimente an ihre Adresse eingeflochten, wie er immer nur von Edgars »schöner Mama« gesprochen hatte. Es war ausgemachte Sache für ihn, daß der mitteilsame Knabe nicht früher ruhen würde, ehe er seine Mama und ihn zusammengeführt hätte. Er selbst brauchte nun keinen Finger zu rühren, um die Distanz zwischen sich und der schönen Unbekannten zu verringern, konnte nun ruhig träumen und die Landschaft überschauen, denn er wußte, ein paar heiße Kinderhände bauten ihm die Brücke zu ihrem Herzen.

Der Plan war, wie sich eine Stunde später erwies, vortrefflich und bis in die letzten Einzelheiten gelungen. Als der junge Baron, mit Absicht etwas verspätet, den Speisesaal betrat, zuckte Edgar vom Sessel auf, grüßte eifrig mit einem beglückten Lächeln und winkte ihm zu. Gleichzeitig zupfte er seine Mutter am Ärmel, sprach hastig und erregt auf sie ein, mit auffälligen Gesten gegen den Baron hindeutend. Sie verwies ihm geniert und errötend sein allzu reges Benehmen, konnte es aber doch nicht vermeiden, einmal hinüberzusehen, um dem Buben seinen Willen zu tun, was der Baron sofort zum Anlaß einer respektvollen Verbeugung nahm. Die Bekanntschaft war gemacht. Sie mußte danken, beugte aber von nun ab das Gesicht tiefer über den Teller und vermied sorgfältig während des ganzen Diners nochmals hinüberzublicken. Anders Edgar, der unablässig hinguckte, einmal sogar versuchte hinüberzusprechen, eine Unstatthaftigkeit, die ihm sofort von seiner Mutter energisch verwiesen wurde. Nach Tisch wurde ihm bedeutet, daß er schlafen zu gehen habe, und ein emsiges Wispern begann zwischen ihm und seiner Mama, dessen Endresultat war, daß es seinen heißen Bitten verstattet wurde, zum andern Tisch hinüberzugehen und sich bei seinem Freund zu empfehlen. Der Baron sagte ihm ein paar herzliche Worte, die wieder die Augen des Kindes zum Flackern brachten, plauderte mit ihm ein paar Minuten. Plötzlich aber, mit einer geschickten Wendung, drehte er sich, aufstehend, zum andern Tisch hinüber, beglückwünschte die etwas verwirrte Nachbarin zu ihrem klugen, aufgeweckten Sohn, rühmte den Vormittag, den er so vortrefflich mit ihm verbracht hatte – Edgar stand dabei, rot vor Freude und Stolz –, und erkundigte sich schließlich nach seiner Gesundheit, so ausführlich und mit so viel Einzelfragen, daß die Mutter zur Antwort gezwungen war. Und so gerieten sie unaufhaltsam in ein längeres Gespräch, dem der Bub beglückt und mit einer Art Ehrfurcht lauschte. Der Baron stellte sich vor und glaubte zu bemerken, daß sein klingender Name auf die Eitle einen gewissen Eindruck machte. Jedenfalls war sie von außerordentlicher Zuvorkommenheit gegen ihn, wiewohl sie sich nichts vergab und sogar frühen Abschied nahm, des Buben halber, wie sie entschuldigend beifügte.

Der protestierte heftig, er sei nicht müde und gerne bereit, die ganze Nacht aufzubleiben. Aber schon hatte seine Mutter dem Baron die Hand geboten, der sie respektvoll küßte.

Edgar schlief schlecht in dieser Nacht. Es war eine Wirrnis in ihm von Glückseligkeit und kindischer Verzweiflung. Denn heute war etwas Neues in seinem Leben geschehn. Zum ersten Male hatte er in die Schicksale von Erwachsenen eingegriffen. Er vergaß, schon im Halbtraum, seine eigene Kindheit und dünkte sich mit einem Male groß. Bisher hatte er, einsam erzogen und oft kränklich, wenig Freunde gehabt. Für all sein Zärtlichkeitsbedürfnis war niemand dagewesen als die Eltern, die sich wenig um ihn kümmerten, und die Dienstboten. Und die Gewalt einer Liebe wird immer falsch bemessen, wenn man sie nur nach ihrem Anlaß wertet und nicht nach der Spannung, die ihr vorausgeht, jenem hohlen, dunkeln Raum von Enttäuschung und Einsamkeit, die vor allen großen Ereignissen des Herzens liegt. Ein überschweres, ein unverbrauchtes Gefühl hatte hier gewartet und stürzte nun mit ausgebreiteten Armen dem ersten entgegen, der es zu verdienen schien. Edgar lag im Dunkeln, beglückt und verwirrt, er wollte lachen und mußte weinen. Denn er liebte diesen Menschen, wie er nie einen Freund, nie Vater und Mutter und nicht einmal Gott geliebt hatte. Die ganze unreife Leidenschaft seiner früheren Jahre umklammerte das Bild dieses Menschen, dessen Namen er vor zwei Stunden noch nicht gekannt hatte.

Aber er war doch klug genug, um durch das Unerwartete und Eigenartige dieser neuen Freundschaft nicht bedrängt zu sein. Was ihn so sehr verwirrte, war das Gefühl seiner Unwertigkeit, seiner Nichtigkeit. ›Bin ich denn seiner würdig, ich, ein kleiner Bub, zwölf Jahre alt, der noch die Schule vor sich hat, der abends vor allen andern ins Bett geschickt wird?‹ quälte er sich ab. ›Was kann ich ihm sein, was kann ich ihm bieten?‹ Gerade dieses qualvoll empfundene Unvermögen, irgendwie sein Gefühl zeigen zu können, machte ihn unglücklich. Sonst, wenn er einen Kameraden liebgewonnen hatte, war es sein Erstes, die paar kleinen Kostbarkeiten seines Pultes, Briefmarken und Steine, den kindischen Besitz der Kindheit, mit ihm zu teilen, aber all diese Dinge, die ihm gestern noch von hoher Bedeutung und seltenem Reiz waren, schienen ihm mit einem Male entwertet, läppisch und verächtlich. Denn wie konnte er derlei diesem neuen Freunde bieten, dem er nicht einmal wagen durfte, das Du zu erwidern; wo war ein Weg, eine Möglichkeit, seine Gefühle zu verraten? Immer mehr und mehr empfand er die Qual, klein zu sein, etwas Halbes, Unreifes, ein Kind von zwölf Jahren, und noch nie hatte er so stürmisch das Kindsein verflucht, so herzlich sich gesehnt, anders aufzuwachen, so wie er sich träumte: groß und stark, ein Mann, ein Erwachsener wie die andern.

In diese unruhigen Gedanken flochten sich rasch die ersten farbigen Träume von dieser neuen Welt des Mannseins. Edgar schlief endlich mit einem Lächeln ein, aber doch, die Erinnerung der morgigen Verabredung unterhöhlte seinen Schlaf. Er schreckte schon um sieben Uhr mit der Angst auf, zu spät zu kommen. Hastig zog er sich an, begrüßte die erstaunte Mutter, die ihn sonst nur mit Mühe aus dem Bett bringen konnte, in ihrem Zimmer und stürmte, ehe sie weitere Fragen stellen konnte, hinab. Bis neun Uhr trieb er sich ungeduldig umher, vergaß sein Frühstück, einzig besorgt, den Freund für den Spaziergang nicht lange warten zu lassen.

Um halb zehn kam endlich der Baron sorglos angeschlendert. Er hatte natürlich längst die Verabredung vergessen, jetzt aber, da der Knabe gierig auf ihn losschnellte, mußte er lächeln über so viel Leidenschaft und zeigte sich bereit, sein Versprechen einzuhalten. Er nahm den Buben wieder unterm Arm, ging mit dem Strahlenden auf und nieder, nur daß er sanft, aber nachdrücklich abwehrte, schon jetzt den gemeinsamen Spaziergang zu beginnen. Er schien auf irgend etwas zu warten, wenigstens deutete darauf sein nervös die Türen abgreifender Blick. Plötzlich straffte er sich empor. Edgars Mama war hereingetreten und kam, den Gruß erwidernd, freundlich auf beide zu. Sie lächelte zustimmend, als sie von dem beabsichtigten Spaziergang vernahm, den ihr Edgar als etwas zu Kostbares verschwiegen hatte, ließ sich aber rasch von der Einladung des Barons zum Mitgehen bestimmen. Edgar wurde sofort mürrisch und biß die Lippen. Wie ärgerlich, daß sie gerade jetzt vorbeikommen mußte! Dieser Spaziergang hatte doch ihm allein gehört, und wenn er seinen Freund auch der Mama vorgestellt hatte, so war das nur eine Liebenswürdigkeit von ihm gewesen, aber teilen wollte er ihn deshalb nicht. Schon regte sich in ihm etwas wie Eifersucht, als er die Freundlichkeit des Barons zu seiner Mutter bemerkte.

Sie gingen dann zu dritt spazieren, und das gefährliche Gefühl seiner Wichtigkeit und plötzlichen Bedeutsamkeit wurde in dem Kinde noch genährt durch das auffällige Interesse, das beide ihm widmeten. Edgar war fast ausschließlich Gegenstand der Konversation, indem sich die Mutter mit etwas erheuchelter Besorgnis über seine Blässe und Nervosität aussprach, während der Baron wieder dies lächelnd abwehrte und sich rühmend über die nette Art seines »Freundes«, wie er ihn nannte, erging. Es war Edgars schönste Stunde. Er hatte Rechte, die ihm niemals im Laufe seiner Kindheit zugestanden worden waren. Er durfte mitreden, ohne sofort zur Ruhe verwiesen zu werden, sogar allerhand vorlaute Wünsche äußern, die ihm bislang übel aufgenommen worden wären. Und es war nicht verwunderlich, daß in ihm das trügerische Gefühl üppig wuchernd wuchs, daß er ein Erwachsener sei. Schon lag die Kindheit in seinen hellen Träumen hinter ihm, wie ein weggeworfenes entwachsenes Kleid.

Mittag saß der Baron, der Einladung der immer freundlicheren Mutter Edgars folgend, an ihrem Tisch. Aus dem Vis-à-vis war ein Nebeneinander geworden, aus der Bekanntschaft eine Freundschaft. Das Terzett war im Gang, und die drei Stimmen der Frau, des Mannes und des Kindes klangen rein zusammen.

Angriff

Nun schien es dem ungeduldigen Jäger an der Zeit, sein Wild anzuschleichen. Das Familiäre, der Dreiklang in dieser Angelegenheit mißfiel ihm. Es war ja ganz nett, so zu dritt zu plaudern, aber schließlich, Plaudern war nicht seine Absicht. Und er wußte, daß das Gesellschaftliche mit dem Maskenspiel seiner Begehrlichkeit das Erotische zwischen Mann und Frau immer retardiert, den Worten die Glut, dem Angriff sein Feuer nimmt. Sie sollte über der Konversation nie seine eigentliche Absicht vergessen, die er – dessen war er sicher – von ihr bereits verstanden wußte.

Daß sein Bemühen bei dieser Frau nicht vergeblich sein würde, hatte viel Wahrscheinlichkeiten. Sie war in jenen entscheidenden Jahren, wo eine Frau zu bereuen beginnt, einem eigentlich nie geliebten Gatten treu geblieben zu sein, und wo der purpurne Sonnenuntergang ihrer Schönheit ihr noch eine letzte dringlichste Wahl zwischen dem Mütterlichen und dem Weiblichen gewährt. Das Leben, das schon längst beantwortet schien, wird in dieser Minute noch einmal zur Frage, zum letzten Male zittert die magische Nadel des Willens zwischen der Hoffnung auf erotisches Erleben und der endgültigen Resignation. Eine Frau hat dann die gefährliche Entscheidung, ihr eigenes Schicksal oder das ihrer Kinder zu leben, Frau oder Mutter zu sein. Und der Baron, scharfsichtig in diesen Dingen, glaubte bei ihr gerade dieses gefährliche Schwanken zwischen Lebensglut und Aufopferung zu bemerken. Sie vergaß beständig im Gespräch, ihren Gatten zu erwähnen, der offenbar nur ihren äußeren Bedürfnissen, nicht aber ihren durch vornehme Lebensführung gereizten Snobismus zu befriedigen schien, und wußte innerlich eigentlich herzlich wenig von ihrem Kinde. Ein Schatten von Langeweile, als Melancholie in den dunklen Augen verschleiert, lag über ihrem Leben und verdunkelte ihre Sinnlichkeit. Der Baron beschloß, rasch vorzugehen, aber gleichzeitig jeden Anschein von Eile zu vermeiden. Im Gegenteil, er wollte, wie der Angler den Haken lockend zurückzieht, dieser neuen Freundschaft seinerseits äußerliche Gleichgültigkeit entgegensetzen, wollte um sich werben lassen, während er doch in Wahrheit der Werbende war. Er nahm sich vor, einen gewissen Hochmut zu outrieren, den Unterschied ihres sozialen Standes scharf herauszukehren, und der Gedanke reizte ihn, nur durch das Betonen seines Hochmutes, durch ein Äußeres, durch einen klingenden aristokratischen Namen und kalte Manieren diesen üppigen, vollen, schönen Körper gewinnen zu können.

Das heiße Spiel begann ihn schon zu erregen, und darum zwang er sich zur Vorsicht. Den Nachmittag verblieb er in seinem Zimmer mit dem angenehmen Bewußtsein, gesucht und vermißt zu werden. Aber diese Abwesenheit wurde nicht so sehr von ihr bemerkt, gegen die sie eigentlich gezielt war, sondern gestaltete sich für den armen Buben zur Qual. Edgar fühlte sich den ganzen Nachmittag unendlich hilflos und verloren; mit der Knaben eigenen, hartnäckigen Treue wartete er die ganzen langen Stunden unablässig auf seinen Freund. Es wäre ihm wie ein Vergehen gegen die Freundschaft erschienen, wegzugehen oder irgend etwas allein zu tun. Unnütz trollte er sich in den Gängen herum, und je später es wurde, um so mehr füllte sich sein Herz mit Unglück an. In der Unruhe seiner Phantasie träumte er schon von einem Unfall oder einer unbewußt zugefügten Beleidigung und war schon nahe daran, zu weinen vor Ungeduld und Angst.

Als der Baron dann abends zu Tisch kam, wurde er glänzend empfangen. Edgar sprang, ohne auf den abmahnenden Ruf seiner Mutter und das Erstaunen der anderen Leute zu achten, ihm entgegen, umfaßte stürmisch seine Brust mit den mageren Ärmchen. »Wo waren Sie? Wo sind Sie gewesen?« rief er hastig. »Wir haben Sie überall gesucht.« Die Mutter errötete bei dieser unwillkommenen Einbeziehung und sagte ziemlich hart: *»Sois sage, Edgar. Assieds-toi!«* (Sie sprach nämlich immer französisch mit ihm, obwohl ihr diese Sprache gar nicht so sehr selbstverständlich war und sie bei umständlichen Erläuterungen leicht auf Sand geriet.) Edgar gehorchte, ließ aber nicht ab, den Baron auszufragen. »Aber vergiß doch nicht, daß der Herr Baron tun kann, was er will. Vielleicht langweilt ihn unsere Gesellschaft.« Diesmal bezog sie sich selber ein, und der Baron fühlte mit Freude, wie dieser Vorwurf um ein Kompliment warb.

Der Jäger in ihm wachte auf. Er war berauscht, erregt, so rasch hier die richtige Fährte gefunden zu haben, das Wild ganz nahe vor dem Schuß nun zu fühlen. Seine Augen glänzten, das Blut flog ihm leicht durch die Adern, die Rede sprudelte ihm, er wußte selbst nicht wie, von den Lippen. Er war, wie jeder stark erotisch veranlagte Mensch, doppelt so gut, doppelt er selbst, wenn er wußte, daß er Frauen gefiel, so wie manche Schauspieler erst feurig werden, wenn sie die Hörer, die atmende Masse vor ihnen ganz im Bann spüren. Er war immer ein guter, mit sinnlichen Bildern begabter Erzähler gewesen, aber heute – er trank ein paar Gläser Champagner dazwischen, den er zu Ehren der neuen Freundschaft bestellt hatte – übertraf er sich selbst. Er erzählte von indischen Jagden, denen er als Gastfreund eines hohen aristokratischen englischen Freundes beigewohnt hatte, klug dies Thema wählend, weil es indifferent war und er anderseits spürte, wie alles Exotische und für sie Unerreichbare diese Frau erregte. Wen er aber damit bezauberte, das war vor allem Edgar, dessen Augen vor Begeisterung flammten. Er vergaß zu essen, zu trinken und starrte dem Erzähler die Worte von den Lippen weg. Nie hatte er gehofft, einen Menschen wirklich zu sehen, der diese ungeheuren Dinge erlebt hatte, von denen er in seinen Büchern las, die Tigerjagden, die braunen Menschen, die Hindus und das Dschaggernat, das furchtbare Rad, das tausend

Menschen unter seinen Speichen begrub. Bislange hatte er nie daran gedacht, daß es solche Menschen wirklich gäbe, so wenig wie er die Länder der Märchen glaubte, und diese Sekunde sprengte in ihm irgendein großes Gefühl zum ersten Male auf. Er konnte den Blick von seinem Freunde nicht wenden, starrte mit gepreßtem Atem auf die Hände da hart vor ihm, die einen Tiger getötet hatten. Kaum wagte er etwas zu fragen, und dann klang seine Stimme fiebrig erregt. Seine rasche Phantasie zauberte ihm immer das Bild zu den Erzählungen herauf, er sah den Freund hoch auf einem Elefanten mit purpurner Schabracke, braune Männer rechts und links mit kostbaren Turbans und dann plötzlich den Tiger, der mit seinen gebleckten Zähnen aus dem Dschungel vorsprang und dem Elefanten die Pranke in den Rüssel schlug. Jetzt erzählte der Baron noch Interessanteres, wie listig man Elefanten fing, indem man durch alte, gezähmte Tiere die jungen, wilden und übermütigen in die Verschläge lokken ließ: die Augen des Kindes sprühten Feuer. Da sagte – ihm war, als fiele plötzlich ein Messer vor ihm nieder – die Mama plötzlich, mit einem Blick auf die Uhr: *»Neuf heures! Au lit!«*

Edgar wurde blaß vor Schreck. Für alle Kinder ist das Zu-Bette-geschickt-Werden ein furchtbares Wort, weil es für sie die offenkundigste Demütigung vor den Erwachsenen ist, das Eingeständnis, das Stigma der Kindheit, des Kleinseins, der kindischen Schlafbedürftigkeit. Aber wie furchtbar war solche Schmach in diesem interessantesten Augenblick, da sie ihn solche unerhörte Dinge versäumen ließ.

»Nur das eine noch, Mama, das von den Elefanten, nur das laß mich hören!«

Er wollte zu betteln beginnen, besann sich aber rasch auf seine neue Würde als Erwachsener. Einen einzigen Versuch wagte er bloß. Aber seine Mutter war heute merkwürdig streng. »Nein, es ist schon spät. Geh nur hinauf! *Sois sage, Edgar.* Ich erzähl dir schon alle die Geschichten des Herrn Barons genau wieder.«

Edgar zögerte. Sonst begleitete ihn seine Mutter immer zu

Bette. Aber er wollte nicht betteln vor dem Freunde. Sein kindischer Stolz wollte diesem kläglichen Abgang noch einen Schein von Freiwilligkeit retten.

»Aber wirklich, Mama, du erzählst mir alles, alles! Das von den Elefanten und alles andere!«

»Ja, mein Kind.«

»Und sofort! Noch heute!«

»Ja, ja, aber jetzt geh nur schlafen. Geh!« Edgar bewunderte sich selbst, daß es ihm gelang, dem Baron und seiner Mama die Hand zu reichen, ohne zu erröten, obschon das Schluchzen ihm schon ganz hoch in der Kehle saß. Der Baron beutelte ihm freundschaftlich den Schopf, das zwang noch ein Lächeln über sein gespanntes Gesicht. Aber dann mußte er rasch zur Türe eilen, sonst hätten sie gesehen, wie ihm die dicken Tränen über die Wangen liefen.

Die Elefanten

Die Mutter blieb noch eine Zeitlang unten mit dem Baron bei Tisch, aber sie sprachen nicht von Elefanten und Jagden mehr. Eine leise Schwüle, eine rasch auffliegende Verlegenheit kam in ihr Gespräch, seit der Bub sie verlassen hatte. Schließlich gingen sie hinüber in die Hall und setzten sich in eine Ecke. Der Baron war blendender als je, sie selbst leicht befeuert durch die paar Glas Champagner, und so nahm die Konversation rasch einen gefährlichen Charakter an. Der Baron war eigentlich nicht hübsch zu nennen, er war nur jung und blickte sehr männlich aus seinem dunkelbraunen energischen Bubengesicht mit dem kurzgeschorenen Haar und entzückte sie durch die frischen, fast ungezogenen Bewegungen. Sie sah ihn gern jetzt von der Nähe und fürchtete auch nicht mehr seinen Blick. Doch allmählich schlich sich in seine Reden eine Kühnheit, die sie leicht verwirrte, etwas, das wie Greifen an ihrem Körper war, ein Betasten und wieder Lassen, irgendein unfaßbar Begehrliches, das ihr das Blut in die Wangen trieb. Aber dann lachte er wieder leicht, ungezwungen, knabenhaft, und das gab all den kleinen Begehrlichkeiten den losen Schein kindlicher Scherze. Manchmal war ihr, als müßte sie ein Wort schroff zurückweisen, aber kokett von Natur, wurde sie durch diese kleinen Lüsternheiten nur gereizt, mehr abzuwarten. Und hingerissen von dem verwegenen Spiel versuchte sie am Ende sogar, ihm nachzutun. Sie warf kleine, flatternde Versprechungen auf den Blicken hinüber, gab sich in Worten und Bewegungen schon hin, duldete sogar sein Heranrücken, die Nähe dieser Stimme, deren Atem sie manchmal warm und zuckend an den Schultern spürte. Wie alle Spieler vergaßen sie die Zeit und verloren sich so gänzlich in dem heißen Gespräch, daß sie erst aufschreckten, als die Hall sich um Mitternacht abzudunkeln begann.

Sie sprang sofort empor, dem ersten Erschrecken gehorchend, und fühlte mit einem Male, wie verwegen weit sie sich vorgewagt hatte. Ihr war sonst das Spiel mit dem Feuer nicht fremd, aber jetzt spürte ihr aufgereizter Instinkt, wie nahe dieses Spiel schon dem Ernste war. Mit Schauern entdeckte sie, daß sie sich nicht mehr ganz sicher fühlte, daß irgend etwas in ihr zu gleiten begann und sich beängstigend dem Wirbel zudrehte. Im Kopf wogte alles in einem Wirbel von Angst, von Wein und heißen Reden, eine dumme, sinnlose Angst überfiel sie, jene Angst, die sie schon einige Male in ihrem Leben in solchen gefährlichen Sekunden gekannt hatte, aber nie so schwindelnd und gewalttätig. »Gute Nacht, gute Nacht. Auf morgen früh«, sagte sie hastig und wollte entlaufen. Entlaufen nicht ihm so sehr, wie der Gefahr dieser Minute und einer neuen, fremdartigen Unsicherheit in sich selbst. Aber der Baron hielt die dargebotene Abschiedshand mit sanfter Gewalt, küßte sie, und nicht nur in Korrektheit ein einziges Mal, sondern vier- oder fünfmal mit den Lippen von den feinen Fingerspitzen bis hinauf zum Handgelenk, zitternd, wobei sie mit einem leichten Frösteln seinen rauhen Schnurrbart über den Handrücken kitzeln fühlte. Irgendein warmes und beklemmendes Gefühl flog von dort mit dem Blut durch den ganzen Körper, Angst schoß heiß empor, hämmerte drohend an die Schläfen, ihr Kopf glühte, die Angst, die sinnlose Angst zuckte jetzt durch ihren ganzen Körper, und sie entzog ihm rasch die Hand.

»Bleiben Sie doch noch«, flüsterte der Baron. Aber schon eilte sie fort mit einer Ungelenkigkeit der Hast, die ihre Angst und Verwirrung augenfällig machte. In ihr war jetzt die Erregtheit, die der andere wollte, sie fühlte, wie alles in ihr verworren war. Die grausam brennende Angst jagte sie, der Mann hinter ihr möchte ihr folgen und sie fassen, gleichzeitig aber, noch im Entspringen, spürte sie schon ein Bedauern, daß er es nicht tat. In dieser Stunde hätte das geschehen können, was sie seit Jahren unbewußt ersehnte, das Abenteuer, dessen nahen Hauch sie wollüstig liebte, um ihm bisher immer im letzten Augenblick zu entweichen, das große und gefährliche, nicht nur der flüchtige, aufreizende Flirt. Aber der Baron war zu stolz, einer günstigen Sekunde nachzulaufen. Er war seines Sieges zu gewiß, um diese Frau räuberisch in einer schwachen, weintrunkenen Minute zu nehmen, im Gegenteil, den fairen Spieler reizte nur der Kampf und die Hingabe bei vollem Bewußtsein. Entrinnen konnte sie ihm nicht. Ihr zuckte, das merkte er, das heiße Gift schon in den Adern.

Oben auf der Treppe blieb sie stehen, die Hand an das keuchende Herz gepreßt. Sie mußte ausruhen eine Sekunde. Ihre Nerven versagten. Ein Seufzer brach aus der Brust, halb Beruhigung, einer Gefahr entronnen zu sein, halb Bedauern; aber das alles war verworren und wirrte im Blut nur als leises Schwindligsein weiter. Mit halbgeschlossenen Augen, wie eine Betrunkene tappte sie weiter zu ihrer Türe und atmete auf, da sie jetzt die kühle Klinke faßte. Jetzt empfand sie sich erst in Sicherheit!

Leise bog sie die Türe ins Zimmer. Und schrak schon zurück in der nächsten Sekunde. Irgend etwas hatte sich gerührt in dem Zimmer, ganz rückwärts im Dunkeln. Ihre erregten Nerven zuckten grell, schon wollte sie um Hilfe schreien, da kam es leise von drinnen, mit ganz schlaftrunkener Stimme: »Bist du es, Mama?«

»Um Gottes willen, was machst du da?« Sie stürzte hin zum Divan, wo Edgar zusammengeknüllt lag und sich eben vom Schlafe aufraffte. Ihr erster Gedanke war, das Kind müsse krank sein oder Hilfe bedürftig.

Aber Edgar sagte, ganz verschlafen noch und mit leisem Vorwurf: »Ich habe so lange auf dich gewartet, und dann bin ich eingeschlafen.«

»Warum denn?«

»Wegen der Elefanten.«

»Was für Elefanten?«

Jetzt erst begriff sie. Sie hatte ja dem Kinde versprochen, alles zu erzählen, heute noch, von der Jagd und den Abenteuern. Und da hatte sich dieser Bub auf ihr Zimmer geschlichen, dieser einfältige, kindische Bub, und im sicheren Vertrauen gewartet, bis sie kam, und war drüber eingeschlafen. Die Extravaganz empörte sie. Oder eigentlich, sie fühlte Zorn gegen sich selbst, ein leises Raunen von Schuld und Scham, das sie überschreien wollte. »Geh sofort zu Bett, du ungezogener Fratz«, schrie sie ihn an. Edgar staunte ihr entgegen. Warum war sie so zornig mit ihm, er hatte doch nichts getan? Aber diese Verwunderung reizte die schon Aufgeregte noch mehr. »Geh sofort in dein Zimmer«, schrie sie wütend, weil sie fühlte, daß sie ihm unrecht tat. Edgar ging ohne ein Wort. Er war eigentlich furchtbar müde und spürte nur stumpf durch den drückenden Nebel von Schlaf, daß seine Mutter ein Versprechen nicht gehalten hatte und daß man in irgendeiner Weise gegen ihn schlecht war. Aber er revoltierte nicht. In ihm war alles stumpf durch die Müdigkeit; und dann, er ärgerte sich sehr, hier oben eingeschlafen zu sein, statt wach zu warten. »Ganz wie ein kleines Kind«, sagte er empört zu sich selber, ehe er wieder in Schlaf fiel.

Denn seit gestern haßte er seine eigene Kindheit.

Geplänkel

Der Baron hatte schlecht geschlafen. Es ist immer gefährlich, nach einem abgebrochenen Abenteuer zu Bette zu gehen: eine unruhige, von schwülen Träumen gefährdete Nacht ließ es ihn bald bereuen, die Minute nicht mit hartem Griff gepackt zu haben. Als er morgens, noch von Schlaf und Mißmut umwölkt, hinunterkam, sprang ihm der Knabe aus einem Versteck entgegen, schloß ihn begeistert in die Arme und begann ihn mit tausend Fragen zu quälen. Er war glücklich, seinen großen Freund wieder eine Minute für sich zu haben und nicht mit der Mama teilen zu müssen. Nur ihm sollte er erzählen, nicht mehr Mama, bestürmte er ihn, denn die hätte, trotz ihres Versprechens, ihm nichts von all den wunderbaren Dingen wiedergesagt. Er überschüttete den unangenehm Aufgeschreckten, der seine Mißlaune nur schlecht verbarg, mit hundert kindischen Belästigungen. In diese Fragen mengte er überdies stürmische Bezeugungen seiner Liebe, glückselig, wieder mit dem Langgesuchten und seit frühmorgens Erwarteten allein zu sein.

Der Baron antwortete unwirsch. Dieses ewige Auflauern des Kindes, die Läppischkeit der Fragen, wie überhaupt die unbegehrte Leidenschaft begann ihn zu langweilen. Er war müde, nun tagaus, tagein mit einem zwölfjährigen Buben herumzuziehen und mit ihm Unsinn zu schwatzen. Ihm lag jetzt nur daran, das heiße Eisen zu schmieden und die Mutter allein zu fassen, was eben durch des Kindes unerwünschte Anwesenheit zum Problem wurde. Ein erstes Unbehagen vor dieser unvorsichtig geweckten Zärtlichkeit bemächtigte sich seiner, denn vorläufig sah er keine Möglichkeit, den allzu anhänglichen Freund loszuwerden.

Immerhin: es kam auf den Versuch an. Bis zehn Uhr, der Stunde, die er mit der Mutter zum Spaziergang verabredet hatte, ließ er das eifrige Gerede des Buben achtlos über sich hinplätschern, warf hin und wieder einen Brocken Gespräch hin, um ihn nicht zu beleidigen, durchblätterte aber gleichzeitig die Zeitung. Endlich, als der Zeiger fast senkrecht stand, bat er Edgar, wie sich plötzlich erinnernd, für ihn ins andere Hotel bloß einen Augenblick hinüberzugehen, um dort nachzufragen, ob der Graf Grundheim, sein Vetter, schon angekommen sei.

Das arglose Kind, glückselig, endlich einmal seinem Freund mit etwas dienlich sein zu können, stolz auf seine Würde als Bote, sprang sofort weg und stürmte so toll den Weg hin, daß die Leute ihm verwundert nachstarrten. Aber ihm war gelegen, zu zeigen, wie flink er war, wenn man ihm Botschaften vertraute. Der Graf war, so sagte man ihm dort, noch nicht eingetroffen, ja zur Stunde gar nicht angemeldet. Diese Nachricht brachte er in neuerlichem Sturmschritt zurück. Aber in der Hall war der Baron nicht mehr zu finden. So klopfte er an seine Zimmertür – vergeblich! Beunruhigt rannte er alle Räume ab, das Musikzimmer und das Kaffeehaus, stürmte aufgeregt zu seiner Mama, um Erkundigungen einzuziehen: auch sie war fort. Der Portier, an den er sich schließlich ganz verzweifelt wandte, sagte ihm zu seiner Verblüffung, sie seien beide vor einigen Minuten gemeinsam weggegangen!

Edgar wartete geduldig. Seine Arglosigkeit vermutete nichts Böses. Sie konnten ja nur eine kurze Weile wegbleiben, dessen war er sicher, denn der Baron brauchte ja seinen Bescheid. Aber die Zeit streckte breit ihre Stunden, Unruhe schlich sich an ihn heran. Überhaupt, seit dem Tage, da sich dieser fremde, verführerische Mensch in sein kleines, argloses Leben gemengt hatte, war das Kind den ganzen Tag angespannt, gehetzt und verwirrt. In einen so feinen Organismus, wie den der Kinder, drückt jede Leidenschaft wie in weiches Wachs ihre Spuren. Das nervöse Zittern der Augenlider trat wieder auf, schon sah er blasser aus. Edgar wartete und wartete, geduldig zuerst, dann wild erregt und schließlich schon dem Weinen nah. Aber argwöhnisch war er noch immer nicht. Sein blindes Vertrauen in diesen wundervollen Freund vermutete ein Mißverständnis, und geheime Angst quälte ihn, er mochte vielleicht den Auftrag falsch verstanden haben.

Wie seltsam aber war erst dies, daß sie jetzt, da sie endlich zurückkamen, heiter plaudernd blieben und gar keine Verwunderung bezeigten. Es schien, als hätten sie ihn gar nicht sonderlich vermißt: »Wir sind dir entgegengegangen, weil wir hofften, dich am Weg zu treffen, Edi«, sagte der Baron, ohne sich nach dem Auftrag zu erkundigen. Und als das Kind, ganz erschrokken, sie könnten ihn vergebens gesucht haben, zu beteuern begann, er sei nur auf dem geraden Wege der Hochstraße gelaufen, und wissen wollte, welche Richtung sie gewählt hätten, da schnitt die Mama kurz das Gespräch ab. »Schon gut, schon gut! Kinder sollen nicht so viel reden.«

Edgar wurde rot vor Ärger. Das war nun schon das zweite Mal so ein niederträchtiger Versuch, ihn vor seinem Freund herabzusetzen. Warum tat sie das, warum versuchte sie immer, ihn als Kind darzustellen, das er doch – er war davon überzeugt – nicht mehr war? Offenbar war sie ihm neidisch auf seinen Freund und plante, ihn zu sich herüberzuziehen. Ja, und sicherlich war sie es auch, die den Baron mit Absicht den falschen Weg geführt hatte. Aber er ließ sich nicht von ihr mißhandeln, das sollte sie sehen. Er wollte ihr schon Trotz bieten. Und Edgar beschloß, heute bei Tisch kein Wort mit ihr zu reden, nur mit seinem Freund allein.

Doch das wurde ihm hart. Was er am wenigsten erwartet hatte, trat ein: man bemerkte seinen Trotz nicht. Ja, sogar ihn selber schienen sie nicht zu sehen, ihn, der doch gestern Mittelpunkt ihres Beisammenseins gewesen war! Sie sprachen beide über ihn hinweg, scherzten zusammen und lachten, als ob er unter den Tisch gesunken wäre. Das Blut stieg ihm zu den Wangen, in der Kehle saß ein Knollen, der ihm den Atem erwürgte. Mit Schauern wurde er seiner entsetzlichen Machtlosigkeit bewußt. Er sollte also hier ruhig sitzen und zusehen, wie seine Mutter ihm den Freund wegnahm, den einzigen Menschen, den er liebte, und sollte sich nicht wehren können, nicht anders als durch Schweigen? Ihm war, als müßte er aufstehen und plötzlich mit beiden Fäusten auf den Tisch losschlagen. Nur damit sie ihn bemerkten. Aber er hielt sich zusammen, legte bloß Gabel und Messer nieder und rührte keinen Bissen mehr an. Aber auch dies hartnäckige Fasten merkten sie lange nicht, erst beim letzten Gang fiel es der Mutter auf, und sie fragte, ob er sich nicht wohl fühle. ›Widerlich‹, dachte er sich, ›immer denkt sie nur das eine, ob ich nicht krank bin, sonst ist ihr alles einerlei.‹ Er antwortete kurz, er habe keine Lust, und damit gab sie sich zufrieden. Nichts, gar nichts erzwang ihm Beachtung. Der Baron schien ihn vergessen zu haben, wenigstens richtete er nicht ein einziges Mal das Wort an ihn. Heißer und heißer quoll es ihm in die Augen, und er mußte die kindische List anwenden, rasch die Serviette zu heben, ehe es jemand sehen konnte, daß Tränen über seine Wangen sprangen und ihm salzig die Lippen näßten. Er atmete auf, wie das Essen zu Ende war.

Während des Diners hatte seine Mutter eine gemeinsame Wagenfahrt nach Maria-Schutz vorgeschlagen. Edgar hatte es gehört, die Lippe zwischen den Zähnen. Nicht eine Minute wollte sie ihn also mehr mit seinem Freunde allein lassen. Aber sein Haß stieg erst wild auf, als sie ihm jetzt beim Aufstehen sagte: »Edgar, du wirst noch alles für die Schule vergessen, du solltest doch einmal zu Hause bleiben, ein bißchen nachlernen!« Wieder ballte er die kleine Kinderfaust. Immer wollte sie ihn vor seinem Freund demütigen, immer daran öffentlich erinnern, daß er noch ein Kind war, daß er in die Schule gehen mußte und nur geduldet unter Erwachsenen war. Diesmal war ihm die Absicht aber doch zu durchsichtig. Er gab gar keine Antwort, sondern drehte sich kurzweg um.

»Aha, wieder beleidigt«, sagte sie lächelnd und dann zum Baron: »Wäre das wirklich so arg, wenn er einmal eine Stunde arbeiten möchte?«

Und da – im Herzen des Kindes wurde etwas kalt und starr – sagte der Baron, er, der sich seinen Freund nannte, er, der ihn als Stubenhocker verhöhnt hatte: »Na, eine Stunde oder zwei könnten wirklich nicht schaden.«

War das ein Einverständnis? Hatten sie sich wirklich beide

gegen ihn verbündet? In dem Blick des Kindes flammte der Zorn. »Mein Papa hat verboten, daß ich hier lerne, Papa will, daß ich mich hier erhole«, schleuderte er heraus mit dem ganzen Stolz auf seine Krankheit, verzweifelt sich an das Wort, an die Autorität seines Vaters anklammernd. Wie eine Drohung stieß er es heraus. Und was das merkwürdigste war: das Wort schien tatsächlich in den beiden ein Mißbehagen zu erwecken. Die Mutter sah weg und trommelte nur nervös mit den Fingern auf den Tisch. Ein peinliches Schweigen stand breit zwischen ihnen. »Wie du meinst, Edi«, sagte schließlich der Baron mit einem erzwungenen Lächeln. »Ich muß ja keine Prüfung machen, ich bin schon längst bei allen durchgefallen.«

Aber Edgar lächelte nicht zu dem Scherz, sondern sah ihn nur an mit einem prüfenden, sehnsüchtig eindringenden Blick, als wollte er ihm bis in die Seele greifen. Was ging da vor? Etwas war verändert zwischen ihnen, und das Kind wußte nicht, warum. Unruhig ließ es die Augen wandern. In seinem Herzen hämmerte ein kleiner, hastiger Hammer: der erste Verdacht.

Brennendes Geheimnis

›Was hat sie so verwandelt?‹ sann das Kind, das ihnen im rollenden Wagen gegenübersaß. ›Warum sind sie nicht mehr zu mir wie früher? Weshalb vermeidet Mama immer meinen Blick, wenn ich sie ansehe? Warum sucht er immer vor mir Witze zu machen und den Hanswurst zu spielen? Beide reden sie nicht mehr zu mir wie gestern und vorgestern, mir ist beinahe, als hätten sie andere Gesichter bekommen. Mama hat heute so rote Lippen, sie muß sie gefärbt haben. Das habe ich nie gesehen an ihr. Und er zieht immer die Stirne kraus, als sei er beleidigt. Ich habe ihnen doch nichts getan, kein Wort gesagt, das sie verdrießen konnte? Nein, ich kann nicht die Ursache sein, denn sie sind selbst zueinander anders wie vordem. Sie sind so, als ob sie etwas angestellt hätten, das sie sich nicht zu sagen getrauen. Sie plaudern nicht mehr wie gestern, sie lachen auch nicht, sie sind befangen, sie verbergen etwas. Irgendein Geheimnis ist zwischen ihnen, das sie mir nicht verraten wollen. Ein Geheimnis, das ich ergründen muß um jeden Preis. Ich kenne es schon, es muß dasselbe sein, vor dem sie mir immer die Türe verschließen, von dem in den Büchern die Rede ist und in den Opern, wenn die Männer und die Frauen mit ausgebreiteten Armen gegeneinander singen, sich umfassen und sich wegstoßen. Es muß irgendwie dasselbe sein wie das mit meiner französischen Lehrerin, die sich mit Papa so schlecht vertrug und die dann weggeschickt wurde. All diese Dinge hängen zusammen, das spüre ich, aber ich weiß nur nicht, wie. Oh, es zu wissen, endlich zu wissen, dieses Geheimnis, ihn zu fassen, diesen Schlüssel, der alle Türen aufschließt, nicht länger mehr Kind sein, vor dem man alles versteckt und verhehlt, sich nicht mehr hinhalten lassen und betrügen. Jetzt oder nie! Ich will es ihnen entreißen, dieses furchtbare Geheimnis.‹ Eine Falte grub sich in seine Stirne, beinahe alt sah der schmächtige Zwölfjährige aus, wie er so ernst vor sich hin grübelte, ohne einen einzigen Blick an die Landschaft zu wenden, die sich in klingenden Farben rings entfaltete, die Berge im gereinigten Grün ihrer Nadelwälder, die Täler im noch zarten Glanz des verspäteten Frühlings. Er sah nur immer die beiden ihm gegenüber im Rücksitz des Wagens an, als könnte er mit diesen heißen Blicken wie mit einer Angel das Geheimnis aus den glitzernden Tiefen ihrer Augen herausreißen. Nichts schärft Intelligenz mehr als ein leidenschaftlicher Verdacht, nichts entfaltet mehr alle Möglichkeiten eines unreifen Intellekts, als eine Fährte, die ins Dunkel läuft. Manchmal ist es ja nur eine einzige dünne Tür, die Kinder von der Welt, die wir die wirkliche nennen, abtrennt, und ein zufälliger Windhauch sprengt sie ihnen auf.

Edgar fühlte sich mit einem Male dem Unbekannten, dem großen Geheimnis so greifbar nahe wie noch nie, er spürte es knapp vor sich, zwar noch verschlossen und unenträtselt, aber nah, ganz nah. Das erregte ihn und gab ihm diesen plötzlichen, feierlichen Ernst. Denn unbewußt ahnte er, daß er am Rand seiner Kindheit stand.

Die beiden gegenüber fühlten irgendeinen dumpfen Widerstand vor sich, ohne zu ahnen, daß er von dem Knaben ausging. Sie fühlten sich eng und gehemmt zu dritt im Wagen. Die beiden Augen ihnen gegenüber mit ihrer dunkel in sich flackernden Glut behinderten sie. Sie wagten kaum zu reden, kaum zu blikken. Zu ihrer vormaligen leichten, gesellschaftlichen Konversation fanden sie jetzt nicht mehr zurück, schon zu sehr verstrickt in dem Ton der heißen Vertraulichkeiten, jener gefährlichen Worte, in denen die schmeichelnde Unzüchtigkeit von heimlichen Betastungen zittert. Ihr Gespräch stieß immer auf Lücken und Stockungen. Es blieb stehen, wollte weiter, aber stolperte immer wieder über das hartnäckige Schweigen des Kindes.

Besonders für die Mutter war sein verbissenes Schweigen eine Last. Sie sah ihn vorsichtig von der Seite an und erschrak, als sie plötzlich in der Art, wie das Kind die Lippen verkniff, zum erstenmal eine Ähnlichkeit mit ihrem Mann erkannte, wenn er gereizt oder verärgert war. Der Gedanke war ihr unbehaglich, gerade jetzt an ihren Mann erinnert zu werden, da sie mit einem Abenteuer Versteck spielen wollte. Wie ein Gespenst, ein Wächter des Gewissens, doppelt unerträglich hier in der Enge des Wagens, zehn Zoll gegenüber mit seinen dunkel arbeitenden Augen und dem Lauern hinter der blassen Stirn, schien ihr das Kind. Da schaute Edgar plötzlich auf, eine Sekunde lang. Beide senkten sie sofort den Blick: sie spürten, daß sie sich belauerten, zum erstenmal in ihrem Leben. Bisher hatten sie einander blind vertraut, jetzt aber war etwas zwischen Mutter und Kind, zwischen ihr und ihm plötzlich anders geworden. Zum ersten Male in ihrem Leben begannen sie, sich zu beobachten, ihre beiden Schicksale voneinander zu trennen, beide schon mit einem heimlichen Haß gegeneinander, der nur noch zu neu war, als daß sie sich ihn einzugestehen wagten.

Alle drei atmeten sie auf, als die Pferde wieder vor dem Hotel hielten. Es war ein verunglückter Ausflug gewesen, alle fühlten es, und keiner wagte es zu sagen. Edgar sprang zuerst ab. Seine Mutter entschuldigte sich mit Kopfschmerzen und ging eilig hinauf. Sie war müde und wollte allein sein. Edgar und der Baron blieben zurück. Der Baron zahlte dem Kutscher, sah auf die Uhr und schritt gegen die Hall zu, ohne den Buben zu beachten. Er ging vorbei an ihm mit seinem feinen, schlanken Rücken, diesem rhythmisch leichten Wiegegang, der das Kind so bezauberte und den es gestern schon nachzuahmen versucht hatte. Er ging vorbei, glatt vorbei. Offenbar hatte er den Knaben vergessen und ließ ihn stehen neben dem Kutscher, neben den Pferden, als gehörte er nicht zu ihm.

In Edgar riß irgend etwas entzwei, wie er ihn so vorübergehen sah, ihn, den er trotz alldem noch immer so abgöttisch liebte. Verzweiflung brach aus seinem Herzen, als er so vorbeiging, ohne ihn mit dem Mantel zu streifen, ohne ihm ein Wort zu sagen, der sich doch keiner Schuld bewußt war. Die mühsam bewahrte Fassung zerriß, die künstlich erhöhte Last der Würde glitt ihm von den zu schmalen Schultern, er wurde wieder ein Kind, klein und demütig wie gestern und vordem. Es riß ihn weiter wider seinen Willen. Mit rasch zitternden Schritten ging er dem Baron nach, trat ihm, der eben die Treppe hinauf wollte, in den Weg und sagte gepreßt, mit schwer verhaltenen Tränen:

»Was habe ich Ihnen getan, daß Sie nicht mehr auf mich achten? Warum sind Sie jetzt immer so mit mir? Und die Mama auch? Warum wollen Sie mich immer wegschicken? Bin ich Ihnen lästig, oder habe ich etwas getan?«

Der Baron schrak auf. In der Stimme war etwas, das ihn verwirrte und weich stimmte. Mitleid überkam ihn mit dem arglosen Buben. »Edi, du bist ein Narr! Ich war nur schlechter Laune heute. Und du bist ein lieber Bub, den ich wirklich gern hab.« Dabei schüttelte er ihn am Schopf tüchtig hin und her, aber doch das Gesicht halb abgewendet, um nicht diese großen, feuchten, flehenden Kinderaugen sehen zu müssen. Die Komödie, die er spielte, begann ihm peinlich zu werden. Er

schämte sich eigentlich
frech gespielt zu haben,
Schluchzen geschüttelte Sti
Edi, heute abend werden wi
schon sehen«, sagte er begütigen

»Aber Sie dulden nicht, daß mic
nicht wahr?«

»Nein, nein, Edi, ich dulde es nic
»Geh nur jetzt hinauf, ich muß mich anz
essen.«

Edgar ging, beglückt für den Augenblick.
der Hammer im Herzen sich wieder zu rühren.
älter geworden seit gestern; ein fremder Gast, da
saß jetzt schon fest in seiner kindischen Brust.

Er wartete. Es galt ja die entscheidende Probe. Sie s
sammen bei Tisch. Es wurde neun Uhr, aber die Mutter sc
ihn nicht zu Bett. Schon wurde er unruhig. Warum ließ sie
gerade heute so lange hier bleiben, sie, die sonst so genau wa
Hatte ihr am Ende der Baron seinen Wunsch und das Gespräch verraten? Brennende Reue überfiel ihn plötzlich, ihm heute mit seinem vollen vertrauenden Herzen nachgelaufen zu sein. Um zehn erhob sich plötzlich seine Mutter und nahm Abschied vom Baron. Und seltsam, auch der schien durch diesen frühen Aufbruch keineswegs verwundert zu sein, suchte auch nicht, wie sonst immer, sie zurückzuhalten. Immer heftiger schlug der Hammer in der Brust des Kindes.

Nun galt es scharfe Probe. Auch er stellte sich nichtsahnend und folgte ohne Widerrede seiner Mutter zur Tür. Dort aber zuckte er plötzlich auf mit den Augen. Und wirklich, er fing in dieser Sekunde einen lächelnden Blick auf, der über seinen Kopf von ihr gerade zum Baron hinüberging, einen Blick des Einverständnisses, irgendeines Geheimnisses. Der Baron hatte ihn also verraten. Deshalb also der frühe Aufbruch: er sollte heute eingewiegt werden in Sicherheit, um ihnen morgen nicht mehr im Wege zu sein.

uch er hatte
ß gegen sie

eines,
ewiß
n zu
Ge-
ll-
n
n
egrüßte,
auteuil sitzen blieb,
ck. »Ist die Mama schon un-
Zeitung: »Ich weiß nicht.«
stutzte. Was war das auf einmal? »Schlecht ge-
afen, Edi, was?« Ein Scherz sollte wie immer hinüberhelfen. Aber Edgar warf ihm nur wieder verächtlich ein »Nein« hin und vertiefte sich neuerdings in die Zeitung. »Dummer Bub«, murmelte der Baron vor sich hin, zuckte die Achseln und ging weiter. Die Feindschaft war erklärt.

Auch gegen seine Mama war Edgar kühl und höflich. Einen ungeschickten Versuch, ihn auf den Tennisplatz zu schicken, wies er ruhig zurück. Sein Lächeln, knapp an den Lippen aufgerollt und leise von Erbitterung gekräuselt, zeigte, daß er sich nicht mehr betrügen lasse. »Ich gehe lieber mit euch spazieren, Mama«, sagte er mit falscher Freundlichkeit und blickte ihr in die Augen. Die Antwort war ihr sichtlich ungelegen. Sie zögerte und schien etwas zu suchen. »Warte hier auf mich«, entschied sie endlich und ging zum Frühstück.

Edgar wartete. Aber sein Mißtrauen war rege. Ein unruhiger Instinkt arbeitete nun zwischen jedem Wort dieser beiden eine geheime feindselige Absicht heraus. Der Argwohn gab ihm jetzt manchmal eine merkwürdige Hellsichtigkeit der Entschlüsse. Und statt, wie ihm angewiesen war, in der Hall zu warten, zog Edgar es vor, sich auf der Straße zu postieren, wo er nicht nur einen Hauptausgang, sondern alle Türen überwachen konnte. Irgend etwas in ihm witterte Betrug. Aber sie sollten ihm nicht mehr entwischen. Auf der Straße drückte er sich, wie er es in seinen Indianerbüchern gelernt hatte, hinter einen Holzstoß. Und lachte nur zufrieden, als er nach etwa einer halben Stunde seine Mutter tatsächlich aus der Seitentür treten sah, einen Busch prachtvoller Rosen in der Hand und gefolgt vom Baron, dem Verräter.

Beide schienen sehr übermütig. Atmeten sie schon auf, ihm entgangen zu sein, allein für ihr Geheimnis? Sie lachten im Gespräch und schickten sich an, den Waldweg hinabzugehen.

Jetzt war der Augenblick gekommen. Edgar schlenderte gemächlich, als hätte ein Zufall ihn hergeführt, hinter dem Holzstoß hervor. Ganz, ganz gelassen ging er auf sie zu, ließ sich Zeit, sehr viel Zeit, um sich ausgiebig an ihrer Überraschung zu weiden. Die beiden waren verblüfft und tauschten einen befremdeten Blick. Langsam, mit gespielter Selbstverständlichkeit kam das Kind heran und ließ seinen höhnischen Blick nicht von ihnen. »Ah, da bist du, Edi, wir haben dich schon drin gesucht«, sagte endlich die Mutter. ›Wie frech sie lügt‹, dachte das Kind. Aber die Lippen blieben hart. Sie hielten das Geheimnis des Hasses hinter den Zähnen.

Unschlüssig standen sie alle drei. Einer lauerte auf den andern. »Also gehen wir«, sagte resigniert die verärgerte Frau und zerpflückte eine der schönen Rosen. Wieder dieses leichte Zittern um die Nasenflügel, das bei ihr Zorn verriet. Edgar blieb stehen, als ginge ihn das nichts an, sah ins Blaue, wartete, bis sie gingen, dann schickte er sich an, ihnen zu folgen. Der Baron machte noch einen Versuch. »Heute ist Tennisturnier, hast du das schon einmal gesehen?« Edgar blickte ihn nur verächtlich an. Er antwortete ihm gar nicht mehr, zog nur die Lippen krumm, als ob er pfeifen wollte. Das war sein Bescheid. Sein Haß wies die blanken Zähne.

Wie ein Alp lastete nun seine unerbetene Gegenwart auf den beiden. Sträflinge gehen so hinter dem Wärter, mit heimlich geballten Fäusten. Das Kind tat eigentlich gar nichts und wurde ihnen doch in jeder Minute mehr unerträglich mit seinen lauernden Blicken, die feucht waren von verbissenen Tränen, seiner gereizten Mürrischkeit, die alle Annäherungsversuche wegknurrte. »Geh voraus«, sagte plötzlich wütend die Mutter, beunruhigt durch sein fortwährendes Lauschen. »Tanz mir nicht immer vor den Füßen, das macht mich nervös!« Edgar gehorchte, aber immer nach ein paar Schritten wandte er sich um, blieb wartend stehen, wenn sie zurückgeblieben waren, sie mit seinem Blick wie der schwarze Pudel mephistophelisch umkreisend und einspinnend in dieses feurige Netz von Haß, in dem sie sich unentrinnbar gefangen fühlten.

Sein böses Schweigen zerriß wie eine Säure ihre gute Laune, sein Blick vergällte ihnen das Gespräch von den Lippen weg. Der Baron wagte kein einziges werbendes Wort mehr, er spürte, mit Zorn, diese Frau ihm wieder entgleiten, ihre mühsam angefachte Leidenschaftlichkeit jetzt wieder auskühlen in der Furcht vor diesem lästigen, widerlichen Kind. Immer versuchten sie wieder zu reden, immer brach ihre Konversation zusammen. Schließlich trotteten sie alle drei schweigend über den Weg, hörten nur mehr die Bäume flüsternd gegeneinander schlagen und ihren eigenen verdrossenen Schritt. Das Kind hatte ihr Gespräch erdrosselt.

Jetzt war in allen dreien die gereizte Feindseligkeit. Mit Wollust spürte das verratene Kind, wie sich ihre Wut wehrlos gegen seine mißachtete Existenz ballte. Mit zwinkernd höhnischen Blicken streifte er ab und zu das verbissene Gesicht des Barons. Er sah, wie der zwischen den Zähnen Schimpfworte knirschte und an sich halten mußte, um sie nicht gegen ihn zu speien, merkte zugleich auch mit diabolischer Lust den aufsteigenden Zorn seiner Mutter, und daß beide nur einen Anlaß ersehnten, sich auf ihn zu stürzen, ihn wegzuschieben oder unschädlich zu machen. Aber er bot keine Gelegenheit, sein Haß war in langen Stunden berechnet und gab sich keine Blößen.

»Gehen wir zurück!« sagte plötzlich die Mutter. Sie fühlte, daß sie nicht länger an sich halten könnte, daß sie etwas tun müßte, aufschreien zumindest unter dieser Folter. »Wie schade«, sagte Edgar ruhig, »es ist so schön.«

Beide merkten, daß das Kind sie verhöhnte. Aber sie wagten nichts zu sagen, dieser Tyrann hatte in zwei Tagen zu wundervoll gelernt, sich zu beherrschen. Kein Zucken im Gesicht verriet die schneidende Ironie. Ohne Wort gingen sie den langen Weg wieder heim. In ihr flackerte die Erregung noch nach, als sie dann beide allein im Zimmer waren. Sie warf den Sonnenschirm und ihre Handschuhe ärgerlich weg. Edgar merkte sofort, daß ihre Nerven erregt waren und nach Entladung verlangten, aber er wollte einen Ausbruch und blieb mit Absicht im Zimmer, um sie zu reizen. Sie ging auf und ab, setzte sich wieder hin, ihre Finger trommelten auf dem Tisch, dann sprang sie wieder auf. »Wie zerrauft du bist, wie schmutzig du umhergehst! Es ist eine Schande vor den Leuten. Schämst du dich nicht in deinem Alter?« Ohne ein Wort der Gegenrede ging das Kind hin und kämmte sich. Dieses Schweigen, dieses obstinate kalte Schweigen mit dem Zittern von Hohn auf den Lippen machte sie rasend. Am liebsten hätte sie ihn geprügelt. »Geh auf dein Zimmer«, schrie sie ihn an. Sie konnte seine Gegenwart nicht mehr ertragen. Edgar lächelte und ging.

Wie sie jetzt beide zitterten vor ihm, wie sie Angst hatten, der Baron und sie, vor jeder Stunde des Zusammenseins, dem unbarmherzig harten Griff seiner Augen! Je unbehaglicher sie sich fühlten, in um so satterem Wohlbehagen beglänzte sich sein Blick, um so herausfordernder wurde seine Freude. Edgar quälte die Wehrlosen jetzt mit der ganzen, fast noch tierischen Grausamkeit der Kinder. Der Baron konnte seinen Zorn noch dämmen, weil er immer hoffte, dem Buben noch einen Streich spielen zu können, und nur an sein Ziel dachte. Aber sie, die Mutter, verlor immer wieder die Beherrschung. Für sie war es eine Erleichterung, ihn anschreien zu können. »Spiel nicht mit der Gabel«, fuhr sie ihn bei Tisch an. »Du bist ein unerzogener Fratz, verdienst noch gar nicht unter Erwachsenen zu sitzen.« Edgar lächelte nur immer, lächelte, den Kopf ein wenig schief zur Seite gelegt. Er wußte, daß dieses Schreien Verzweiflung war, und empfand Stolz, daß sie sich so verrieten. Er hatte jetzt einen ganz ruhigen Blick, wie der eines Arztes. Früher wäre er vielleicht boshaft gewesen, um sie zu ärgern, aber man lernt viel und rasch im Haß. Jetzt schwieg er nur, schwieg und schwieg, bis sie zu schreien begann unter dem Druck seines Schweigens.

Seine Mutter konnte es nicht länger ertragen. Als sie jetzt vom Essen aufstanden und Edgar wieder mit dieser selbstverständlichen Anhänglichkeit ihnen folgen wollte, brach es plötzlich los aus ihr. Sie vergaß alle Rücksicht und spie die Wahrheit aus. Gepeinigt von seiner schleichenden Gegenwart, bäumte sie sich wie ein von Fliegen gefoltertes Pferd. »Was rennst du mir immer nach wie ein dreijähriges Kind? Ich will dich nicht immer in der Nähe haben. Kinder gehören nicht zu Erwachsenen. Merk dir das! Beschäftige dich doch einmal eine Stunde mit dir selbst. Lies etwas oder tu, was du willst. Laß mich in Ruh! Du machst mich nervös mit deinem Herumschleichen, deiner widerlichen Verdrossenheit.«

Endlich hatte er es ihr entrissen, das Geständnis! Edgar lächelte, während der Baron und sie jetzt verlegen schienen. Sie wandte sich ab und wollte weiter, wütend über sich selbst, daß sie ihr Unbehagen dem Kind eingestanden hatte. Aber Edgar sagte nur kühl: »Papa will nicht, daß ich allein hier herumgehe. Papa hat mir das Versprechen abgenommen, daß ich nicht unvorsichtig bin und bei dir bleibe.«

Er betonte das Wort »Papa«, weil er damals bemerkt hatte,

daß es eine gewisse lähmende Wirkung auf die beiden übte. Auch sein Vater mußte also irgendwie verstrickt sein in dieses heiße Geheimnis. Papa mußte irgendeine geheime Macht über die beiden haben, die er nicht kannte, denn schon die Erwähnung seines Namens schien ihnen Angst und Unbehagen zu bereiten. Auch diesmal entgegneten sie nichts. Sie streckten die Waffen. Die Mutter ging voran, der Baron mit ihr. Hinter ihnen kam Edgar, aber nicht demütig wie ein Diener, sondern hart, streng und unerbittlich wie ein Wächter. Unsichtbar klirrte er mit der Kette, an der sie rüttelten und die nicht zu zersprengen war. Der Haß hatte seine kindische Kraft gestählt, er, der Unwissende, war stärker als sie beide, denen das Geheimnis die Hände band.

Die Lügner

Aber die Zeit drängte. Der Baron hatte nur mehr wenige Tage, und die wollten genützt sein. Widerstand gegen die Hartnäkkigkeit des gereizten Kindes war, das fühlten sie, vergeblich, und so griffen sie zum letzten, zum schmählichsten Ausweg: zur Flucht, um nur für eine oder zwei Stunden seiner Tyrannei zu entgehen.

»Gib diese Briefe rekommandiert zur Post«, sagte die Mutter zu Edgar. Sie standen beide in der Hall, der Baron sprach draußen mit einem Fiaker.

Mißtrauisch übernahm Edgar die beiden Briefe. Er hatte bemerkt, daß früher ein Diener irgendeine Botschaft seiner Mutter übermittelt hatte. Bereiteten sie am Ende etwas gemeinsam gegen ihn vor?

Er zögerte. »Wo erwartest du mich?«

»Hier.«

»Bestimmt?«

»Ja.«

»Daß du aber nicht weggehst! Du wartest also hier in der Hall auf mich, bis ich zurückkomme?« Er sprach im Gefühl seiner Überlegenheit mit seiner Mutter schon befehlshaberisch. Seit vorgestern hatte sich viel verändert.

Dann ging er mit den beiden Briefen. An der Tür stieß er mit dem Baron zusammen. Er sprach ihn an, zum erstenmal seit zwei Tagen.

»Ich gebe nur die zwei Briefe auf. Meine Mama wartet auf mich, bis ich zurückkomme. Bitte gehen Sie nicht früher fort.«

Der Baron drückte sich rasch vorbei. »Ja, ja, wir warten schon.«

Edgar stürmte zum Postamt. Er mußte warten. Ein Herr vor ihm hatte ein Dutzend langweiliger Fragen. Endlich konnte er sich des Auftrags entledigen und rannte sofort mit den Rezipissen zurück. Und kam eben zurecht, um zu sehen, wie seine Mutter und der Baron im Fiaker davonfuhren.

Er war starr vor Wut. Fast hätte er sich niedergebückt und ihnen einen Stein nachgeschleudert. Sie waren ihm also doch entkommen, aber mit einer wie gemeinen, wie schurkischen Lüge! Daß seine Mutter log, wußte er seit gestern. Aber daß sie so schamlos sein konnte, ein offenes Versprechen zu mißachten, das zerriß ihm ein letztes Vertrauen. Er verstand das ganze Leben nicht mehr, seit er sah, daß die Worte, hinter denen er die Wirklichkeit vermutet hatte, nur farbige Blasen waren, die sich blähten und in nichts zersprangen. Aber was für ein furchtbares Geheimnis mußte das sein, das erwachsene Menschen so weit trieb, ihn, ein Kind, zu belügen, sich wegzustehlen wie Verbrecher? In den Büchern, die er gelesen hatte, mordeten und betrogen die Menschen, um Geld zu gewinnen oder Macht oder Königreiche. Was aber war hier die Ursache, was wollten diese beiden, warum versteckten sie sich vor ihm, was suchten sie unter hundert Lügen zu verhüllen? Er zermarterte sein Gehirn. Dunkel spürte er, daß dieses Geheimnis der Riegel der Kindheit sei, daß, es erobert zu haben, bedeutete, erwachsen zu sein, endlich, endlich ein Mann. Oh, es zu fassen! Aber er konnte nicht mehr klar denken. Die Wut, daß sie ihm entkommen waren, verbrannte und verqualmte ihm den klaren Blick.

Er lief hinaus in den Wald, gerade konnte er sich noch ins Dunkel retten, wo ihn niemand sah, und da brach es heraus, in einem Strom heißer Tränen. »Lügner, Hunde, Betrüger, Schurken« – er mußte diese Worte laut herausschreien, sonst wäre er erstickt. Die Wut, die Ungeduld, der Ärger, die Neugier, die Hilflosigkeit und der Verrat der letzten Tage, im kindischen Kampf, im Wahn seiner Erwachsenheit niedergehalten, sprengten jetzt die Brust und wurden Tränen. Es war das letzte Weinen seiner Kindheit, das letzte wildeste Weinen, zum letztenmal gab er sich weibisch hin an die Wollust der Tränen. Er weinte in dieser Stunde fassungsloser Wut alles aus sich heraus, Vertrauen, Liebe, Gläubigkeit, Respekt – seine ganze Kindheit.

Der Knabe, der dann zum Hotel zurückging, war ein anderer. Er war kühl und handelte vorbedacht. Zunächst ging er in sein Zimmer, wusch sorgfältig das Gesicht und die Augen, um den beiden nicht den Triumph zu gönnen, die Spuren seiner Tränen zu sehen. Dann bereitete er die Abrechnung vor. Und wartete geduldig, ohne jede Unruhe.

Die Hall war recht gut besucht, als der Wagen mit den beiden Flüchtigen draußen wieder hielt. Ein paar Herren spielten Schach, andere lasen ihre Zeitung, die Damen plauderten. Unter ihnen hatte reglos, ein wenig blaß mit zitternden Blicken das Kind gesessen. Als jetzt seine Mutter und der Baron zur Türe hereinkamen, ein wenig geniert, ihn so plötzlich zu sehen, und schon die vorbereitete Ausrede stammeln wollten, trat er ihnen aufrecht und ruhig entgegen und sagte herausfordernd: »Herr Baron, ich möchte Ihnen etwas sagen.«

Dem Baron wurde es unbehaglich. Er kam sich irgendwie ertappt vor. »Ja, ja, später, gleich!«

Aber Edgar warf die Stimme hoch und sagte hell und scharf, daß alle rings es hören konnten: »Ich will aber jetzt mit Ihnen reden. Sie haben sich niederträchtig benommen. Sie haben mich angelogen. Sie wußten, daß meine Mama auf mich wartet, und sind …«

»Edgar!« schrie die Mutter, die alle Blicke auf sich gerichtet sah, und stürzte gegen ihn los.

Aber das Kind kreischte jetzt, da es sah, daß sie seine Worte überschreien wollten, plötzlich gellend auf:

»Ich sage es Ihnen nochmals vor allen Leuten. Sie haben infam gelogen, und das ist gemein, das ist erbärmlich.«

Der Baron stand blaß, die Leute starrten auf, einige lächelten.

Die Mutter packte das vor Erregung zitternde Kind. »Komm sofort auf dein Zimmer, oder ich prügle dich hier vor allen Leuten«, stammelte sie heiser.

Edgar aber war schon wieder ruhig. Es tat ihm leid, so leidenschaftlich gewesen zu sein. Er war unzufrieden mit sich selbst, denn eigentlich wollte er ja den Baron kühl herausfordern, aber die Wut war wilder gewesen als sein Wille. Ruhig, ohne Hast wandte er sich zur Treppe.

»Entschuldigen Sie, Herr Baron, seine Ungezogenheit. Sie wissen ja, er ist ein nervöses Kind«, stotterte sie noch, verwirrt von den ein wenig hämischen Blicken der Leute, die sie ringsum anstarrten. Nichts in der Welt war ihr fürchterlicher als Skandal, und sie wußte, daß sie nun Haltung bewahren mußte. Statt gleich die Flucht zu ergreifen, ging sie zuerst zum Portier, fragte nach Briefen und anderen gleichgültigen Dingen und rauschte dann hinauf, als ob nichts geschehen wäre. Aber hinter ihr wisperte ein leises Kielwasser von Zischeln und unterdrücktem Gelächter.

Unterwegs verlangsamte sich ihr Schritt. Sie war immer ernsten Situationen gegenüber hilflos und hatte eigentlich Angst vor dieser Auseinandersetzung. Daß sie schuldig war, konnte sie nicht leugnen, und dann: sie fürchtete sich vor dem Blick des Kindes, diesem neuen, fremden, so merkwürdigen Blick, der sie lähmte und unsicher machte. Aus Furcht beschloß sie, es mit Milde zu versuchen. Denn bei einem Kampf war, das wußte sie, dieses gereizte Kind jetzt der Stärkere.

Leise klinkte sie die Türe auf. Der Bub saß da, ruhig und kühl.

Die Augen, die er zu ihr aufhob, waren ganz ohne Angst, verrieten nicht einmal Neugierde. Er schien sehr sicher zu sein.

»Edgar«, begann sie möglichst mütterlich, »was ist dir eingefallen? Ich habe mich geschämt für dich. Wie kann man nur so ungezogen sein, schon gar als Kind zu einem Erwachsenen! Du wirst dich dann sofort beim Herrn Baron entschuldigen.«

Edgar schaute zum Fenster hinaus. Das »Nein« sagte er gleichsam zu den Bäumen gegenüber.

Seine Sicherheit begann sie zu befremden.

»Edgar, was geht denn vor mit dir? Du bist ja ganz anders als sonst? Ich kenne mich gar nicht mehr in dir aus. Du warst doch sonst immer ein kluges, artiges Kind, mit dem man reden konnte. Und auf einmal benimmst du dich so, als sei der Teufel in dich gefahren. Was hast du denn gegen den Baron? Du hast ihn doch sehr gern gehabt. Er war immer so lieb gegen dich.«

»Ja, weil er dich kennenlernen wollte.«

Ihr wurde unbehaglich. »Unsinn! Was fällt dir ein. Wie kannst du so etwas denken?«

Aber da fuhr das Kind auf.

»Ein Lügner ist er, ein falscher Mensch. Was er tut, ist Berechnung und Gemeinheit. Er hat dich kennenlernen wollen, deshalb war er freundlich zu mir und hat mir einen Hund versprochen. Ich weiß nicht, was er dir versprochen hat und warum er zu dir freundlich ist, aber auch von dir will er etwas, Mama, ganz bestimmt. Sonst wäre er nicht so höflich und freundlich. Er ist ein schlechter Mensch. Er lügt. Sieh dir ihn nur einmal an, wie falsch er immer schaut. Oh, ich hasse ihn, diesen erbärmlichen Lügner, diesen Schurken ...«

»Aber Edgar, wie kann man so etwas sagen.« Sie war verwirrt und wußte nicht zu antworten. In ihr regte sich ein Gefühl, das dem Kind recht gab.

»Ja, er ist ein Schurke, das lasse ich mir nicht ausreden. Das mußt du selbst sehen. Warum hat er denn Angst vor mir? Warum versteckt er sich vor mir? Weil er weiß, daß ich ihn durchschaue, daß ich ihn kenne, diesen Schurken!«

»Wie kann man so etwas sagen, wie kann man so etwas sagen.« Ihr Gehirn war ausgetrocknet, nur die Lippen stammelten blutlos immer wieder die beiden Sätze. Sie begann jetzt plötzlich eine furchtbare Angst zu haben und wußte eigentlich nicht, ob vor dem Baron oder vor dem Kinde.

Edgar sah, daß seine Mahnung Eindruck machte. Und es verlockte ihn, sie zu sich herüberzureißen, einen Genossen zu haben im Hasse, in der Feindschaft gegen ihn. Weich ging er auf seine Mutter zu, umfaßte sie, und seine Stimme wurde schmeichlerisch vor Erregung.

»Mama«, sagte er, »du mußt es doch selbst bemerkt haben, daß er nichts Gutes will. Er hat dich ganz anders gemacht. Du bist verändert und nicht ich. Er hat dich aufgehetzt gegen mich, nur um dich allein zu haben. Sicher will er dich betrügen. Ich weiß nicht, was er dir versprochen hat. Ich weiß nur, er wird es nicht halten. Du solltest dich hüten vor ihm. Wer einen belügt, belügt auch den andern. Er ist ein böser Mensch, dem man nicht trauen soll.«

Diese Stimme, weich und fast in Tränen, klang wie aus ihrem eigenen Herzen. In ihr war seit gestern ein Mißbehagen erwacht, das ihr dasselbe sagte: eindringlicher und eindringlicher. Aber sie schämte sich, dem eigenen Kinde recht zu geben. Und rettete sich, wie viele, aus der Verlegenheit eines überwältigenden Gefühls in die Rauheit des Ausdrucks. Sie reckte sich auf.

»Kinder verstehen so etwas nicht. Du hast in solche Sachen nicht dreinzureden. Du hast dich anständig zu benehmen. Das ist alles.«

Edgars Gesicht fror wieder kalt ein. »Wie du meinst«, sagte er hart, »ich habe dich gewarnt.«

»Also du willst dich nicht entschuldigen?«

»Nein.«

Sie standen sich schroff gegenüber. Sie fühlte, es ging um ihre Autorität.

»Dann wirst du hier oben speisen. Allein. Und nicht eher an

unseren Tisch kommen, bis du dich entschuldigt hast. Ich werde dich noch Manieren lehren. Du wirst dich nicht vom Zimmer rühren, bis ich es dir erlaube. Hast du verstanden?«

Edgar lächelte. Dieses tückische Lächeln schien schon mit seinen Lippen verwachsen zu sein. Innerlich war er zornig gegen sich selbst. Wie töricht von ihm, daß er wieder einmal sein Herz hatte entlaufen lassen und sie, die Lügnerin, noch warnen wollte.

Die Mutter rauschte hinaus, ohne ihn noch einmal anzusehen. Sie fürchtete diese schneidenden Augen. Das Kind war ihr unbehaglich geworden, seit sie fühlte, daß es seine Augen offen hatte und ihr gerade das sagte, was sie nicht wissen und nicht hören wollte. Schreckhaft war es ihr, eine innere Stimme, ihr Gewissen, abgelöst von sich selber, als Kind verkleidet, als ihr eigenes Kind herumgehen und sie warnen, sie verhöhnen zu sehen. Bisher war dieses Kind neben ihrem Leben gewesen, ein Schmuck, ein Spielzeug, irgendein Liebes und Vertrautes, manchmal vielleicht eine Last, aber immer etwas, das in derselben Strömung im gleichen Takt ihres Lebens lief. Zum erstenmal bäumte das sich heute auf und trotzte gegen ihren Willen. Etwas wie Haß mischte sich jetzt immer in die Erinnerung an ihr Kind.

Aber dennoch: jetzt, da sie die Treppe, ein wenig müde, niederstieg, klang die kindische Stimme aus ihrer eigenen Brust. »Du solltest dich hüten vor ihm.« – Die Mahnung ließ sich nicht zum Schweigen bringen. Da glänzte ihr im Vorüberschreiten ein Spiegel entgegen, fragend blickte sie hinein, tiefer und immer tiefer, bis sich dort die Lippen leise lächelnd auftaten und sich rundeten wie zu einem gefährlichen Wort. Noch immer klang von innen die Stimme; aber sie warf die Achseln hoch, als schüttelte sie all diese unsichtbaren Bedenken von sich herab, gab dem Spiegel einen hellen Blick, raffte das Kleid und ging hinab mit der entschlossenen Geste eines Spielers, der sein letztes Goldstück klingend über den Tisch rollen läßt.

Der Kellner, der Edgar das Essen in seinen Stubenarrest gebracht hatte, schloß die Türe. Hinter ihm knackte das Schloß. Das Kind fuhr wütend auf: das war offenbar im Auftrag seiner Mutter geschehen, daß man ihn einsperrte wie ein bösartiges Tier. Finster rang es sich aus ihm.

›Was geschieht nun da drunten, während ich hier eingeschlossen bin? Was mögen die beiden jetzt bereden? Geschieht am Ende jetzt dort das Geheime, und ich muß es versäumen? Oh, dieses Geheimnis, das ich immer und überall spüre, wenn ich unter Erwachsenen bin, vor dem sie die Türe zuschließen in der Nacht, das sie in leises Gespräch versenken, trete ich unversehens herein, dieses große Geheimnis, das mir jetzt seit Tagen nahe ist, hart vor den Händen und das ich noch immer nicht greifen kann! Was habe ich nicht schon getan, um es zu fassen! Ich habe Papa damals Bücher aus dem Schreibtisch gestohlen und sie gelesen, und alle diese merkwürdigen Dinge waren darin, nur daß ich sie nicht verstand. Es muß irgendwie ein Siegel daran sein, das erst abzulösen ist, um es zu finden, vielleicht in mir, vielleicht in den anderen. Ich habe das Dienstmädchen gefragt, sie gebeten, mir diese Stellen in den Büchern zu erklären, aber sie hat mich ausgelacht. Furchtbar, Kind zu sein, voll von Neugier und doch niemand fragen zu dürfen, immer lächerlich zu sein vor diesen Großen, als ob man etwas Dummes oder Nutzloses wäre. Aber ich werde es erfahren, ich fühle, ich werde es jetzt bald wissen. Ein Teil ist schon in meinen Händen, und ich will nicht früher ablassen, ehe ich das Ganze besitze!‹

Er horchte, ob niemand käme. Ein leichter Wind flog draußen durch die Bäume und brach den starren Spiegel des Mondlichtes zwischen dem Geäste in hundert schwanke Splitter.

›Es kann nichts Gutes sein, was die beiden vorhaben, sonst hätten sie nicht solche erbärmliche Lügen gesucht, um mich fortzukriegen. Gewiß, sie lachen jetzt über mich, die Verfluchten, daß sie mich endlich los sind, aber ich werde zuletzt lachen. Wie dumm von mir, mich hier einsperren zu lassen, ihnen eine Sekunde Freiheit zu geben, statt an ihnen zu kleben und jede ihrer Bewegungen zu belauschen. Ich weiß, die Großen sind ja immer unvorsichtig, und auch sie werden sich verraten. Sie glauben immer von uns, daß wir noch ganz klein sind und abends immer schlafen, sie vergessen, daß man sich auch schlafend stellen kann und lauschen, daß man sich dumm geben kann und sehr klug sein. Jüngst, wie meine Tante ein Kind bekam, haben sie es lange vorausgewußt und sich nur vor mir verwundert gestellt, als seien sie überrascht worden. Aber ich habe es auch gewußt, denn ich habe sie reden gehört, vor Wochen am Abend, als sie glaubten, ich schliefe. Und so werde ich auch diesmal sie überraschen, diese Niederträchtigen. Oh, wenn ich durch die Türe spähen könnte, sie heimlich jetzt beobachten, während sie sich sicher wähnen. Sollte ich nicht vielleicht läuten jetzt, dann käme das Mädchen, sperrte die Tür auf und fragte, was ich wollte. Oder ich könnte poltern, könnte Geschirr zerschlagen, dann sperrte man auch auf. Und in dieser Sekunde könnte ich hinausschlüpfen und sie belauschen. Aber nein, das will ich nicht. Niemand soll sehen, wie niederträchtig sie mich behandeln. Ich bin zu stolz dazu. Morgen will ich es ihnen schon heimzahlen.‹

Unten lachte eine Frauenstimme. Edgar schrak zusammen: das könnte seine Mutter sein. Die hatte ja Grund zu lachen, ihn zu verhöhnen, den Kleinen, Hilflosen, hinter dem man den Schlüssel abdrehte, wenn er lästig war, den man in den Winkel warf wie ein Bündel nasser Kleider. Vorsichtig beugte er sich zum Fenster hinaus. Nein, sie war es nicht, sondern fremde übermütige Mädchen, die einen Burschen neckten.

Da, in dieser Minute bemerkte er, wie wenig hoch sich eigentlich sein Fenster über die Erde erhob. Und schon, kaum daß er's merkte, war der Gedanke da: hinausspringen, jetzt, wo sie sich ganz sicher wähnten, sie belauschen. Er fieberte vor Freude über seinen Entschluß. Ihm war, als hielte er damit das große, das funkelnde Geheimnis der Kindheit in den Händen. ›Hinaus, hinaus‹, zitterte es in ihm. Gefahr war keine. Menschen gingen nicht vorüber, und schon sprang er. Es gab ein leises Geräusch von knirschendem Kies, das keiner vernahm.

In diesen zwei Tagen war ihm das Beschleichen, das Lauern zur Lust seines Lebens geworden. Und Wollust fühlte er jetzt gemengt mit einem leisen Schauer von Angst, als er auf ganz leisen Sohlen um das Hotel schlich, sorgsam den stark ausstrahlenden Widerschein der Lichter vermeidend. Zunächst blickte er, die Wange vorsichtig an die Scheibe pressend, in den Speisesaal. Ihr gewohnter Platz war leer. Er spähte dann weiter, von Fenster zu Fenster. Ins Hotel selbst wagte er sich nicht hinein, aus Furcht, er könnte ihnen zwischen den Gängen unversehens in den Weg laufen. Nirgends waren sie zu finden. Schon wollte er verzweifeln, da sah er zwei Schatten aus der Türe vorfallen und – er zuckte zurück und duckte sich in das Dunkel – seine Mutter mit ihrem nun unvermeidlichen Begleiter heraustreten. Gerade war er also zurecht gekommen. Was sprachen sie? Er konnte es nicht verstehen. Sie redeten leise, und der Wind rumorte zu unruhig in den Bäumen. Jetzt aber zog deutlich ein Lachen vorüber, die Stimme seiner Mutter. Es war ein Lachen, das er an ihr gar nicht kannte, ein seltsam scharfes, wie gekitzeltes, gereiztes nervöses Lachen, das ihn fremd anmutete und vor dem er erschrak. Sie lachte. Also konnte es nichts Gefährliches sein, nicht etwas ganz Großes und Gewaltiges, das man vor ihm verbarg. Edgar war ein wenig enttäuscht.

Aber warum verließen sie das Hotel? Wohin gingen sie jetzt allein in der Nacht? Hoch oben mußten mit riesigen Flügeln Winde dahinstreifen, denn der Himmel, eben noch rein und mondklar, wurde jetzt dunkel. Schwarze Tücher, von unsichtbaren Händen geworfen, wickelten manchmal den Mond ein, und die Nacht wurde dann so undurchdringlich, daß man kaum den Weg sehen konnte, um bald wieder hell zu glänzen, wenn sich der Mond befreite. Silber floß kühl über die Landschaft. Geheimnisvoll war dieses Spiel zwischen Licht und Schatten und aufreizend wie das Spiel einer Frau mit Blöße und Verhüllungen. Gerade jetzt entkleidete die Landschaft wieder ihren blanken Leib: Edgar sah schräg über dem Weg die wandelnden Silhouetten oder vielmehr die eine, denn so aneinandergepreßt gingen sie, als drängte sie eine innere Furcht zusammen. Aber wohin gingen sie jetzt, die beiden? Die Föhren ächzten, es war eine unheimliche Geschäftigkeit im Wald, als wühlte die wilde Jagd darin. ›Ich folge ihnen‹, dachte Edgar, ›sie können meinen Schritt nicht hören in diesem Aufruhr von Wind und Wald.‹ Und er sprang, indes die unten auf der breiten, hellen Straße gingen, oben im Gehölz von einem Baum zum anderen leise weiter von Schatten zu Schatten. Er folgte ihnen zäh und unerbittlich, segnete den Wind, der seine Schritte unhörbar machte, und verfluchte ihn, weil er ihm immer die Worte von drüben wegtrug. Nur einmal, wenn er hätte ihr Gespräch hören können, war er sicher, das Geheimnis zu halten.

Die beiden unten gingen ahnungslos. Sie fühlten sich selig allein in dieser weiten verwirrten Nacht und verloren sich in ihrer wachsenden Erregung. Keine Ahnung warnte sie, daß oben im vielverzweigten Dunkel jedem ihrer Schritte gefolgt wurde und zwei Augen sie mit der ganzen Kraft von Haß und Neugier umkrallt hielten. Plötzlich blieben sie stehen. Auch Edgar hielt sofort inne und preßte sich enge an einen Baum. Ihn befiel eine stürmische Angst. Wie, wenn sie jetzt umkehrten und vor ihm das Hotel erreichten, wenn er sich nicht retten konnte in sein Zimmer und die Mutter es leer fand? Dann war alles verloren, dann wußten sie, daß er sie heimlich belauerte, und er durfte nie mehr hoffen, ihnen das Geheimnis zu entreißen. Aber die beiden zögerten, offenbar in einer Meinungsverschiedenheit. Glücklicherweise war Mondlicht, und er konnte alles deutlich sehen. Der Baron deutete auf einen dunklen schmalen Seitenweg, der in das Tal hinabführte, wo das Mondlicht nicht wie hier auf der Straße einen weiten vollen Strom rauschte, sondern nur in Tropfen und seltsamen Strahlen durchs Dickicht sickerte. ›Warum will er dort hinab?‹ zuckte es in Edgar. Seine Mutter schien »Nein« zu sagen, er aber, der andere, sprach ihr zu. Edgar konnte an der Art seiner Gestikulation merken, wie eindringlich er sprach. Angst befiel das Kind. Was wollte dieser Mensch von seiner Mutter? Warum versuchte er, dieser Schurke, sie ins Dunkel zu schleppen? Aus seinen Büchern, die für ihn die Welt waren, kamen plötzlich lebendige Erinnerungen von Mord und Entführung, von finsteren Verbrechen. Sicherlich, er wollte sie ermorden, und dazu hatte er ihn weggehalten, sie einsam hierhergelockt. Sollte er um Hilfe schreien? Mörder! Der Ruf saß ihm schon ganz oben in der Kehle, aber die Lippen waren vertrocknet und brachten keinen Laut heraus. Seine Nerven spannten sich vor Aufregung, kaum konnte er sich geradehalten, erschreckt vor Angst griff er nach einem Halt – da knackte ihm ein Zweig unter den Händen.

Die beiden wandten sich erschreckt um und starrten ins Dunkel. Edgar blieb stumm an den Baum gelehnt mit angepreßten Armen, den kleinen Körper tief in den Schatten geduckt. Es blieb Totenstille. Aber doch, sie schienen erschreckt. »Kehren wir um«, hörte er seine Mutter sagen. Es klang geängstigt von ihren Lippen. Der Baron, offenbar selbst beunruhigt, willigte ein. Die beiden gingen langsam und eng aneinandergeschmiegt zurück. Ihre innere Befangenheit war Edgars Glück. Auf allen vieren, ganz unten im Holz, kroch er, die Hände sich blutig reißend bis zur Wendung des Waldes, von dort lief er mit aller Geschwindigkeit, daß ihm der Atem stockte, bis zum Hotel und da mit ein paar Sprüngen hinauf. Der Schlüssel, der ihn eingesperrt hatte, steckte glücklicherweise von außen, er drehte ihn um, stürzte ins Zimmer und schon hin aufs Bett. Ein paar Minuten mußte er rasten, denn das Herz schlug ungestüm an seine Brust wie ein Klöppel an die klingende Glockenwand.

Dann wagte er sich auf, lehnte am Fenster und wartete, bis sie kamen. Es dauerte lange. Sie mußten sehr, sehr langsam gegangen sein. Vorsichtig spähte er aus dem umschatteten Rahmen. Jetzt kamen sie langsam daher, Mondlicht auf den Kleidern. Gespensterhaft sahen sie aus in diesem grünen Licht, und wieder überfiel ihn das süße Grauen, ob das wirklich ein Mörder sei und welch furchtbares Geschehen er durch seine Gegenwart verhindert hatte. Deutlich sah er in die kreidehellen Gesichter. In dem seiner Mutter war ein Ausdruck von Verzücktheit, den er an ihr nicht kannte, er hingegen schien hart und verdrossen. Offenbar, weil ihm seine Absicht mißlungen war.

Ganz nahe waren sie schon. Erst knapp vor dem Hotel lösten sich ihre Gestalten voneinander. Ob sie heraufsehen würden? Nein, keiner blickte herauf. ›Sie haben mich vergessen‹, dachte der Knabe mit einem wilden Ingrimm, mit einem heimlichen Triumph, ›aber ich nicht euch. Ihr denkt wohl, daß ich schlafe oder nicht auf der Welt bin, aber ihr sollt eueren Irrtum sehen. Jeden Schritt will ich euch überwachen, bis ich ihm, dem Schurken, das Geheimnis entrissen habe, das furchtbare, das mich nicht schlafen läßt. Ich werde euer Bündnis schon zerreißen. Ich schlafe nicht.‹

Langsam traten die beiden in die Türe. Und als sie jetzt, einer hinter dem anderen, hineingingen, umschlangen sich wieder für eine Sekunde die fallenden Silhouetten, als einziger schwarzer Streif schwand ihr Schatten in die erhellte Tür. Dann lag der Platz im Mondlicht wieder blank vor dem Hause wie eine weite Wiese von Schnee.

Der Überfall

Edgar trat atmend zurück vom Fenster. Das Grauen schüttelte ihn. Noch nie war er in seinem Leben ähnlich Geheimnisvollem so nah gewesen. Die Welt der Aufregungen, der spannenden Abenteuer, jene Welt von Mord und Betrug aus seinen Büchern war in seiner Anschauung immer dort gewesen, wo die Märchen waren, hart hinter den Träumen, im Unwirklichen und Unerreichbaren. Jetzt auf einmal aber schien er mitten hineingeraten in diese grauenhafte Welt, und sein ganzes Wesen wurde fieberhaft geschüttelt durch so unverhoffte Begegnung. Wer war dieser Mensch, der geheimnisvolle, der plötzlich in ihr ruhiges Leben getreten war? War er wirklich ein Mörder, daß er immer das Entlegene suchte und seine Mutter hinschleppen wollte, wo es dunkel war? Furchtbares schien bevorzustehen. Er wußte nicht, was zu tun. Morgen, das war er sicher, wollte er dem Vater schreiben oder telegraphieren. Aber konnte es nicht noch jetzt geschehen, heute abend? Noch war ja seine Mutter nicht in ihrem Zimmer, noch war sie mit diesem verhaßten, fremden Menschen.

Zwischen der inneren Tür und der äußeren, leicht beweglichen Tapetentür, war ein schmaler Zwischenraum, nicht größer als das Innere eines Kleiderschrankes. Dort in diese Handbreit Dunkel preßte er sich hinein, um auf ihre Schritte im Gang zu lauern. Denn nicht einen Augenblick, so hatte er beschlossen, wollte er sie allein lassen. Der Gang lag jetzt um Mitternacht leer, matt nur beleuchtet von einer einzelnen Flamme.

Endlich – die Minuten dehnten sich ihm fürchterlich – hörte er behutsame Schritte heraufkommen. Er horchte angestrengt. Es war nicht ein rasches Losschreiten, wie wenn jemand gerade in sein Zimmer will, sondern schleifende, zögernde, sehr verlangsamte Schritte, wie einen unendlich schweren und steilen Weg empor. Dazwischen immer wieder Geflüster und ein Innehalten. Edgar zitterte vor Erregung. Waren es am Ende die beiden, blieb er noch immer mit ihr? Das Flüstern war zu entfernt. Aber die Schritte, wenn auch noch zögernd, kamen immer näher. Und jetzt hörte er auf einmal die verhaßte Stimme des Barons leise und heiser etwas sagen, das er nicht verstand, und dann gleich die seiner Mutter in rascher Abwehr: »Nein, nicht heute! Nein.«

Edgar zitterte, sie kamen näher, und er mußte alles hören. Jeder Schritt gegen ihn zu tat ihm, so leise er auch war, weh in der Brust. Und die Stimme, wie häßlich schien sie ihm, diese gierig werbende, widerliche Stimme des Verhaßten! »Seien Sie nicht grausam. Sie waren so schön heute abend.« Und die andere wieder: »Nein, ich darf nicht, ich kann nicht, lassen Sie mich los.«

Es ist so viel Angst in der Stimme seiner Mutter, daß das Kind erschrickt. Was will er denn noch von ihr? Warum fürchtet sie sich? Sie sind immer näher gekommen und müssen jetzt schon ganz vor seiner Tür sein. Knapp hinter ihnen steht er, zitternd und unsichtbar, eine Hand weit, geschützt nur durch die dünne Scheibe Tuch. Die Stimmen sind jetzt atemnah.

»Kommen Sie, Mathilde, kommen Sie!« Wieder hört er seine Mutter stöhnen, schwächer jetzt, in erlahmendem Widerstand.

Aber was ist dies? Sie sind ja weitergegangen im Dunkeln. Seine Mutter ist nicht in ihr Zimmer, sondern daran vorbeigegangen! Wohin schleppt er sie? Warum spricht sie nicht mehr? Hat er ihr einen Knebel in den Mund gestopft, preßt er ihr die Kehle zu? Die Gedanken machen ihn wild. Mit zitternder Hand stößt er die Türe eine Spannweite auf. Jetzt sieht er im dunkelnden Gang die beiden. Der Baron hat seiner Mutter den Arm um die Hüfte geschlungen und führt sie, die schon nachzugeben scheint, leise fort. Jetzt macht er halt vor seinem Zimmer. ›Er will sie wegschleppen‹, erschrickt das Kind, ›jetzt will er das Furchtbare tun.‹

Ein wilder Ruck, er schlägt die Türe zu und stürzt hinaus, den beiden nach. Seine Mutter schreit auf, wie jetzt da aus dem Dunkel plötzlich etwas auf sie losstürzt, scheint in eine Ohnmacht gesunken, vom Baron nur mühsam gehalten. Der aber fühlt in dieser Sekunde eine kleine, schwache Faust in seinem Gesicht, die ihm die Lippe hart an die Zähne schlägt, etwas, was sich katzenhaft an seinen Körper krallt. Er läßt die Erschreckte los, die rasch entflieht, und schlägt blind, ehe er noch weiß, gegen wen er sich wehrt, mit der Faust zurück.

Das Kind weiß, daß es der Schwächere ist, aber es gibt nicht nach. Endlich, endlich ist der Augenblick da, der lang ersehnte, all die verratene Liebe, den aufgestapelten Haß leidenschaftlich zu entladen. Er hämmert mit seinen kleinen Fäusten blind darauflos, die Lippen verbissen in einer fiebrigen, sinnlosen Gereiztheit. Auch der Baron hat ihn jetzt erkannt, auch er steckt voll Haß gegen diesen heimlichen Spion, der ihm die letzten

Tage vergällte und das Spiel verdarb; er schlägt derb zurück, wohin es eben trifft. Edgar stöhnt auf, läßt aber nicht los und schreit nicht um Hilfe. Sie ringen eine Minute stumm und verbissen in dem mitternächtigen Gang. Allmählich wird dem Baron das Lächerliche seines Kampfes mit einem halbwüchsigen Buben bewußt, er packt ihn fest an, um ihn wegzuschleudern. Aber das Kind, wie es jetzt seine Muskeln nachlassen spürt und weiß, daß es in der nächsten Sekunde der Besiegte, der Geprügelte sein wird, schnappt in wilder Wut nach dieser starken, festen Hand, die ihn im Nacken fassen will. Unwillkürlich stößt der Gebissene einen dumpfen Schrei aus und läßt frei – eine Sekunde, die das Kind benützt, um in sein Zimmer zu flüchten und den Riegel vorzuschieben.

Eine Minute nur hat dieser mitternächtige Kampf gedauert. Niemand rechts und links hat ihn gehört. Alles ist still, alles scheint in Schlaf ertrunken. Der Baron wischt sich die blutende Hand mit dem Taschentuch, späht beunruhigt in das Dunkel. Niemand hatte gelauscht. Nur oben flimmert – ihm dünkt höhnisch – ein letztes unruhiges Licht.

Gewitter

›War das Traum, ein böser, gefährlicher Traum?‹ fragte sich Edgar am nächsten Morgen, als er mit versträhntem Haar aus einer Wirrnis von Angst erwachte. Den Kopf quälte dumpfes Dröhnen, die Gelenke ein erstarrtes, hölzernes Gefühl, und jetzt, wie er an sich hinabsah, merkte er erschreckt, daß er noch in den Kleidern stak. Er sprang auf, taumelte an den Spiegel und schauerte zurück vor seinem eigenen blassen, verzerrten Gesicht, das über der Stirne zu einem rötlichen Striemen verschwollen war. Mühsam raffte er seine Gedanken zusammen und erinnerte sich jetzt beängstigt an alles, an den nächtigen Kampf draußen im Gang, sein Zurückstürzen ins Zimmer, und daß er dann, zitternd im Fieber, angezogen und fluchtbereit sich auf das Bett geworfen habe. Dort mußte er eingeschlafen sein, hinabgestürzt in diesen dumpfen, verhangenen Schlaf, in dessen Träumen dann all dies noch einmal wiedergekehrt war, nur anders und noch furchtbarer, mit einem feuchten Geruch von frischem, fließendem Blut.

Unten gingen Schritte knirschend über den Kies, Stimmen flogen wie unsichtbare Vögel herauf, und die Sonne griff tief ins Zimmer hinein. Es mußte schon spät am Vormittag sein, aber die Uhr, die er erschreckt befragte, deutete auf Mitternacht, er hatte in seiner Aufregung vergessen, sie gestern aufzuziehen. Und diese Ungewißheit, irgendwo lose in der Zeit zu hängen, beunruhigte ihn, verstärkt durch das Gefühl der Unkenntnis, was eigentlich geschehen war. Er richtete sich rasch zusammen und ging hinab, Unruhe und ein leises Schuldgefühl im Herzen.

Im Frühstückszimmer saß seine Mama allein am gewohnten Tisch. Edgar atmete auf, daß sein Feind nicht zugegen war, daß er sein verhaßtes Gesicht nicht sehen mußte, in das er gestern im Zorn seine Faust geschlagen hatte. Und doch, wie er nun an den Tisch herantrat, fühlte er sich unsicher.

»Guten Morgen«, grüßte er.

Seine Mutter antwortete nicht. Sie blickte nicht einmal auf, sondern betrachtete mit merkwürdig starren Pupillen in der Ferne die Landschaft. Sie sah sehr blaß aus, hatte die Augen leicht umrändert und um die Nasenflügel jenes nervöse Zucken, das so verräterisch für ihre Erregung war. Edgar verbiß die Lippen. Dieses Schweigen verwirrte ihn. Er wußte eigentlich nicht, ob er den Baron gestern schwer verletzt hatte und ob sie überhaupt um diesen nächtlichen Zusammenstoß wissen konnte. Und diese Unsicherheit quälte ihn. Aber ihr Gesicht blieb so starr, daß er gar nicht versuchte, zu ihr aufzublicken, aus Angst, die jetzt gesenkten Augen möchten plötzlich hinter den verhangenen Lidern aufspringen und ihn fassen. Er wurde ganz still, wagte nicht einmal, Lärm zu machen, ganz vorsichtig hob er die Tasse und stellte sie wieder zurück, verstohlen hinblickend auf die Finger seiner Mutter, die sehr nervös mit dem Löffel spielten und in ihrer Gekrümmtheit geheimen Zorn zu verraten schienen. Eine Viertelstunde saß er so in dem schwülen Gefühl der Erwartung auf etwas, das nicht kam. Kein Wort, kein einziges erlöste ihn. Und jetzt, da seine Mutter aufstand, noch immer, ohne seine Gegenwart bemerkt zu haben, wußte er nicht, was er tun sollte: allein hier beim Tisch sitzen bleiben oder ihr folgen. Schließlich erhob er sich doch, ging demütig hinter ihr her, die ihn geflissentlich übersah, und spürte immer dabei, wie lächerlich sein Nachschleichen war. Immer kleiner machte er seine Schritte, um mehr und mehr hinter ihr zurückzubleiben, die, ohne ihn zu beachten, in ihr Zimmer ging. Als Edgar endlich nachkam, stand er vor einer hart geschlossenen Türe.

Was war geschehen? Er kannte sich nicht mehr aus. Das sichere Bewußtsein von gestern hatte ihn verlassen. War er am Ende gestern im Unrecht gewesen mit diesem Überfall? Und bereiteten sie gegen ihn eine Strafe vor oder eine neue Demütigung? Etwas mußte geschehen, das fühlte er, etwas Furchtbares mußte sehr bald geschehen. Zwischen ihnen war die Schwüle eines aufziehenden Gewitters, die elektrische Spannung zweier geladener Pole, die sich im Blitz erlösen mußte. Und diese Last des Vorgefühls schleppte er durch vier einsame Stunden mit sich herum, von Zimmer zu Zimmer, bis sein schmaler Kindernakken niederbrach von unsichtbarem Gewicht, und er mittags, nun schon ganz demütig, an den Tisch trat.

»Guten Tag«, sagte er wieder. Er mußte dieses Schweigen zerreißen, dieses furchtbar drohende, das über ihm als schwarze Wolke hing.

Wieder antwortete die Mutter nicht, wieder sah sie an ihm vorbei. Und mit neuem Erschrecken fühlte sich Edgar jetzt einem besonnenen, geballten Zorn gegenüber, wie er ihn bisher in seinem Leben noch nicht gekannt hatte. Bisher waren ihre Streitigkeiten immer nur Wutausbrüche mehr der Nerven als des Gefühls gewesen, rasch verflüchtigt in ein Lächeln der Begütigung. Diesmal aber hatte er, das spürte er, ein wildes Gefühl aus dem untersten Grund ihres Wesens aufgewühlt und erschrak vor dieser unvorsichtig beschworenen Gewalt. Kaum vermochte er zu essen. In seiner Kehle quoll etwas Trockenes auf, das ihn zu erwürgen drohte. Seine Mutter schien von alldem nichts zu merken. Nur jetzt, beim Aufstehen, wandte sie sich wie gelegentlich zurück und sagte:

»Komm dann hinauf, Edgar, ich habe mit dir zu reden.«

Es klang nicht drohend, aber doch so eisig kalt, daß Edgar die Worte schauernd fühlte, als hätte man ihm eine eiserne Kette plötzlich um den Hals gelegt. Sein Trotz war zertreten. Schweigend, wie ein geprügelter Hund, folgte er ihr hinauf in das Zimmer.

Sie verlängerte ihm die Qual, indem sie einige Minuten schwieg. Minuten, in denen er die Uhr schlagen hörte und draußen ein Kind lachen und in sich selbst das Herz an die Brust hämmern. Aber auch in ihr mußte eine große Unsicherheit sein, denn sie sah ihn nicht an, während sie jetzt zu ihm sprach, sondern wandte ihm den Rücken.

»Ich will nicht mehr über dein Betragen von gestern reden. Es war unerhört, und ich schäme mich jetzt, wenn ich daran denke. Du hast dir die Folgen selber zuzuschreiben. Ich will dir jetzt nur sagen, es war das letztemal, daß du allein unter Erwachsenen sein durftest. Ich habe eben an deinen Papa geschrieben, daß du einen Hofmeister bekommst oder in ein Pensionat geschickt wirst, um Manieren zu lernen. Ich werde mich nicht mehr mit dir ärgern.«

Edgar stand mit gesenktem Kopf da. Er spürte, daß dies nur eine Einleitung, eine Drohung war, und wartete beunruhigt auf das Eigentliche.

»Du wirst dich jetzt sofort beim Baron entschuldigen.«

Edgar zuckte auf, aber sie ließ sich nicht unterbrechen.

»Der Baron ist heute abgereist, und du wirst ihm einen Brief schreiben, den ich dir diktieren werde.«

Edgar rührte sich wieder, aber seine Mutter war fest.

»Keine Widerrede. Da ist Papier und Tinte, setze dich hin.«

Edgar sah auf. Ihre Augen waren gehärtet von einem unbeugsamen Entschluß. So hatte er seine Mutter nie gekannt, so hart und gelassen. Furcht überkam ihn. Er setzte sich hin, nahm die Feder, duckte aber das Gesicht tief auf den Tisch.

»Oben das Datum. Hast du? Vor der Überschrift eine Zeile leer lassen. So! Sehr geehrter Herr Baron! Rufzeichen. Wieder eine Zeile freilassen. Ich erfahre soeben zu meinem Bedauern – hast du? – zu meinem Bedauern, daß Sie den Semmering schon verlassen haben, – Semmering mit zwei m – und so muß ich brieflich tun, was ich persönlich beabsichtigt hatte, nämlich – etwas rascher, er muß nicht kalligraphiert sein! – Sie um Entschuldigung bitten für mein gestriges Betragen. Wie Ihnen meine Mama gesagt haben wird, bin ich noch Rekonvaleszent von einer schweren Erkrankung und sehr reizbar. Ich sehe dann oft Dinge, die übertrieben sind und die ich im nächsten Augenblick bereue …«

Der gekrümmte Rücken über dem Tisch schnellte auf. Edgar drehte sich um: sein Trotz war wieder wach.

»Das schreibe ich nicht, das ist nicht wahr!«

»Edgar!«

Sie drohte mit der Stimme.

»Es ist nicht wahr. Ich habe nichts getan, was ich zu bereuen habe. Ich habe nichts Schlechtes getan, wofür ich mich zu entschuldigen hätte. Ich bin dir nur zu Hilfe gekommen, wie du gerufen hast!«

Ihre Lippen wurden blutlos, die Nasenflügel spannten sich.

»Ich habe um Hilfe gerufen? Du bist toll!«

Edgar wurde zornig. Mit einem Ruck sprang er auf.

»Ja, du hast um Hilfe gerufen, da draußen im Gang, gestern nacht, wie er dich angefaßt hat. ›Lassen Sie mich, lassen Sie mich‹, hast du gerufen. So laut, daß ich's bis ins Zimmer hinein gehört habe.«

»Du lügst, ich war nie mit dem Baron im Gang hier. Er hat mich nur bis zur Treppe begleitet …«

In Edgar stockte das Herz bei dieser kühnen Lüge. Die Stimme verschlug sich ihm, er starrte sie an mit gläsernen Augensternen.

»Du ... warst nicht ... im Gang? Und er ... er hat dich nicht gehalten? Nicht mit Gewalt herumgefaßt?«

Sie lachte. Ein kaltes, trockenes Lachen.

»Du hast geträumt.«

Das war zuviel für das Kind. Er wußte jetzt ja schon, daß die Erwachsenen logen, daß sie kleine, kecke Ausreden hatten, Lügen, die durch enge Maschen schlüpften, und listige Zweideutigkeiten. Aber dies freche, kalte Ableugnen, Stirn gegen Stirn, machte ihn rasend.

»Und da diese Striemen habe ich auch geträumt?«

»Wer weiß, mit wem du dich herumgeschlagen hast. Aber ich brauche ja mit dir keine Diskussion zu führen, du hast zu parieren, und damit Schluß. Setze dich hin und schreib!«

Sie war sehr blaß und suchte mit letzter Kraft ihre Anpassung aufrechtzuerhalten.

Aber in Edgar brach irgendwie etwas jetzt zusammen, irgendeine letzte Flamme von Gläubigkeit. Daß man die Wahrheit so einfach mit dem Fuß ausstampfen konnte wie ein brennendes Zündholz, das ging ihm nicht ein. Eisig zog's sich in ihm zusammen, alles wurde spitz, boshaft, ungefaßt, was er sagte:

»So, das habe ich geträumt? Das im Gang und den Striemen da? Und daß ihr beide gestern dort im Mondschein promeniert seid, und daß er dich den Weg hinabführen wollte, das vielleicht auch? Glaubst du, ich lasse mich einsperren im Zimmer wie ein kleines Kind! Nein, ich bin nicht so dumm, wie ihr glaubt. Ich weiß, was ich weiß.«

Frech starrte er ihr in das Gesicht, und das brach ihre Kraft: das Gesicht ihres eigenen Kindes zu sehen, knapp vor sich und verzerrt vor Haß. Ungestüm brach ihr Zorn heraus.

»Vorwärts, du wirst sofort schreiben! Oder ...«

»Oder was ...?« Herausfordernd frech war jetzt seine Stimme geworden.

»Oder ich prügle dich wie ein kleines Kind.«

Edgar trat einen Schritt näher, höhnisch und lachte nur.

Da fuhr ihm schon ihre Hand ins Gesicht. Edgar schrie auf.

Und wie ein Ertrinkender, der mit den Händen um sich schlägt, nur ein dumpfes Brausen in den Ohren, rotes Flirren vor den Augen, so hieb er blind mit den Fäusten zurück. Er spürte, daß er in etwas Weiches schlug, jetzt gegen das Gesicht, hörte einen Schrei ...

Dieser Schrei brachte ihn zu sich. Plötzlich sah er sich selbst, und das Ungeheure wurde ihm bewußt: daß er seine Mutter schlug. Eine Angst überfiel ihn, Scham und Entsetzen, das ungestüme Bedürfnis, jetzt weg zu sein, in den Boden zu sinken, fort zu sein, fort, nur nicht mehr unter diesen Blicken. Er stürzte zur Türe und die Treppe rasch hinab, durch das Haus auf die Straße, fort, nur fort, als hetzte hinter ihm eine rasende Meute.

Erste Einsicht

Weiter drunten am Weg blieb er endlich stehen. Er mußte sich an einem Baum festhalten, so sehr zitterten seine Glieder in Angst und Erregung, so röchelnd brach ihm der Atem aus der überhetzten Brust. Hinter ihm war das Grauen vor der eigenen Tat gerannt, nun faßte es seine Kehle und schüttelte ihn wie im Fieber hin und her. Was sollte er jetzt tun? Wohin fliehen? Denn hier schon, mitten im nahen Wald, eine Viertelstunde nur vom Haus, wo er wohnte, befiel ihn das Gefühl der Verlassenheit. Alles schien anders, feindlicher, gehässiger, seit er allein und ohne Hilfe war. Die Bäume, die gestern ihn noch brüderlich umrauscht hatten, ballten sich mit einem Male finster wie eine Drohung. Um wieviel aber mußte all dies, was noch vor ihm war, fremder und unbekannter sein? Dieses Alleinsein gegen die große, unbekannte Welt machte das Kind schwindelig. Nein, er konnte es noch nicht ertragen, noch nicht allein ertragen. Aber zu wem sollte er fliehen? Vor seinem Vater hatte er Angst, der war leicht erregbar, unzugänglich und würde ihn sofort zurückschicken. Zurück aber wollte er nicht, eher noch in die gefährliche Fremdheit des Unbekannten hinein; ihm war, als könnte er nie mehr das Gesicht seiner Mutter sehen, ohne zu denken, daß er mit der Faust hineingeschlagen hatte.

Da fiel ihm seine Großmutter ein, diese alte, gute, freundliche Frau, die ihn von Kindheit an verzärtelt hatte, immer sein Schutz gewesen war, wenn ihm zu Hause eine Züchtigung, ein Unrecht drohte. Bei ihr in Baden wollte er sich verstecken, bis der erste Zorn vorüber war, wollte dort einen Brief an die Eltern schreiben und sich entschuldigen. In dieser Viertelstunde war er schon so gedemütigt, bloß durch den Gedanken, allein mit seinen unerfahrenen Händen in der Welt zu stehen, daß er seinen Stolz verwünschte, diesen dummen Stolz, den ihm ein fremder Mensch mit einer Lüge ins Blut gejagt hatte. Er wollte ja nichts sein als das Kind von vordem, gehorsam, geduldig, ohne die Anmaßung, deren lächerliche Übertriebenheit er jetzt fühlte.

Aber wie hinkommen nach Baden? Wie stundenweit das Land überfliegen? Hastig griff er in sein kleines, ledernes Portemonnaie, das er immer bei sich trug. Gott sei Dank, da blinkte es noch, das neue, goldene Zwanzigkronenstück, das ihm zum Geburtstag geschenkt worden war. Nie hatte er sich entschließen können, es auszugeben. Aber fast täglich hatte er nachgesehen, ob es noch da sei, sich an seinem Anblick geweidet, daran reich gefühlt und dann immer die Münze in dankbarer Zärtlichkeit mit seinem Taschentuch blank geputzt, bis sie funkelte wie eine kleine Sonne. Aber – der jähe Gedanke erschreckte ihn – würde das genügen? Er war so oft schon in seinem Leben mit der Bahn gefahren, ohne daran auch nur zu denken, daß man dafür bezahlen mußte, oder schon gar wieviel das kosten könnte, ob eine Krone oder hundert. Zum ersten Male spürte er, daß es da Tatsachen des Lebens gab, an die er nie gedacht hatte, daß all die vielen Dinge, die ihn umringten, die er zwischen den Fingern gehabt und mit denen er gespielt hatte, irgendwie mit einem eigenen Wert gefüllt waren, einem besonderen Gewicht. Er, der sich noch vor einer Stunde allwissend dünkte, war, das spürte er jetzt, an tausend Geheimnissen und Fragen achtlos vorbeigegangen und schämte sich, daß seine arme Weisheit schon über die erste Stufe ins Leben hineinstolperte. Immer verzagter wurde er, immer kleiner seine unsicheren Schritte bis hinab zur Station. Wie oft hatte er geträumt von dieser Flucht, gedacht, ins Leben hinauszustürmen, Kaiser zu werden oder König, Soldat oder Dichter, und nun sah er zaghaft auf das kleine helle Haus hin, und dachte nur einzig daran, ob die zwanzig Kronen ausreichen würden, ihn bis zu seiner Großmutter zu bringen. Die Schienen glänzten weit ins Land hinaus, der Bahnhof war leer und verlassen. Schüchtern schlich sich Edgar an die Kasse hin und flüsterte, damit niemand anderer ihn hören könnte, wieviel eine Karte nach Baden koste. Ein verwundertes Gesicht sah hinter dem dunklen Verschlag heraus, zwei Augen lächelten hinter den Brillen auf das zaghafte Kind:

»Eine ganze Karte?«

»Ja«, stammelte Edgar. Aber ganz ohne Stolz, mehr in Angst, es möchte zuviel kosten.

»Sechs Kronen!«

»Bitte!«

Erleichtert schob er das blanke, vielgeliebte Stück hin, Geld klirrte zurück, und Edgar fühlte sich mit einem Male wieder unsäglich reich, nun, da er das braune Stück Pappe in der Hand hatte, das ihm die Freiheit verbürgte, und in seiner Tasche die gedämpfte Musik von Silber klang.

Der Zug sollte in zwanzig Minuten eintreffen, belehrte ihn der Fahrplan. Edgar drückte sich in eine Ecke. Ein paar Leute standen am Perron, unbeschäftigt und ohne Gedanken. Aber dem Beunruhigten war, als sähen alle nur ihn an, als wunderten sich alle, daß so ein Kind schon allein fahre, als wäre ihm die Flucht und das Verbrechen an die Stirne geheftet. Er atmete auf, als endlich von ferne der Zug zum ersten Male heulte und dann heranbrauste. Der Zug, der ihn in die Welt tragen sollte. Beim Einsteigen erst bemerkte er, daß seine Karte für die dritte Klasse galt. Bisher war er nur immer erster Klasse gefahren, und wiederum fühlte er, daß hier etwas verändert sei, daß es Verschiedenheiten gab, die ihm entgangen waren. Andere Leute hatte er zu Nachbarn wie bisher. Ein paar italienische Arbeiter mit harten Händen und rauhen Stimmen, Spaten und Schaufel in den Händen, saßen gerade gegenüber und blickten mit dumpfen, trostlosen Augen vor sich hin. Sie mußten offenbar schwer am Weg gearbeitet haben, denn einige von ihnen waren müde und schliefen im ratternden Zug, an das harte und schmutzige Holz gelehnt, mit offenem Munde. Sie hatten gearbeitet, um Geld zu verdienen, dachte Edgar, konnte sich aber nicht denken, wieviel es gewesen sein mochte; er fühlte aber wiederum, daß Geld eine Sache war, die man nicht immer hatte, sondern die irgendwie erworben werden mußte. Zum erstenmal kam ihm jetzt zum Bewußtsein, daß er eine Atmosphäre von Wohlbehagen selbstverständlich gewohnt war und daß rechts und links von seinem Leben Abgründe tief ins Dunkel hineinklafften, an die sein Blick nie gerührt hatte. Mit einem Male bemerkte er, daß es Berufe gab und Bestimmungen, daß rings um sein Leben Geheimnisse geschart waren, nah zum Greifen und doch nie beachtet. Edgar lernte viel von dieser einen Stunde, seit er allein stand, er begann vieles zu sehn aus diesem engen Abteil mit den Fenstern ins Freie. Und leise begann in seiner dunklen Angst etwas aufzublühen, das noch nicht Glück war, aber doch schon ein Staunen vor der Mannigfaltigkeit des Lebens. Er war geflüchtet aus Angst und Feigheit, das empfand er in jeder Sekunde, aber doch zum ersten Male hatte er selbständig gehandelt, etwas erlebt von dem Wirklichen, an dem er bisher vorbeigegangen war. Zum ersten Male war er vielleicht der Mutter und dem Vater selbst Geheimnis geworden, wie ihm bislang die Welt. Mit anderen Blicken sah er aus dem Fenster. Und es war ihm, als ob er zum ersten Male alles Wirkliche sähe, als ob ein Schleier von den Dingen gefallen sei und sie ihm nun alles zeigten, das Innere ihrer Absicht, den geheimen Nerv ihrer Tätigkeit. Häuser flogen vorbei wie vom Wind weggerissen, und er mußte an die Menschen denken, die drinnen wohnten, ob sie reich seien oder arm, glücklich oder unglücklich, ob sie auch die Sehnsucht hatten wie er, alles zu wissen, und ob vielleicht Kinder dort seien, die auch nur mit den Dingen bisher gespielt hatten wie er selbst. Die Bahnwächter, die mit wehenden Fahnen am Weg standen, schienen ihm zum ersten Male nicht, wie bisher, lose Puppen und totes Spielzeug, Dinge, hingestellt von gleichgültigem Zufall, sondern er verstand, daß das ihr Schicksal war, ihr Kampf gegen das Leben. Immer rascher rollten die Räder, nun ließen die runden Serpentinen den Zug zum Tale niedersteigen, immer sanfter wurden die Berge, immer ferner, schon war die Ebene erreicht. Einmal noch sah er zurück, da waren sie schon blau und schattenhaft, weit und unerreichbar, und ihm war, als läge dort, wo sie langsam in dem nebligen Himmel sich lösten, seine eigene Kindheit.

Verwirrende Finsternis

Aber dann in Baden, als der Zug hielt und Edgar sich allein auf dem Perron befand, wo schon die Lichter entflammt waren, die Signale grün und rot in die Ferne glänzten, verband sich unversehens mit diesem bunten Anblick eine plötzliche Bangnis vor der nahen Nacht. Bei Tag hatte er sich noch sicher gefühlt, denn ringsum waren ja Menschen, man konnte sich ausruhen, auf eine Bank setzen oder vor den Läden in die Fenster starren. Wie aber würde er dies ertragen können, wenn die Menschen sich wieder in die Häuser verloren, jeder ein Bett hatte, ein Gespräch und dann eine beruhigte Nacht, während er im Gefühl seiner Schuld allein herumirren mußte, in einer fremden Einsamkeit. Oh, nur bald ein Dach über sich haben, nicht eine Minute mehr unter freiem fremdem Himmel stehen, das war sein einzig klares Gefühl.

Hastig ging er den wohlbekannten Weg, ohne nach rechts und links zu blicken, bis er endlich vor die Villa kam, die seine Großmutter bewohnte. Sie lag schön an einer breiten Straße, aber nicht frei den Blicken dargeboten, sondern hinter Ranken und Efeu eines wohlbehüteten Gartens, ein Glanz hinter einer Wolke von Grün, ein weißes, altväterisch freundliches Haus. Edgar spähte durch das Gitter wie ein Fremder. Innen regte sich nichts, die Fenster waren verschlossen, offenbar waren alle mit Gästen rückwärts im Garten. Schon berührte er die kühle Klinke, als ein Seltsames geschah: mit einem Male schien ihm das, was er sich jetzt seit zwei Stunden so leicht, so selbstverständlich gedacht hatte, unmöglich. Wie sollte er eintreten, wie sie begrüßen, wie diese Fragen ertragen und wie beantworten? Wie diesen ersten Blick aushalten, wenn er berichten mußte, daß er heimlich seiner Mutter entflohen sei? Und wie gar das Ungeheuerliche seiner Tat erklären, die er selbst schon nicht mehr begriff! Innen ging jetzt eine Tür. Mit einem Male befiel ihn eine törichte Angst, es möchte jemand kommen, und er lief weiter, ohne zu wissen wohin.

Vor dem Kurpark hielt er an, weil er dort Dunkel sah und keine Menschen vermutete. Dort konnte er sich vielleicht niedersetzen und endlich, endlich ruhig denken, ausruhen und über sein Schicksal klarwerden. Schüchtern trat er ein. Vorne brannten ein paar Laternen und gaben den noch jungen Blättern einen gespenstigen Wasserglanz von durchsichtigem Grün; weiter rückwärts aber, wo er den Hügel niedersteigen mußte, lag alles wie eine einzige, dumpfe, schwarze, gärende Masse in der wirren Finsternis einer verfrühten Frühlingsnacht. Edgar schlich scheu an den paar Menschen vorbei, die hier unter dem Lichtkreis der Laternen plaudernd oder lesend saßen: er wollte allein sein. Aber auch droben in der schattenden Finsternis der unbeleuchteten Gänge war keine Ruhe. Alles war da erfüllt von einem leisen, lichtscheuen Rieseln und Reden, das vielfach gemischt war mit dem Atem des Windes zwischen den biegsamen Blättern, dem Schlürfen ferner Schritte, dem Flüstern verhaltener Stimmen, mit irgendeinem wollüstigen, seufzenden, angstvoll stöhnenden Getön, das von Menschen und Tieren und der unruhig schlafenden Natur gleichzeitig ausgehen mochte. Es war eine gefährliche Unruhe, eine geduckte, versteckte und beängstigende rätselhafte, die hier atmete, irgendein unterirdisches Wühlen im Wald, das vielleicht nur mit dem Frühling zusammenhing, das ratlose Kind aber seltsam verängstigte.

Er preßte sich ganz klein auf eine Bank hin in dieses abgründige Dunkel und versuchte nun zu überlegen, was er zu Hause erzählen sollte. Aber die Gedanken glitten ihm glitschig weg, ehe er sie fassen konnte, gegen seinen eigenen Willen mußte er immer nur lauschen und lauschen auf das gedämpfte Tönen, die mystischen Stimmen des Dunkels. Wie furchtbar diese Finsternis war, wie verwirrend und doch wie geheimnisvoll schön! Waren es Tiere oder Menschen oder nur die gespenstige Hand des Windes, die all dieses Rauschen und Knistern, dieses Surren und Locken ineinanderwebte? Er lauschte. Es war der Wind, der unruhig durch die Bäume schlich, aber – jetzt sah er es deutlich – auch Menschen, verschlungene Paare, die von unten, von der hellen Stadt heraufkamen und die Finsternis mit ihrer rätselhaften Gegenwart belebten. Was wollten sie? Er konnte es nicht begreifen. Sie sprachen nicht miteinander, denn er hörte keine Stimmen, nur die Schritte knirschten unruhig im Kies, und hie und da sah er in der Lichtung ihre Gestalten flüchtig wie Schatten vorüberschweben, immer aber so in eins verschlungen, wie er damals seine Mutter mit dem Baron gesehen hatte. Dieses Geheimnis, das große, funkelnde und verhängnisvolle, es war also auch hier. Immer näher hörte er jetzt Schritte herankommen und nun auch ein gedämpftes Lachen. Angst befiel ihn, die Nahenden möchten ihn hier finden, und noch tiefer ins Dunkel drückte er sich hinein. Aber die beiden, die jetzt durch die undurchdringliche Finsternis den Weg heraufftasteten, sahen ihn nicht. Verschlungen gingen sie vorbei, schon atmete Edgar auf, da stockte plötzlich ihr Schritt, knapp vor seiner Bank. Sie preßten die Gesichter aneinander, Edgar konnte nichts deutlich sehen, er hörte nur, wie ein Stöhnen aus dem Munde der Frau brach, der Mann heiße, wahnsinnige Worte stammelte, und irgendein schwüles Vorgefühl durchdrang seine Angst mit einem wollüstigen Schauer. Eine Minute blieben sie so, dann knirschte wieder der Kies unter ihren weiterwandernden Schritten, die dann bald in der Finsternis verklangen.

Edgar schauerte zusammen. Das Blut stürzte ihm jetzt wieder in die Adern zurück, heißer und wärmer als zuvor. Und mit einem Male fühlte er sich unerträglich einsam in dieser verwirrenden Finsternis, urmächtig kam das Bedürfnis über ihn nach irgendeiner befreundeten Stimme, einer Umarmung, nach einem hellen Zimmer, nach Menschen, die er liebte. Ihm war, als wäre die ganze ratlose Dunkelheit dieser wirren Nacht nun in ihn gesunken und zersprenge ihm die Brust.

Er sprang auf. Nur heim, heim, irgendwo zu Hause sein im warmen, im hellen Zimmer, in irgendeinem Zusammenhang mit Menschen. Was konnte ihm denn geschehen? Sollte man ihn schlagen und beschimpfen, er fürchtete nichts mehr, seit er dieses Dunkel gespürt hatte und die Angst vor der Einsamkeit.

Es trieb ihn vorwärts, ohne daß er sich spürte, und plötzlich stand er neuerdings vor der Villa, die Hand wieder an der kühlen Klinke. Er sah, wie jetzt die Fenster erleuchtet durch das Grün glimmerten, sah in Gedanken hinter jeder hellen Scheibe den vertrauten Raum mit seinen Menschen darin. Schon dieses Nahsein gab ihm Glück, schon dieses erste, beruhigende Gefühl, daß er nah sei zu Menschen, von denen er sich geliebt wußte. Und wenn er noch zögerte, so war es nur, um dieses Vorgefühl inniger zu genießen.

Da schrie hinter ihm eine Stimme mit gellem Erschrecken:

»Edgar, da ist er ja!«

Das Dienstmädchen seiner Großmama hatte ihn gesehen, stürzte auf ihn los und faßte ihn bei der Hand. Die Türe wurde innen aufgerissen, bellend sprang ein Hund an ihm empor, aus dem Hause kam man mit Lichtern, er hörte Stimmen mit Jubel und Schreckrufen, einen freudigen Tumult von Schreien und Schritten, die sich näherten, Gestalten, die er jetzt erkannte. Vorerst seine Großmutter mit ausgestrecktem Arm und hinter ihr – er glaubte zu träumen – seine Mutter. Mit verweinten Augen, zitternd und verschüchtert, stand er selbst inmitten dieses heißen Ausbruchs überschwenglicher Gefühle, unschlüssig, was er tun, was er sagen sollte, und selber unklar, was er fühlte: Angst oder Glück.

Der letzte Traum

Das war so geschehen: Man hatte ihn hier längst schon gesucht und erwartet. Seine Mutter, trotz ihres Zornes erschreckt durch das rasende Wegstürzen des erregten Kindes, hatte ihn am Semmering suchen lassen. Schon war alles in furchtbarster Aufregung und voll gefährlicher Vermutungen, als ein Herr die Nachricht brachte, er habe das Kind gegen drei Uhr am Bahnschalter gesehen. Dort erfuhr man rasch, daß Edgar eine Karte nach Baden genommen hatte, und sie fuhr, ohne zu zögern, ihm sofort nach. Telegramme nach Baden und Wien an seinen Vater liefen ihr voran, Aufregung verbreitend, und seit zwei Stunden war alles in Bewegung nach dem Flüchtigen.

Jetzt hielten sie ihn fest, aber ohne Gewalt. In einem unterdrückten Triumph wurde er hineingeführt ins Zimmer, aber wie seltsam war ihm dies, daß er alle die harten Vorwürfe, die sie ihm sagten, nicht spürte, weil er in ihren Augen doch die Freude und die Liebe sah. Und sogar dieser Schein, dieser geheuchelte Ärger dauerte nur einen Augenblick. Dann umarmte ihn wieder die Großmutter mit Tränen, niemand sprach mehr von seiner Schuld, und er fühlte sich von einer wundervollen Fürsorge umringt. Da zog ihm das Mädchen den Rock aus und brachte ihm einen wärmeren, da fragte ihn die Großmutter, ob er nicht Hunger habe oder irgend etwas wollte, sie fragten und quälten ihn mit zärtlicher Besorgnis, und wie sie seine Befangenheit sahen, fragten sie nicht mehr. Wollüstig empfand er das so mißachtete und doch entbehrte Gefühl wieder, ganz Kind zu sein, und Scham befiel ihn über die Anmaßung der letzten Tage, all dies entbehren zu wollen, es einzutauschen für die trügerische Lust einer eigenen Einsamkeit.

Nebenan klingelte das Telefon. Er hörte die Stimme seiner Mutter, hörte einzelne Worte: »Edgar ... zurück herkommen ... letzter Zug«, und wunderte sich, daß sie ihn nicht wild angefahren hatte, nur umfaßt mit so merkwürdig verhaltenem Blick. Immer wilder wurde die Reue in ihm, und am liebsten hätte er sich hier all der Sorgfalt seiner Großmutter und seiner Tante entwunden und wäre hineingegangen, sie um Verzeihung zu bitten, ihr ganz in Demut, ganz allein zu sagen, er wolle wieder Kind sein und gehorchen. Aber als er jetzt leise aufstand, sagte die Großmutter leise erschreckt:

»Wohin willst du?«

Da stand er beschämt. Sie hatten schon Angst für ihn, wenn er sich regte. Er hatte sie alle verschreckt, nun fürchteten sie, er wolle wieder entfliehen. Wie würden sie begreifen können, daß niemand mehr diese Flucht bereute als er selbst!

Der Tisch war gedeckt, und man brachte ihm ein eiliges Abendessen. Die Großmutter saß bei ihm und wandte keinen Blick. Sie und die Tante und das Mädchen schlossen ihn in einen stillen Kreis, und er fühlte sich von dieser Wärme wundersam beruhigt. Nur daß seine Mutter nicht ins Zimmer trat, machte ihn wirr. Wenn sie hätte ahnen können, wie demütig er war, sie wäre bestimmt gekommen!

Da ratterte draußen ein Wagen und hielt vor dem Haus. Die anderen schreckten so sehr auf, daß auch Edgar unruhig wurde. Die Großmutter ging hinaus, Stimmen flogen laut hin und her durch das Dunkel, und auf einmal wußte er, daß sein Vater gekommen war. Scheu merkte Edgar, daß er jetzt wieder allein im Zimmer stand, und selbst dieses kleine Alleinsein verwirrte ihn. Sein Vater war streng, war der einzige, den er wirklich fürchtete. Edgar horchte hinaus, sein Vater schien erregt zu sein, er sprach laut und geärgert. Dazwischen klangen begütigend die Stimmen seiner Großmutter und der Mutter, offenbar wollten sie ihn milder stimmen. Aber die Stimme blieb hart, hart wie die Schritte, die jetzt herankamen, näher und näher, nun schon im Nebenzimmer waren, knapp vor der Türe, die jetzt aufgerissen wurde.

Sein Vater war sehr groß. Und unsäglich klein fühlte sich jetzt Edgar vor ihm, wie er eintrat, nervös und anscheinend wirklich im Zorn.

»Was ist dir eingefallen, du Kerl, davonzulaufen? Wie kannst du deine Mutter so erschrecken?«

Seine Stimme war zornig und in den Händen eine wilde Bewegung. Hinter ihm war mit leisem Schritt jetzt die Mutter hereingetreten. Ihr Gesicht war verschattet.

Edgar antwortete nicht. Er hatte das Gefühl, sich rechtfertigen zu müssen, aber doch, wie sollte er das erzählen, daß man ihn betrogen hatte und geschlagen? Würde er es verstehen?

»Nun, kannst du nicht reden? Was war los? Du kannst es ruhig sagen! War dir etwas nicht recht? Man muß doch einen Grund haben, wenn man davonläuft! Hat dir jemand etwas zuleide getan?« Edgar zögerte. Die Erinnerung machte ihn wieder zornig, schon wollte er anklagen. Da sah er – und sein Herz stand still dabei –, wie seine Mutter hinter dem Rücken des Vaters eine sonderbare Bewegung machte. Eine Bewegung, die er erst nicht verstand. Aber jetzt sah sie ihn an, in ihren Augen war eine flehende Bitte. Und leise, ganz leise hob sie den Finger zum Mund im Zeichen des Schweigens.

Da brach, das Kind fühlte es, plötzlich etwas Warmes, eine ungeheure wilde Beglückung durch seinen ganzen Körper. Er verstand, daß sie ihm das Geheimnis zu hüten gab, daß auf seinen kleinen Kinderlippen ein Schicksal lag. Und wilder, jauchzender Stolz erfüllte ihn, daß sie ihm vertraute, jäh überkam ihn ein Opfermut, ein Wille, seine eigene Schuld noch zu vergrößern, um zu zeigen, wie sehr er schon Mann war. Er raffte sich zusammen:

»Nein, nein ... es war kein Anlaß. Mama war sehr gut zu mir, aber ich war ungezogen, ich habe mich schlecht benommen ... und da ... da bin ich davongelaufen, weil ich mich gefürchtet habe.«

Sein Vater sah ihn verdutzt an. Er hatte alles erwartet, nur nicht dieses Geständnis. Sein Zorn war entwaffnet.

»Na, wenn es dir leid tut, dann ist's schon gut. Dann will ich heute nichts mehr darüber reden. Ich glaube, du wirst es dir ein anderes Mal doch überlegen! Daß so etwas nicht mehr vorkommt.«

Er blieb stehen und sah ihn an. Seine Stimme wurde jetzt milder.

»Wie blaß du aussiehst. Aber mir scheint, du bist schon wieder größer geworden. Ich hoffe, du wirst solche Kindereien nicht mehr tun; du bist ja wirklich kein Bub mehr und könntest schon vernünftig sein!«

Edgar blickte die ganze Zeit über nur auf seine Mutter. Ihm war, als funkelte etwas in ihren Augen. Oder war dies nur der Widerschein der Flamme? Nein, es glänzte dort feucht und hell, und ein Lächeln war um ihren Mund, das ihm Dank sagte. Man schickte ihn jetzt zu Bett, aber er war nicht traurig darüber, daß sie ihn allein ließen. Er hatte ja so viel zu überdenken, so viel Buntes und Reiches. All der Schmerz der letzten Tage verging in dem gewaltigen Gefühl des ersten Erlebnisses, er fühlte sich glücklich in einem geheimnisvollen Vorgefühl künftiger Geschehnisse. Draußen rauschten im Dunkel die Bäume in der verfinsterten Nacht, aber er kannte kein Bangen mehr. Er hatte alle Ungeduld vor dem Leben verloren, seit er wußte, wie reich es war. Ihm war, als hätte er es zum erstenmal heute nackt gesehen, nicht mehr verhüllt von tausend Lügen der Kindheit, sondern in seiner ganzen wollüstigen, gefährlichen Schönheit. Er hatte nie gedacht, daß Tage so vollgepreßt sein konnten vom vielfältigen Übergang des Schmerzes und der Lust, und der Gedanke beglückte ihn, daß noch viele solche Tage ihm bevorständen, ein ganzes Leben warte, ihm sein Geheimnis zu entschleiern. Eine erste Ahnung der Vielfältigkeit des Lebens hatte ihn überkommen, zum ersten Male glaubte er das Wesen der Menschen verstanden zu haben, daß sie einander brauchten, selbst wenn sie sich feindlich schienen, und daß es sehr süß sei, von ihnen geliebt zu werden. Er war unfähig, an irgend etwas oder irgend jemanden mit Haß zu denken, er bereute nichts, und selbst für den Baron, den Verführer, seinen bittersten Feind, fand er ein neues Gefühl der Dankbarkeit, weil er ihm die Tür aufgetan hatte zu dieser Welt der ersten Gefühle.

Das war alles sehr süß und schmeichlerisch nun im Dunkel zu denken, leise schon verworren mit Bildern aus Träumen, und beinahe war es schon Schlaf. Da war ihm, als ob plötzlich die Türe ginge und leise etwas käme. Er glaubte sich nicht recht, war auch schon zu schlafbefangen, um die Augen aufzutun. Da spürte er atmend über sich ein Gesicht weich, warm und mild das seine streifen und wußte, daß seine Mutter es war, die ihn jetzt küßte und ihm mit der Hand übers Haar fuhr. Er fühlte die Küsse und fühlte die Tränen, sanft die Liebkosung erwidernd, und nahm es nur als Versöhnung, als Dankbarkeit für sein Schweigen. Erst später, viele Jahre später, erkannte er in diesen stummen Tränen ein Gelöbnis der alternden Frau, daß sie von nun ab nur ihm, nur ihrem Kinde gehören wollte, eine Absage an das Abenteuer, ein Abschied von allen eigenen Begehrlichkeiten. Er wußte nicht, daß auch sie ihm dankbar war, aus einem unfruchtbaren Abenteuer gerettet zu sein, und ihm nun mit dieser Umarmung die bitter-süße Last der Liebe für sein zukünftiges Leben wie ein Erbe überließ. All dies verstand das Kind von damals nicht, aber es fühlte, daß es sehr beseligend sei, so geliebt zu sein, und daß es durch diese Liebe schon verstrickt war mit dem großen Geheimnis der Welt.

Als sie dann die Hand von ihm ließ, die Lippen sich den seinen entwanden und die leise Gestalt entrauschte, blieb noch ein Warmes zurück, ein Hauch über seinen Lippen. Und schmeichlerisch flog ihn Sehnsucht an, oft noch solche weiche Lippen zu spüren und so zärtlich umschlungen zu werden, aber dieses ahnungsvolle Vorgefühl des so ersehnten Geheimnisses war schon umwölkt vom Schatten des Schlafes. Noch einmal zogen all die Bilder der letzten Stunden farbig vorbei, noch einmal blätterte sich das Buch seiner Jugend verlockend auf. Dann schlief das Kind ein, und es begann der tiefere Traum seines Lebens.

Brief einer Unbekannten

Als der bekannte Romanschriftsteller R. frühmorgens von dreitägigem erfrischendem Ausflug ins Gebirge wieder nach Wien zurückkehrte und am Bahnhof eine Zeitung kaufte, wurde er, kaum daß er das Datum überflog, erinnernd gewahr, daß heute sein Geburtstag sei. Der ein- undvierzigste, besann er sich rasch, und diese Feststellung tat ihm nicht wohl und nicht weh. Flüchtig überblätterte er die knisternden Seiten der Zeitung und fuhr mit einem Mietautomobil in seine Wohnung. Der Diener meldete aus der Zeit seiner Abwesenheit zwei Besuche sowie einige Telephonanrufe und überbrachte auf einem Tablett die angesammelte Post. Lässig sah er den Einlauf an, riß ein paar Kuverts auf, die ihn durch ihre Absender interessierten; einen Brief, der fremde Schriftzüge trug und zu umfangreich schien, schob er zunächst beiseite. Inzwischen war der Tee aufgetragen worden, bequem lehnte er sich in den Fauteuil, durchblätterte noch einmal die Zeitung und einige Drucksachen; dann zündete er sich eine Zigarre an und griff nun nach dem zurückgelegten Briefe.

Es waren etwa zwei Dutzend hastig beschriebene Seiten in fremder, unruhiger Frauenschrift, ein Manuskript eher als ein Brief. Unwillkürlich betastete er noch einmal das Kuvert, ob nicht darin ein Begleitschreiben vergessen geblieben wäre. Aber der Umschlag war leer und trug so wenig wie die Blätter selbst eine Absenderadresse oder eine Unterschrift. Seltsam, dachte er, und nahm das Schreiben wieder zur Hand. *»Dir, der Du mich nie gekannt«*, stand oben als Anruf, als Überschrift. Verwundert hielt er inne: galt das ihm, galt das einem erträumten Menschen? Seine Neugier war plötzlich wach. Und er begann zu lesen:

Mein Kind ist gestern gestorben – drei Tage und drei Nächte habe ich mit dem Tode um dies kleine, zarte Leben gerungen, vierzig Stunden bin ich, während die Grippe seinen armen, heißen Leib im Fieber schüttelte, an seinem Bette gesessen. Ich habe Kühles um seine glühende Stirn getan, ich habe seine unruhigen, kleinen Hände gehalten Tag und Nacht. Am dritten Abend bin ich zusammengebrochen. Meine Augen konnten nicht mehr, sie fielen zu, ohne daß ich es wußte. Drei Stunden oder vier war ich auf dem harten Sessel eingeschlafen, und indes hat der Tod ihn genommen. Nun liegt er dort, der süße, arme Knabe, in seinem schmalen Kinderbett, ganz so wie er starb; nur die Augen hat man ihm geschlossen, seine klugen, dunklen Augen, die Hände über dem weißen Hemd hat man ihm gefaltet, und vier Kerzen brennen hoch an den vier Enden des Bettes. Ich wage nicht hinzusehen, ich wage nicht mich zu rühren, denn wenn sie flackern, die Kerzen, huschen Schatten über sein Gesicht und den verschlossenen Mund, und es ist dann so, als regten sich seine Züge, und ich könnte meinen, er sei nicht tot, er würde wieder erwachen und mit seiner hellen Stimme etwas Kindlich-Zärtliches zu mir sagen. Aber ich weiß es, er ist tot, ich will nicht hinsehen mehr, um nicht noch einmal zu hoffen, nicht noch einmal enttäuscht zu sein. Ich weiß es, ich weiß es, mein Kind ist gestern gestorben – jetzt habe ich nur Dich mehr auf der Welt, nur Dich, der Du von mir nichts weißt, der Du indes ahnungslos spielst oder mit Dingen und Menschen tändelst. Nur Dich, der Du mich nie gekannt und den ich immer geliebt.

Ich habe die fünfte Kerze genommen und hier zu dem Tisch gestellt, auf dem ich an Dich schreibe. Denn ich kann nicht allein sein mit meinem toten Kinde, ohne mir die Seele auszuschreien, und zu wem sollte ich sprechen in dieser entsetzlichen Stunde, wenn nicht zu Dir, der Du mir alles warst und alles bist! Vielleicht kann ich nicht ganz deutlich zu Dir sprechen, vielleicht verstehst Du mich nicht – mein Kopf ist ja ganz dumpf, es zuckt und hämmert mir an den Schläfen, meine Glieder tun so weh. Ich glaube, ich habe Fieber, vielleicht auch schon die Grippe, die jetzt von Tür zu Tür schleicht, und das wäre gut, denn dann ginge ich mit meinem Kinde und müßte nichts tun wider mich. Manchmal wirds mir ganz dunkel vor den Augen, vielleicht kann ich diesen Brief nicht einmal zu Ende schreiben – aber ich will alle Kraft zusammentun, um einmal, nur dieses eine Mal zu Dir zu sprechen, Du mein Geliebter, der Du mich nie erkannt.

Zu Dir allein will ich sprechen, Dir zum erstenmal alles sagen; mein ganzes Leben sollst Du wissen, das immer das Deine gewesen und um das Du nie gewußt. Aber Du sollst mein Geheimnis nur kennen, wenn ich tot bin, wenn Du mir nicht mehr Antwort geben mußt, wenn das, was mir die Glieder jetzt so kalt und heiß schüttelt, wirklich das Ende ist. Muß ich weiterleben, so zerreiße ich diesen Brief und werde weiter schweigen, wie ich immer schwieg. Hältst Du ihn aber in Händen, so weißt Du, daß hier eine Tote Dir ihr Leben erzählt, ihr Leben, das das Deine war von ihrer ersten bis zu ihrer letzten wachen Stunde. Fürchte Dich nicht vor meinen Worten; eine Tote will nichts mehr, sie will nicht Liebe und nicht Mitleid und nicht Tröstung. Nur dies eine will ich von Dir, daß Du mir alles glaubst, was mein zu Dir hinflüchtender Schmerz Dir verrät. Glaube mir alles, nur dies eine bitte ich Dich: man lügt nicht in der Sterbestunde eines einzigen Kindes.

Mein ganzes Leben will ich Dir verraten, dies Leben, das wahrhaft erst begann mit dem Tage, da ich Dich kannte. Vorher war bloß etwas Trübes und Verworrenes, in das mein Erinnern nie mehr hinabtauchte, irgendein Keller von verstaubten, spinnverwebten, dumpfen Dingen und Menschen, von denen mein Herz nichts mehr weiß. Als Du kamst, war ich dreizehn Jahre und wohnte im selben Hause, wo Du jetzt wohnst, in demselben Hause, wo Du diesen Brief, meinen letzten Hauch Leben, in Händen hältst, ich wohnte auf demselben Gange, gerade der Tür Deiner Wohnung gegenüber. Du erinnerst Dich gewiß nicht mehr an uns, an die ärmliche Rechnungsratswitwe (sie ging immer in Trauer) und das halbwüchsige, magere Kind – wir waren ja ganz still, gleichsam hinabgetaucht in unsere kleinbürgerliche Dürftigkeit – Du hast vielleicht nie unseren Namen gehört, denn wir hatten kein Schild auf unserer Wohnungstür, und niemand kam, niemand fragte nach uns. Es ist ja auch schon so lange her, fünfzehn, sechzehn Jahre, nein, Du weißt es gewiß nicht mehr, mein Geliebter, ich aber, oh, ich erinnere mich leidenschaftlich an jede Einzelheit, ich weiß noch wie heute den Tag, nein, die Stunde, da ich zum erstenmal von Dir hörte, Dich zum erstenmal sah, und wie sollte ichs auch nicht, denn damals begann ja die Welt für mich. Dulde, Geliebter, daß ich Dir alles, alles von Anfang erzähle, werde, ich bitte Dich, die eine Viertelstunde von mir zu hören nicht müde, die ich ein Leben lang Dich zu lieben nicht müde geworden bin.

Ehe Du in unser Haus einzogst, wohnten hinter Deiner Tür häßliche, böse, streitsüchtige Leute. Arm wie sie waren, haßten sie am meisten die nachbarliche Armut, die unsere, weil sie nichts gemein haben wollte mit ihrer herabgekommenen, proletarischen Roheit. Der Mann war ein Trunkenbold und schlug seine Frau; oft wachten wir auf in der Nacht vom Getöse fallender Stühle und zerklirrter Teller, einmal lief sie, blutig geschlagen, mit zerfetzten Haaren auf die Treppe, und hinter ihr grölte der Betrunkene, bis die Leute aus den Türen kamen und ihn mit der Polizei bedrohten. Meine Mutter hatte von Anfang an jeden Verkehr mit ihnen vermieden und verbot mir, zu den Kindern zu sprechen, die sich dafür bei jeder Gelegenheit an mir rächten. Wenn sie mich auf der Straße trafen, riefen sie schmutzige Worte hinter mir her und schlugen mich einmal so mit harten Schneeballen, daß mir das Blut von der Stirne lief. Das ganze Haus haßte mit einem gemeinsamen Instinkt diese Menschen, und als plötzlich einmal etwas geschehen war – ich glaube, der Mann wurde wegen eines Diebstahls eingesperrt – und sie mit ihrem Kram ausziehen mußten, atmeten wir alle auf. Ein paar Tage hing der Vermietungszettel am Haustore, dann wurde er heruntergenommen, und durch den Hausmeister verbreitete es sich rasch, ein Schriftsteller, ein einzelner, ruhiger Herr, habe die Wohnung genommen. Damals hörte ich zum erstenmal Deinen Namen.

Nach ein paar Tagen schon kamen Maler, Anstreicher, Zimmerputzer, Tapezierer, die Wohnung nach ihren schmierigen Vorbesitzern reinzufegen, es wurde gehämmert, geklopft, geputzt und gekratzt, aber die Mutter war nur zufrieden damit, sie sagte, jetzt werde endlich die unsaubere Wirtschaft drüben ein Ende haben. Dich selbst bekam ich, auch während der Übersiedlung, noch nicht zu Gesicht: alle diese Arbeiten überwachte Dein Diener, dieser kleine, ernste, grauhaarige Herrschaftsdiener, der alles mit einer leisen, sachlichen Art von oben herab dirigierte. Er imponierte uns allen sehr, erstens, weil in unserem Vorstadthaus ein Herrschaftsdiener etwas ganz Neuartiges war, und dann, weil er zu allen so ungemein höflich war, ohne sich deshalb mit den Dienstboten auf eine Stufe zu stellen und in kameradschaftliche Gespräche einzulassen. Meine Mutter grüßte er vom ersten Tage an respektvoll als eine Dame, sogar zu mir Fratzen war er immer zutraulich und ernst. Wenn er Deinen Namen nannte, so geschah das immer mit einer gewissen Ehrfurcht, mit einem besonderen Respekt – man sah gleich, daß er Dir weit über das Maß des gewohnten Dienens anhing. Und wie habe ich ihn dafür geliebt, den guten alten Johann, obwohl ich ihn beneidete, daß er immer um Dich sein durfte und Dir dienen.

Ich erzähle Dir all das, Du Geliebter, all diese kleinen, fast lächerlichen Dinge, damit Du verstehst, wie Du von Anfang an schon eine solche Macht gewinnen konntest über das scheue, verschüchterte Kind, das ich war. Noch ehe Du selbst in mein Leben getreten, war schon ein Nimbus um Dich, eine Sphäre von Reichtum, Sonderbarkeit und Geheimnis – wir alle in dem kleinen Vorstadthaus (Menschen, die ein enges Leben haben, sind ja immer neugierig auf alles Neue vor ihren Türen) warteten schon ungeduldig auf Deinen Einzug. Und diese Neugier nach Dir, wie steigerte sie sich erst bei mir, als ich eines Nachmittags von der Schule nach Hause kam und der Möbelwagen vor dem Hause stand. Das meiste, die schweren Stücke, hatten die Träger schon hinaufbefördert, nun trug man einzeln kleinere

Sachen hinauf; ich blieb an der Tür stehen, um alles bestaunen zu können, denn alle Deine Dinge waren so seltsam anders, wie ich sie nie gesehen; es gab da indische Götzen, italienische Skulpturen, ganz grelle, große Bilder, und dann zum Schluß kamen Bücher, so viele und so schöne, wie ich es nie für möglich gehalten. An der Tür wurden sie alle aufgeschichtet, dort übernahm sie der Diener und schlug mit Stock und Wedel sorgfältig den Staub aus jedem einzelnen. Ich schlich neugierig um den immer wachsenden Stoß herum, der Diener wies mich nicht weg, aber er ermutigte mich auch nicht; so wagte ich keines anzurühren, obwohl ich das weiche Leder von manchen gern befühlt hätte. Nur die Titel sah ich scheu von der Seite an: es waren französische, englische darunter und manche in Sprachen, die ich nicht verstand. Ich glaube, ich hätte sie stundenlang alle angesehen: da rief mich die Mutter hinein.

Den ganzen Abend dann mußte ich an Dich denken; noch ehe ich Dich kannte. Ich besaß selbst nur ein Dutzend billige, in zerschlissene Pappe gebundene Bücher, die ich über alles liebte und immer wieder las. Und nun bedrängte mich dies, wie der Mensch sein müßte, der all diese vielen herrlichen Bücher besaß und gelesen hatte, der alle diese Sprachen wußte, der so reich war und so gelehrt zugleich. Eine Art überirdischer Ehrfurcht verband sich mir mit der Idee dieser vielen Bücher. Ich suchte Dich mir im Bilde vorzustellen: Du warst ein alter Mann mit einer Brille und einem weißen langen Bart, ähnlich wie unser Geographieprofessor, nur viel gütiger, schöner und milder – ich weiß nicht, warum ich damals schon gewiß war, Du müßtest schön sein, wo ich noch an Dich wie einen alten Mann dachte. Damals in jener Nacht und noch ohne Dich zu kennen, habe ich das erstemal von Dir geträumt.

Am nächsten Tag zogst Du ein, aber trotz allen Spähens konnte ich Dich nicht zu Gesicht bekommen – das steigerte nur meine Neugier. Endlich, am dritten Tage, sah ich Dich, und wie erschütternd war die Überraschung für mich, daß Du so anders warst, so ganz ohne Beziehung zu dem kindlichen Gottvaterbilde. Einen bebrillten gütigen Greis hatte ich mir geträumt, und da kamst Du – Du, ganz so, wie Du noch heute bist, Du Unwandelbarer, an dem die Jahre lässig abgleiten! Du trugst einen hellbraunen, entzückenden Sportdreß und liefst in Deiner unvergleichlich leichten knabenhaften Art die Treppe hinauf, immer zwei Stufen auf einmal nehmend. Den Hut trugst Du in der Hand, so sah ich mit einem gar nicht zu schildernden Erstaunen Dein helles, lebendiges Gesicht mit dem jungen Haar: wirklich, ich erschrak vor Erstaunen, wie jung, wie hübsch, wie federndschlank und elegant Du warst. Und ist es nicht seltsam: in dieser ersten Sekunde empfand ich ganz deutlich das, was ich und alle andern an Dir als so einzig mit einer Art Überraschung immer wieder empfinden: daß Du irgendein zwiefacher Mensch bist, ein heißer, leichtlebiger, ganz dem Spiel und dem Abenteuer hingegebener Junge, und gleichzeitig in Deiner Kunst ein unerbittlich ernster, pflichtbewußter, unendlich belesener und gebildeter Mann. Unbewußt empfand ich, was dann jeder bei Dir spürte, daß Du ein Doppelleben führst, ein Leben mit einer hellen, der Welt offen zugekehrten Fläche, und einer ganz dunkeln, die Du nur allein kennst – diese tiefste Zweiheit, das Geheimnis Deiner Existenz, sie fühlte ich, die Dreizehnjährige, magisch angezogen, mit meinem ersten Blick.

Verstehst Du nun schon, Geliebter, was für ein Wunder, was für eine verlockende Rätselhaftigkeit Du für mich, das Kind, sein mußtest! Einen Menschen, vor dem man Ehrfurcht hatte, weil er Bücher schrieb, weil er berühmt war in jener andern großen Welt, plötzlich als einen jungen, eleganten, knabenhaft heiteren, fünfundzwanzigjährigen Mann zu entdecken! Muß ich Dir noch sagen, daß von diesem Tage an in unserem Hause, in meiner ganzen armen Kinderwelt mich nichts interessierte als Du, daß ich mit dem ganzen Starrsinn, der ganzen bohrenden Beharrlichkeit einer Dreizehnjährigen nur mehr um Dein Leben, um Deine Existenz herumging. Ich beobachtete Dich, ich beobachtete Deine Gewohnheiten, beobachtete die Menschen, die zu Dir kamen, und all das vermehrte nur, statt sie zu mindern, meine Neugier nach Dir selbst, denn die ganze Zwiefältigkeit Deines Wesens drückte sich in der Verschiedenheit dieser Besuche aus. Da kamen junge Menschen, Kameraden von Dir, mit denen Du lachtest und übermütig warst, abgerissene Studenten, und dann wieder Damen, die in Autos vorfuhren, einmal der Direktor der Oper, der große Dirigent, den ich ehrfürchtig nur am Pulte von fern gesehen, dann wieder kleine Mädel, die noch in die Handelsschule gingen und verlegen in die Tür hineinhuschten, überhaupt viel, sehr viel Frauen. Ich dachte mir nichts Besonderes dabei, auch nicht, als ich eines Morgens, wie ich zur Schule ging, eine Dame ganz verschleiert von Dir weggehen sah – ich war ja erst dreizehn Jahre alt, und die leidenschaftliche Neugier, mit der ich Dich umspähte und belauerte, wußte im Kinde noch nicht, daß sie schon Liebe war.

Aber ich weiß noch genau, mein Geliebter, den Tag und die Stunde, wann ich ganz und für immer an Dich verloren war. Ich hatte mit einer Schulfreundin einen Spaziergang gemacht, wir standen plaudernd vor dem Tor. Da kam ein Auto angefahren, hielt an, und schon sprangst Du mit Deiner ungeduldigen, elastischen Art, die mich noch heute an Dir immer hinreißt, vom Trittbrett und wolltest in die Tür. Unwillkürlich zwang es mich, Dir die Tür aufzumachen, und so trat ich Dir in den Weg, daß wir fast zusammengerieten. Du sahst mich an mit jenem warmen, weichen, einhüllenden Blick, der wie eine Zärtlichkeit war, lächeltest mir – ja, ich kann es nicht anders sagen als: zärtlich zu und sagtest mit einer ganz leisen und fast vertraulichen Stimme: »Danke vielmals, Fräulein.«

Das war alles, Geliebter; aber von dieser Sekunde, seit ich diesen weichen, zärtlichen Blick gespürt, war ich Dir verfallen. Ich habe ja später, habe es bald erfahren, daß Du diesen umfangenden, an Dich ziehenden, diesen umhüllenden und doch zugleich entkleidenden Blick, diesen Blick des geborenen Verführers, jeder Frau hingibst, die an Dich streift, jedem Ladenmädchen, das Dir verkauft, jedem Stubenmädchen, das Dir die Tür öffnet, daß dieser Blick bei Dir gar nicht bewußt ist als Wille und Neigung, sondern daß Deine Zärtlichkeit zu Frauen ganz unbewußt Deinen Blick weich und warm werden läßt, wenn er sich ihnen zuwendet. Aber ich, das dreizehnjährige Kind, ahnte das nicht: ich war wie in Feuer getaucht. Ich glaubte, die Zärtlichkeit gelte nur mir, nur mir allein, und in dieser einen Sekunde war die Frau in mir, der Halbwüchsigen, erwacht und war diese Frau Dir für immer verfallen.

»Wer war das?« fragte meine Freundin. Ich konnte ihr nicht gleich antworten. Es war mir unmöglich, Deinen Namen zu nennen: schon in dieser einen, dieser einzigen Sekunde war er mir heilig, war er mein Geheimnis geworden. »Ach, irgendein Herr, der hier im Hause wohnt«, stammelte ich dann ungeschickt heraus. »Aber warum bist du denn so rot geworden, wie er dich angeschaut hat«, spottete die Freundin mit der ganzen Bosheit eines neugierigen Kindes. Und eben weil ich fühlte, daß sie an mein Geheimnis spottend rühre, fuhr mir das Blut noch heißer in die Wangen. Ich wurde grob aus Verlegenheit. »Blöde Gans«, sagte ich wild: am liebsten hätte ich sie erdrosselt. Aber sie lachte nur noch lauter und höhnischer, bis ich fühlte, daß mir die Tränen in die Augen schossen vor ohnmächtigem Zorn. Ich ließ sie stehen und lief hinauf.

Von dieser Sekunde an habe ich Dich geliebt. Ich weiß, Frauen haben Dir, dem Verwöhnten, oft dieses Wort gesagt. Aber glaube mir, niemand hat Dich so sklavisch, so hündisch, so hingebungsvoll geliebt wie dieses Wesen, das ich war und das ich für Dich immer geblieben bin, denn nichts auf Erden gleicht der unbemerkten Liebe eines Kindes aus dem Dunkel, weil sie so hoffnungslos, so dienend, so unterwürfig, so lauernd und leidenschaftlich ist, wie niemals die begehrende und unbewußt doch fordernde Liebe einer erwachsenen Frau. Nur einsame Kinder können ganz ihre Leidenschaft zusammenhalten: die andern zerschwätzen ihr Gefühl in Geselligkeit, schleifen es ab in Vertraulichkeiten, sie haben von Liebe viel gehört und gelesen und wissen, daß sie ein gemeinsames Schicksal ist. Sie spielen damit, wie mit einem Spielzeug, sie prahlen damit, wie Knaben mit ihrer ersten Zigarette. Aber ich, ich hatte ja niemand, um mich anzuvertrauen, war von keinem belehrt und gewarnt, war unerfahren und ahnungslos: ich stürzte hinein in mein Schicksal wie in einen Abgrund. Alles, was in mir wuchs und aufbrach, wußte nur Dich, den Traum von Dir, als Vertrauten: mein Vater war längst gestorben, die Mutter mir fremd in ihrer ewig unheiteren Bedrücktheit und Pensionistenängstlichkeit, die halbverdorbenen Schulmädchen stießen mich ab, weil sie so leichtfertig mit dem spielten, was mir letzte Leidenschaft war – so warf ich alles, was sich sonst zersplittert und verteilt, warf ich mein ganzes zusammengepreßtes und immer wieder ungeduldig aufquellendes Wesen Dir entgegen. Du warst mir – wie soll ich es Dir sagen? jeder einzelne Vergleich ist zu gering – Du warst eben alles, mein ganzes Leben. Alles existierte nur insofern, als es Bezug hatte auf Dich, alles in meiner Existenz hatte nur Sinn, wenn es mit Dir verbunden war. Du verwandeltest mein ganzes Leben. Bisher gleichgültig und mittelmäßig in der Schule, wurde ich plötzlich die Erste, ich las tausend Bücher bis tief in die Nacht, weil ich wußte, daß Du die Bücher liebtest, ich begann, zum Erstaunen meiner Mutter, plötzlich mit fast störrischer Beharrlichkeit Klavier zu üben, weil ich glaubte, Du liebtest Musik. Ich putzte und nähte an meinen Kleidern, nur um gefällig und proper vor Dir auszusehen, und daß ich an meiner alten Schulschürze (sie war ein zugeschnittenes Hauskleid meiner Mutter) links einen eingesetzten viereckigen Fleck hatte, war mir entsetzlich. Ich fürchtete, Du könntest ihn bemerken und mich verachten; darum drückte ich immer die Schultasche darauf, wenn ich die Treppen hinauflief, zitternd vor Angst, Du würdest ihn sehen. Aber wie töricht war das: Du hast mich ja nie, fast nie mehr angesehen.

Und doch: ich tat eigentlich den ganzen Tag nichts als auf Dich warten und Dich belauern. An unserer Tür war ein kleines messingenes Guckloch, durch dessen kreisrunden Ausschnitt man hinüber auf Deine Tür sehen konnte. Dieses Guckloch – nein, lächle nicht, Geliebter, noch heute, noch heute schäme ich mich jener Stunden nicht! – war mein Auge in die Welt hinaus, dort, im eiskalten Vorzimmer, scheu vor dem Argwohn der Mutter, saß ich in jenen Monaten und Jahren, ein Buch in der Hand, ganze Nachmittage auf der Lauer, gespannt wie eine Saite und klingend, wenn Deine Gegenwart sie berührte. Ich war immer um Dich, immer in Spannung und Bewegung; aber Du konntest es so wenig fühlen wie die Spannung der Uhrfeder, die Du in der Tasche trägst und die geduldig im Dunkel Deine Stunden zählt und mißt, Deine Wege mit unhörbarem Herzpochen begleitet und auf die nur einmal in Millionen tickender Sekunden Dein hastiger Blick fällt. Ich wußte alles von Dir, kannte jede Deiner Gewohnheiten, jede Deiner Krawatten, jeden Deiner Anzüge, ich kannte und unterschied bald Deine einzelnen Bekannten und teilte sie in solche, die mir lieb, und solche, die mir widrig waren: von meinem dreizehnten bis zu meinem sechzehnten Jahre habe ich jede Stunde in Dir gelebt. Ach, was für Torheiten habe ich begangen! Ich küßte die Türklinke, die Deine Hand berührt hatte, ich stahl einen Zigarrenstummel, den Du vor dem Eintreten weggeworfen hattest, und er war mir heilig, weil Deine Lippen daran gerührt. Hundertmal lief ich abends unter irgendeinem Vorwand hinab auf die Gasse, um zu sehen, in welchem Deiner Zimmer Licht brenne, und so Deine Gegenwart, Deine unsichtbare, wissender zu fühlen. Und in den Wochen, wo Du verreist warst – mir stockte immer das Herz vor Angst, wenn ich den guten Johann Deine gelbe Reisetasche hinabtragen sah –, in diesen Wochen war mein Leben tot und ohne Sinn. Mürrisch, gelangweilt, böse ging ich herum und mußte nur immer achtgeben, daß die Mutter an meinen verweinten Augen nicht meine Verzweiflung merke.

Ich weiß, das sind alles groteske Überschwänge, kindische Torheiten, die ich Dir da erzähle. Ich sollte mich ihrer schämen, aber ich schämte mich nicht, denn nie war meine Liebe zu Dir reiner und leidenschaftlicher als in diesen kindlichen Exzessen. Stundenlang, tagelang könnte ich Dir erzählen, wie ich damals mit Dir gelebt, der Du mich kaum von Angesicht kanntest, denn begegnete ich Dir auf der Treppe und gab es kein Ausweichen, so lief ich, aus Furcht vor Deinem brennenden Blick, mit gesenktem Kopf an Dir vorbei wie einer, der ins Wasser stürzt, nur daß mich das Feuer nicht versenge. Stundenlang, tagelang könnte ich Dir von jenen Dir längst entschwundenen Jahren erzählen, den ganzen Kalender Deines Lebens aufrollen; aber ich will Dich nicht langweilen, will Dich nicht quälen. Nur das schönste Erlebnis meiner Kindheit will ich Dir noch anvertrauen, und ich bitte Dich, nicht zu spotten, weil es ein so Geringes ist, denn mir, dem Kinde, war es eine Unendlichkeit. An einem Sonntag muß es gewesen sein. Du warst verreist, und Dein Diener schleppte die schweren Teppiche, die er geklopft hatte, durch die offene Wohnungstür. Er trug schwer daran, der Gute, und in einem Anfall von Verwegenheit ging ich zu ihm und fragte, ob ich ihm nicht helfen könnte. Er war erstaunt, aber ließ mich gewähren, und so sah ich – vermöchte ich Dirs doch nur zu sagen, mit welcher ehrfürchtigen, ja frommen Verehrung! – Deine Wohnung von innen, Deine Welt, den Schreibtisch, an dem Du zu sitzen pflegtest und auf dem in einer blauen Kristallvase ein paar Blumen standen. Deine Schränke, Deine Bilder, Deine Bücher. Nur ein flüchtiger, diebischer Blick war es in Dein Leben, denn Johann, der Getreue, hätte mir gewiß genaue Betrachtung gewehrt, aber ich sog mit diesem einen Blick die ganze Atmosphäre ein und hatte Nahrung für meine unendlichen Träume von Dir im Wachen und Schlaf.

Dies, diese rasche Minute, sie war die glücklichste meiner Kindheit. Sie wollte ich Dir erzählen, damit Du, der Du mich nicht kennst, endlich zu ahnen beginnst, wie ein Leben an Dir hing und verging. Sie wollte ich Dir erzählen und jene andere noch, die fürchterlichste Stunde, die jener leider so nachbarlich war. Ich hatte – ich sagte es Dir ja schon – um Deinetwillen an alles vergessen, ich hatte auf meine Mutter nicht acht und kümmerte mich um niemanden. Ich merkte nicht, daß ein älterer Herr, ein Kaufmann aus Innsbruck, der mit meiner Mutter entfernt verschwägert war, öfter kam und länger blieb, ja, es war mir nur angenehm, denn er führte Mama manchmal in das Theater, und ich konnte allein bleiben, an Dich denken, auf Dich lauern, was ja meine höchste, meine einzige Seligkeit war. Eines Tages nun rief mich die Mutter mit einer gewissen Umständlichkeit in ihr Zimmer; sie hätte ernst mit mir zu sprechen. Ich wurde blaß und hörte mein Herz plötzlich hämmern; sollte sie etwas geahnt, etwas erraten haben? Mein erster Gedanke warst Du, das Geheimnis, das mich mit der Welt verband. Aber die Mutter war selbst verlegen, sie küßte mich (was sie sonst nie tat) zärtlich ein- und zweimal, zog mich auf das Sofa zu sich und begann dann zögernd und verschämt zu erzählen, ihr Verwandter, der Witwer sei, habe ihr einen Heiratsantrag gemacht, und sie sei, hauptsächlich um meinetwillen, entschlossen, ihn anzunehmen. Heißer stieg mir das Blut zum Herzen: nur ein Gedanke antwortete von innen, der Gedanke an Dich. »Aber wir bleiben doch hier?« konnte ich gerade noch stammeln. »Nein, wir ziehen nach Innsbruck, dort hat Ferdinand eine schöne Villa.« Mehr hörte ich nicht. Mir ward schwarz vor den Augen. Später wußte ich, daß ich in Ohnmacht gefallen war; ich sei, hörte ich die Mutter dem Stiefvater leise erzählen, der hinter der Tür gewartet hatte, plötzlich mit aufgespreizten Händen zurückgefahren und dann hingestürzt wie ein Klumpen Blei. Was dann in den nächsten Tagen geschah, wie ich mich, ein machtloses Kind, wehrte gegen ihren übermächtigen Willen, das kann ich Dir nicht schildern: noch jetzt zittert mir, da ich daran denke, die Hand im Schreiben. Mein wirkliches Geheimnis konnte ich nicht verraten, so schien meine Gegenwehr bloß Starrsinn, Bosheit und Trotz. Niemand sprach mehr mit mir, alles geschah hinterrücks. Man nutzte die Stunden, da ich in der Schule war, um die Übersiedlung zu fördern: kam ich dann nach Hause, so war immer wieder ein anderes Stück verräumt oder verkauft. Ich sah, wie die Wohnung und damit mein Leben verfiel, und einmal, als ich zum Mittagessen kam, waren die Möbelpacker dagewesen und hatten alles weggeschleppt. In den leeren Zimmern standen die gepackten Koffer und zwei Feldbetten für die Mutter und mich: da sollten wir noch eine Nacht schlafen, die letzte, und morgen nach Innsbruck reisen.

An diesem letzten Tag fühlte ich mit plötzlicher Entschlossenheit, daß ich nicht leben konnte ohne Deine Nähe. Ich wußte keine andere Rettung als Dich. Wie ich mirs dachte und ob ich überhaupt klar in diesen Stunden der Verzweiflung zu denken vermochte, das werde ich nie sagen können, aber plötzlich – die Mutter war fort – stand ich auf im Schulkleid, wie ich war, und ging hinüber zu Dir. Nein, ich ging nicht: es stieß mich mit steifen Beinen, mit zitternden Gelenken magnetisch fort zu Deiner Tür. Ich sagte Dir schon, ich wußte nicht deutlich, was ich wollte: Dir zu Füßen fallen und Dich bitten, mich zu behalten als Magd, als Sklavin, und ich fürchte, Du wirst lächeln über diesen unschuldigen Fanatismus einer Fünfzehnjährigen, aber – Geliebter, Du würdest nicht mehr lächeln, wüßtest Du, wie ich damals draußen im eiskalten Gange stand, starr vor Angst und doch vorwärts gestoßen von einer unfaßbaren Macht, und wie ich den Arm, den zitternden, mir gewissermaßen vom Leib losriß, daß er sich hob und – es war ein Kampf durch die Ewigkeit entsetzlicher Sekunden – den Finger auf den Knopf der Türklinke drückte. Noch heute gellts mir im Ohr, dies schrille Klingelzeichen, und dann die Stille danach, wo mir das Herz stillstand, wo mein ganzes Blut anhielt und nur lauschte, ob Du kämest.

Aber Du kamst nicht. Niemand kam. Du warst offenbar fort an jenem Nachmittage und Johann auf Besorgung; so tappte ich, den toten Ton der Klingel im dröhnenden Ohr, in unsere zerstörte, ausgeräumte Wohnung zurück und warf mich erschöpft auf einen Plaid, müde von den vier Schritten, als ob ich stundenlang durch tiefen Schnee gegangen sei. Aber unter dieser Erschöpfung glüht noch unverlöscht die Entschlossenheit, Dich zu sehen, Dich zu sprechen, ehe sie mich wegrissen. Es war, ich schwöre es Dir, kein sinnlicher Gedanke dabei, ich war noch unwissend, eben weil ich an nichts dachte als an Dich: nur sehen wollte ich Dich, einmal noch sehen, mich anklammern an

Dich. Die ganze Nacht, die ganze lange, entsetzliche Nacht habe ich dann, Geliebter, auf Dich gewartet. Kaum daß die Mutter sich in ihr Bett gelegt hatte und eingeschlafen war, schlich ich in das Vorzimmer hinaus, um zu horchen, wann Du nach Hause kämest. Die ganze Nacht habe ich gewartet, und es war eine eisige Januarnacht. Ich war müde, meine Glieder schmerzten mich, und es war kein Sessel mehr, mich hinzusetzen: so legte ich mich flach auf den kalten Boden, über den der Zug von der Tür hinstrich. Nur in meinem dünnen Kleide lag ich auf dem schmerzenden kalten Boden, denn ich nahm keine Decke; ich wollte es nicht warm haben, aus Furcht, einzuschlafen und Deinen Schritt zu überhören. Es tat weh, meine Füße preßte ich im Krampfe zusammen, meine Arme zitterten: ich mußte immer wieder aufstehen, so kalt war es im entsetzlichen Dunkel. Aber ich wartete, wartete, wartete auf Dich wie auf mein Schicksal.

Endlich – es muß schon zwei oder drei Uhr morgens gewesen sein – hörte ich unten das Haustor aufsperren und dann Schritte die Treppe hinauf. Wie abgesprungen war die Kälte von mir, heiß überflog's mich, leise machte ich die Tür auf, um Dir entgegenzustürzen, Dir zu Füßen zu fallen ... Ach, ich weiß ja nicht, was ich törichtes Kind damals getan hätte. Die Schritte kamen näher, Kerzenlicht flackte herauf. Zitternd hielt ich die Klinke. Warst Du es, der da kam?

Ja, Du warst es, Geliebter – aber Du warst nicht allein. Ich hörte ein leises, kitzliches Lachen, irgendein streifendes seidenes Kleid und leise Deine Stimme – Du kamst mit einer Frau nach Hause ...

Wie ich diese Nacht überleben konnte, weiß ich nicht. Am nächsten Morgen, um acht Uhr, schleppten sie mich nach Innsbruck; ich hatte keine Kraft mehr, mich zu wehren.

Mein Kind ist gestern nacht gestorben – nun werde ich wieder allein sein, wenn ich wirklich weiterleben muß. Morgen werden sie kommen, fremde, schwarze, ungeschlachte Männer, und einen Sargen bringen, werden es hineinlegen, mein armes, mein einziges Kind. Vielleicht kommen auch Freunde und bringen Kränze, aber was sind Blumen auf einem Sarg? Sie werden mich trösten und mir irgendwelche Worte sagen, Worte, Worte; aber was können sie mir helfen? Ich weiß, ich muß dann doch wieder allein sein. Und es gibt nichts Entsetzlicheres, als Alleinsein unter den Menschen. Damals habe ich es erfahren, damals in jenen unendlichen zwei Jahren in Innsbruck, jenen Jahren von meinem sechzehnten bis zu meinem achtzehnten, wo ich wie eine Gefangene, eine Verstoßene zwischen meiner Familie lebte. Der Stiefvater, ein sehr ruhiger, wortkarger Mann, war gut zu mir, meine Mutter schien, wie um ein unbewußtes Unrecht zu sühnen, allen meinen Wünschen bereit, junge Menschen bemühten sich um mich, aber ich stieß sie alle in einem leidenschaftlichen Trotz zurück. Ich wollte nicht glücklich, nicht zufrieden leben abseits von Dir, ich grub mich selbst in eine finstere Welt von Selbstqual und Einsamkeit. Die neuen, bunten Kleider, die sie mir kauften, zog ich nicht an, ich weigerte mich, in Konzerte, in Theater zu gehen oder Ausflüge in heiterer Gesellschaft mitzumachen. Kaum daß ich je die Gasse betrat: würdest Du es glauben, Geliebter, daß ich von dieser kleinen Stadt, in der ich zwei Jahre gelebt, keine zehn Straßen kenne? Ich trauerte und ich wollte trauern, ich berauschte mich an jeder Entbehrung, die ich mir zu der Deines Anblicks noch auferlegte. Und dann: ich wollte mich nicht ablenken lassen von meiner Leidenschaft, nur in Dir zu leben. Ich saß allein zu Hause, stundenlang, tagelang, und tat nichts, als an Dich zu denken, immer wieder, immer wieder die hundert kleinen Erinnerungen an Dich, jede Begegnung, jedes Warten, mir zu erneuern, mir diese kleinen Episoden vorzuspielen wie im Theater. Und darum, weil ich jede der Sekunden von einst mir unzählige Male wiederholte, ist auch meine ganze Kindheit mir in so brennender Erinnerung geblieben, daß ich jede Minute jener vergangenen Jahre so heiß und springend fühle, als wäre sie gestern durch mein Blut gefahren.

Nur in Dir habe ich damals gelebt. Ich kaufte mir alle Deine Bücher; wenn Dein Name in der Zeitung stand, war es ein festlicher Tag. Willst Du es glauben, daß ich jede Zeile aus Deinen Büchern auswendig kann, so oft habe ich sie gelesen? Würde mich einer nachts aus dem Schlaf aufwecken und eine losgerissene Zeile aus ihnen mir vorsprechen, ich könnte sie heute noch, heute noch nach dreizehn Jahren, weitersprechen wie im Traum: so war jedes Wort von Dir mir Evangelium und Gebet. Die ganze Welt, sie existierte nur in Beziehung auf Dich: ich las in den Wiener Zeitungen die Konzerte, die Premieren nach nur mit dem Gedanken, welche Dich davon interessieren möchten, und wenn es Abend wurde, begleitete ich Dich von ferne: jetzt tritt er in den Saal, jetzt setzt er sich nieder. Tausendmal träumte ich das, weil ich Dich ein einziges Mal in einem Konzert gesehen.

Aber wozu all dies erzählen, diesen rasenden, gegen sich selbst wütenden, diesen so tragischen hoffnungslosen Fanatismus eines verlassenen Kindes, wozu es einem erzählen, der es nie geahnt, der es nie gewußt? Doch war ich damals wirklich noch ein Kind? Ich wurde siebzehn, wurde achtzehn Jahre – die jungen Leute begannen sich auf der Straße nach mir umzublikken, doch sie erbitterten mich nur. Denn Liebe oder auch nur ein Spiel mit Liebe im Gedanken an jemanden andern als an Dich, das war mir so unerfindlich, so unausdenklich fremd, ja die Versuchung schon wäre mir als ein Verbrechen erschienen. Meine Leidenschaft zu Dir blieb dieselbe, nur daß sie anders ward mit meinem Körper, mit meinen wacheren Sinnen glühender, körperlicher, frauenhafter. Und was das Kind in seinem dumpfen unbelehrten Willen, das Kind, das damals die Klingel Deiner Türe zog, nicht ahnen konnte, das war jetzt mein einziger Gedanke: mich Dir zu schenken, mich Dir hinzugeben.

Die Menschen um mich vermeinten mich scheu, nannten mich schüchtern (ich hatte mein Geheimnis verbissen hinter den Zähnen). Aber in mir wuchs ein eiserner Wille. Mein ganzes Denken und Trachten war in eine Richtung gespannt: zurück nach Wien, zurück zu Dir. Und ich erzwang meinen Willen, so unsinnig, so unbegreiflich er den andern scheinen mochte. Mein

Stiefvater war vermögend, er betrachtete mich als sein eigenes Kind. Aber ich drang in erbittertem Starrsinn darauf, ich wolle mir mein Geld selbst verdienen, und erreichte es endlich, daß ich in Wien zu einem Verwandten als Angestellte eines großen Konfektionsgeschäftes kam.

Muß ich Dir sagen, wohin mein erster Weg ging, als ich an einem nebligen Herbstabend – endlich! endlich! – in Wien ankam? Ich ließ die Koffer an der Bahn, stürzte mich in eine Straßenbahn – wie langsam schien sie mir zu fahren, jede Haltestelle erbitterte mich – und lief vor das Haus. Deine Fenster waren erleuchtet, mein ganzes Herz klang. Nun erst lebte die Stadt, die mich so fremd, so sinnlos umbraust hatte, nun erst lebte ich wieder, da ich Dich nahe ahnte, Dich, meinen ewigen Traum. Ich ahnte ja nicht, daß ich in Wirklichkeit Deinem Bewußtsein ebenso ferne war hinter Tälern, Bergen und Flüssen als nun, da nur die dünne leuchtende Glasscheibe Deines Fensters zwischen Dir war und meinem aufstrahlenden Blick. Ich sah nur empor und empor: da war Licht, da war das Haus, da warst Du, da war meine Welt. Zwei Jahre hatte ich von dieser Stunde geträumt, nun war sie mir geschenkt. Ich stand den langen, weichen, verhangenen Abend vor Deinen Fenstern, bis das Licht erlosch. Dann suchte ich erst mein Heim.

Jeden Abend stand ich dann so vor Deinem Haus. Bis sechs Uhr hatte ich Dienst im Geschäft, harten, anstrengenden Dienst, aber er war mir lieb, denn diese Unruhe ließ mich die eigene nicht so schmerzhaft fühlen. Und geradewegs, sobald die eisernen Rollbalken hinter mir niederdröhnten, lief ich zu dem geliebten Ziel. Nur Dich einmal sehen, nur einmal Dir begegnen, das war mein einziger Wille, nur wieder einmal mit dem Blick Dein Gesicht umfassen dürfen von ferne. Etwa nach einer Woche geschah's dann endlich, daß ich Dir begegnete, und zwar gerade in einem Augenblick, wo ich's nicht vermutete: während ich eben hinauf zu Deinen Fenstern spähte, kamst Du quer über die Straße. Und plötzlich war ich wieder das Kind, das dreizehnjährige, ich fühlte, wie das Blut mir in die Wangen schoß;

unwillkürlich, wider meinen innersten Drang, der sich sehnte, Deine Augen zu fühlen, senkte ich den Kopf und lief blitzschnell wie gehetzt an Dir vorbei. Nachher schämte ich mich dieser schulmädelhaften scheuen Flucht, denn jetzt war mein Wille mir doch klar: ich wollte Dir ja begegnen, ich suchte Dich, ich wollte von Dir erkannt sein nach all den sehnsüchtig verdämmerten Jahren, wollte von Dir beachtet, wollte von Dir geliebt sein.

Aber Du bemerktest mich lange nicht, obzwar ich jeden Abend, auch bei Schneegestöber und in dem scharfen, schneidenden Wiener Wind in Deiner Gasse stand. Oft wartete ich stundenlang vergebens, oft gingst Du dann endlich vom Hause in Begleitung von Bekannten fort, zweimal sah ich Dich auch mit Frauen, und nun empfand ich mein Erwachsensein, empfand das Neue, Andere meines Gefühls zu Dir an dem plötzlichen Herzzucken, das mir quer die Seele zerriß, als ich eine fremde Frau so sicher Arm in Arm mit Dir hingehen sah. Ich war nicht überrascht. Ich kannte ja diese Deine ewigen Besucherinnen aus meinen Kindertagen schon, aber jetzt tat es mit einmal irgendwie körperlich weh, etwas spannte sich in mir, gleichzeitig feindlich und mitverlangend gegen diese offensichtliche, diese fleischliche Vertrautheit mit einer andern. Einen Tag blieb ich, kindlich stolz wie ich war und vielleicht jetzt noch geblieben bin, von Deinem Haus weg: aber wie entsetzlich war dieser leere Abend des Trotzes und der Auflehnung. Am nächsten Abend stand ich schon wieder demütig vor Deinem Hause wartend, wartend, wie ich mein ganzes Schicksal lang vor Deinem verschlossenen Leben gestanden bin.

Und endlich, an einem Abend bemerktest Du mich. Ich hatte Dich schon von ferne kommen sehen und straffte meinen Willen zusammen, Dir nicht auszuweichen. Der Zufall wollte, daß durch einen abzuladenden Wagen die Straße verengert war und Du ganz an mir vorbei mußtest. Unwillkürlich streifte mich Dein zerstreuter Blick, um sofort, kaum daß er der Aufmerksamkeit des meinen begegnete – wie erschrak die Erinnerung in mir! –, jener Dein Frauenblick, jener zärtliche, hüllende und gleichzeitig enthüllende, jener umfangende und schon fassende Blick zu werden, der mich, das Kind, zum erstenmal zur Frau, zur Liebenden erweckt. Ein, zwei Sekunden lang hielt dieser Blick so den meinen, der sich nicht wegreißen konnte und wollte – dann warst Du an mir vorbei. Mir schlug das Herz: unwillkürlich mußte ich meinen Schritt verlangsamen, und wie ich aus einer nicht zu bezwingenden Neugier mich umwandte, sah ich, daß Du stehengeblieben warst und mir nachsahst. Und an der Art, wie Du neugierig interessiert mich beobachtetest, wußte ich sofort: Du erkanntest mich nicht.

Du erkanntest mich nicht, damals nicht, nie, nie hast Du mich erkannt. Wie soll ich Dir, Geliebter, die Enttäuschung jener Sekunde schildern – damals war es ja das erstemal, daß ich's erlitt, dies Schicksal, von Dir nicht erkannt zu sein, das ich ein Leben durchlebt habe, und mit dem ich sterbe; unerkannt, immer noch unerkannt von Dir. Wie soll ich sie Dir schildern, diese Enttäuschung! Denn sieh, in diesen zwei Jahren in Innsbruck, wo ich jede Stunde an Dich dachte und nichts tat, als mir unsere erste Wiederbegegnung in Wien auszudenken, da hatte ich die wildesten Möglichkeiten neben den seligsten, je nach dem Zustand meiner Laune, ausgeträumt. Alles war, wenn ich so sagen darf, durchgeträumt; ich hatte mir in finstern Momenten vorgestellt, Du würdest mich zurückstoßen, würdest mich verachten, weil ich zu gering, zu häßlich, zu aufdringlich sei. Alle Formen Deiner Mißgunst, Deiner Kälte, Deiner Gleichgültigkeit, sie alle hatte ich durchgewandelt in leidenschaftlichen Visionen – aber dies, dies eine hatte ich in keiner finstern Regung des Gemüts, nicht im äußersten Bewußtsein meiner Minderwertigkeit in Betracht zu ziehen gewagt, dies Entsetzlichste: daß du überhaupt von meiner Existenz nichts bemerkt hattest. Heute verstehe ich es ja – ach, Du hast mich's verstehen gelehrt! –, daß das Gesicht eines Mädchens, einer Frau etwas ungemein Wandelhaftes sein muß für einen Mann, weil es meist nur Spiegel ist, bald einer Leidenschaft, bald einer Kindlichkeit, bald eines Müdeseins, und so leicht verfließt wie ein Bildnis im Spiegel, daß also ein Mann leichter das Antlitz einer Frau verlieren kann, weil das Alter darin durchwandelt mit Schatten und Licht, weil die Kleidung es von einemmal zum anderen anders rahmt. Die Resignierten, sie sind ja erst die wahren Wissenden. Aber ich, das Mädchen von damals, ich konnte Deine Vergeßlichkeit noch nicht fassen, denn irgendwie war aus meiner maßlosen, unaufhörlichen Beschäftigung mit Dir der Wahn in mich gefahren, auch Du müßtest meiner oft gedenken und auf mich warten; wie hätte ich auch nur atmen können mit der Gewißheit, ich sei Dir nichts, nie rühre ein Erinnern an mich Dich leise an! Und dies Erwachen vor Deinem Blick, der mir zeigte, daß nichts in Dir mich mehr kannte, kein Spinnfaden Erinnerung von Deinem Leben hinreiche zu meinem, das war ein erster Sturz hinab in die Wirklichkeit, eine erste Ahnung meines Schicksals.

Du erkanntest mich nicht damals. Und als zwei Tage später Dein Blick mit einer gewissen Vertrautheit bei erneuter Begegnung mich umfing, da erkanntest Du mich wiederum nicht als die, die Dich geliebt und die Du erweckt, sondern bloß als das hübsche achtzehnjährige Mädchen, das Dir vor zwei Tagen an der gleichen Stelle entgegengetreten. Du sahst mich freundlich überrascht an, ein leichtes Lächeln umspielte Deinen Mund. Wieder gingst Du an mir vorbei und wieder den Schritt sofort verlangsamend: ich zitterte, ich jauchzte, ich betete, Du würdest mich ansprechen. Ich fühlte, daß ich zum erstenmal für Dich lebendig war: auch ich verlangsamte den Schritt, ich wich Dir nicht aus. Und plötzlich spürte ich Dich hinter mir, ohne mich umzuwenden, ich wußte, nun würde ich zum erstenmal Deine geliebte Stimme an mich gerichtet hören. Wie eine Lähmung war die Erwartung in mir, schon fürchtete ich stehenbleiben zu müssen, so hämmerte mir das Herz – da tratest Du an meine Seite. Du sprachst mich an mit Deiner leichten heitern Art, als wären wir lange befreundet – ach, Du ahntest mich ja nicht, nie hast Du etwas von meinem Leben geahnt! – so zauberhaft unbefangen sprachst Du mich an, daß ich Dir sogar zu antworten vermochte. Wir gingen zusammen die ganze Gasse entlang. Dann fragtest Du mich, ob wir gemeinsam speisen wollten. Ich sagte ja. Was hätte ich Dir gewagt zu verneinen?

Wir speisten zusammen in einem kleinen Restaurant – weißt Du noch, wo es war? Ach nein, Du unterscheidest es gewiß nicht mehr von andern solchen Abenden, denn wer war ich Dir? Eine unter Hunderten, ein Abenteuer in einer ewig fortgeknüpften Kette. Was sollte Dich auch an mich erinnern: ich sprach ja wenig, weil es mir so unendlich beglückend war, Dich nahe zu haben, Dich zu mir sprechen zu hören. Keinen Augenblick davon wollte ich durch eine Frage, durch ein törichtes Wort vergeuden. Nie werde ich Dir von dieser Stunde dankbar vergessen, wie voll Du meine leidenschaftliche Ehrfurcht erfülltest, wie zart, wie leicht, wie taktvoll Du warst, ganz ohne Zudringlichkeit, ganz ohne jene eiligen karessanten Zärtlichkeiten, und vom ersten Augenblick von einer so sicheren freundschaftlichen Vertrautheit, daß Du mich auch gewonnen hättest, wäre ich nicht schon längst mit meinem ganzen Willen und Wesen Dein gewesen. Ach, Du weißt ja nicht, ein wie Ungeheures Du erfülltest, indem Du mir fünf Jahre kindischer Erwartung nicht enttäuschtest!

Es wurde spät, wir brachen auf. An der Tür des Restaurants fragtest Du mich, ob ich eilig wäre oder noch Zeit hätte. Wie hätte ich's verschweigen können, daß ich Dir bereit sei! Ich sagte, ich hätte noch Zeit. Dann fragtest Du, ein leises Zögern rasch überspringend, ob ich nicht noch ein wenig zu Dir kommen wollte, um zu plaudern. »Gerne«, sagte ich ganz aus der Selbstverständlichkeit meines Fühlens heraus und merkte sofort, daß Du von der Raschheit meiner Zusage irgendwie peinlich oder freudig berührt warst, jedenfalls aber sichtlich überrascht. Heute verstehe ich ja dies Dein Erstaunen; ich weiß, es ist bei Frauen üblich, auch wenn das Verlangen nach Hingabe in einer brennend ist, diese Bereitschaft zu verleugnen, ein Erschrecken vorzutäuschen oder eine Entrüstung, die durch eindringliche Bitte, durch Lügen, Schwüre und Versprechen erst beschwichtigt sein will. Ich weiß, daß vielleicht nur die Professionellen der Liebe, die Dirnen, eine solche Einladung mit einer so vollen freudigen Zustimmung beantworten, oder ganz naive, ganz halbwüchsige Kinder. In mir aber war es – und wie konntest Du das ahnen – nur der wortgewordene Wille, die geballt vorbrechende Sehnsucht von tausend einzelnen Tagen. Jedenfalls aber: Du warst frappiert, ich begann Dich zu interessieren. Ich spürte, daß Du, während wir gingen, von der Seite her während des Gespräches mich irgendwie erstaunt mustertest. Dein Gefühl, Dein in allem Menschlichen so magisch sicheres Gefühl witterte hier sogleich ein Ungewöhnliches, ein Geheimnis in diesem hübschen zutunlichen Mädchen. Der Neugierige in Dir war wach, und ich merkte, aus der umkreisenden, spürenden Art der Fragen, wie Du nach dem Geheimnis tasten wolltest. Aber ich wich Dir aus: ich wollte lieber töricht erscheinen als Dir mein Geheimnis verraten.

Wir gingen zu Dir hinauf. Verzeih, Geliebter, wenn ich Dir sage, daß Du es nicht verstehen kannst, was dieser Gang, diese Treppe für mich waren, welcher Taumel, welche Verwirrung, welch ein rasendes, quälendes, fast tödliches Glück. Jetzt noch kann ich kaum ohne Tränen daran denken, und ich habe keine mehr. Aber fühl es nur aus, daß jeder Gegenstand dort gleichsam durchdrungen war von meiner Leidenschaft, jeder ein Symbol meiner Kindheit, meiner Sehnsucht: das Tor, vor dem ich tausende Male auf Dich gewartet, die Treppe, von der ich immer Deinen Schritt erhorcht und wo ich Dich zum erstenmal gesehen, das Guckloch, aus dem ich mir die Seele gespäht, der Türvorleger vor Deiner Tür, auf dem ich einmal gekniet, das Knakken des Schlüssels, bei dem ich immer aufgesprungen von meiner Lauer. Die ganze Kindheit, meine ganze Leidenschaft, da nistete sie ja in diesen paar Metern Raum, hier war mein ganzes Leben, und jetzt fiel es nieder auf mich wie ein Sturm, da alles, alles sich erfüllte und ich mit Dir ging, ich mit Dir, in Deinem, in unserem Hause. Bedenke – es klingt ja banal, aber ich weiß es nicht anders zu sagen –, daß bis zu Deiner Tür alles

Wirklichkeit, dumpfe tägliche Welt ein Leben lang gewesen war, und dort das Zauberreich des Kindes begann, Aladins Reich, bedenke, daß ich tausendmal mit brennenden Augen auf diese Tür gestarrt, die ich jetzt taumelnd durchschritt, und Du wirst ahnen – aber nur ahnen, niemals ganz wissen, mein Geliebter! –, was diese stürzende Minute von meinem Leben wegtrug.

Ich blieb damals die ganze Nacht bei Dir. Du hast es nicht geahnt, daß vordem noch nie ein Mann mich berührt, noch keiner meinen Körper gefühlt oder gesehen. Aber wie konntest Du es auch ahnen, Geliebter, denn ich bot Dir ja keinen Widerstand, ich unterdrückte jedes Zögern der Scham, nur damit Du nicht das Geheimnis meiner Liebe zu Dir erraten könntest, das Dich gewiß erschreckt hätte – denn Du liebst ja nur das Leichte, das Spielende, das Gewichtlose, Du hast Angst, in ein Schicksal einzugreifen. Verschwenden willst Du Dich, Du, an alle, an die Welt, und willst kein Opfer. Wenn ich Dir jetzt sage, Geliebter, daß ich mich jungfräulich Dir gab, so flehe ich Dich an: mißversteh mich nicht! Ich klage Dich ja nicht an, Du hast mich nicht gelockt, nicht belogen, nicht verführt – ich, ich selbst drängte zu Dir, warf mich an Deine Brust, warf mich in mein Schicksal. Nie, nie werde ich Dich anklagen, nein, nur immer Dir danken, denn wie reich, wie funkelnd von Lust, wie schwebend von Seligkeit war für mich diese Nacht. Wenn ich die Augen auftat im Dunkeln und Dich fühlte an meiner Seite, wunderte ich mich, daß nicht die Sterne über mir waren, so sehr fühlte ich Himmel – nein, ich habe niemals bereut, mein Geliebter, niemals um dieser Stunde willen. Ich weiß noch: als Du schliefst, als ich Deinen Atem hörte, Deinen Körper fühlte und mich selbst Dir so nah, da habe ich im Dunkeln geweint vor Glück.

Am Morgen drängte ich frühzeitig schon fort. Ich mußte in das Geschäft und wollte auch gehen, ehe der Diener käme: er sollte mich nicht sehen. Als ich angezogen vor Dir stand, nahmst Du mich in den Arm, sahst mich lange an; war es ein Erinnern, dunkel und fern, das in Dir wogte, oder schien ich Dir nur schön, beglückt, wie ich war? Dann küßtest Du mich auf den Mund. Ich machte mich leise los und wollte gehen. Da fragtest Du: »Willst Du nicht ein paar Blumen mitnehmen?« Ich sagte ja. Du nahmst vier weiße Rosen aus der blauen Kristallvase am Schreibtisch (ach, ich kannte sie von jenem einzigen diebischen Kindheitsblick) und gabst sie mir. Tagelang habe ich sie noch geküßt.

Wir hatten zuvor einen andern Abend verabredet. Ich kam, und wieder war es wunderbar. Noch eine dritte Nacht hast Du mir geschenkt. Dann sagtest Du, Du müßtest verreisen – oh, wie haßte ich diese Reisen von meiner Kindheit her! – und versprachst mir, mich sofort nach Deiner Rückkehr zu verständigen. Ich gab Dir eine Poste restante-Adresse – meinen Namen wollte ich Dir nicht sagen. Ich hütete mein Geheimnis. Wieder gabst Du mir ein paar Rosen zum Abschied – zum Abschied.

Jeden Tag während zweier Monate fragte ich ... aber nein, wozu diese Höllenqual der Erwartung, der Verzweiflung Dir schildern. Ich klage Dich nicht an, ich liebe Dich als den, der Du bist, heiß und vergeßlich, hingebend und untreu, ich liebe Dich so, nur so, wie Du immer gewesen und wie Du jetzt noch bist. Du warst längst zurück, ich sah es an Deinen erleuchteten Fenstern, und hast mir nicht geschrieben. Keine Zeile habe ich von Dir in meinen letzten Stunden, keine Zeile von Dir, dem ich mein Leben gegeben. Ich habe gewartet, ich habe gewartet wie eine Verzweifelte. Aber Du hast mich nicht gerufen, keine Zeile hast Du mir geschrieben ... keine Zeile ...

Mein Kind ist gestern gestorben – es war auch Dein Kind. Es war auch Dein Kind, Geliebter, das Kind einer jener drei Nächte, ich schwöre es Dir, und man lügt nicht im Schatten des Todes. Es war unser Kind, ich schwöre es Dir, denn kein Mann hat mich berührt von jenen Stunden, da ich mich Dir hingegeben, bis zu jenen andern, da es aus meinem Leib gerungen wurde. Ich war mir heilig durch Deine Berührung: wie hätte ich es vermocht, mich zu teilen an Dich, der mir alles gewesen, und an andere, die an meinem Leben nur leise anstreiften? Es war unser Kind, Geliebter, das Kind meiner wissenden Liebe und Deiner sorglosen, verschwenderischen, fast unbewußten Zärtlichkeit, unser Kind, unser Sohn, unser einziges Kind. Aber Du fragst nun – vielleicht erschreckt, vielleicht bloß erstaunt –, Du fragst nun, mein Geliebter, warum ich dies Kind alle diese langen Jahre verschwiegen und erst heute von ihm spreche, da es hier im Dunkel schlafend, für immer schlafend liegt, schon bereit fortzugehen und nie mehr wiederzukehren, nie mehr! Doch wie hätte ich es Dir sagen können? Nie hättest Du mir, der Fremden, der allzu Bereitwilligen dreier Nächte, die sich ohne Widerstand, ja begehrend, Dir aufgetan, nie hättest Du ihr, der Namenlosen einer flüchtigen Begegnung, geglaubt, daß sie Dir die Treue hielt, Dir dem Untreuen – nie ohne Mißtrauen dies Kind als das Deine erkannt! Nie hättest Du, selbst wenn mein Wort Dir Wahrscheinlichkeit geboten, den heimlichen Verdacht abtun können, ich versuchte, Dir, dem Begüterten, das Kind fremder Stunde unterzuschieben. Du hättest mich beargwohnt, ein Schatten wäre geblieben, ein fliegender, scheuer Schatten von Mißtrauen zwischen Dir und mir. Das wollte ich nicht. Und dann, ich kenne Dich; ich kenne Dich so gut, wie Du kaum selber Dich kennst, ich weiß, es wäre Dir, der Du das Sorglose, das Leichte, das Spielende liebst in der Liebe, peinlich gewesen, plötzlich Vater, plötzlich verantwortlich zu sein für ein Schicksal. Du hättest Dich, Du, der Du nur in Freiheit atmen kannst, Dich irgendwie verbunden gefühlt mit mir. Du hättest mich – ja, ich weiß es, daß Du es getan hättest, wider Deinen eigenen wachen Willen –, Du hättest mich gehaßt für dieses Verbundensein. Vielleicht nur stundenlang, vielleicht nur flüchtige Minuten lang wäre ich Dir lästig gewesen, wäre ich Dir verhaßt worden – ich aber wollte in meinem Stolze, Du solltest an mich ein Leben lang ohne Sorge denken. Lieber wollte ich alles auf mich nehmen als Dir eine Last werden, und einzig die sein unter allen Deinen Frauen, an die Du immer mit Liebe, mit Dankbarkeit denkst. Aber freilich, Du hast nie an mich gedacht, Du hast mich vergessen.

Ich klage Dich nicht an, mein Geliebter, nein, ich klage Dich nicht an. Verzeih mir's, wenn mir manchmal ein Tropfen Bitternis in die Feder fließt, verzeih mir's – mein Kind, unser Kind liegt ja da tot unter den flackernden Kerzen; ich habe zu Gott die Fäuste geballt und ihn Mörder genannt, meine Sinne sind trüb und verwirrt. Verzeih mir die Klage, verzeihe sie mir! Ich weiß ja, daß Du gut bist und hilfreich im tiefsten Herzen, Du hilfst jedem, hilfst auch dem Fremdesten, der Dich bittet. Aber Deine Güte ist so sonderbar, sie ist eine, die offen liegt für jeden, daß er nehmen kann, soviel seine Hände fassen, sie ist groß, unendlich groß, Deine Güte, aber sie ist – verzeih mir – sie ist träge. Sie will gemahnt, will genommen sein. Du hilfst, wenn man Dich ruft, Dich bittet, hilfst aus Scham, aus Schwäche und nicht aus Freudigkeit. Du hast – laß es Dir offen sagen – den Menschen in Notdurft und Qual nicht lieber als den Bruder im Glück. Und Menschen, die so sind wie Du, selbst die Gütigsten unter ihnen, sie bittet man schwer. Einmal, ich war noch ein Kind, sah ich durch das Guckloch an der Tür, wie Du einem Bettler, der bei Dir geklingelt hatte, etwas gabst. Du gabst ihm rasch und sogar viel, noch ehe er Dich bat, aber Du reichtest es ihm mit einer gewissen Angst und Hast hin, er möchte nur bald wieder fortgehen, es war, als hättest Du Furcht, ihm ins Auge zu sehen. Diese Deine unruhige, scheue, vor der Dankbarkeit flüchtende Art des Helfens habe ich nie vergessen. Und deshalb habe ich mich nie an Dich gewandt. Gewiß, ich weiß, Du hättest mir damals zur Seite gestanden auch ohne die Gewißheit, es sei Dein Kind. Du hättest mich getröstet, mir Geld gegeben, reichlich Geld, aber immer nur mit der geheimen Ungeduld, das Unbequeme von Dir wegzuschieben; ja, ich glaube, Du hättest mich sogar beredet, das Kind vorzeitig abzutun. Und dies fürchtete ich vor allem – denn was hätte ich nicht getan, so Du es begehrtest, wie hätte ich Dir etwas zu verweigern vermocht! Aber dieses Kind war alles für mich, war es doch von Dir, nochmals Du, aber nun nicht mehr Du, der Glückliche, der Sorglose, den ich nicht zu halten vermochte, sondern Du für immer – so meinte ich – mir gegeben, verhaftet in meinem Leibe, verbunden in meinem Leben. Nun hatte ich Dich ja endlich gefangen, ich konnte Dich, Dein Leben wachsen spüren in meinen Adern, Dich nähren, Dich tränken, Dich liebkosen, Dich küssen, wenn mir die Seele danach brannte. Siehst Du, Geliebter, darum war ich so selig, als ich wußte, daß ich ein Kind von Dir hatte, darum verschwieg ich Dir's: denn nun konntest Du mir nicht mehr entfliehen.

Freilich, Geliebter, es waren nicht nur so selige Monate, wie ich sie voraus fühlte in meinen Gedanken, es waren auch Monate voll von Grauen und Qual, voll Ekel vor der Niedrigkeit der Menschen. Ich hatte es nicht leicht. In das Geschäft konnte ich während der letzten Monate nicht mehr gehen, damit es den Verwandten nicht auffällig werde und sie nicht nach Hause berichteten. Von der Mutter wollte ich kein Geld erbitten – so fristete ich mir mit dem Verkauf von dem bißchen Schmuck, den ich hatte, die Zeit bis zur Niederkunft. Eine Woche vorher wurden mir aus einem Schranke von einer Wäscherin die letzten paar Kronen gestohlen, so mußte ich in die Gebärklinik. Dort, wo nur die ganz Armen, die Ausgestoßenen und Vergessenen sich in ihrer Not hinschleppen, dort, mitten im Abhub des Elends, dort ist das Kind, Dein Kind geboren worden. Es war zum Sterben dort: fremd, fremd, fremd war alles, fremd wir einander, die wir da lagen, einsam und voll Haß eine auf die andere, nur vom Elend, von der gleichen Qual in diesen dumpfen, von Chloroform und Blut, von Schrei und Stöhnen vollgepreßten Saal gestoßen. Was die Armut an Erniedrigung, an seelischer und körperlicher Schande zu ertragen hat, ich habe es dort gelitten an dem Beisammensein mit Dirnen und mit Kranken, die aus der Gemeinsamkeit des Schicksals eine Gemeinheit machten, an der Zynik der jungen Ärzte, die mit einem ironischen Lächeln der Wehrlosen das Bettuch aufstreiften und sie mit falscher Wissenschaftlichkeit antasteten, an der Habsucht der Wärterinnen – oh, dort wird die Scham eines Menschen gekreuzigt mit Blicken und gegeißelt mit Worten. Die Tafel mit deinem

Namen, das allein bist dort noch du, denn was im Bette liegt, ist bloß ein zuckendes Stück Fleisch, betastet von Neugierigen, ein Objekt der Schau und des Studierens – ah, sie wissen es nicht, die Frauen, die ihrem Mann, dem zärtlich Wartenden, in seinem Hause Kinder schenken, was es heißt, allein, wehrlos, gleichsam am Versuchstisch, ein Kind zu gebären! Und lese ich noch heute in einem Buche das Wort Hölle, so denke ich plötzlich wider meinen bewußten Willen an jenen vollgepfropften, dünstenden, von Seufzer, Gelächter und blutigem Schrei erfüllten Saal, in dem ich gelitten habe, an dieses Schlachthaus der Scham.

Verzeih, verzeih mir's, daß ich davon spreche. Aber nur dieses eine Mal rede ich davon, nie mehr, nie mehr wieder. Elf Jahre habe ich geschwiegen davon, und werde bald stumm sein in alle Ewigkeit: einmal mußte ich's ausschreien, einmal ausschreien, wie teuer ich es erkaufte, dies Kind, das meine Seligkeit war und das nun dort ohne Atem liegt. Ich hatte sie schon vergessen, diese Stunden, längst vergessen im Lächeln, in der Stimme des Kindes, in meiner Seligkeit; aber jetzt, da es tot ist, wird die Qual wieder lebendig, und ich mußte sie mir von der Seele schreien, dieses eine, dieses eine Mal. Aber nicht Dich klage ich an, nur Gott, nur Gott, der sie sinnlos machte, diese Qual. Nicht Dich klage ich an, ich schwöre es Dir, und nie habe ich mich im Zorn erhoben gegen Dich. Selbst in der Stunde, da mein Leib sich krümmte in den Wehen, da mein Körper vor Scham brannte unter den tastenden Blicken der Studenten, selbst in der Sekunde, da der Schmerz mir die Seele zerriß, habe ich Dich nicht angeklagt vor Gott; nie habe ich jene Nächte bereut, nie meine Liebe zu Dir gescholten, immer habe ich Dich geliebt, immer die Stunde gesegnet, da Du mir begegnet bist. Und müßte ich noch einmal durch die Hölle jener Stunden und wüßte vordem, was mich erwartet, ich täte es noch einmal, mein Geliebter, noch einmal und tausendmal!

Unser Kind ist gestern gestorben – Du hast es nie gekannt. Niemals, auch in der flüchtigen Begegnung des Zufalles, hat dies blühende, kleine Wesen, Dein Wesen, im Vorübergehen Deinen Blick gestreift. Ich hielt mich lange verborgen vor Dir, sobald ich dies Kind hatte; meine Sehnsucht nach Dir war weniger schmerzhaft geworden, ja ich glaube, ich liebte Dich weniger leidenschaftlich, zumindest litt ich nicht so an meiner Liebe, seit es mir geschenkt war. Ich wollte mich nicht zerteilen zwischen Dir und ihm; so gab ich mich nicht an Dich, den Glücklichen, der an mir vorbei lebte, sondern an dies Kind, das mich brauchte, das ich nähren mußte, das ich küssen konnte und umfangen. Ich schien gerettet vor meiner Unruhe nach Dir, meinem Verhängnis, gerettet durch dies Dein anderes Du, das aber wahrhaft mein war – selten nur mehr, ganz selten drängte mein Gefühl sich demütig heran an Dein Haus. Nur eines tat ich: zu Deinem Geburtstag sandte ich Dir immer ein Bündel weiße Rosen, genau dieselben, wie Du sie mir damals geschenkt nach unserer ersten Liebesnacht. Hast Du je in diesen zehn, in diesen elf Jahren Dich gefragt, wer sie sandte? Hast Du Dich vielleicht an die erinnert, der Du einst solche Rosen geschenkt? Ich weiß es nicht und werde Deine Antwort nicht wissen. Nur aus dem Dunkel sie Dir hinzureichen, einmal im Jahre die Erinnerung aufblühen zu lassen an jene Stunde – das war mir genug.

Du hast es nie gekannt, unser armes Kind – heute klage ich mich an, daß ich es Dir verbarg, denn du hättest es geliebt. Nie hast Du ihn gekannt, den armen Knaben, nie ihn lächeln gesehen, wenn er leise die Lider aufhob und dann mit seinen dunklen klugen Augen – Deinen Augen! – ein helles, frohes Licht warf über mich, über die ganze Welt. Ach, er war so heiter, so lieb: die ganze Leichtigkeit Deines Wesens war in ihm kindlich wiederholt, Deine rasche, bewegte Phantasie in ihm erneuert; stundenlang konnte er verliebt mit Dingen spielen, so wie Du mit dem Leben spielst, und dann wieder ernst mit hochgezogenen Brauen vor seinen Büchern sitzen. Er wurde immer mehr Du; schon begann sich auch in ihm jene Zwiefältigkeit von Ernst und Spiel, die Dir eigen ist, sichtbar zu entfalten, und je ähnlicher er Dir ward, desto mehr liebte ich ihn. Er hat gut gelernt, er plauderte Französisch wie eine kleine Elster, seine Hefte waren die saubersten der Klasse, und wie hübsch war er dabei, wie elegant in seinem schwarzen Samtkleid oder dem weißen Matrosenjäckchen. Immer war er der Eleganteste von allen, wohin er auch kam; in Grado am Strande, wenn ich mit ihm ging, blieben die Frauen stehen und streichelten sein langes blondes Haar, auf dem Semmering, wenn er im Schlitten fuhr, wandten sich bewundernd die Leute nach ihm um. Er war so hübsch, so zart, so zutunlich: als er im letzten Jahre ins Internat des Theresianums kam, trug er seine Uniform und den kleinen Degen wie ein Page aus dem achtzehnten Jahrhundert – nun hat er nichts als sein Hemdchen an, der Arme, der dort liegt mit blassen Lippen und eingefalteten Händen.

Aber Du fragst mich vielleicht, wie ich das Kind so im Luxus erziehen konnte, wie ich es vermochte, ihm dies helle, dies heitere Leben der obern Welt zu vergönnen. Liebster, ich spreche aus dem Dunkel zu Dir; ich habe keine Scham, ich will es Dir sagen, aber erschrick nicht, Geliebter – ich habe mich verkauft. Ich wurde nicht gerade das, was man ein Mädchen von der Straße nennt, eine Dirne, aber ich habe mich verkauft. Ich hatte reiche Freunde, reiche Geliebte: zuerst suchte ich sie, dann suchten sie mich, denn ich war – hast Du es je bemerkt? – sehr schön. Jeder, dem ich mich gab, gewann mich lieb, alle haben mir gedankt, alle an mir gehangen, alle mich geliebt – nur Du nicht, nur Du nicht, mein Geliebter!

Verachtest Du mich nun, weil ich Dir es verriet, daß ich mich verkauft habe? Nein, ich weiß, Du verachtest mich nicht, ich weiß, Du verstehst alles und wirst auch verstehen, daß ich es nur für Dich getan, für Dein anderes Ich, für Dein Kind. Ich hatte einmal in jener Stube der Gebärklinik an das Entsetzliche der Armut gerührt, ich wußte, daß in dieser Welt der Arme immer der Getretene, der Erniedrigte, das Opfer ist, und ich wollte nicht, um keinen Preis, daß Dein Kind, Dein helles, schönes Kind da tief unten aufwachsen sollte im Abhub, im Dumpfen, im Gemeinen der Gasse, in der verpesteten Luft eines Hinterhausraumes. Sein zarter Mund sollte nicht die Sprache des Rinnsteins kennen, sein weißer Leib nicht die dumpfige, verkrümmte Wäsche der Armut – Dein Kind sollte alles haben, allen Reichtum, alle Leichtigkeit der Erde, es sollte wieder aufsteigen zu Dir, in Deine Sphäre des Lebens.

Darum, nur darum, mein Geliebter, habe ich mich verkauft. Es war kein Opfer für mich, denn was man gemeinhin Ehre und Schande nennt, das war mir wesenlos: Du liebtest mich nicht, Du, der Einzige, dem mein Leib gehörte, so fühlte ich es als gleichgültig, was sonst mit meinem Körper geschah. Die Liebkosungen der Männer, selbst ihre innerste Leidenschaft, sie rührten mich im Tiefsten nicht an, obzwar ich manche von ihnen sehr achten mußte und mein Mitleid mit ihrer unerwiderten Liebe in Erinnerung eigenen Schicksals mich oft erschütterte. Alle waren sie gut zu mir, die ich kannte, alle haben sie mich verwöhnt, alle achteten sie mich. Da war vor allem einer, ein älterer, verwitweter Reichsgraf, derselbe, der sich die Füße wundstand an den Türen, um die Aufnahme des vaterlosen Kindes, Deines Kindes, im Theresianum durchzudrücken – der liebte mich wie eine Tochter. Dreimal, viermal machte er mir den Antrag, mich zu heiraten – ich könnte heute Gräfin sein, Herrin auf einem zauberischen Schloß in Tirol, könnte sorglos sein, denn das Kind hätte einen zärtlichen Vater gehabt, der es vergötterte, und ich einen stillen, vornehmen, gütigen Mann an meiner Seite – ich habe es nicht getan, so sehr, so oft er auch drängte, so sehr ich ihm wehe tat mit meiner Weigerung. Vielleicht war es eine Torheit, denn sonst lebte ich jetzt irgendwo still und geborgen, und dies Kind, das geliebte, mit mir, aber – warum soll ich es Dir nicht gestehen – ich wollte mich nicht binden, ich wollte Dir frei sein in jeder Stunde. Innen im Tiefsten, im Unbewußten meines Wesens lebte noch immer der alte Kindertraum, Du würdest vielleicht noch einmal mich zu Dir rufen, sei es nur für eine Stunde lang. Und für diese eine mögliche Stunde habe ich alles weggestoßen, nur um Dir frei zu sein für Deinen ersten Ruf. Was war mein ganzes Leben seit dem Erwachen aus der Kindheit denn anders als ein Warten, ein Warten auf Deinen Willen!

Und diese Stunde, sie ist wirklich gekommen. Aber Du weißt sie nicht. Du ahnst sie nicht, mein Geliebter! Auch in ihr hast Du mich nicht erkannt – nie, nie nie hast Du mich erkannt! Ich war Dir ja schon früher oft begegnet, in den Theatern, in den Konzerten, im Prater, auf der Straße –, jedesmal zuckte mir das Herz, aber Du sahst an mir vorbei: ich war ja äußerlich eine ganz andere, aus dem scheuen Kinde war eine Frau geworden, schön, wie sie sagten, in kostbare Kleider gehüllt, umringt von Verehrern: wie konntest Du in mir jenes schüchterne Mädchen im dämmerigen Licht Deines Schlafraumes vermuten! Manchmal grüßte Dich einer der Herren, mit denen ich ging, Du danktest und sahst auf zu mir: aber Dein Blick war höfliche Fremdheit, anerkennend, aber nie erkennend, fremd, entsetzlich fremd. Einmal, ich erinnere mich noch, ward mir dieses Nichterkennen, an das ich fast schon gewohnt war, zu brennender Qual: ich saß in einer Loge der Oper mit einem Freunde und Du in der Nachbarloge. Die Lichter erloschen bei der Ouvertüre, ich konnte Dein Antlitz nicht mehr sehen, nur Deinen Atem fühlte ich so nah neben mir, wie damals in jener Nacht, und auf der samtenen Brüstung der Abteilung unserer Logen lag Deine Hand aufgestützt, Deine feine, zarte Hand. Und endlich überkam mich das Verlangen, mich niederzubeugen und diese fremde, diese so geliebte Hand demütig zu küssen, deren zärtliche Umfassung ich einst gefühlt. Um mich wogte aufwühlend die Musik, immer leidenschaftlicher wurde das Verlangen, ich mußte mich ankrampfen, mich gewaltsam aufreißen, so gewaltsam zog es meine Lippen hin zu Deiner geliebten Hand. Nach dem ersten Akt bat ich meinen Freund, mit mir fortzugehen. Ich ertrug es nicht mehr, Dich so fremd und so nah neben mir zu haben im Dunkel.

Aber die Stunde kam, sie kam noch einmal, ein letztes Mal in mein verschüttetes Leben. Fast genau vor einem Jahr ist es gewesen, am Tage nach Deinem Geburtstage. Seltsam: ich hatte alle die Stunden an Dich gedacht, denn Deinen Geburtstag, ihn feierte ich immer wie ein Fest. Ganz frühmorgens schon war ich ausgegangen und hatte die weißen Rosen gekauft, die ich Dir wie alljährlich senden ließ zur Erinnerung an eine Stunde, die Du vergessen hattest. Nachmittags fuhr ich mit dem Buben aus, führte ihn zu Demel in die Konditorei und abends ins Theater, ich wollte, auch er sollte diesen Tag, ohne seine Bedeutung zu wissen, irgendwie als einen mystischen Feiertag von Jugend her empfinden. Am nächsten Tag war ich dann mit meinem damaligen Freunde, einem jungen, reichen Brünner Fabrikanten, mit dem ich schon seit zwei Jahren zusammenlebte, der mich vergötterte, verwöhnte und mich ebenso heiraten wollte wie die andern und dem ich mich ebenso scheinbar grundlos verweigerte wie den andern, obwohl er mich und das Kind mit Geschenken überschüttete und selbst liebenswert war in seiner ein wenig dumpfen, knechtischen Güte. Wir gingen zusammen in ein Konzert, trafen dort heitere Gesellschaft, soupierten in einem Ringstraßenrestaurant, und dort, mitten im Lachen und Schwätzen, machte ich den Vorschlag, noch in ein Tanzlokal, in den Tabarin, zu gehen. Mir waren diese Art Lokale mit ihrer systematischen und alkoholischen Heiterkeit wie jede ›Drahrerei‹ sonst immer widerlich, und ich wehrte mich sonst immer gegen derlei Vorschläge, diesmal aber – es war wie eine unergründliche magische Macht in mir, die mich plötzlich unbewußt den Vorschlag mitten in die freudig zustimmende Erregung der andern werfen ließ – hatte ich plötzlich ein unerklärliches Verlangen, als ob dort irgend etwas Besonderes mich erwarte. Gewohnt, mir gefällig zu sein, standen alle rasch auf, wir gingen hinüber, tranken Champagner, und in mich kam mit einemmal eine ganz rasende, ja fast schmerzhafte Lustigkeit, wie ich sie nie gekannt. Ich trank und trank, sang die kitschigen Lieder mit und hatte fast den Zwang, zu tanzen oder zu jubeln. Aber plötzlich – mir war, als hätte etwas Kaltes oder etwas Glühendheißes sich mir jäh aufs Herz gelegt – riß es mich auf: am Nachbartisch saßest Du mit einigen Freunden und sahst mich an mit einem bewundernden und begehrenden Blick, mit jenem Blicke, der mir immer den ganzen Leib von innen aufwühlte. Zum erstenmal seit zehn Jahren sahst Du mich wieder an mit der ganzen unbewußt-leidenschaftlichen Macht Deines Wesens. Ich zitterte. Fast wäre mir das erhobene Glas aus den Händen gefallen. Glücklicherweise merkten die Tischgenossen nicht meine Verwirrung: sie verlor sich in dem Dröhnen von Gelächter und Musik.

Immer brennender wurde Dein Blick und tauchte mich ganz in Feuer. Ich wußte nicht: hattest Du mich endlich, endlich erkannt, oder begehrtest Du mich neu, als eine andere, als eine Fremde? Das Blut flog mir in die Wangen, zerstreut antwortete ich den Tischgenossen: Du mußtest es merken, wie verwirrt ich war von Deinem Blick. Unmerklich für die übrigen machtest Du mit einer Bewegung des Kopfes ein Zeichen, ich möchte für einen Augenblick hinauskommen in den Vorraum. Dann zahltest Du ostentativ, nahmst Abschied von Deinen Kameraden und gingst hinaus, nicht ohne zuvor noch einmal angedeutet zu haben, daß Du draußen auf mich warten würdest. Ich zitterte wie im Frost, wie im Fieber, ich konnte nicht mehr Antwort geben, nicht mehr mein aufgejagtes Blut beherrschen. Zufälligerweise begann gerade in diesem Augenblick ein Negerpaar mit knatternden Absätzen und schrillen Schreien einen absonderlichen neuen Tanz: alles starrte ihnen zu, und diese Sekunde nützte ich. Ich stand auf, sagte meinem Freunde, daß ich gleich zurückkäme und ging Dir nach.

Draußen im Vorraum vor der Garderobe standest Du, mich erwartend: Dein Blick ward hell, als ich kam. Lächelnd eiltest Du mir entgegen; ich sah sofort, Du erkanntest mich nicht, erkanntest nicht das Kind von einst und nicht das Mädchen, noch einmal griffest Du nach mir als einem Neuen, einem Unbekannten. »Haben Sie auch für mich einmal eine Stunde«, fragtest Du vertraulich – ich fühlte an der Sicherheit Deiner Art, Du nahmst mich für eine dieser Frauen, für die Käufliche eines Abends. »Ja«, sagte ich, dasselbe zitternde und doch selbstverständliche einwilligende Ja, das Dir das Mädchen vor mehr als einem Jahrzehnt auf der dämmernden Straße gesagt. »Und wann könnten wir uns sehen?« fragtest Du. »Wann immer Sie wollen«, antwortete ich – vor Dir hatte ich keine Scham. Du sahst mich ein wenig verwundert an, mit derselben mißtrauisch-neugierigen Verwunderung wie damals, als Dich gleichfalls die Raschheit meines Einverständnisses erstaunt hatte. »Könnten Sie jetzt?« fragtest Du, ein wenig zögernd. »Ja«, sagte ich, »gehen wir.«

Ich wollte zur Garderobe, meinen Mantel holen.

Da fiel mir ein, daß mein Freund den Garderobenzettel hatte für unsere gemeinsam abgegebenen Mäntel. Zurückzugehen und ihn verlangen, wäre ohne umständliche Begründung nicht möglich gewesen, anderseits die Stunde mit Dir preisgeben, die seit Jahren ersehnte, dies wollte ich nicht. So habe ich keine Sekunde gezögert: ich nahm nur den Schal über das Abendkleid und ging hinaus in die nebelfeuchte Nacht, ohne mich um den Mantel zu kümmern, ohne mich um den guten, zärtlichen Menschen zu kümmern, von dem ich seit Jahren lebte und den ich vor seinen Freunden zum lächerlichsten Narren erniedrigte, zu einem, dem seine Geliebte nach Jahren wegläuft auf den ersten Pfiff eines fremden Mannes. Oh, ich war mir ganz der Niedrigkeit, der Undankbarkeit, der Schändlichkeit, die ich gegen einen ehrlichen Freund beging, im Tiefsten bewußt, ich fühlte, daß ich lächerlich handelte und mit meinem Wahn einen gütigen Menschen für immer tödlich kränkte, fühlte, daß ich mein Leben mitten entzweiriß – aber was war mir Freundschaft, was meine Existenz gegen die Ungeduld, wieder einmal Deine Lippen zu fühlen, Dein Wort weich gegen mich gesprochen zu hören. So habe ich Dich geliebt, nun kann ich es Dir sagen, da alles vorbei ist und vergangen. Und ich glaube, riefest Du mich von meinem Sterbebette, so käme mir plötzlich die Kraft, aufzustehen und mit Dir zu gehen.

Ein Wagen stand vor dem Eingang, wir fuhren zu Dir. Ich hörte wieder Deine Stimme, ich fühlte Deine zärtliche Nähe und war genau so betäubt, so kindisch-selig verwirrt wie damals. Wie stieg ich, nach mehr als zehn Jahren, zum erstenmal wieder die Treppe empor – nein, nein, ich kann Dirs nicht schildern, wie ich alles immer doppelt fühlte in jenen Sekunden, vergangene Zeit und Gegenwart, und in allem und allem immer nur Dich. In Deinem Zimmer war weniges anders, ein paar Bilder mehr, und mehr Bücher, da und dort fremde Möbel, aber alles doch grüßte mich vertraut. Und am Schreibtisch stand die Vase mit den Rosen darin – mit meinen Rosen, die ich Dir tags vorher zu Deinem Geburtstag geschickt als Erinnerung an eine, an die Du Dich doch nicht erinnertest, die Du doch nicht erkanntest, selbst jetzt, da sie Dir nahe war, Hand in Hand und Lippe an Lippe. Aber doch: es tat mir wohl, daß Du die Blumen hegtest: so war doch ein Hauch meines Wesens, ein Atem meiner Liebe um Dich.

Du nahmst mich in Deine Arme. Wieder blieb ich bei Dir eine ganze herrliche Nacht. Aber auch im nackten Leibe erkanntest Du mich nicht. Selig erlitt ich Deine wissenden Zärtlichkeiten und sah, daß Deine Leidenschaft keinen Unterschied macht zwischen einer Geliebten und einer Käuflichen, daß Du Dich ganz gibst an Dein Begehren mit der unbedachten verschwenderischen Fülle Deines Wesens. Du warst so zärtlich und lind zu mir, der vom Nachtlokal Geholten, so vornehm und so herzlichachtungsvoll und doch gleichzeitig so leidenschaftlich im Genießen der Frau; wieder fühlte ich, taumelig vom alten Glück, diese einzige Zweiheit Deines Wesens, die wissende, die geistige Leidenschaft in der sinnlichen, die schon das Kind Dir hörig gemacht. Nie habe ich bei einem Manne in der Zärtlichkeit solche Hingabe an den Augenblick gekannt, ein solches Ausbrechen und Entgegenleuchten des tiefsten Wesens – freilich um dann hinzulöschen in eine unendliche, fast unmenschliche Vergeßlichkeit. Aber auch ich vergaß mich selbst: wer war ich nun im Dunkel neben Dir? War ich's, das brennende Kind von einst, war ich's, die Mutter Deines Kindes, war ich's, die Fremde? Ach, es war so vertraut, so erlebt alles, und alles wieder so rauschend neu in dieser leidenschaftlichen Nacht. Und ich betete, sie möchte kein Ende nehmen.

Aber der Morgen kam, wir standen spät auf, Du ludest mich ein, noch mit Dir zu frühstücken. Wir tranken zusammen den Tee, den eine unsichtbar dienende Hand diskret in dem Speisezimmer bereitgestellt hatte, und plauderten. Wieder sprachst Du mit der ganzen offenen, herzlichen Vertraulichkeit Deines Wesens zu mir und wieder ohne alle indiskreten Fragen, ohne alle Neugier nach dem Wesen, das ich war. Du fragtest nicht nach meinem Namen, nicht nach meiner Wohnung: ich war Dir wiederum nur das Abenteuer, das Namenlose, die heiße Stunde, die im Rauch des Vergessens spurlos sich löst. Du erzähltest, daß Du jetzt weit weg reisen wolltest, nach Nordafrika für zwei oder drei Monate; ich zitterte mitten in meinem Glück, denn schon hämmerte es mir in den Ohren: vorbei, vorbei und vergessen! Am liebsten wäre ich hin zu Deinen Knien gestürzt und hätte geschrien: »Nimm mich mit, damit Du mich endlich erkennst, endlich, endlich nach so vielen Jahren!« Aber ich war ja so scheu, so feige, so sklavisch, so schwach vor Dir. Ich konnte nur sagen: »Wie schade.« Du sahst mich lächelnd an: »Ist es Dir wirklich leid?«

Da faßte es mich wie eine plötzliche Wildheit. Ich stand auf, sah Dich an, lange und fest. Dann sagte ich: »Der Mann, den ich liebte, ist auch immer weggereist.« Ich sah Dich an, mitten in den Stern Deines Auges. »Jetzt, jetzt wird er mich erkennen!« zitterte, drängte alles in mir. Aber Du lächeltest mir entgegen und sagtest tröstend: »Man kommt ja wieder zurück.« »Ja«, antwortete ich, »man kommt zurück, aber dann hat man vergessen.«

Es muß etwas Absonderliches, etwas Leidenschaftliches in der Art gewesen sein, wie ich Dir das sagte. Denn auch Du standest auf und sahst mich an, verwundert und sehr liebevoll. Du nahmst mich bei den Schultern: »Was gut ist, vergißt sich nicht, Dich werde ich nicht vergessen«, sagtest Du, und dabei senkte sich Dein Blick ganz in mich hinein, als wollte er dies Bild sich festprägen. Und wie ich diesen Blick in mich eindringen fühlte, suchend, spürend, mein ganzes Wesen an sich saugend, da glaubte ich endlich, endlich den Bann der Blindheit gebrochen. Er wird mich erkennen, er wird mich erkennen! Meine ganze Seele zitterte in dem Gedanken.

Aber Du erkanntest mich nicht. Nein, Du erkanntest mich nicht, nie war ich Dir fremder jemals als in dieser Sekunde, denn sonst – sonst hättest Du nie tun können, was Du wenige Minuten später tatest. Du hattest mich geküßt, noch einmal leidenschaftlich geküßt. Ich mußte mein Haar, das sich verwirrt hatte, wieder zurechtrichten, und während ich vor dem Spiegel stand, da sah ich durch den Spiegel – und ich glaubte hinsinken zu müssen vor Scham und Entsetzen – da sah ich, wie Du in diskreter Art ein paar größere Banknoten in meinen Muff schobst. Wie habe ichs vermocht, nicht aufzuschreien, Dir nicht ins Gesicht zu schlagen in dieser Sekunde – mich, die ich Dich liebte von Kindheit an, die Mutter Deines Kindes, mich zahltest Du für diese Nacht! Eine Dirne aus dem Tabarin war ich Dir, nicht mehr – bezahlt, bezahlt hattest Du mich! Es war nicht genug, von Dir vergessen, ich mußte noch erniedrigt sein.

Ich tastete rasch nach meinen Sachen. Ich wollte fort, rasch fort. Es tat mir zu weh. Ich griff nach meinem Hut, er lag auf dem Schreibtisch, neben der Vase mit den weißen Rosen, meinen Rosen. Da erfaßte es mich mächtig, unwiderstehlich: noch einmal wollte ich es versuchen, Dich zu erinnern: »Möchtest Du mir nicht von Deinen weißen Rosen eine geben?« »Gern«, sagtest Du und nahmst sie sofort. »Aber sie sind Dir vielleicht von einer Frau gegeben, von einer Frau, die Dich liebt?« sagte ich. »Vielleicht«, sagtest Du, »ich weiß es nicht. Sie sind mir gegeben und ich weiß nicht von wem; darum liebe ich sie so.« Ich sah Dich an. »Vielleicht sind sie auch von einer, die Du vergessen hast!«

Du blicktest erstaunt. Ich sah Dich fest an. »Erkenne mich, erkenne mich endlich!« schrie mein Blick. Aber Dein Auge lächelte freundlich und unwissend. Du küßtest mich noch einmal. Aber Du erkanntest mich nicht.

Ich ging rasch zur Tür, denn ich spürte, daß mir Tränen in die

Augen schossen, und das solltest Du nicht sehen. Im Vorzimmer – so hastig war ich hinausgeeilt – stieß ich mit Johann, Deinem Diener, fast zusammen. Scheu und eilfertig sprang er zur Seite, riß die Haustür auf, um mich hinauszulassen, und da – in dieser einen, hörst Du? in dieser einen Sekunde, da ich ihn ansah, mit tränenden Augen ansah, den gealterten Mann, da zuckte ihm plötzlich ein Licht in den Blick. In dieser einen Sekunde, hörst Du? in dieser einen Sekunde, hat der alte Mann mich erkannt, der mich seit meiner Kindheit nicht gesehen. Ich hätte hinknien können vor ihm für dieses Erkennen und ihm die Hände küssen. So riß ich nur die Banknoten, mit denen Du mich gegeißelt, rasch aus dem Muff und steckte sie ihm zu. Er zitterte, sah erschreckt zu mir auf – in dieser Sekunde hat er vielleicht mehr geahnt von mir als Du in Deinem ganzen Leben. Alle, alle Menschen haben mich verwöhnt, alle waren zu mir gütig – nur Du, nur Du, Du hast mich vergessen, nur Du, nur Du hast mich nie erkannt!

Mein Kind ist gestorben, unser Kind – jetzt habe ich niemanden mehr in der Welt, ihn zu lieben, als Dich. Aber wer bist Du mir, Du, der Du mich niemals, niemals erkennst, der an mir vorübergeht wie an einem Wasser, der auf mich tritt wie auf einen Stein, der immer geht und weiter geht und mich läßt in ewigem Warten? Einmal vermeinte ich Dich zu halten, Dich, den Flüchtigen, in dem Kinde. Aber es war Dein Kind: über Nacht ist es grausam von mir gegangen, eine Reise zu tun, es hat mich vergessen und kehrt nie zurück. Ich bin wieder allein, mehr allein als jemals, nichts habe ich, nichts von Dir – kein Kind mehr, kein Wort, keine Zeile, kein Erinnern, und wenn jemand meinen Namen nennen würde vor Dir, Du hörtest an ihm fremd vorbei. Warum soll ich nicht gerne sterben, da ich Dir tot bin, warum nicht weitergehen, da Du von mir gegangen bist? Nein, Geliebter, ich klage nicht wider Dich, ich will Dir nicht meinen Jammer hinwerfen in Dein heiteres Haus. Fürchte nicht, daß ich Dich weiter bedränge – verzeih mir, ich mußte mir einmal die

Seele ausschreien in dieser Stunde, da das Kind dort tot und verlassen liegt. Nur dies eine Mal mußte ich sprechen zu Dir – dann gehe ich wieder stumm in mein Dunkel zurück, wie ich immer stumm neben Dir gewesen. Aber Du wirst diesen Schrei nicht hören, solange ich lebe – nur wenn ich tot bin, empfängst Du dies Vermächtnis von mir, von einer, die Dich mehr geliebt als alle und die Du nie erkannt, von einer, die immer auf Dich gewartet und die Du nie gerufen. Vielleicht, vielleicht wirst Du mich dann rufen, und ich werde Dir ungetreu sein zum erstenmal, ich werde Dich nicht mehr hören aus meinem Tod: kein Bild lasse ich Dir und kein Zeichen, wie Du mir nichts gelassen; nie wirst Du mich erkennen, niemals. Es war mein Schicksal im Leben, es sei es auch in meinem Tod. Ich will Dich nicht rufen in meine letzte Stunde, ich gehe fort, ohne daß Du meinen Namen weißt und mein Antlitz. Ich sterbe leicht, denn Du fühlst es nicht von ferne. Täte es Dir weh, daß ich sterbe, so könnte ich nicht sterben.

Ich kann nicht mehr weiter schreiben … mir ist so dumpf im Kopfe … die Glieder tun mir weh, ich habe Fieber … ich glaube, ich werde mich gleich hinlegen müssen. Vielleicht ist es bald vorbei, vielleicht ist mir einmal das Schicksal gütig, und ich muß es nicht mehr sehen, wie sie das Kind wegtragen … Ich kann nicht mehr schreiben. Leb wohl, Geliebter, leb wohl, ich danke Dir … Es war gut, wie es war, trotz alledem … ich will Dir's danken bis zum letzten Atemzug. Mir ist wohl: ich habe Dir alles gesagt, Du weißt nun, nein, Du ahnst nur, wie sehr ich Dich geliebt, und hast doch von dieser Liebe keine Last. Ich werde Dir nicht fehlen – das tröstet mich. Nichts wird anders sein in Deinem schönen, hellen Leben … ich tue Dir nichts mit meinem Tod … das tröstet mich, Du Geliebter.

Aber wer … wer wird Dir jetzt immer die weißen Rosen senden zu Deinem Geburtstag? Ach, die Vase wird leer sein, der kleine Atem, der kleine Hauch von meinem Leben, der einmal im Jahre um Dich wehte, auch er wird verwehen! Geliebter, höre, ich bitte Dich … es ist meine erste und letzte Bitte an

Dich … tu mir's zuliebe, nimm an jedem Geburtstag – es ist ja ein Tag, wo man an sich denkt – nimm da Rosen und tu sie in die Vase. Tu's Geliebter, tu es so, wie andere einmal im Jahre eine Messe lesen lassen für eine liebe Verstorbene. Ich aber glaube nicht an Gott mehr und will keine Messe, ich glaube nur an Dich, ich liebe nur Dich und will nur in Dir noch weiterleben … ach, nur einen Tag im Jahr, ganz, ganz still nur, wie ich neben Dir gelebt … Ich bitte Dich, tu es, Geliebter … es ist meine erste Bitte an Dich und die letzte … ich danke Dir … ich liebe Dich, ich liebe Dich … lebe wohl.

Er legte den Brief aus den zitternden Händen. Dann sann er lange nach. Verworren tauchte irgendein Erinnern auf an ein nachbarliches Kind, an ein Mädchen, an eine Frau im Nachtlokal, aber ein Erinnern, undeutlich und verworren, so wie ein Stein flimmert und formlos zittert am Grunde fließenden Wassers. Schatten strömten zu und fort, aber es wurde kein Bild. Er fühlte Erinnerungen des Gefühls und erinnerte sich doch nicht. Ihm war, als ob er von all diesen Gestalten geträumt hätte, oft und tief geträumt, aber doch nur geträumt.

Da fiel sein Blick auf die blaue Vase vor ihm auf dem Schreibtisch. Sie war leer, zum erstenmal leer seit Jahren an seinem Geburtstag. Er schrak zusammen: ihm war, als sei plötzlich eine Tür unsichtbar aufgesprungen, und kalte Zugluft ströme aus anderer Welt in seinen ruhenden Raum. Er spürte einen Tod und spürte unsterbliche Liebe: innen brach etwas auf in seiner Seele, und er dachte an die Unsichtbare körperlos und leidenschaftlich wie an eine ferne Musik.

Verwirrung der Gefühle

Private Aufzeichnungen des Geheimrates R. v. D.

Sie haben es gut gemeint, meine Schüler und Kollegen von der Fakultät: da liegt, feierlich überbracht und kostbar gebunden, das erste Exemplar jener Festschrift, die zu meinem sechzigsten Geburtstag und zum dreißigsten meiner akademischen Lehrtätigkeit die Philologen mir gewidmet haben. Eine wahrhaftige Biographie ist es geworden; kein kleiner Aufsatz fehlt, keine Festrede, keine nichtige Rezension in irgendeinem gelehrten Jahrbuch, die nicht bibliographischer Fleiß dem papiernen Grabe entrissen hätte – mein ganzer Werdegang, säuberlich klar, Stufe um Stufe, einer wohlgefegten Treppe gleich, ist er aufgebaut bis zur gegenwärtigen Stunde – wirklich, ich wäre undankbar, wollte ich mich nicht freuen an dieser rührenden Gründlichkeit. Was ich selbst verlebt und verloren gemeint, kehrt in diesem Bilde geeint und geordnet zurück: nein, ich darf es nicht leugnen, daß ich alter Mann die Blätter mit gleichem Stolz betrachtete wie einst der Schüler jenes Zeugnis seiner Lehrer, das ihm Fähigkeit und Willen zur Wissenschaft erstmalig bekundete.

Aber doch: als ich die zweihundert fleißigen Seiten durchblättert und meinem geistigen Spiegelbild genau ins Auge gesehen, mußte ich lächeln. War das wirklich mein Leben, stieg es tatsächlich in so behaglich zielvollen Serpentinen von der ersten Stunde bis an die heutige heran, wie sichs hier aus papiernem Bestand der Biograph zurechtschichtet? Mir gings genau so, als da ich zum erstenmal meine eigene Stimme aus einem Grammophon sprechen hörte: ich erkannte sie vorerst gar nicht; denn wohl war dies meine Stimme, aber doch nur jene, wie die andern sie vernehmen und nicht ich selbst sie gleichsam durch mein Blut und im innern Gehäuse meines Seins höre. Und so ward ich, der ein Leben daran gewandt, Menschen aus ihrem Werke darzustellen und das geistige Gefüge ihrer Welt wesenhaft zu machen, gerade am eigenen Erlebnis wieder gewahr, wie undurchdringlich in jedem Schicksal der eigentliche Wesenskern bleibt, die plastische Zelle, aus der alles Wachstum dringt. Wir erleben Myriaden Sekunden, und doch wirds immer nur eine, eine einzige, die unsere ganze innere Welt in Wallung bringt, die Sekunde, da (Stendhal hat sie beschrieben) die innere, mit allen Säften schon getränkte Blüte blitzhaft in Kristallisation zusammenschießt – eine magische Sekunde, gleich jener der Zeugung und gleich ihr verborgen im warmen Innern des eigenen Lebens, unsichtbar, untastbar, unfühlbar, einzig erlebtes Geheimnis. Keine Algebra des Geistes kann sie errechnen, keine Alchimie der Ahnung sie erraten, und selten errafft sie das eigene Gefühl.

Von jenem Geheimsten meiner geistigen Lebensentfaltung weiß jenes Buch kein Wort: darum mußte ich lächeln. Alles ist wahr darin – nur das Wesenhafte fehlt. Es beschreibt mich nur, aber es sagt mich nicht aus. Es spricht bloß von mir, aber es verrät mich nicht. Zweihundert Namen umfaßt das sorgfältig geklitterte Register – nur der eine fehlt, von dem aller schöpferischer Impuls ausging, der Name des Mannes, der mein Schicksal bestimmte und nun wieder mit doppelter Gewalt mich in meine Jugend ruft. Von allen ist gesprochen, nur von ihm nicht, der mir die Sprache gab und in dessen Atem ich rede: und mit einemmal fühle ich dieses feige Verschweigen als eine Schuld. Ein Leben lang habe ich Bildnisse von Menschen gezeichnet, aus Jahrhunderten her Gestalten zurückerweckt für gegenwärtiges Gefühl, und gerade des mir Gegenwärtigsten, seiner habe ich niemals gedacht: so will ich ihm, dem geliebten Schatten, wie in homerischen Tagen zu trinken geben vom eigenen Blute, damit er wieder zu mir spreche und der längst schon Weggealterte bei mir, dem Alternden, sei. Ich will ein verschwiegenes Blatt legen zu den offenbaren, ein Bekenntnis des Gefühls neben das gelehrte Buch und mir selbst um seinetwillen die Wahrheit meiner Jugend erzählen.

Noch einmal, ehe ich beginne, blättere ich in jenem Buche, das mein Leben darzustellen vorgibt. Und wiederum muß ich lächeln. Denn wie wollten sie ans wahrhaft Innere meines Wesens heran, da sie einen falschen Einstieg wählten? Schon ihr erster Schritt geht fehl! Da fabelt ein mir wohlgesinnter Schulgenosse, gleichfalls Geheimrat heute, schon im Gymnasium hätte mich eine leidenschaftliche Liebe für die Geisteswissenschaften vor allen andern Pennälern ausgezeichnet. Falsch erinnert, lieber Geheimrat! Für mich war alles Humanistische schlecht ertragener, zähneknirschend durchgeschäumter Zwang. Gerade weil ich als Rektorssohn in jener norddeutschen Kleinstadt von Tisch und Stube her Bildung immer als Brotgeschäft betreiben sah, haßte ich alle Philologie von Kindheit an: immer setzt ja die Natur, ihrer mystischen Aufgabe gemäß, das Schöpferische zu bewahren, dem Kinde Stachel und Hohn ein gegen die Neigung des Vaters. Sie will kein gemächliches kraftloses Erben, kein bloßes Fortsetzen und Weitertun von einem zum andern Geschlecht: immer stößt sie erst Gegensatz zwischen die Gleichgearteten und gestattet nur nach mühseligem und fruchtbarem Umweg dem Späteren Einkehr in der Voreltern Bahn. Genug, daß mein Vater die Wissenschaft heilig sprach, und doch empfand meine Selbstbehauptung sie als bloßes Klügeln mit Begriffen; weil er die Klassiker als Muster pries, schienen sie mir lehrhaft und darum verhaßt. Von Büchern rings umgeben, verachtete ich die Bücher; immer zum Geistigen vom Vater gedrängt, empörte ich mich gegen jede Form schriftlich überlieferter Bildung; so war es nicht verwunderlich, daß ich nur mühsam bis zum Abiturium mich durchrang und dann mit Heftigkeit jede Fortsetzung des Studiums abwehrte. Ich wollte Offizier werden, Seemann oder Ingenieur; zu keinem dieser Berufe drängte mich eigentlich zwingende Neigung. Einzig der Widerwille gegen das Papierne und Didaktische der Wissenschaft ließ mich Praktisch-Tätiges statt des Akademischen fordern. Doch mein Vater bestand mit seiner fanatischen Ehrfurcht vor allem Universitätlichen auf meiner akademischen Ausbildung, und nichts als die Abschwächung gelang es mir durchzusetzen, daß ich statt der klassischen Philologie die englische wählen durfte (welche Zwitterlösung ich schließlich mit dem geheimen Hintergedanken hinnahm, dank der Kenntnis dieser maritimen Sprache dann leichter ausbrechen zu können in die unbändig ersehnte Seemannslaufbahn).

Nichts ist also unrichtiger darum in jenem curriculum vitae als die freundliche Behauptung, ich hätte im ersten Berliner Semester dank der Führung verdienstlicher Professoren, die Grundlagen der philologischen Wissenschaft gewonnen – was wußte meine ungestüm ausbrechende Freiheitsleidenschaft damals von Kollegien und Dozenten! Bei dem ersten flüchtigen Besuch des Hörsaals schon übermannte die muffige Luft, der pastorenhaftmonotone und gleichzeitig breitspurige Vortrag mich dermaßen mit Müdigkeit, daß ich mich anstrengen mußte, den Kopf nicht schläfernd auf die Bank zu legen – das war ja nochmals die Schule, der ich glücklich entronnen zu sein glaubte, der mitgeschleppte Klassenraum mit dem überhöhten Katheder und der silbenstecherischen Kleinsachlichkeit: unwillkürlich war mir, als ob Sand aus den dünn aufgetanen Lippen des Geheimrats rinne, so zerrieben, so gleichmäßig rieselten die Worte des schleißigen Kollegienheftes in die dicke Luft. Der schon dem Schulknaben fühlbare Verdacht, in eine Leichenkammer des Geistes geraten zu sein, wo gleichgültige Hände an Abgestorbenem anatomisierend herumfingerten, schreckhaft erneute er sich in diesem Betriebsraum eines längst antiquarisch gewordenen Alexandrinertums – und wie intensiv erst wurde dieser abwehrende Instinkt, sobald ich von der mühsam ertragenen Lehrstunde hinaustrat in die Straßen der Stadt, jenes Berlin von damals, das, ganz überrascht von seinem eigenen Wachstum, strotzend von einer allzu plötzlich aufgeschossenen Männlichkeit, aus allen Steinen und Straßen Elektrizität vorsprühte und ein hitzig pulsierendes Tempo jedem unwiderstehlich aufnötigte, das mit seiner raffenden Gier dem Rausch meiner eigenen, eben erst bemerkten Männlichkeit höchst ähnlich war. Beide, sie und ich, plötzlich aufgeschossen aus einer protestantisch ordnungshaften und umschränkten Kleinbürgerlichkeit, vorschnell hingegeben einem neuen Taumel von Macht und Möglichkeiten – beide, die Stadt und ich junger ausfahrender Bursche, vibrierten wir wie ein Dynamo von Unruhe und Ungeduld. Nie habe ich Berlin so verstanden, so geliebt, wie damals, denn genau wie in dieser überfließenden warmen Menschenwabe, so drängte in mir jede Zelle nach plötzlicher Erweiterung – das Ungeduldigsein jeder starken Jugend, wo hätte es dermaßen sich entladen können als in dem zuckenden Schoße dieses heißen Riesenweibes, in dieser ungeduldigen, kraftausströmenden Stadt! Mit einem Ruck riß sie mich an, ich warf mich in sie, stieg hinab in ihre Adern, meine Neugier umlief hastig ihren ganzen steinernen und doch warmen Leib – von früh bis nachts trieb ich mich um in den Straßen, fuhr bis an die Seen, durchpirschte ihre Verstecke: wirklich, Besessenheit war es, mit der ich mich, statt des Studiums zu achten, in das Lebendig-Abenteuerliche des Auskundschaftens warf. Aber in dieser Übertreiblichkeit gehorchte ich freilich nur einer Besonderheit meiner Natur: von Kind auf schon unfähig zu Gleichzeitigkeiten, wurde ich immer sofort gefühlsblind für jede andere Beschäftigung; immer und überall hatte ich diesen bloß einlinig vorstoßenden Impetus, und noch heute in meiner Arbeit verbeiße ich mich meist so fanatisch in ein Problem, daß ichs nicht eher lasse, ehe ich nicht das Letzte, das Allerletzte seines Marks in den Zähnen fühle.

Damals nun wurde mir in Berlin das Freiheitsgefühl zu einem so übermächtigen Rausch, daß ich selbst die flüchtige Klausur der Vorlesungsstunde, ja die Umschlossenheit meines eigenen Zimmers nicht ertrug: alles schien mir Versäumnis, was nicht Abenteuer brachte. Und gewaltsam zäumte sich der ohrenfeuchte, eben erst vom Halfter gelassene Provinzjunge auf, recht männlich zu gelten: ich hospitierte in einer Verbindung, suchte meinem (eigentlich scheuen) Wesen etwas Keckes, Schmissiges, Ludriges zu geben, spielte, kaum acht Tage eingewöhnt, schon den Großstädter und Großdeutschen, lernte das Flegeln und Rekeln in den Caféhausecken als rechter Miles gloriosus mit verblüffender Geschwindigkeit. In dies Kapitel der Männlichkeit gehörten natürlich auch die Frauen – oder vielmehr: die Weiber, wie es in unserer studentischen Überheblichkeit hieß –, und da kam mirs zupaß, daß ich ein auffallend hübscher Junge war. Hochgewachsen, schlank, die bronzene Patina des Meeres noch frisch auf den Wangen, turnerisch gelenk in jeder Bewegung, fand ich leichtes Spiel gegenüber den käsigen, von der Stubenluft wie Heringe ausgedörrten Ladenschwengeln, die gleich uns allsonntags auf Beute in die Tanzlokale von Halensee und Hundekehle (damals noch weit außerhalb der Stadt) loszogen. Bald war es eine strohblonde Mecklenburger Dienstmagd mit milchweißer Haut, die ich, heiß vom Tanz, knapp vor ihrem Urlaubsheimgang noch in meine Bude schleppte, bald eine zappelige, nervöse kleine Jüdin aus Posen, die bei Tietz Strümpfe verkaufte – billige Beute zumeist, leicht genommen und rasch den Kommilitonen weitergegeben. Aber in dieser unvermuteten Leichtigkeit des Gewinnens lag für den gestern noch ängstlichen Pennäler eine berauschende Überraschung – die billigen Erfolge steigerten meine Verwegenheit, und allmählich betrachtete ich die Straße einzig noch als Jagdplatz dieser vollkommen wahllosen, nur mehr sportlichen Abenteuerei. Als ich so einmal, einem hübschen Mädchen nachsteigend, unter die Linden kam und – wirklich zufällig – vor die Universität, mußte ich lachen bei dem Gedanken, wie lange ich keinen Fuß über jene respektable Schwelle gesetzt. Aus Übermut trat ich mit einem gleichgesinnten Freunde ein; wir lüfteten nur die Tür, sahen (unglaublich lächerlich wirkte das) hundertfünfzig über die Bänke gebeugte skribelnde Rücken gleichsam mitbetend von der Litanei eines psalmodierenden Weißbartes. Und schon klinkte ich wieder zu, ließ weiterhin das Bächlein jener trüben

Beredsamkeit über die Schultern der Fleißigen rinnen und strotterte übermütig mit dem Genossen hinaus in die sonnige Allee. Manchmal will mir dünken, niemals habe ein junger Mensch dümmer seine Zeit vertan als ich in jenen Monaten. Ich las kein Buch, ich bin gewiß, kein vernünftiges Wort geredet, keinen wirklichen Gedanken gedacht zu haben – aus Instinkt wich ich aller kultivierten Geselligkeit aus, nur um mit dem wach gewordenen Leibe stärker die Beize des Neuen und bislang Verbotenen zu fühlen. Nun mag ja dies Besaufen am eigenen Saft, dies zeitverschwenderische Wider-sich-selber-Wüten irgendwie zum Wesen jeder starken und plötzlich freigegebenen Jugend gehören – dennoch machte meine besondere Besessenheit diese Art Lotterei schon gefährlich und nichts wahrscheinlicher, als daß ich völlig verbummelt oder zumindest in einer Dumpfheit des Gefühls untergegangen wäre, hätte nicht ein Zufall plötzlich den inneren Absturz gedämpft.

Dieser Zufall – heute nenne ich ihn dankbar einen glücklichen – bestand darin, daß unvermuteterweise mein Vater zu einer Rektorenkonferenz für einen Tag nach Berlin ins Ministerium beordert wurde. Als professioneller Pädagoge nutzte er die Gelegenheit, um ohne Ankündigung seines Kommens eine Stichprobe auf mein Betragen zu versuchen und mich Ahnungslosen zu überraschen. Dieser Überfall, vortrefflich gelang er ihm. Wie meistens, hatte ich um die Abendstunde in meiner billigen Studentenbude im Norden – der Zugang ging durch die mittels eines Vorhangs abgeteilte Küche der Hausfrau – ein Mädel zu höchst vertraulichem Besuch, als vernehmlich an die Tür gepocht wurde. Einen Kollegen vermutend, murrte ich unwillig zurück: »Bin nicht zu sprechen.« Aber nach einer kurzen Pause wiederholte sich das Klopfen, einmal, zweimal und dann mit hörbarer Ungeduld ein drittes Mal. Zornig fuhr ich in die Hose, um den impertinenten Störer ausgiebig abzufertigen, und so, das Hemd halb offen, die Hosenträger niederpendelnd, die Füße nackt, riß ich die Tür auf, um sofort, wie mit der Faust über die Schläfe geschlagen, im Dunkel des Vorraums die Silhouette meines Vaters zu erkennen. Von seinem Gesicht nahm ich im Schatten kaum mehr wahr als die Brillengläser, die im Rückschein funkelten. Aber dieser Schattenriß genügte schon, daß jenes bereits frech vorbereitete Wort mir wie eine scharfe Gräte würgend in der Kehle stecken blieb: einen Augenblick stand ich betäubt. Dann mußte ich ihn – entsetzliche Sekunde! – demütig bitten, einige Minuten in der Küche zu warten, bis ich mein Zimmer in Ordnung gebracht hätte. Wie gesagt: ich sah sein Gesicht nicht, aber ich spürte, er verstand. Ich spürte es an seinem Schweigen, an der verhaltenen Art, wie er, ohne mir die Hand zu reichen, mit einer angewiderten Geste hinter den Vorhang in die Küche trat. Und dort, vor einem nach aufgewärmtem Kaffee und Rüben dunstenden Eisenherd mußte der alte Mann zehn Minuten stehend warten, zehn für mich und ihn gleicherweise erniedrigende Minuten, bis ich das Mädel aus dem Bett in ihre Kleider getrieben und an dem wider Willen Lauschenden vorbei aus der Wohnung. Er mußte ihren Schritt hören, und wie die Falten des Vorhangs bei ihrem eiligen Verschwinden im Luftzug vorschlugen; und noch immer konnte ich den alten Mann nicht aus dem entwürdigenden Versteck holen: zuvor mußte die überdeutliche Unordnung des Bettes beseitigt sein. Dann erst trat ich – nie war ich beschämter in meinem Leben gewesen – vor ihn hin.

Mein Vater hat Haltung gehabt in dieser argen Stunde, noch heute danke ich ihm innerlich dafür. Denn immer, wenn ich des längst Hingeschiedenen mich erinnern will, verweigere ich mir, ihn aus der Perspektive des Schülers zu sehen, die ihn einzig als Korrigiermaschine, als unablässig mäkelnden, auf Genauigkeit versessenen Schulfuchs zu verachten beliebte, sondern immer nehme ich mir sein Bild von diesem seinem menschlichsten Augenblick, da der alte Mann zutiefst angewidert und doch sich bezähmend wortlos hinter mir in das durchschwülte Zimmer trat. Er trug den Hut und die Handschuhe in der Hand: unwillkürlich wollte er sie ablegen, aber dann kam eine Geste des Ekels, als hätte er Widerwillen, mit irgendeinem Teil seines Wesens an diesen Schmutz zu rühren. Ich bot ihm einen Sessel; er antwortete nicht, nur eine wegwerfende Gebärde stieß alle Gemeinschaft mit Gegenständen dieses Raumes von sich fort.

Nach einigen eiskalten Augenblicken abgewandten Dastehens nestelte er endlich die Brille herab und putzte sie umständlich, was bei ihm, ich wußte es, Verlegenheit verriet; auch entging mirs nicht, wie der alte Mann, als er sie wieder aufsetzte, mit dem Handrücken über das Auge fuhr. Er schämte sich vor mir, und ich schämte mich vor ihm, keiner fand ein Wort. Im geheimen fürchtete ich, er würde einen Sermon, eine schönrednerische Ansprache in jenem gutturalen Ton beginnen, den ich von der Schule her an ihm haßte und höhnte. Aber – und heute danke ich ihm noch dafür – der alte Mann blieb stumm und vermied, mich anzusehen. Endlich ging er hin zu dem wackligen Gestell, wo meine Studienbücher standen, schlug sie auf – der erste Blick mußte ihn schon überzeugen, sie seien unberührt und meist unaufgeschnitten. »Deine Kollegienhefte!« – Dieser Befehl war sein erstes Wort. Zitternd reichte ich sie ihm hin, wußte ich doch, die stenographischen Notizen umfaßten bloß eine einzige Lehrstunde. Er überflog die zwei Seiten mit einer raschen Wendung, legte, ohne das mindeste Zeichen von Erregung, die Hefte auf den Tisch. Dann zog er einen Stuhl heran, setzte sich nieder, sah mich ernst, aber ohne jeden Vorwurf an und fragte: »Nun, wie denkst du über das alles? Was soll da werden?«

Diese ruhige Frage stampfte mich in den Boden. Alles war in mir schon gekrampft gewesen: hätte er mich gescholten, ich wäre anmaßend losgefahren, hätte er rührselig mich ermahnt, ich hätte ihn verhöhnt. Aber diese sachliche Frage brach meinem Trotz die Gelenke: ihr Ernst forderte Ernst, ihre erzwungene Ruhe Respekt und innere Bereitschaft. Was ich antwortete, wage ich mich kaum zu erinnern, wie auch das ganze Gespräch, das nun folgte, mir noch heute nicht in die Feder will: es gibt plötzliche Erschütterungen, eine Art innern Aufschwalls, der, wiedererzählt, wahrscheinlich sentimental klingen würde, gewisse Worte, die nur ganz einmalig wahr sind, zwischen vier Augen und auffahrend aus einem unvermuteten Tumult des Gefühls. Es war das einzige wirkliche Gespräch, das ich jemals mit meinem Vater führte, und ich hatte kein Bedenken, mich freiwillig zu demütigen: ich legte alle Entscheidung in seine Hände. Er aber bot mir nur den Rat, ich möchte Berlin verlassen und das nächste Semester an einer kleinen Universität studieren, er sei gewiß, tröstete er beinahe, ich würde von nun ab mit Leidenschaft das Versäumte nachholen. Sein Vertrauen erschütterte mich; in dieser einen Sekunde fühlte ich alles Unrecht, das ich dem in eine kalte Förmlichkeit verbarrikadierten alten Mann eine ganze Jugend lang angetan. Ich mußte vehement in die Lippen beißen, um die Tränen zu zwingen, nicht heiß aus den Augen zu stürzen. Aber auch er mochte Ähnliches fühlen, denn er reichte mir plötzlich die Hand, hielt sie zitternd einen Augenblick und hastete dann hinaus. Ich wagte ihm nicht zu folgen, blieb unruhig und verwirrt und wischte mir mit dem Taschentuch das Blut von der Lippe: so sehr hatte ich, um mein Gefühl zu bemeistern, die Zähne in sie eingebissen.

Das war die erste Erschütterung, die ich, der Neunzehnjährige, erfuhr – sie warf das ganze bombastische Kartenhaus von Männischkeit, Studenterei, Selbstherrlichkeit, das ich in drei Monaten gebaut, ohne den Hauch eines starken Wortes zusammen. Ich fühlte mich fest genug, nun auf alle mindern Vergnüglichkeiten dank des herausgeforderten Willens zu verzichten, Ungeduld überkam mich, die verschwendete Kraft am Geistigen zu erproben, eine Gier nach Ernst, Nüchternheit, Zucht und Strenge. In dieser Zeit verschwor ich mich ganz dem Studium wie einem klösterlichen Opferdienst, freilich unkund des hohen Rausches, der mich in der Wissenschaft erwartete, und ahnungslos, daß auch in jener gesteigerten Welt des Geistes Abenteuer und Fährnis dem Ungestümen immer bereitet sind.

Die kleine Provinzstadt, die ich im Einverständnis mit meinem Vater für das nächste Semester gewählt, lag in Mitteldeutschland. Ihr weiter akademischer Ruhm stand in krassem

Mißverhältnis zu dem dünnen Häufchen von Häusern, die das Universitätsgebäude umlagerten. Ich hatte nicht viel Mühe, vom Bahnhof, wo ich vorerst mein Gepäck ließ, zur Alma mater mich durchzufragen, und auch innerhalb des altertümlich weitläufigen Hauses spürte ich sofort, um wieviel rascher der innere Kreis sich hier zusammenschloß als in jenem Berliner Taubenschlag. In zwei Stunden war die Inskription besorgt, die meisten Professoren besucht, nur meines Ordinarius, des Lehrers der englischen Philologie, konnte ich nicht sofort habhaft werden, doch wurde mir bedeutet, daß er nachmittags gegen vier Uhr im Seminar anzutreffen sei.

Von jener Ungeduld getrieben, nicht eine Stunde zu versäumen, ebenso leidenschaftlich nun im Anlauf gegen die Wissenschaft wie vordem in ihrer Vermeidung, befand ich mich – nach flüchtigem Rundgang durch die im Vergleich mit Berlin narkotisch schlafende Kleinstadt – um vier Uhr pünktlich an der angegebenen Stelle. Der Pedell wies mir die Tür des Seminars. Ich klopfte an. Und da mir dünkte, von innen hätte eine Stimme geantwortet, trat ich ein.

Aber ich hatte unrichtig gehört. Niemand hatte mich eintreten geheißen, und der undeutliche Laut, den ich vernommen, war nur die erhobene, zu energischer Rede aufgeschwungene Stimme des Professors, der vor dem enggescharten und nah an ihn herangezogenen Kreis von etwa zwei Dutzend Studenten eine offenbar improvisierte Ansprache hielt. Peinlich berührt, durch mein Mißhören ohne Erlaubnis eingetreten zu sein, wollte ich mich wieder leise hinausdrücken, fürchtete aber gerade dadurch Aufmerksamkeit zu erregen, denn bislang hatte mich noch keiner der Zuhörer bemerkt. Ich blieb also, nahe der Tür, und hörte unwillkürlich genötigt zu.

Der Vortrag schien offensichtlich aus einem Kolloquium oder einer Diskussion selbsttätig emporgewachsen zu sein, daraufhin deutete wenigstens die lockere und durchaus zufällige Gruppierung des Lehrers und seiner Schüler: er saß nicht dozierend auf distanzierendem Sessel, sondern, das Bein leicht überhängend, in fast burschikoser Weise auf einem der Tische, und um ihn scharten sich die jungen Menschen in unbeabsichtigten Stellungen, deren ursprüngliche Nachlässigkeit erst das interessierte Zuhören zu einer plastischen Unbeweglichkeit fixiert haben mochte. Man sah, sie mußten sprechend beisammengestanden haben, als plötzlich der Lehrer sich auf den Tisch schwang, dort von erhöhter Stellung mit dem Worte wie mit einem Lasso sie an sich heranzog und reglos an ihre Stelle bannte. Und es bedurfte nur weniger Minuten, als ich selbst schon, vergessend das Ungerufene meiner Gegenwart, das faszinierend Starke seiner Rede magnetisch wirkend fühlte; unwillkürlich trat ich näher heran, um über dem Wort die merkwürdig wölbenden und umschließenden Gesten der Hände zu sehen, die manchmal, wenn ein Wort herrisch vorstieß, sich wie Flügel spreizten, zuckend nach oben fuhren, um dann allmählich in der beruhigenden Geste eines Dirigenten musikalisch niederzuschweben. Und immer hitziger stürmte die Rede, indes der Beschwingte, wie von der Kruppe eines galoppierenden Pferdes, von dem harten Tische sich rhythmisch aufhob und atemlos fortjagte in diesen stürmenden, mit blitzenden Bildern durchjagten Gedankenflug. Niemals noch hatte ich einen Menschen so begeistert, so wahrhaft mitreißend reden gehört – zum erstenmal erlebte ich das, was die Lateiner raptus nennen, das Fortgetragensein eines Menschen über sich selbst hinaus: nicht für sich, nicht für die andern sprach hier eine jagende Lippe, es fuhr von ihr weg wie Feuer aus einem innen entzündeten Menschen.

Nie hatte ich dies erlebt, Rede als Ekstase, Leidenschaft des Vortrags als elementares Geschehen, und wie ein Ruck riß dies Unerwartete mich heran. Ohne zu wissen, daß ich ging, hypnotisch herangezogen von einer Macht, die stärker als Neugier war, mit jenen muskellosen Schritten, wie sie Schlafwandler haben, schob es mich magisch in den engen Kreis: unbewußt stand ich plötzlich innen, zehn Zoll von ihm und mitten unter den andern, die gleichfalls zu gebannt waren, um mich oder irgend etwas wahrzunehmen. Ich strömte ein in die Rede, mitgerissen in ihre Strömung, ohne von ihrem Ursprung zu wissen: offenbar mußte einer der Studenten Shakespeare als meteorische Erscheinung gerühmt haben, den Mann da oben aber reizte es, zu zeigen, daß er nur der stärkste Ausdruck, die seelische Aussage einer ganzen Generation war, sinnlicher Ausdruck einer leidenschaftlich gewordenen Zeit. Mit einem einzigen Riß stellte er jene ungeheure Stunde Englands dar, jene einzige Sekunde der Ekstase, wie sie im Leben jedes Volkes gleichwie in dem jedes Menschen unvermutet aufbrechen, alle Kräfte zusammenziehend zu einem mächtigen Stoß ins Ewige hinein. Plötzlich war die Erde breiter geworden, ein neuer Kontinent entdeckt, indes die älteste Macht des alten, das Papsttum, zusammenzubrechen drohte: hinter den Meeren, die ihnen nun gehören, seit die Armada Spaniens in Wind und Wellen zerschellte, rauschen neue Möglichkeiten auf, die Welt ist weit geworden, und unwillkürlich spannt sich die Seele, ihr gleich zu sein – auch sie will weit sein, auch sie bis ins Äußerste dringen im Guten und im Bösen; sie will entdecken, erobern, jenen Konquistadoren gleich, sie braucht eine neue Sprache, eine neue Kraft. Und über Nacht sind die Sprecher dieser Sprache, die Dichter, da, fünfzig, hundert in einem Jahrzehnt, wilde, unbändige Gesellen, die nicht wie die höfischen Poetlein vor ihnen arkadische Gärtchen bestellen und eine erlesene Mythologie versifizieren – sie stürmen das Theater, sie schlagen im Bretterbau, wo vordem nur Tierhatzen und blutrünstige Spiele tobten, ihre Walstatt auf, und der heiße Dunst von Blut ist noch in ihren Werken, ihr Drama selbst ein solcher Circus maximus, in dem die wilden Bestien des Gefühls heißhungrig übereinander herfallen. Löwenhaft tobt sich der Unband dieser leidenschaftlichen Herzen aus, einer will den andern überbieten in Wildheit und Überschwang, alles ist der Darstellung gestattet, alles erlaubt: Blutschande, Mord, Untat, Verbrechen, der maßlose Tumult alles Menschlichen feiert seine heiße Orgie; wie vordem aus ihrem Gefängnis die hungrigen Bestien, so stürzen nun brüllend und gefährlich die trunkenen

Leidenschaften in die holzumgürtete Arena. Ein einziger Ausbruch explodiert wie eine Petarde, fünfzig Jahre dauert er an, ein Blutsturz, eine Ejakulation, ein einmalig Wildes, das die ganze Welt umprankt und zerreißt: kaum spürt man die einzelne Stimme, die einzelne Gestalt in dieser Orgie der Kraft. Einer hitzt sich an dem andern, jeder lernt, jeder stiehlt von dem andern, jeder kämpft, ihn zu überbieten, ihn zu übertreffen, und doch alle nur geistige Gladiatoren eines einzigen Festes, losgekettete Sklaven, vorwärtsgepeitscht vom Genius der Stunde. Aus schiefen dunklen Vorstadtstuben holt er sie her und aus den Palästen, Ben Jonson, den Maurerenkel, Marlowe, den Schuhmachersohn, Massinger, den Kammerdienersproß, Philipp Sidney, den reichen gelehrten Staatsmann, aber der heiße Wirbel wühlt alle zusammen; heute sind sie gefeiert, morgen krepieren sie, Kyd, Heywood, im tiefsten Elend, fallen verhungert wie Spenser in King Street zusammen, alles unbürgerliche Existenzen, Raufbolde, Hurentreiber, Komödianten, Betrüger, aber Dichter, Dichter, Dichter sie alle. Shakespeare ist nur ihre Mitte: »the very age and body of the time«, aber man hat gar nicht Zeit, ihn zu sondern, so stürmt dieser Tumult, so üppig schießt Werk an Werk, Leidenschaft über Leidenschaft heran. Und plötzlich, zuckend, wie sie aufstieg, diese herrlichste Eruption der Menschheit, bricht sie wieder zusammen, das Drama ist zu Ende, England erschöpft, und Hunderte Jahre dumpft wieder das nebelnasse Grau der Themse auch über dem Geist: in einem einzigen Ansturm hat ein ganzes Geschlecht alle Gipfel und Tiefen der Leidenschaft erstiegen, die übervolle, die tolle Seele sich heiß aus der Brust gespien – nun liegt das Land da, müde, erschöpft; ein silbenstecherischer Puritanismus schließt die Theater und verschließt damit die passionierte Rede, die Bibel nimmt wieder das Wort, das göttliche, wo das allermenschlichste die feurigste Beichte aller Zeiten gesprochen, und ein einzig glühendes Geschlecht einmalig für Tausende gelebt.

Und mit plötzlicher Wendung fuhr unvermutet das Blindfeuer der Rede auf uns zu: »Versteht ihr nun, warum ich meine

Vorlesung nicht in historischer Folge bei den Anfängen beginne, beim King Arthur und Chaucer, sondern aller Regel zu Trotz bei den Elisabethanern? Und versteht ihr, daß ich vor allem Vertrautheit mit ihnen verlange, Einleben in diese höchste Lebendigkeit? Denn es gibt kein philologisches Verstehen ohne Erleben, kein bloß grammatikalisches Wort ohne Erkenntnis der Werte, und ihr jungen Menschen sollt ein Land, eine Sprache, die ihr euch erobern wollt, zuerst in ihrer höchsten Schönheitsform sehen, in der starken Form seiner Jugend, seiner äußersten Leidenschaft. Erst müßt ihr bei den Dichtern die Sprache hören, bei ihnen, die sie schaffen und vollenden, ihr müßt Dichtung einmal atmend und warm am Herzen gespürt haben, ehe wir sie zu anatomisieren anfangen. Darum beginne ich immer mit den Göttern, denn England ist Elisabeth, ist Shakespeare und die Shakespearianer, alles Frühere Vorbereitung, alles Spätere lahmes Nachlaufen diesem eigenen kühnen Sprung ins Unendliche zu – hier aber, fühlt es, fühlt es selbst, ihr jungen Menschen, hier die lebendigste Jugend unserer Welt. Immer erkennt man ja jede Erscheinung, jeden Menschen nur in ihrer Feuerform, nur in der Leidenschaft. Denn aller Geist steigt aus dem Blut, alles Denken aus Leidenschaft, alle Leidenschaft aus Begeisterung – darum Shakespeare und die Seinen zuerst, die euch junge Menschen erst wahrhaftig jung machen! Erst der Enthusiasmus, dann erst der Fleiß, erst Er, der Höchste, der Äußerste, dies herrlichste Repetitorium der Welt, vor dem Studium des Worts!«

»Und nun genug für heute – lebt wohl!« – Mit jäh abschließender Geste wölbte sich die Hand und taktierte herrisch unvermutet ab, indes er gleichzeitig vom Tische absprang. Wie auseinandergerüttelt fuhr mit einmal das dicht zusammengedrückte Bündel der Studenten schütter auf, Sessel knackten und polterten, Tische rückten, zwanzig verschlossene Kehlen huben mit einmal an zu reden, sich zu räuspern, breitströmig zu atmen – jetzt erst sah man, wie magnetisch die Bannung gewesen, die alle diese atmenden Lippen verschloß. Um so hitziger und hemmungsloser wogte nun im engen Raume das Durcheinander; einige traten auf den Lehrer zu, um ihm Dank oder ein anderes zu sagen, indes die übrigen heißen Gesichts untereinander ihre Eindrücke austauschten; keiner aber stand ruhig, keiner unberührt von der elektrischen Spannung, deren Kontakt brüsk gerissen war und von der doch Hauch und Feuer noch in der gedrängten Luft zu knistern schienen.

Ich selbst konnte mich nicht rühren: ich war wie auf das Herz getroffen. Leidenschaftlich ich selbst, und fähig, alles nur passioniert, mit einem vorstürzenden Stoß aller Sinne zu begreifen, hatte ich zum erstenmal von einem Lehrer, von einem Menschen mich gefaßt gefühlt, eine Übermacht empfunden, vor der sich zu beugen Pflicht und Wollust sein mußte. Meine Adern gingen warm, ich spürte es, mein Atem schneller, bis in meinen Körper hinein hämmerte sich dieser jagende Rhythmus und riß ungeduldig an jedem Gelenk. Endlich gab ich mir nach, drängte langsam in die vordere Reihe, das Gesicht dieses Mannes zu sehen, denn – sonderbar! – während er sprach, hatte ich seine Züge gar nicht wahrgenommen, so sehr waren sie vergangen, so sehr eingegangen in die Rede. Auch jetzt konnte ich vorerst nur ein ungenaues Profil schattenhaft erblicken: er stand, einem Studenten halb zugewandt, die Hand vertraulich auf die Schulter gelegt, im Zwielicht des Fensters. Aber selbst diese flüchtige Bewegung hatte eine Innigkeit und Anmut, wie ich sie niemals bei einem Schulmann für möglich gehalten.

Inzwischen waren einige Studenten auf mich aufmerksam geworden; und um nicht als unberufener Eindringling zu gelten, trat ich noch einige Schritte an den Professor heran und wartete, bis er sein Gespräch beendet. Nun erst gewann ich Zublick in sein Gesicht: ein Römerkopf, marmorn die Stirne gewölbt, und die blankschimmernde an den Seiten überbuscht von rückschlagender Welle weißen schopfigen Haares; ein imponierend kühner Oberbau geistiger Fraktur – unterhalb der tiefen Augenschatten aber rasch weich, fast weibisch werdend durch die glatte Rundung des Kinns, die unruhige Lippe, um die, ein Lächeln bald und bald ein unruhiger Riß, die Nerven flatterten.

Was oben die Stirne mannhaft schön zusammenhielt, löste die nachgiebigere Plastik des Fleischlichen in etwas schlaffe Wangen und einen unsteten Mund; vorerst imposant und herrscherisch, wirkte von der Nähe gesehen sein Antlitz mühsam zusammengestrafft. Auch die körperliche Haltung sprach ein ähnlich Zwiefältiges aus. Seine Linke ruhte nachlässig auf dem Tisch oder schien wenigstens zu ruhen, denn unausgesetzt vibrierten kleine zitternde Triller über die Knöchel hin, und die schmalen, für eine Männerhand ein wenig zu zarten, ein wenig zu weichen Finger malten ungeduldig unsichtbare Figuren über die leere Holzplatte, indes seine von schweren Lidern gedeckten Augen anteilnehmend sich ins Gespräch beugten. War er unruhig, oder zitterte die Erregung noch in den aufgetriebenen Nerven nach: jedenfalls widersprach die fahrige Unbeherrschtheit der Hand dem ruhig Lauschenden und Abwartenden seines Gesichts, das ermattet und doch aufmerksam in die Zwiesprache mit dem Studenten vertieft schien.

Endlich kam die Reihe an mich, ich trat heran, nannte Namen und Absicht, und sofort hellte sich der Stern des Auges in der fast blauleuchtenden Pupille mir zu. Zwei, drei volle fragende Sekunden überkreiste dieser Glanz mein Gesicht vom Kinn bis ins Haar: ich mochte wohl errötet sein, und unter dieser mild inquisitorischen Betrachtung, denn er quittierte meine Verwirrung mit einem geschwinden Lächeln. »Also Sie wollen bei mir inskribieren: da müssen wir noch ausführlicher miteinander sprechen. Entschuldigen Sie mich, daß ichs nicht sofort tue. Ich habe jetzt noch einiges zu erledigen; vielleicht erwarten Sie mich unten vor dem Tor und begleiten mich dann nach Hause.« Dabei bot er mir die Hand, die zarte, schmale Hand, die sich leichter als ein Handschuh an meine Finger legte, schon dem Nächstwartenden freundlich zugewandt.

Zehn Minuten harrte ich vor dem Tor klopfenden Herzens. Was sagen, wenn er nach meinen Studien fragte, wie ihm bekennen, daß alles Dichterische weder meine Arbeit noch meine Mußestunden je beschäftigt? Würde er mich nicht mißachten oder am Ende von vornherein ausschließen aus jenem feurigen Kreis, der mich heute magisch umfangen? Aber kaum daß er, rasch genähert und guten Lächelns, jetzt vortrat, nahm schon seine Gegenwart alle Befangenheit, ja, ohne daß er mich gedrängt, beichtete ich (unfähig, vor ihm mich zu verbergen), mein erstes Semester so ziemlich versäumt zu haben. Wieder umfing mich jener warme anteilnehmende Blick. »Auch die Pause gehört zur Musik«, lächelte er ermutigend, und offenbar um mich nicht weiter in meiner Unwissenheit zu beschämen, erkundigte er sich nach bloß persönlichen Dingen, nach meiner Heimat, und wo ich hier zu wohnen gedächte. Als ich ihm mitteilte, ich hätte bislang noch kein Zimmer gefunden, bot er mir seine Hilfe an und riet, ich möchte vorerst in seinem Haus mich erkundigen, dort vermiete eine alte, halbtaube Frau ein nettes Zimmerchen, mit dem jeder seiner Schüler jeweils zufrieden gewesen sei. Und für alles andere wolle er selber sorgen: erfülle ich wirklich die Absicht, das Studium ernst zu nehmen, so betrachte er es als liebste Pflicht, mir in jeder Weise förderlich zu sein. Wieder bot er mir, vor seiner Wohnung angelangt, die Hand und lud mich ein, ihn am nächsten Abend zu Hause zu besuchen, damit wir einen Studienplan gemeinsam ausarbeiten. Und so groß war meine Dankbarkeit für die unverhoffte Güte dieses Menschen, daß ich nur ehrfürchtig seine Hand ertastete, verworren den Hut zog und vergaß, ihm mit einem Worte zu danken.

Selbstverständlich mietete ich sogleich das Zimmerchen im gleichen Hause. Ich hätte es nicht minder genommen, hätte es mir auch durchaus nicht zugesagt, und dies einzig aus dem naiv dankbaren Gefühl, diesem zauberischen Lehrer, der mir in einer Stunde mehr gegeben als alle andern, räumlich näher zu sein. Aber das Zimmerchen war reizend: das Dachgeschoß über der Wohnung meines Lehrers, ein wenig dunkel vom überhängenden Holzgiebel, gestattete es weitgerundeten Fensterblick auf die nachbarlichen Dächer und den Kirchturm; ferne sah man schon grünes Geviert und darüber die Wolken, die heimatgeliebten. Ein altes stocktaubes Frauchen sorgte mit rührender Mütterlichkeit für ihre jeweiligen Pfleglinge; in zwei Minuten war ich einig mit ihr, und eine Stunde später knirschte schon mein Koffer die knarrende Holztreppe hinauf.

An jenem Abend ging ich nicht mehr aus, ja ich vergaß zu essen, zu rauchen. Mit dem ersten Griff hatte ich aus dem Koffer den zufällig beigepackten Shakespeare geholt, ungeduldig, ihn (seit Jahren wieder zum erstenmal) zu lesen; meine Neugier war durch jenen Vortrag leidenschaftlich entzündet, und ich las gedichtetes Wort, wie ich es nie gelesen. Kann man derartige Verwandlungen erklären? Aber mit einmal ging mir eine Welt im Geschriebenen auf, die Worte zuckten nur so auf mich zu, als suchten sie mich seit Jahrhunderten; eine Feuerwoge lief der Vers, mich mitreißend, bis ins Adernwerk hinein, daß ich jene seltsame Gelockertheit in den Schläfen fühlte wie bei einem Flugtraum. Ich zuckte, ich zitterte, ich fühlte das Blut wärmer mich durchwogen, wie Fieber flogs mich an – all das war mir vordem nie geschehen, und ich hatte doch nichts erlebt als das Hören einer passionierten Rede. Aber von dieser Rede mußte wohl noch Rausch in mir sein, ich hörte, wenn ich eine Zeile laut wiederholte, wie meine Stimme seine Stimme unbewußt nachahmte, die Sätze stürmten in gleichem fortschießendem Rhythmus, und meine Hände hatten Lust, genau wie die seinen wölbend auszufahren – wie durch Magie hatte ich in einer Stunde die Mauer, die bislang zwischen mir und der geistigen Welt stand, durchstoßen und entdeckte, der Leidenschaftliche, mir eine neue Leidenschaft, die mir treu geblieben ist bis zum heutigen Tage: die Lust am Mitgenießen alles Irdischen im beseelten Wort. Zufällig war ich auf den ›Coriolan‹ gestoßen, und wie ein Taumel kams über mich, als ich in mir alle Elemente dieses fremdesten aller Römer fand: Stolz, Hochmut, Zorn, Hohn, Spott, alles Salz, alles Blei, alles Gold, alle Metalle des Gefühls. Was für eine neue Lust, dies magisch mit einmal zu ahnen, zu verstehen! Ich las und las, bis mir die Augen brannten; als ich auf die Uhr sah, zeigte sie halb vier. Beinahe erschreckt über die neue Gewalt, die sechs Stunden mir alle Sinne erregt und betäubt zugleich, löschte ich das Licht. Aber innen glühten und zuckten die Bilder noch weiter, ich konnte kaum schlafen vor Sehnsucht und Erwartung nach dem nächsten Tag, der die so zauberisch aufgetane Welt mir erweitern und ganz zu eigen machen sollte.

Aber der nächste Morgen brachte Enttäuschung. Ungeduldig hatte ich mich als einer der ersten im Hörsaal eingefunden, wo mein Lehrer (denn so will ich ihn fortab nennen) sein Kolleg über englische Lautlehre lesen sollte. Schon als er eintrat, erschrak ich: war dies denn derselbe von gestern, oder hatte ihn nur meine erregte Stimmung und Erinnerung befeuert zu einem Coriolan, der auf dem Forum das Wort als Blitzstrahl führt, heldenhaft kühn, niederschlagend und bezwingend? Der hier mit leisem schleppendem Schritt eintrat, war ein alter, müder Mann. Als sei eine leuchtende Mattscheibe von seinem Antlitz weggenommen, so merkte ich jetzt von der ersten Bankreihe seine fast kränklich matten Züge von scharfen Runzeln und breiten Schrunden durchackert; blaue Schatten höhlten Rinnsale querhin in das schlaffe Grau der Wangen. Über die Augen schatteten dem Lesenden zu schwere Lider, auch der Mund mit den zu blassen, zu schmalen Lippen gab dem Wort kein Metall: wo war seine Heiterkeit, der sich selbst aufjubelnde Überschwang? Selbst die Stimme schien mir fremd; gleichsam vom grammatikalischen Thema ernüchtert, ging sie steif durch trocken knirschenden Sand in monoton ermüdendem Schritt.

Unruhe überkam mich. Das war ja gar nicht der Mann, auf den ich seit der ersten Stunde heute gewartet: wohin war sein Antlitz vergangen, sein gestern so astralisch mir erhelltes? Hier spulte ein abgenützter Professor sachlich sein Thema ab; immer horchte ich mit neuer Angst in sein Wort hinein, ob nicht doch jener Ton von gestern wiederkehren wollte, die warme Vibration, die wie eine klingende Hand in mein Gefühl gegriffen und es zur Leidenschaft emporgestimmt. Immer unruhiger stieg mein Blick zu ihm auf, voll Enttäuschung das entfremdete Gesicht übertastend: das Antlitz hier, unleugbar, es war dasselbe, aber gleichsam entleert, enthöhlt aller zeugenden Kräfte, müde, alt, eines alten Mannes pergamentene Larve. Aber war derlei möglich? Konnte man so jung sein eine Stunde und so unjugendlich die nächste schon? Gab es derart plötzliche Wallungen des Geistes, daß sie mit dem Wort auch das Antlitz durchformen und um Jahrzehnte verjüngen?

Die Frage quälte mich. Wie ein Durst brannte mirs innen, mehr von diesem zwiefältigen Manne zu wissen. Und einer plötzlichen Eingebung folgend, eilte ich, kaum daß er blicklos an uns vorbei das Katheder verlassen, in die Bibliothek und forderte seine Werke. Vielleicht war er nur müde gewesen heute, sein Elan von einem Unbehagen des Leibes gedämpft: hier aber, im dauernd Niedergelegten der Gestaltung mußte doch Einstieg und Schlüssel sein in seine mich merkwürdig anfordernde Erscheinung. Der Diener brachte die Bücher: ich erstaunte, wie wenige. In zwanzig Jahren hatte der alternde Mann also nicht mehr veröffentlicht als diese dünne Reihe loser Bändchen, Einleitungen, Vorreden, eine Diskussion über die Echtheit des Shakespeareschen Perikles, ein Vergleich zwischen Hölderlin und Shelley (dies freilich zu einer Zeit, wo weder der eine noch der andere seinem Volke als Genius galt) und sonst nur philologischen Kleinkram? Freilich: in allen Schriften war als vorbereitet ein zweibändiges Werk angekündigt: ›Das Globe-Theater, seine Geschichte, seine Darstellung, seine Dichter‹, doch trotzdem jene erste Voranzeige bereits zwei Jahrzehnte rückdatierte, bestätigte mir der Bibliothekar auf eine nochmalige Anfrage, niemals sei es erschienen. Ein wenig zaghaft und schon nur mehr mit halbem Mut blätterte ich die Schriften an, sehnsüchtig, aus ihnen die rauschende Stimme, jenes Hinbrausen des Rhythmus mir zu erneuern. Aber der Schritt dieser Schriften pendelte beharrlichen Ernstes, nirgends zitterte der heiß taktierte, sich selbst wie Welle die Welle überspringende Rhythmus jener rauschenden Rede. Wie schade! seufzte etwas in mir. Ich hätte mich selbst schlagen können, so bebte ich vor Zorn und Mißtrauen gegen mein allzu rasch und leichtgläubig ihm hingeliehenes Gefühl.

Aber nachmittags im Seminar erkannte ich ihn wieder. Diesmal sprach er zunächst nicht selber. Nach englischer College-Sitte waren diesmal zwei Dutzend Studenten zur Diskussion in Redner und Widerredner geteilt, als Thema neuerdings eins aus seinem geliebten Shakespeare gesetzt, nämlich, ob Troilus und Cressida (sein Lieblingswerk) als parodistische Figuren zu gelten hätten, das Werk selbst als Satyrspiel oder eine hinter Hohn verdeckte Tragödie. Bald entzündete sich, von seiner geschickten Hand angefacht, aus bloß geistigem Gespräch eine elektrische Erregung – Argument sprang schlagkräftig gegen lässige Behauptung, Zwischenrufe stachelten scharf und schneidend die Diskussion zur Hitzigkeit, bis die jungen Menschen fast feindlich aufeinander losfuhren. Dann erst, als die Funken klirrten, sprang er dazwischen, lockerte den allzu heftigen Zugriff, die Diskussion geschickt auf das Thematische zurückführend, um ihr aber gleichzeitig durch einen heimlichen Ruck ins Zeitlose verstärkten geistigen Schwung zu geben – und so stand er plötzlich inmitten dieses dialektischen Flammenspiels, selber heiter erregt, den Hahnenkampf der Meinungen in einem anstachelnd und zurückreißend, Meister dieser aufgestürmten Welle von jugendlichem Enthusiasmus und selber überströmt von ihr. An den Tisch gelehnt, die Arme über die Brust gekreuzt, blickte er von einem zum andern, diesen anlächelnd, jenen mit einem heimlichen Wink zur Gegenrede ermunternd, und angeregt wie gestern glänzte sein Auge: ich spürte, er mußte sich bändigen, um nicht selbst ihnen allen mit einem Griff das Wort vom Munde zu reißen. Aber er hielt sich gewaltsam zurück, ich sahs an den Händen, die sich immer fester über der Brust als eine Daube anpreßten, ich erriets an den springenden Mundwinkeln, die mit Mühe das schon aufzuckende Wort niederdrückten. Und plötzlich gelang es ihm nicht mehr, er warf sich wie ein Schwimmer rauschend hinein in die Diskussion –

mit einer wuchtigen Geste der losfahrenden Hand zerhieb er den Tumult wie mit einem Taktstock: sofort verstummten alle, und nun faßte er in seiner wölbenden Art alle Argumente zusammen. Und aufstieg, indem er sprach, jenes Gesicht von gestern, die Falten vergingen hinter dem flatternden Nervenspiel, zu kühner herrschender Geste reckte sich Hals und Statur, und aus seiner lauschend geduckten Haltung warf er sich in die Rede wie in einen stürzenden Strom. Die Improvisation riß ihn hin: nun begann ich zu ahnen, daß er, nüchtern mit sich allein, im sachlichen Kolleg oder in der einsamen Schreibstube jenes Zündstoffs entbehrte, die ihm hier, in unserer gepreßten atemlosen Gebanntheit, die innere Wand aufsprengte; er brauchte, oh, wie fühlte ich das, unseren Enthusiasmus für den seinen, unser Aufgetansein für seine Verschwendung, uns Jugend für das Jungsein in der Begeisterung. Wie ein Zimbalschläger sich berauscht an dem immer wilderen Rhythmus seiner eifernden Hände, so wurde seine Rede immer besser, immer flammender, immer farbiger im heißeren Wort, und je tiefer wir schwiegen (man fühlte unwillkürlich unsere Atemlosigkeit im Raum), um so höher, um so spannender, um so hymnischer schwang seine Darstellung sich auf. Und alle gehörten wir einzig ihm in diesen Minuten, ganz eingelauscht, eingerauscht in jenen Überschwang.

Und wieder, als er plötzlich mit einem Anruf aus Goethes Shakespeare-Rede endigte, brach unsere Erregung ungestüm entzwei. Und wieder wie gestern lehnte er erschöpft an dem Tisch, das Gesicht bleich, aber noch überrieselt von kleinen zukkenden Läufen und Trillern der Nerven, und im Auge glimmerte merkwürdig die weiterströmende Wollust der Ergießung wie bei einer Frau, die eben sich übermächtiger Umarmung entrungen. Ich hatte Scheu, jetzt mit ihm zu sprechen; aber zufällig traf mich sein Blick. Und offenbar fühlte er meine begeisterte Dankbarkeit, denn er lächelte mir freundlich zu, und leicht mir zugeneigt, die Hand meiner Schulter umlegend, erinnerte er mich, heute abend, wie vereinbart, zu ihm zu kommen.

Pünktlich um sieben Uhr war ich dann bei ihm; mit welchem Zittern überschritt ich Knabe diese Schwelle zum erstenmal! Nichts ist ja leidenschaftlicher als die Verehrung eines Jünglings, nichts scheuer, nichts frauenhafter als ihre unruhige Scham. Man führte mich in sein Arbeitszimmer, einen halbdunklen Raum, in dem ich vorerst nur, ihre gläsernen Scheiben durchblinkend, die farbigen Rücken vieler Bücher sah. Über dem Schreibtisch hing Raffaels ›Schule von Athen‹, ein Bild, von ihm (wie er mir später ausführte) besonders geliebt, weil alle Arten des Lehrens, alle Gestaltungen des Geistes sich hier symbolisch zu vollkommener Synthese einen. Ich sah es zum erstenmal: unwillkürlich meinte ich in Sokrates' eigenwilligem Gesicht eine Ähnlichkeit mit seiner Stirn zu entdecken. Von rückwärts leuchtete etwas weißmarmorn, die Büste des Pariser Ganymed in schöner Verkleinerung, daneben der heilige Sebastian eines altdeutschen Meisters, tragische Schönheit neben die genießende wohl nicht zufällig gestellt. Pochenden Herzens wartete ich, atemstumm wie all die ringsum edel-schweigsamen Kunstgestalten; aus diesen Dingen sprach symbolisch eine mir neue Art der geistigen Schönheit, die ich nie geahnt und die mir noch nicht deutlich war, wenn ich auch sie brüderhaft zu spüren mich schon bereitet fühlte. Aber der Betrachtung blieb nur knappe Frist, denn eben trat der Erwartete ein und auf mich zu; wieder berührte mich jener weichumhüllende, jener wie verdecktes Feuer schwelende Blick, der zum eigenen Staunen das Geheimste in mir auftaute. Ich sprach sofort ganz frei zu ihm wie zu einem Freunde, und als er nach meinem Berliner Studiengang fragte, drängte sich mir plötzlich – ich erschrak in der gleichen Sekunde – jene Erzählung von dem Besuche meines Vaters auf die Lippe, und ich bekräftigte dem Fremden jenes geheime Gelöbnis, mit äußerstem Ernst mich dem Studium hinzugeben. Er sah mich bewegt an. »Nicht nur mit Ernst, mein Junge«, sagte er dann, »vor allem mit Leidenschaft. Wer nicht passioniert ist, wird bestenfalls ein Schulmann – von innen her muß man an die Dinge kommen, immer, immer von der Leidenschaft her.« Immer wärmer wurde seine Stimme, immer dunkler das Zimmer. Er erzählte viel von seiner eigenen Jugend, wie auch er töricht begonnen und erst spät sich die eigene Neigung entdeckt: ich solle nur Mut haben, und soweit es an ihm liege, wollte er mir förderlich sein; unbesorgt möge ich mit allen Wünschen und Fragen mich an ihn wenden. Noch nie hatte jemand so anteilnehmend, so tiefverständig in meinem Leben zu mir geredet; ich zitterte vor Dankbarkeit und war des Dunkels froh, daß es meine nassen Augen barg.

Stundenlang hätte ich, unachtsam der Zeit, so verweilen können, da klopfte es leise. Die Türe ging, eine schmale Gestalt trat herein, schattenhaft. Er stand auf und stellte vor: »Meine Frau.« Der schlanke Schatten kam undeutlich heran, legte eine schmale Hand in die meine und mahnte dann, an ihn gewandt: »Das Abendessen ist bereit.« »Ja, ja, ich weiß«, antwortete er hastig und (so dünkte es mich zumindest) ein wenig ärgerlich. Etwas Kaltes schien plötzlich in seine Stimme geraten, und wie jetzt das elektrische Licht aufflammte, war es wieder der gealterte Mann des nüchternen Schulsaals, der mit lässiger Gebärde mir Abschied bot.

Die nächsten beiden Wochen verbrachte ich in einem leidenschaftlichen Furor des Lesens und Lernens. Ich verließ kaum das Zimmer, nahm, um keine Zeit zu verlieren, stehend meine Mahlzeiten, ich studierte ohne Innehalten, ohne Pause, beinahe ohne Schlaf. Mir ging es wie jenem Prinzen im morgenländischen Zaubermärchen, der, ein Siegel nach dem andern von der Tür verschlossener Zimmer lösend, in jedem Zimmer immer noch mehr Juwelen und Edelsteine gehäuft findet und immer gieriger nun die ganze Flucht dieser Gemächer nachforscht, ungeduldig, zum letzten zu gelangen. Genau so stürzte ich aus einem Buch ins andere, von jedem berauscht, von keinem gesättigt: meine Unbändigkeit war nun ins Geistige gefahren. Eine erste Ahnung von der weglosen Weite der geistigen Welt hatte mich überkommen, ebenso verführerisch für mich als die abenteuerliche der Städte, zugleich aber auch die knabenhafte Angst, sie nicht bewältigen zu können; so sparte ich mit Schlaf, mit Vergnügen, mit Gespräch, mit jeder Form der Ablenkung, nur um die Zeit, die zum erstenmal als kostbar verstandene, zu nützen. Doch was vor allem meinen Fleiß dermaßen hitzte, war die Eitelkeit, vor meinem Lehrer zu bestehen, sein Vertrauen nicht zu enttäuschen, ein zustimmendes Lächeln zu erobern, von ihm gespürt zu werden, wie ich ihn spürte. Jeder flüchtigste Anlaß diente als Probe; unablässig spornte ich die ungelenken, nun aber merkwürdig beschwingten Sinne, ihm zu imponieren, ihn zu überraschen: nannte er im Vortrage einen Dichter, dessen Werk mir fremd war, so warf ich mich nachmittags auf die Suche, um tags darauf eitel meine Kenntnis in der Diskussion vorprahlen zu können. Ein zufällig geäußerter Wunsch, von den andern kaum bemerkt, verwandelte sich mir zu Befehl: so genügte eine lässig hingeworfene Bemerkung wider das ewige Qualmen der Studenten, daß ich sofort die brennende Zigarette wegwarf und mit einem Ruck die gerügte Gewohnheit für immer unterdrückte. Wie eines Evangelisten Wort war mir das seine gleichzeitig Gnade und Gesetz; unablässig auf der Lauer, griff meine starkgespannte Aufmerksamkeit jede seiner gleichgültig hingestreuten Bemerkungen gierig auf. Jedes Wort, jede Geste sackte ich habgierig ein, zu Hause das Erraffte mit allen Sinnen leidenschaftlich betastend und bewahrend; und wie ihn einzig als Führer, so empfand meine unduldsame Passioniertheit alle Kameraden einzig als Feinde, die zu überrennen und zu übertreffen tagtäglich sich der eifersüchtige Wille aufs neue beschwor.

Fühlte er nun, wieviel er mir bedeutete, oder hatte er dies Ungestüme meines Wesens liebgewonnen – jedenfalls zeichnete mich mein Lehrer bald durch offensichtliche Anteilnahme besonders aus. Er beriet meine Lektüre, schob den Neuling, fast ungebührlich, in den gemeinschaftlichen Diskussionen vor, und oftmals durfte ich abends zu vertraulichem Gespräche ihn besuchen. Dann nahm er meist eins der Bücher von der Wand und las mit jener sonoren Stimme, die in der Erregung immer um eine Skala heller und klingender wurde, aus Gedichten und Tragödien oder erklärte strittige Probleme; in diesen ersten beiden Wochen des Rausches habe ich mehr gelernt vom Wesenhaften der Kunst als bisher in neunzehn Jahren. Immer waren wir allein in dieser mir zu kurzen Stunde. Gegen acht Uhr klopfte es dann leise an die Tür: seine Frau mahnte zum Abendessen. Aber nie mehr betrat sie das Zimmer, offenbar einer Weisung gehorchend, unser Gespräch nicht zu unterbrechen.

So waren vierzehn Tage vergangen, prall gefüllte, durchhitzte Frühsommertage, als eines Morgens wie eine überspannte Stahlfeder die Arbeitskraft in mir absprang. Schon vordem hatte mich mein Lehrer gewarnt, ich solle den Eifer nicht übertreiben, ab und zu einen Tag aussetzen und ins Freie gehen – nun erfüllte sich plötzlich jene Voraussage: ich wachte dumpf von dumpfem Schlafe auf, alle Lettern flirrten stecknadelköpfig, sobald ich zu lesen versuchte. Auch dem geringsten Wort meines Lehrers sklavisch treu, beschloß ich sofort, zu gehorchen und einen freien, spielhaften Tag zwischen die bildungsgierigen einzuschalten. Ich zog gleich morgens los, besah zum erstenmal die teilweise altertümliche Stadt, stieg, nur um den Körper zu spannen, die Hunderte von Stufen zum Kirchturm hinauf, um dort von der Plattform im grünen Umkreis einen kleinen See zu entdecken. Nun liebte ich wasserkantiger Nordländer leidenschaftlich den Schwimmsport, und gerade hier oben auf dem Turme, zu dem selbst wie grünes Teichgelände die gesprenkelten Wiesen emporschimmerten, überkam mich, als wäre es hergestürmt von heimatlichem Wind, plötzlich ein unbändiges Verlangen, mich wieder in das geliebte Element zu werfen. Und kaum daß ich nach Tisch jene Badeanstalt aufgefunden und mich im Wasser getummelt, begann mein Körper sich wieder lustvoll zu spüren, die Muskeln an meinen Armen streckten sich seit Wochen wieder in biegsamer Kraft, Sonne und Wind an meiner nackten Haut rückverwandelten mich innerhalb einer halben Stunde in den ungestümen Burschen von vordem, der sich wild mit Kameraden balgte, für eine Tollkühnheit sein Leben wagte; ich wußte nichts mehr, wild herumplusternd und mich reckend, von Büchern und Wissenschaft. Mit jener mir eigenen Besessenheit nun wieder der lang entbehrten Passion verfallen, hatte ich zwei Stunden in dem wiedergefundenen Element gewühlt, dreißigmal vielleicht war ich vom Brett gesprungen, um im Sturz den Überschwall von Kraft zu entladen, zweimal war ich quer über den See geschwommen, und noch immer mein Unband nicht erschöpft. Prustend und an allen aufgespannten Muskeln gerüttelt, suchte ich herum nach irgendeiner neuen Probe, ungeduldig, etwas Starkes, Verwegenes, Übermütiges zu tun.

Da knatterte drüben vom Damenbad her das Sprungbrett, ich spürte nachzitternd bis heran ins Gebälk den Schwung kräftigen Abstoßes. Und schon schnellte, von der Kurve des Sprungs zu stählernem Halbbogen wie ein Türkensäbel geformt, ein schlanker Frauenkörper hoch und kopfüber hinab. Einen Augenblick höhlte der Sprung einen klatschenden und gleich weiß aufschäumenden Wirbel, dann tauchte die straffe Gestalt wieder auf, mit nervigen Schwimmstößen der Teichinsel zustrebend. »Ihr nach! Einholen!« – Sportlust riß meine Muskeln an, mit einem Ruck schnellte ich mich ins Wasser und stieß, die Schulter vorgestemmt, mit erbitterten Tempos ihrer Spur nach. Aber offenbar die Verfolgung bemerkend und gleichfalls sportbereit, nützte die Verfolgte wacker ihren Vorsprung, schrägte geschickt an der Insel vorbei, um dann hastig zurückzusteuern. Ich, ihre Absicht rasch erkennend, warf mich gleichfalls rechtsüber und paddelte so kräftig, daß meine vorstoßende Hand schon ihr ins Kielwasser kam, bloß eine Spanne trennte uns noch – da tauchte herzhaft listig die Verfolgte plötzlich unter, um dann, eine kleine Weile später, knapp an der Barriere der Damenabteilung emporzukommen, die weiterer Verfolgung wehrte. Triefend stieg die Siegerin die Treppe hinauf: einen Augenblick mußte sie innehalten, die Hand an die Brust gepreßt, offenbar versagte ihr der Atem; dann aber wandte sie sich um, und als sie mich an der Grenze gehemmt sah, lachte sie mit blanken Zähnen triumphierend herüber. Ihr Gesicht konnte ich gegen die schroffe Sonne und unter der Schwimmhaube nicht recht wahrnehmen, nur das Lachen glänzte höhnisch und blank auf den Besiegten zu.

Ich ärgerte mich und freute mich zugleich: zum erstenmal seit Berlin hatte ich wieder jenen anerkennenden Blick einer Frau gespürt – vielleicht winkte da ein Abenteuer. Mit drei Stößen schwamm ich hinüber ins Herrenbad, riß mir die Kleidung flink über die noch nasse Haut, nur um rechtzeitig beim Ausgang sie abpassen zu können. Zehn Minuten mußte ich warten, dann kam – durch die knabenhaft schmalen Formen unverkennbar – meine übermütige Gegnerin leichten Schrittes und beschleunigte ihn noch, sobald sie mich warten sah, in der offenbaren Absicht, mir die Möglichkeit eines Ansprechens abzuschneiden. Sie lief ebenso muskelhaft behend, wie sie vordem geschwommen, alle Gelenke gehorchten sehnig diesem ephebisch schmalen, vielleicht etwas zu schmalen Körper: ich hatte wahrhaftig keuchende Not, die fliegend Ausschreitende einzuholen, ohne mich auffällig zu machen. Endlich gelangs; an einer Wegwende querte ich geschickt vor, lüftete nach studentischer Art weitausholend den Hut und fragte, ehe ich ihr noch recht ins Auge gesehen, ob ich sie begleiten dürfe. Sie warf von der Seite einen spöttischen Blick, und ohne daß sich das hitzige Tempo verlangsamte, antwortete mir fast aufreizende Ironie: »Wenn ich Ihnen nicht zu rasch gehe, warum nicht! Ich habe große Eile.« Durch diese Unbefangenheit ermutigt, wurde ich zudringlicher, stellte ein Dutzend neugieriger, meist alberner Fragen, die sie aber bereitwillig und mit so verblüffender Freiheit beantwortete, daß meine Absichten eigentlich mehr verwirrt als gefördert wurden. Denn mein Berliner Ansprechkodex war mehr auf Widerstand und Spöttischkeit eingestellt als auf dermaßen franke Aussprache während eines Geschwindschrittes: so hatte ich zum zweitenmal das Gefühl, recht ungeschickt an eine überlegene Gegnerin geraten zu sein.

Aber es sollte noch schlimmer kommen. Denn als ich, meine indiskreten Eindringlichkeiten vermehrend, sie fragte, wo sie wohne – da wandten sich plötzlich scharf zwei haselbraune übermütige Augen herüber und blitzten, ein Lachen gar nicht mehr verbergend: »In Ihrer allernächsten Nähe.« Verblüfft starrte ich auf. Sie sah von der Seite noch einmal herüber, ob der Partherpfeil sitze. Und wirklich, er stak mir in der Kehle. Mit einmal war es vorbei mit dem frech berlinerischen Ansprechton; ganz unsicher, ja devot stammelte ich, ob ihr meine Begleitung denn nicht lästig sei. »Aber wieso denn«, lächelte sie von neuem, »wir haben ja nur mehr zwei Straßen, und die können wir doch gemeinsam laufen.« In diesem Augenblick schwirrte mir das Blut, ich konnte kaum weiter, aber was halfs, ein Abschwenken wäre noch beleidigender gewesen: so mußte ich mit bis zu dem Hause, wo ich wohnte. Da hielt sie plötzlich inne, bot mir die Hand und sagte leichthin: »Dank für die Begleitung! Sie kommen ja heute um sechs Uhr zu meinem Mann.«

Ich muß blutrot geworden sein vor Scham. Aber noch ehe ich mich entschuldigen konnte, war sie schon flink die Treppe hinauf, und ich stand da, mit Schrecken die einfältigen Reden bedenkend, deren ich mich tölpelhaft erfrecht. Zum Sonntagsausflug hatte ich flunkernder Narr sie wie ein Nähmädel eingeladen, in schleißiger Weise ihren Körper gerühmt, dann die sentimentale Walze des vereinsamten Studenten gedreht – mir war, als müßte ich erbrechen vor Scham, so würgte mich der Ekel. Und nun ging sie lachend, bis zu den Ohren voll Übermut zu ihrem Mann, meine Albernheiten zu verraten an ihn, dessen Urteil mir am meisten von allen Menschen wog, und vor dem lächerlich zu erscheinen mir qualvoller ankam, als nackt auf dem offenen Marktplatz ausgepeitscht zu sein.

Entsetzliche Stunden bis zum Abend: tausendmal malte ich mirs aus, wie er mich empfangen würde mit seinem feinen ironischen Lächeln – oh, ich wußte ja, er meisterte die Kunst des sardonischen Wortes und wußte einen Scherz rotglühend zu spitzen, daß er stach bis aufs Blut. Ein Verurteilter kann nicht gewürgter das Schafott hinaufsteigen als ich damals die Treppe, und kaum ich, ein dickes Schlucken in der Kehle mühsam niederwürgend, sein Zimmer betrat, mehrte sich noch meine Verwirrung, war mir doch, als hätte ich vom Nebenraum flüsterndes Rauschen eines Frauenkleides gehört. Gewiß horchte sie da, die Übermütige, sich an meiner Verlegenheit zu weiden, die Blamage des mauldrescherischen Jungen mitzugenießen. Endlich kam mein Lehrer. »Was ist Ihnen denn?« fragte er besorgt. »Sie sind so blaß heute.« Ich wehrte ab, innerlich den Streich erwartend. Aber die gefürchtete Exekution blieb aus, er sprach ganz wie sonst von wissenschaftlichen Dingen: kein Wort, so ängstlich ich jedes anhorchte, barg Anspielung oder Ironie. Und – erst erstaunt und dann beglückt – erkannte ich: sie hatte geschwiegen.

Um acht Uhr pochte es wieder an der Tür. Ich verabschiedete mich: das Herz stand mir wieder gerade in der Brust. Als ich aus der Tür trat, kam sie vorbei: ich grüßte, und ihr Blick lächelte mir leicht zu. Und strömenden Blutes deutete ich mir dies Verzeihen als ein Versprechen, auch weiterhin zu schweigen.

Von jener Stunde begann für mich eine neue Art der Aufmerksamkeit; bisher hatte meine knabenhaft andächtige Verehrung den vergötterten Lehrer dermaßen als Genius einer andern Welt empfunden, daß ich sein privates, sein irdisches Leben vollkommen zu beachten vergaß. In der übertreiblichen Art, die jeder wahren Schwärmerei innewohnt, hatte ich sein Dasein mir vollkommen weggesteigert von allen täglichen Verrichtungen unserer methodisch geordneten Welt. Und so wenig etwa ein zum erstenmal Verliebter wagt, das vergötterte Mädchen in Gedanken zu entkleiden und als ebenso natürlich wie die tausend andern rocktragenden Wesen zu betrachten, so wenig wagte ich einen schleicherischen Blick in seine private Existenz: nur sublimiert empfand ich ihn immer, abgelöst von allem Gegenständlich-Gemeinen als Boten des Wortes, als Hülle des schöpferischen Geistes. Nun, da jenes tragikomische Abenteuer mir plötzlich seine Frau in den Weg stieß, konnte ich nicht umhin, seine familiäre, seine häusliche Existenz intimer zu beobachten; eigentlich wider meinen Willen schlug eine unruhig späherische Neugier in mir die Augen auf. Und kaum daß dieser spürende Blick in mir begann, verwirrte er sich schon, denn dieses Mannes Existenz innerhalb des eigenen Gevierts war eigentümlich und von beinahe beängstigender Rätselhaftigkeit. Beim erstenmal schon, als ich kurz nach jener Begegnung zu Tische geladen wurde und ihn nicht allein, sondern mit seiner Frau sah, regte sich merkwürdiger Verdacht einer eigenartig krausen Lebensgemeinschaft, und je mehr ich dann in den innern Kreis des Hauses vordrang, um so verwirrender wurde mir dies Gefühl. Nicht daß in Wort oder Geste sich eine Spannung oder Verstimmung zwischen beiden kundgetan hätte: im Gegenteil, das Nichts war es, das Nichtvorhandensein irgendeiner Spannung zu- oder gegeneinander, das so seltsam sie beide verhüllte und undurchsichtig machte, eine schwere föhnige Windstille des Gefühls, die jene Atmosphäre drückender machte als Sturm eines Streits oder Wetterleuchten verborgenen Grolls. Äußerlich verriet nichts eine Reizung oder Spannung; nur Entfernung von innen her fühlte sich stärker und stärker. Denn Frage und Antwort in ihrem seltenen Gespräch berührte sie nur gleichsam mit hastigen Fingerspitzen, nie ging es herzlich ineinander, Hand in Hand, und selbst mir gegenüber blieb bei den Mahlzeiten seine Rede stockig und gebunden. Und manchmal frostete das Gespräch, solange wir nicht wieder zur Arbeit zurückkehrten, zu einem einzigen breiten Blocke Schweigens zusammen, den schließlich keiner mehr anzubrechen wagte und dessen kalte Last mir noch stundenlang auf der Seele drückend blieb.

Vor allem erschreckte mich sein vollkommenes Alleinsein. Dieser aufgetane, durchaus expansiv veranlagte Mann hatte keinerlei Freund, seine Schüler allein waren ihm Umgang und Trost. An die Kollegen der Universität band ihn keine Beziehung als jene der höflichen Korrektheit, Gesellschaften besuchte er niemals; oft verließ er tagelang das Haus nicht zu anderm Weg als die zwanzig Schritte zur Universität. Alles grub er stumm in sich ein, sich weder Menschen noch der Schrift vertrauend. Und nun verstand ich auch das Eruptive, das Fanatisch-Überströmende seiner Reden im Kreise der Studenten: da brach aus tagelanger Stauung die Mitteilsamkeit hervor, alle Gedanken, die er schweigend in sich trug, stürzten mit jener Unbändigkeit, die der Reiter bei Pferden sinnvoll Stallfeuer nennt, brausend aus der Hürde des Schweigens in diese Wettjagd der Worte.

Zu Hause sprach er ganz selten, am wenigsten zu seiner Frau. Und mit einem ängstlichen, beinahe schamvollen Staunen erkannte selbst ich unerfahrener junger Bursche, daß hier zwischen zwei Menschen ein Schatten schwebte, ein wehender, immer gegenwärtiger Schatten aus unfühlbarem Stoff, aber doch vollkommen einen vom andern abschließend, und zum erstenmal ahnte ich, wieviel Geheimes eine Ehe nach außen verbirgt. Als sei ein Drudenfuß auf die Schwelle gezeichnet, so wagte niemals die Frau sein Arbeitszimmer ohne besondere Aufforderung zu betreten: damit markierte sich sichtbar ihre völlige Ausgesperrtheit von seiner geistigen Welt. Und niemals duldete mein Lehrer, daß von seinen Plänen und Arbeiten in ihrer Gegenwart gesprochen werde, ja die Art war mir geradezu peinlich, wie er, kaum daß sie eintrat, mit einem Riß mittendurch den leidenschaftlich geschwungenen Satz zerbrach. Etwas fast Beleidigendes und offenkundig Mißachtendes entbehrte da selbst der höflichen Verhüllung, brüsk und offen lehnte er ihre Teilnahme ab – sie aber schien das Beleidigende nicht zu bemerken oder daran schon gewöhnt. Mit ihrem übermütigen Jungengesicht, leicht und behend, muskelfreudig und rank, flog sie treppauf und -ab, hatte immer alle Hände voll zu tun und immer doch Zeit, ging in Theater, versäumte keine sportliche Betätigung – dagegen für Bücher, für den Hausstand, für alles Versperrte, Ruhige, Bedächtige fehlte der etwa fünfunddreißigjährigen Frau jeglicher Sinn. Ihr schien nur wohl zu sein, wenn sie – immer trällernd, gern lachend und stets zu spitzem Gespräch bereit – ihre Glieder im Tanz, im Schwimmen, im Lauf, in irgend etwas Vehementem ausfahren lassen konnte; mit mir sprach sie niemals ernst, immer nur neckte sie mich wie einen halbwüchsigen Jungen, nahm mich bestenfalls als Partner übermütiger Kraftproben. Und diese ihre behende hellsinnliche Art stand in so verwirrend gegensätzlichem Kontrast zu der dunklen, ganz in sich gezogenen, nur vom Geistigen zu beflügelnden Lebensform meines Lehrers, daß ich mit immer neuem Staunen mich fragte, was jemals diese beiden urfremden Naturen hatte zusammenbinden können. Freilich, mich selbst förderte nur dieser merkwürdige Kontrast: trat ich von entnervender Arbeit in ein Gespräch mit ihr, so wars, als sei mir ein drückender Helm von der Stirn genommen; alle Dinge ordneten sich aus ekstatischer Erhitzung wieder tagfarben und klar ins Irdische zurück, das heiter Umgängliche des Lebens forderte spielhaft seine Rechte, und was ich beinahe in seiner anspannenden Gegenwart verlernte, das Lachen, entlastete wohltätig den übermächtigen Druck des Geistigen. Eine Art jungenhafter Kameradschaft knüpfte sich zwischen ihr und mir; gerade weil wir immer nur Gleichgültiges lässig plauderten oder gemeinsam ins Theater gingen, entbehrte unser Beisammensein jeder Spannung. Ein Einziges bloß unterbrach peinlich die völlige Unbesorgtheit unserer Gespräche, jedesmal mich verwirrend: und das war die Nennung seines Namens. Da stemmte sie unabänderlich meiner fragenden Neugier ein gereiztes Schweigen oder, wenn ich mich in Enthusiasmus redete, ein merkwürdig verdecktes Lächeln entgegen. Aber ihre Lippen blieben verschlossen: in anderer Art, aber mit gleich heftiger Gebärde stellte sie diesen Mann aus ihrem Leben wie er sie aus dem seinen. Und doch deckte beide schon fünfzehn Jahre das gleiche verschwiegene Dach.

Je undurchdringlicher aber dieses Geheimnis, um so mehr Verführung für meine leidenschaftliche Ungeduld. Hier war ein Schatten, ein Schleier, sonderbar nah bei jedem Windzug des Wortes fühlte ich ihn schwanken; mehrmals schon meinte ich, seine Spur zu fassen, da glitt es wieder fort, dieses verwirrende

Gewebe, um im nächsten Augenblick mich neu zu überrieseln, doch niemals ward es tastbares Wort, faßbare Form. Nichts aber wirkt aufstörender, aufweckender bei einem jungen Menschen als das entnervende Spiel vager Vermutungen; der Phantasie, müßig sonst umschweifend, plötzlich offenbart sich ihr jagdhaftes Ziel und schon fiebert sie in der neuentdeckten pürschenden Lust der Verfolgung. Ganz neue Sinne wuchsen mir bislang dumpfem Jungen in jenen Tagen zu, eine dünnhäutige Membran des Lauschens, die jeden Tonfall verräterisch abfing, ein spähender, weidhafter Blick voll Mißtrauen und Schärfe, eine umstöbernde, im Dunkel umgrabende Neugier – bis zur Schmerzhaftigkeit dehnten sich elastisch die Nerven, immer erregt vom Zugriff einer Ahnung und nie abklingend zu klarem Gefühl.

Doch ich mag sie nicht schelten, meine atemlos vorgebeugte Neugier, war sie doch rein. Was dermaßen alle Sinne in mir aufhob, dankte seine Erregtheit nicht lüsterner Schaulust, die hämisch ein Niedrig-Menschliches an einem Überlegenen zu ertappen liebt – im Gegenteil, sie färbte heimliche Angst, ein ratlos zögerndes Mitleid, das mit ungewisser Bangigkeit an diesen Schweigenden ein Leiden ahnte. Denn je näher ich seinem Leben trat, um so fühlsamer bedrückte mich der schon plastisch eingedrungene Schatten über meines Lehrers geliebtem Gesicht, jene edle, weil edel bemeisterte Melancholie, die niemals sich erniederte zu unwirscher Mürrischkeit oder fahrlässigem Zorn; hatte er mich, den Fremden, in erster Stunde angezogen durch das vulkanisch vorbrechende Geleucht seines Worts, nun erschütterte den Vertrauten noch tiefer seine Schweigsamkeit, die über seine Stirne wandernde Wolke der Trauer. Nichts ergreift ja derart mächtig einen jugendlichen Sinn als erhaben männliche Düsternis: Michelangelos in den eigenen Abgrund niederstarrender Denker, Beethovens bitter nach innen gezogener Mund, diese tragischen Masken des Weltleidens rühren stärker das ungeformte Gemüt als Mozarts silberne Melodie und das klingende Licht um Lionardos Gestalten. Schönheit sie selbst, hat Jugend der Verklärung nicht not: im Übermaß lebendiger Kräfte drängt sie dem Tragischen zu, und gern gestattet sie der Schwermut, süßen Zuges an ihrem noch unerfahrenen Blute zu saugen: darum auch die ewige Bereitschaft aller Jugend für die Gefahr und ihre brüderlich entbotene Hand zu jedem Leiden im Geiste.

Und eines solchen wahrhaft Leidenden Antlitz, hier erlebte ich es zum erstenmal. Kleiner Leute Sohn, aus bürgerlicher Behaglichkeit ungefährdet entwachsen, kannte ich die Sorge nur in den lächerlichen Masken des Alltags, als Ärger gekleidet, im gelben Gewand des Neids, klirrend mit dem Kleinkram des Geldes – dieses Gesichtes Verstörung, sie aber entstammte, sofort fühlte ichs, heiligerem Element. Aus Dunkelheiten kam dies Dunkel, von innen hatte hier ein grausamer Griffel Falten und Schrunden in vorzeitig zermorschte Wangen gezeichnet. Manchmal, wenn ich sein Zimmer betrat (immer mit der Scheu eines Kindes, das einem Hause naht, in dem Dämonen hausen) und seine Versunkenheit mein Klopfen überhörte, wenn ich dann plötzlich, schamvoll und bestürzt vor dem Selbstvergessenen stand, dann war mir, als sitze hier bloß Wagner, die leibliche Larve, in Faustens Gewand, indes der Geist umschweifte in rätselhaftem Geklüft und schaurigen Walpurgisnächten. In solchen Augenblicken waren seine Sinne vollkommen verschlossen, er hörte weder nahenden Schritt noch einen schüchternen Gruß. Fuhr er dann, jählings sich besinnend, auf, so versuchte hastiges Wort die Verlegenheit zu überdecken: er ging auf und nieder und mühte sich, durch Fragen den beobachtenden Blick von sich abzulenken. Aber lange hing dann noch immer das Dunkel über seiner Stirne, und erst das erglühende Gespräch vermochte dies von innen gesammelte Gewölk zu zerstreuen.

Er mußte es manchmal spüren, wie sehr sein Anblick mich bewegte, an meinen Augen vielleicht, an meinen unruhigen Händen, mochte ahnen etwa, daß auf meinen Lippen unsichtbar eine Bitte schwebte um Zutrauen, oder in meiner vortastenden

Haltung die heimliche Inbrunst erkennen, seinen Schmerz an mich, in mich zu nehmen. Sicherlich, er mußte es spüren, denn unvermutet unterbrach er das rege Gespräch und sah mich ergriffen an, ja es überströmte mich dieser merkwürdig warme, von seiner eigenen Fülle verdunkelte Blick. Dann faßte er oft meine Hand, hielt sie unruhig lange – immer erwartete ich: jetzt, jetzt, jetzt wird er zu mir sprechen. Aber statt dessen fuhr dann meist eine brüske Gebärde vor, manchmal sogar ein kaltes, absichtlich ernüchterndes oder ironisches Wort. Er, der den Enthusiasmus lebte, der ihn in mir genährt und erweckt, strich ihn dann plötzlich mir weg wie einen Fehler in einer schlecht geschriebenen Aufgabe, und je mehr er mich innig aufgetan sah, lechzend nach seinem Vertrauen, um so grimmiger stieß er mit solchen eiskalten Worten vor wie: »Das verstehen Sie nicht« oder »Lassen Sie doch derlei Übertreibungen«, Worte, die mich aufreizten und zur Verzweiflung brachten. Wie habe ich gelitten unter diesem wetterleuchtend grellen, vom Heißen zum Kalten fahrenden Menschen, der mich unbewußt hitzte, um mich plötzlich mit Frost zu übergießen, der mit seinem Ungestüm das eigene anstachelte, um dann plötzlich die Peitsche einer ironischen Bemerkung zu fassen – ja, ich hatte das grausame Gefühl, je mehr ich zu ihm drängte, desto härter, ja angstvoller stieß er mich zurück. Nichts sollte, nichts durfte an ihn heran, an sein Geheimnis.

Denn Geheimnis, immer brennender wards mir bewußt, Geheimnis hauste fremd und unheimlich in seiner magisch anziehenden Tiefe. Ich ahnte ein Verschwiegenes an seinem merkwürdig flüchtenden Blick, der glühend vordrang und scheu wegwich, wenn man ihm dankbar sich ergab; ich spürte es an den bitter gefältelten Lippen seiner Frau, an der merkwürdig kalten Zurückhaltung der Menschen in der Stadt, die beinahe indigniert blickten, wenn man ihn rühmte – an hundert Sonderbarkeiten und plötzlichen Verstörtheiten. Und welche Qual dabei, sich schon in dem innern Kreis eines solchen Lebens zu vermeinen und doch irr dort im Kreise zu gehen, wie in einem

Labyrinth, unwissend des Weges zu seinem Ursprung und Herzen!

Das Unerklärlichste, das Erregendste aber waren für mich seine Eskapaden. Eines Tages, als ich ins Kolleg kam, hing dort ein Zettel, die Vorlesung sei für zwei Tage unterbrochen. Die Studenten schienen nicht verwundert, ich aber, der noch gestern bei ihm gewesen, eilte nach Hause, von Angst getrieben, er möchte erkrankt sein. Seine Frau lächelte nur trocken, als mein Hereinstürmen solche Aufregung verriet. »Das kommt öfter vor«, sagte sie merkwürdig kalt; »das kennen Sie nur noch nicht.« Und tatsächlich erfuhr ich von den Kollegen, daß er öfters so über Nacht verschwinde, manchmal nur telegraphisch sich entschuldigend: einmal hatte ihn ein Student um vier Uhr morgens in einer Berliner Straße getroffen, ein anderer in der Wirtsstube fremder Stadt. Er schnellte plötzlich fort wie ein Pfropf aus der Flasche, kam wieder zurück, und niemand wußte, wo er gewesen. Dieses plötzliche Ausbrechen erregte mich wie eine Krankheit: ich ging geistesabwesend, unruhig, fahrig diese zwei Tage herum. Unsinnig leer war mir plötzlich das Studium ohne seine gewohnte Gegenwart, ich verzehrte mich in wirren, eifersüchtigen Vermutungen, ja, etwas von Haß und Zorn gegen seine Verschlossenheit stieg in mir auf, daß er mich, den glühend Zudrängenden, so außen ließ von seinem wirklichen Leben wie einen Bettler im Frost. Vergebens beredete ich mich, daß mir, dem Knaben, dem Schüler, doch kein Recht zustünde, Rechenschaft und Auskunft zu fordern, da seine Güte mir hundertfach mehr Vertrauen gewährte, als einen akademischen Lehrer sein Amt verpflichtete. Aber Vernunft hatte keine Macht über die brennende Leidenschaft: zehnmal des Tages kam ich tölpischer Junge fragen, ob er schon zurückgekommen sei, bis ich schließlich an den immer brüsker werdenden Verneinungen seiner Frau schon Erbitterung spürte. Ich wachte die halbe Nacht und horchte nach seinem heimkehrenden Schritt, umschlich morgens unruhig die Tür, nun nicht mehr die Frage wagend. Und als er endlich am dritten Tag unvermutet in mein Zimmer trat, jappte ich auf: mein Erschrecken muß übermäßig gewesen sein, wenigstens merkte ichs am Widerschein seiner verlegenen Befremdung, die hastig ein paar gleichgültige Fragen übereinanderjagte. Sein Blick wich mir aus. Zum ersten Male ging unser Gespräch krumm im Kreise, ein Wort stolperte über das andere, und indes wir beide jede Anspielung auf sein Fernbleiben gewaltsam vermieden, sperrte eben dies Ungesprochene jeder Aussprache den Weg. Als er mich ließ, schlug die brennende Neugier wie eine Lohe auf: allmählich verzehrte sie mir Schlaf und Wachen.

Wochenlang währte dieser Kampf um Aufschluß und tieferes Erkennen: starrsinnig schraubte ich mich gegen den feurigen Kern, den ich unter dem felsigen Schweigen vulkanisch zu fühlen meinte. Endlich, in glücklicher Stunde, gelang mir erster Einbruch in seine innere Welt. Ich hatte wieder einmal in seinem Zimmer bis zur Dämmerung gesessen, da holte er einige Shakespearesche Sonette aus verschlossener Lade, las erst in eigener Übertragung diese gleichsam in Bronze gegossenen knappen Gebilde, um dann ihre scheinbar undurchdringliche Chiffreschrift so magisch zu erleuchten, daß mich mitten in meiner Beglückung ein Bedauern ankam, all dies, was dieser strömende Mensch schenkte, sollte verloren sein im vergänglich fließenden Wort. Da – wo holte ich ihn nur her? – packte mich plötzlicher Mut, ihn zu fragen, warum er sein großes Werk ›Die Geschichte des Globe-Theaters‹ nicht vollendet habe – kaum aber daß ich das Wort gewagt, wurde ich schon erschrocken gewahr, wider Willen eine geheime und offenbar schmerzhafte Wunde groß angefaßt zu haben. Er stand auf, wandte sich ab und schwieg lange. Das Zimmer schien plötzlich überfüllt von Dämmerung und Schweigen. Endlich kam er auf mich zu, sah mich ernst an, und die Lippen zuckten mehrmals, ehe sie schmal aufgingen; schmerzlich stieß dann ihr Geständnis vor: »Ich kann nichts Großes arbeiten. Das ist vorbei: nur die Jugend plant so verwegen. Jetzt habe ich keine Ausdauer mehr. Ich bin – warum es verbergen? – ein Mensch der kurzen Augenblicke geworden, ich kann nicht durchhalten. Früher hatte ich mehr Kraft, jetzt ist sie weg. Ich kann nur reden: da trägt michs manchmal, da reißt mich etwas über mich fort. Aber stillsitzend arbeiten, immer allein, immer allein, das gelingt mir nicht mehr.«

Seine resignierte Gebärde erschütterte mich. Und aus innerster Überzeugung drängte ich, er möchte doch, was er uns mit lockerer Hand täglich hinstreute, endlich in harter Faust festhalten, nicht immer bloß austeilen, sondern das Eigene gestaltend bewahren. »Ich kann nicht schreiben«, wiederholte er müde, »ich bin nicht konzentriert genug.« »So diktieren Sie!« und hingerissen von dem Gedanken, fiel ich ihn beinahe flehend an: »So diktieren Sie mir. Versuchen Sie es einmal. Vielleicht nur den Beginn – dann werden Sie selbst nicht mehr zurückkönnen. Versuchen Sie das Diktat, ich bitte Sie darum, mir zuliebe!«

Er sah auf, verblüfft zuerst und dann nachdenklicher. Der Gedanke schien ihn irgendwie zu beschäftigen. »Ihnen zuliebe?« wiederholte er. »Meinen Sie wirklich, es könnte noch irgendeinem Menschen Freude machen, wenn ich alter Mann etwas unternehme?« Ich spürte, hier begann schon zögernd ein Nachgeben, an seinem Blick spürte ichs, der noch eben wolkig nach innen gehangen, nun aber, von warmer Hoffnung gelöst, allmählich vortrat und an ihr sich erhellend. »Meinen Sie wirklich?« wiederholte er; schon spürte ich innere Bereitschaft in seinen Willen strömen, und dann kam ein Ruck: »Also versuchen wirs! Die Jugend hat immer recht. Wer ihr nachgibt, ist klug.« Meine wild ausbrechende Freude, mein Triumph schien ihn zu beleben: er ging hastig auf und ab, beinahe jugendlich erregt, und wir vereinbarten: allabendlich um neun Uhr, unmittelbar nach dem Abendessen wollten wir es täglich eine Stunde zunächst versuchen. Und am nächsten Abend begannen wir mit dem Diktat.

Diese Stunden, wie soll ich sie schildern! Ich wartete ihnen entgegen den ganzen Tag. Schon nachmittags drückte eine schwüle, nervenauslaugende Unruhe elektrisch auf meine ungeduldigen Sinne, kaum konnte ich die Stunden ertragen, bis endlich der Abend kam. Wir gingen dann sofort von beendeter Mahlzeit in sein Arbeitszimmer, ich setzte mich an den Schreibtisch, den Rücken ihm zugekehrt, indes er unruhigen Schrittes im Raume auf und ab ging, bis der Rhythmus in ihm sich gleichsam gesammelt hatte und von erhobenem Wort der Auftakt absprang. Denn alles gestaltete dieser merkwürdige Mann aus einer Musikalität des Gefühls: er bedurfte immer eines Anschwunges, um seine Ideen in Bewegung zu bringen. Meist war es ein Bild, eine kühne Metapher, eine plastische Situation, die er, unwillkürlich am raschen Fortschreiten sich erregend, zu dramatischer Szene erweiterte. Etwas von dem großartig Naturhaften alles Schöpferischen wetterleuchtete dann oft aus dem stürzenden Geleucht dieser Improvisationen: ich erinnere mich an Zeilen, die Strophen schienen eines jambisch taktierten Gedichts, und an andere, die kataraktisch sich ergossen in großartig gedrängten Aufzählungen wie der Schiffskatalog Homers und die barbarischen Hymnen Walt Whitmans. Zum erstenmal war es mir jungem, werdendem Menschen gegeben, in das Geheimnis der Produktion einzudringen: ich sah, wie der Gedanke, farblos noch, nichts als eine reine flüssige Hitze, wie eine Glokkenspeise aus dem Kessel der impulsiven Erregung vorströmte, dann allmählich erkaltend seine Form fand, und wie diese Form sich dann machtvoll rundete und enthüllte, bis endlich klar das Wort aus ihr schlug und, wie der Klöppel die Glocke erst tönend macht, dem dichterisch Erfühlten die Sprache der Menschen gab. Und so wie jeder einzelne Absatz aus Rhythmus, jede Darstellung aus szenisch gestaltetem Bild, so erhob sich das ganze groß angelegte Werk vollkommen unphilologisch aus einem Hymnus, einem Hymnus an das Meer als die irdisch sichtbare, irdisch fühlbare Form des Unendlichen, wogend von Ferne zu Ferne, zu Höhen aufschauend und Tiefen verbergend, dazwischen sinnlos-sinnvoll spielend mit irdischem Geschick, den schwanken Kähnen der Menschen: diesem Bildnis des Meeres erwuchs in großartig gestaltetem Vergleich eine Darstellung des

Tragischen als der elementaren Macht, die unser Blut rauschend und zerstörend durchwaltet. Dann rollte die bildnerische Woge einem einzelnen Lande zu: England stieg auf, die Insel, ewig umbrandet von dem unruhigen Element, das alle Ränder der Erde, alle Breiten und Zonen des Erdballs gefährlich umschließt. Dort, in England formt es den Staat: bis ins gläserne Gehäuse des Auges, das graue, das blaue, dringt dort der kalte und klare Blick des Elements; jeder einzelne ist Meermensch und Insel zugleich, wie sein Land, und von Stürmen und Gefahr sind starke stürmische Leidenschaften lufthaft gegenwärtig in diesem Geschlecht, das in Hunderten Jahren Wikingerfahrt unablässig seine Kräfte erprobt. Nun aber dünstet Friede über das wasserumbrandete Land: sie jedoch, an Stürme gewöhnt, wollen noch weiter das Meer, den harten Sturz des Geschehens mit seiner täglichen Gefahr, und so schaffen sie sich die aufpeitschende Spannung noch einmal im blutigen Spiel. Erst wird für Tierhatz und Zwiekampf das hölzerne Gerüst erstellt. Bären verbluten, Hahnenkämpfe reizen die Wollust des Grauens bestialisch vor; doch bald will gesteigerter Sinn reiner aufwühlende Spannung aus menschlich-heroischem Widerstreit. Und da ersteht aus frommen Schaubühnen, aus kirchlichen Mysterien jenes andere große wogende Spiel vom Menschen, Wiederkehr all jener Abenteuer und Fahrten, nun aber auf den innern Meeren des Herzens; neue Unendlichkeit, ein anderer Ozean mit Springfluten der Leidenschaft und Aufschwall des Geistes, den erregt zu durchsteuern, in dem atemlos umhergeschleudert zu sein die neue Lust ist dieses späten und noch immer starken angelsächsischen Geschlechts: es entsteht das Drama der englischen Nation, das Drama der Elisabethaner.

Und volltönig aufrauschte, da er sich fanatisch in die Schilderung dieses barbarisch urweltlichen Anfangs warf, das bildnerische Wort. Seine Stimme, die anfangs flüsternd hineilte, spannte sonore Muskeln und Bänder, wurde metallen schimmerndes Flugzeug, das immer freier und höher forttrieb: zu eng ward ihr das Zimmer, die antwortend gedrängten Wände, so weit brauchte sie Raum. Ich fühlte Sturm über mir wehen, die brausende Lippe des Meeres schrie mächtig ihr dröhnendes Wort: hingeduckt an den Schreibtisch war mir, als stünde ich wieder in meiner Heimat an der Düne, und dies große Rauschen von tausend Wellen und sprühendem Wind käme atmend heran. Aller Schauer, der die Geburt so eines Menschen wie eines Wortes schmerzhaft umwittert, damals brach er zum erstenmal in mein staunend erschrecktes und schon beglücktes Gemüt.

Endete mein Lehrer, dann in dem Diktate, wo mächtige Inspiration herrlich der wissenschaftlichen Absicht das Wort entriß und Denken zur Dichtung wurde, so taumelte ich auf. Feurige Müdigkeit durchströmte mich schwer und stark, eine Ermattung sehr unähnlich der seinen, die eine Erschöpfung war, ein schon Entladensein, indes ich, der Überwogte, noch bebte von jener eingeströmten Fülle. Beide aber brauchten wir dann immer noch ein abklingendes Gespräch, um zu Schlaf oder Ruhe zurückzufinden: gewöhnlich wiederholte ich noch das Stenogramm; und seltsam, kaum die Zeichen sich zu Worten verwandelten, redete, atmete und hob sich aus meiner Stimme eine andere, als hätte mir ein Wesen die Sprache im Munde vertauscht. Und dann erkannte ichs: wiederholend skandierte und formte ich seine Intonierung derart hingegeben nach, so gleichartig, daß es war, als spräche er aus mir und nicht ich selbst – so sehr war ich schon Resonanz seines Wesens geworden. Widerklang seines Worts. Das alles ist vierzig Jahre her: und doch noch heute, mitten in einem Vortrag, wenn die Rede sich mir losreißt und schwingend wird, spüre ich plötzlich befangen, daß nicht ich selber spreche, sondern jemand anderer gleichsam aus meinem redenden Munde. Eines teuren Toten Stimme erkenne ich dann, eines Toten, der einzig noch Atem hat an meiner Lippe: immer wenn Enthusiasmus mich überflügelt, bin ich er. Und ich weiß: jene Stunden haben mich geprägt.

Die Arbeit wuchs, und sie wuchs um mich wie ein Wald, allmählich allen Ausblick in die äußere Welt verschattend; nur innen lebte ich im Dunkel des Hauses, im rauschenden, immer voller brausenden Geäst des sich verbreiternden Werkes, in der umfangenden, wärmenden Gegenwart dieses Menschen.

Außer den wenigen Lehrstunden an der Universität gehörte ihm mein ganzer Tag. Ich speiste an ihrem Tische, nachts und tags kletterte Botschaft von ihrer Wohnung die Treppe zu der meinen auf und nieder: ich hatte ihren Türschlüssel und er den meinen, so daß er zu jeder Stunde mich finden konnte, ohne die halbtaube alte Wirtsfrau heranzuschreien. Je mehr ich mich aber dieser neuen Gemeinschaft verband, um so vollkommener wurde ich der Außenwelt abwendig: mit der Wärme jener innern Sphäre teilte ich gleichzeitig die frostige Abgeschlossenheit ihrer ausgesperrten Existenz. Meine Kollegen kehrten einhellig eine gewisse Kälte und Verächtlichkeit gegen mich heraus: war es geheime Feme oder bloß gereizte Eifersucht über meine sichtliche Bevorzugung – jedenfalls isolierten sie mich von ihrem Umgang, und in den Diskussionen des Seminars vermied mich, scheinbar verabredet, Ansprache und Gruß. Selbst die Professoren verbargen nicht ihre feindselige Abneigung; einmal, als ich bei dem Dozenten der romanischen Philologie eine nichtige Auskunft erbat, fertigte er mich ironisch ab: »Sie als Intimus von Professor ... sollten doch darüber Bescheid wissen.« Vergeblich suchte ich so unverschuldete Ächtung mir zu erklären. Aber Wort und Blick wichen jeder Erklärung aus. Seit ich ganz mit den beiden Einsamen lebte, war ich selbst vollkommen vereinsamt.

Diese gesellschaftliche Aussperrung hätte mich nun weiter nicht bekümmert, war doch meine Aufmerksamkeit ganz dem Geistigen verschworen; aber der steten Zerrung hielten allmählich die Nerven nicht stand. Man lebt nicht ungestraft wochenlang in einem unaufhörlichen geistigen Exzeß, zudem hatte ich wohl allzu plötzlich mein Leben umgestülpt, war zu wild von einem Extrem ins andere gefahren, um nicht jenes uns geheim zugewogene Gleichgewicht der Natur zu gefährden. Denn indes in Berlin das lockere Umschweifen meine Muskeln wohlig entspannte, Abenteuer mit Frauen als unruhig Gestaute spielhaft lockerten, preßte hier eine föhnig niederdrückende Atmosphäre so unablässig die gereizten Sinne, daß sie nur zuckend, mit elektrisch springenden Spitzen in mir umfuhren; ich verlernte den tiefen gesunden Schlaf, obwohl oder vielleicht weil ich immer bis zur Morgenfrühe das Diktat jedes Abends zu meiner eigenen Lust kopierte (fiebernd vor eitler Ungeduld, meinem geliebten Lehrer die Blätter ehestens zu überbringen). Dann forderte mich die Universität, die hastig betriebene Lektüre, zu erhöhter Bereitwilligkeit, und nicht zum mindesten erregte mich die Art des Gesprächs mit meinem Lehrer, weil ja jeder Nerv spartanisch sich straffte, niemals anteillos mich vor ihm erscheinen zu lassen. Der beleidigte Leib zögerte für diese Übertreiblichkeiten nicht lange mit seiner Rache. Mehrmals überfielen mich kurze Ohnmachten, Warnungssignale der gefährdeten Natur, die ich tollwütig überrannte – aber die hypnotischen Müdigkeiten mehrten sich, jede Äußerung des Gefühls wurde vehement, und die geschärften Nerven wuchsen mit ihren Spitzen nach innen, den Schlaf zerreißend und bisher verhaltene wirre Gedanken aufstachelnd.

Die erste, die eine deutsame Gefährdung meines Zustandes bemerkte, war die Frau meines Lehrers. Oftmals schon hatte ich ihren beunruhigten Blick mich übertasten gefühlt, mit Absicht streute sie immer häufiger mahnende Bemerkungen in unsere Gespräche, wie etwa, ich möchte nicht in einem Semester die Welt erobern wollen. Schließlich wurde sie deutlich. »Genug jetzt«, fuhr sie eines Sonntags auf mich zu, als ich bei schönstem Sonnenschein Grammatik büffelte, und riß mir das Buch weg; »wie kann man sich als junger lebendiger Mensch dermaßen vom Ehrgeiz versklaven lassen? Nehmen Sie sich nicht immer ein Vorbild an meinem Mann: er ist alt, und Sie sind jung, Sie müssen anders leben.« Immer funkelte, wenn sie von ihm sprach, dieser Unterton von Verächtlichkeit vor, gegen den ich Hingegebener mich immer wieder entrüstet empörte. Mit Absicht, ich spürte es, ja vielleicht in einer Art fehlgängerischer

Eifersucht, suchte sie mich immer mehr von ihm wegzuhalten und mit ironischen Paraden meine Übertreiblichkeiten zu queren; saßen wir abends zu lange beim Diktat, so klopfte sie energisch an die Tür und erzwang, gleichgültig gegen seine zornige Abwehr, den Abbruch der Arbeit. »Er wird Ihnen noch Ihre Nerven verderben, er wird Sie noch ganz zerstören«, sagte sie mir einmal erbittert, als sie mich niedergebrochen fand. »Was hat er aus Ihnen schon gemacht in diesen paar Wochen! Ich kann es nicht länger mit ansehen, wie Sie gegen sich selber wüten. Und dabei ...« Sie stockte und redete den Satz nicht zu Ende. Aber die Lippe bebte ihr blaß von niedergepreßtem Zorn.

Und wirklich, mein Lehrer machte es mir nicht leicht: je leidenschaftlicher ich ihm diente, um so gleichgültiger schien er meine hilfsbereite Verehrung zu werten. Selten, daß er mir dankte; brachte ich ihm morgens die bis in die Nacht geförderte Arbeit, so äußerte er trocken abwehrend: »Es hätte Zeit bis morgen gehabt.« Überbot sich mein ehrgeiziger Eifer zu unerbetener Gefälligkeit, so wurde plötzlich mitten im Gespräch die Lippe schmal, und ein ironisches Wort drängte mich ab. Freilich, sah er mich dann gedemütigt und verwirrt zurückweichen, so strömte wieder jener warme umfangende Blick meiner Verzweiflung tröstend zu, aber wie selten geschah das, wie selten! Und dieses Heiß und Kalt, dieses bald Aufwühlend-Nahe, bald Ärgerlich-Rückstoßende seines Wesens verwirrte vollkommen mein unbändiges Gefühl, das sich sehnte – nein, nie vermochte ich jemals deutlich zu benennen, was ich eigentlich ersehnte, was ich wünschte, forderte, anstrebte, welches Zeichen seiner Teilnahme meine enthusiastische Hingabe sich erhoffte. Denn ist verehrende Leidenschaft selbst reiner Weise einer Frau zugewandt, so strebt sie doch unbewußt einer körperlichen Erfüllung zu, ihr hat die Natur eine höchste Vereinigung im Besitz des Körpers bildnerisch zugeformt – Leidenschaft des Geistes aber, von Mann zu Mann dargeboten, wie will sie, die unerfüllbare, volle Erfüllung? Ruhelos umwandert sie die verehrte Gestalt, immer sich aufflackernd zur neuen Ekstase und nie noch beruhigt durch eine letzte Hingabe. Immer strömt sie und kann doch nie ganz sich entströmen, ewig ungenügsam wie immer der Geist. So wurde mir seine Nähe niemals nah genug, seine Gegenwart nie ganz sich enthüllend und erfüllend in den langen Gesprächen; selbst wenn er vertrauend alle Fremdheit von sich abwarf, wußte ich doch, der nächste Augenblick könnte mit schneidender Geste diese atemnahe Gebundenheit zerteilen. Immer wieder verwirrte der Wetterwendische von neuem mein Gefühl, und ich übertreibe nicht, wenn ich sage, daß ich in meiner Überreiztheit oft unsinniger Tat schon nahe war, nur weil er mit lockerem Handgriff ein Buch, auf das ich ihn aufmerksam gemacht, gleichgültig beiseite geschoben oder plötzlich, wenn abends vertieftes Gespräch uns band und ich ganz eingeströmt in seine Gedanken atmete, mit einem Ruck – nachdem er noch eben zärtlich die Hand mir auf die Schultern gelehnt – aufstand und brüsk sagte: »Nun gehen Sie aber! Es ist spät. Gute Nacht.« Solche Nichtigkeiten genügten schon, um Stunden, um Tage mir zu verstören. Vielleicht sah, unablässig zur Erregung herausgefordert, mein überreiztes Gefühl auch Kränkungen, wo sie gar nicht beabsichtigt waren – doch was hilft alle nachdeutende Selbstbeschwichtigung gegen eine Verstörung des innern Gemüts? Nur dies erneute sich täglich: ich litt glühend an seiner Nähe und frostete an seiner Ferne, immer enttäuscht an seiner Verhaltenheit, von keinem Zeichen beruhigt, von jeder Zufälligkeit verwirrt.

Und seltsam: immer wenn meine Empfindlichkeit von ihm sich beleidigt fühlte, flüchtete ich hin zu seiner Frau. Unbewußter Drang vielleicht, da einen Menschen zu finden, der gleichfalls unter diesem wortlosen Weghalten litt, vielleicht Bedürfnis bloß, zu irgend jemandem sprechen zu können und wenn schon nicht Hilfe, so doch Verständnis zu finden – jedenfalls flüchtete ich ihr wie einem heimlichen Bundesgenossen zu. Gewöhnlich spöttelte sie mir meine Empfindlichkeit weg oder erklärte mit achselzuckender Kälte, ich sollte schon diese schmerzhaften Sonderlichkeiten gewöhnt sein. Manchmal aber sah sie mich merkwürdig ernst, geradezu mit verwundertem Blick an, wenn plötzliche Verzweiflung mit einem Ruck so ein ganzes zuckendes Bündel von Vorwürfen, gestammelten Tränen, verkrampften Worten vor sie hinschleuderte, aber sie sprach kein Wort; nur um ihre Lippen ging dann verhaltenes Wetterspiel, und ich spürte, sie bedurfte aller Kraft, nicht etwas Zorniges oder Unbedachtes vorzustoßen. Auch sie hatte, kein Zweifel, mir etwas zu sagen, auch sie verschloß ein Geheimnis, vielleicht das gleiche wie er; indes er aber in brüsker Abwehr mich zurückstieß, sobald mein Wort ihm zu nahe kam, übersprang sie meistens mit einem Scherz oder einer improvisierten Eulenspiegelei jede weitere Aussprache.

Nur ein einziges Mal war ich nahe, ihr das Wort zu entreißen. Ich hatte morgens, als ich das Diktat überbrachte, nicht umhin können, meinem Lehrer begeistert zu erzählen, wie sehr mich gerade diese Darstellung (es war Marlowes Bildnis) erschüttert habe. Und heiß noch von meinem Überschwang, fügte ich bewundernd hinzu, niemand schreibe ihm ein derart meisterliches Porträt nach; da biß er, schroff sich abkehrend, die Lippe, warf das Blatt hin und murrte verächtlich: »Reden Sie nicht solchen Unsinn! Was verstehen Sie denn schon von Meisterschaft.« Dies brüske Wort (hastig vorgeholte Maske wohl nur für eine ungeduldige Schamhaftigkeit) genügte, um mir den Tag zu zerschlagen. Und nachmittags, eine Stunde allein mit seiner Frau, fiel ich sie plötzlich in einer Art hysterischen Ausbruchs an, faßte sie bei den Händen: »Sagen Sie mir, warum haßt er mich so? Warum verachtet er mich so? Was habe ich ihm getan, warum reizt jedes Wort von mir ihn dermaßen auf? Was soll ich tun, helfen Sie mir! Warum kann er mich nicht leiden – sagen Sie es mir, ich bitte Sie darum.«

Da starrte, überfallen von diesem wilden Ausbruch, ein grelles Auge mich an. »Sie nicht leiden?« – und ein Lachen klirrte aus den Zähnen, ein Lachen, das in so böser schriller Spitze ausfuhr, daß ich unwillkürlich zurückwich. »Sie nicht leiden?« wiederholte sie noch einmal und sah mir zornvoll in die verwirrten

Augen. Dann aber beugte sie sich näher heran – ihre Blicke wurden allmählich weich und weicher, beinahe mitleidig wurden sie – und plötzlich strich sie mir (zum erstenmal) über das Haar. »Sie sind wirklich ein Kind, ein dummes Kind, das nichts merkt und nichts sieht und nichts weiß. Aber es ist besser so – sonst würden Sie noch unruhiger sein.«

Und mit einem plötzlichen Ruck wandte sie sich um. Vergebens suchte ich Beruhigung: wie verschnürt in den schwarzen Sack eines unzerreißbaren Angsttraumes rang ich um eine Deutung, um ein Erwachen aus der geheimnisvollen Verwirrung dieser widerstreitenden Gefühle.

Vier Monate waren so vergangen, Wochen der ungeahntesten Selbststeigerung und Verwandlung. Das Semester sprang seinem Ende zu, mit Furchtgefühl sah ich den nahen Ferien entgegen, denn ich liebte mein Fegefeuer, und die nüchtern ungeistige Häuslichkeit meiner Heimat drohte mir wie Verbannung und Raub. Schon bosselte ich heimliche Pläne, meinen Eltern vorzutäuschen, wichtige Arbeit hielt mich hier zurück, schon flocht ich Lüge und Ausflucht geschickt ineinander, um die Dauer dieser verzehrenden Gegenwart zu verlängern. Aber längst war Zeit und Stunde in anderer Sphäre mir vorgezählt. Und diese Stunde stand über mir unsichtbar, wie der Glockenschlag des Mittags in dem Erze hängt, um dann unvermutet und ernst die müßig Weilenden zu Arbeit oder Abschied zu rufen.

Wie schön begann jener schicksalhafte Abend, wie verräterisch schön! Ich hatte mit beiden bei Tisch gesessen – die Fenster standen offen, und in ihren verdunkelten Rahmen trat allmählich dämmeriger Himmel mit weißen Wolken langsam herein: ein Lindes und Klares ging von ihrem majestätisch hinschwebenden Widerleuchten wesenhaft weiter, bis tief hinab mußte mans fühlen. Wir hatten lässiger, friedfertiger, geschäftiger geplaudert, die Frau und ich, als sonst. Mein Lehrer schwieg über unser Gespräch hinweg; aber sein Schweigen stand gleichsam mit stillgefalteten Flügeln über unserem Gespräch. Verstohlen sah ich ihn von der Seite an, etwas merkwürdig Erhelltes war heute in seinem Wesen, eine Unruhe, aber ohne alle Fahrigkeit, ganz wie in jenen Wolken, den sommerlichen. Manchmal hob er das Weinglas und hielt es gegen das Licht, sich der Farbe zu freuen; und als mein Blick diese Geste freudig begleitete, lächelte er leicht und wendete das Glas mir zum Gruß. Selten hatte ich sein Gesicht dermaßen klar gesehen, seine Bewegungen so rund und gefaßt: beinahe feierlich froh saß er da, als hörte er Musik von der Straße her oder lausche einem unsichtbaren Gespräch. Seine Lippen, sonst ständig umflattert von winzigen Wellen, lagen still und weich wie eine aufgeschälte Frucht, und die Stirn, nun da er sie sanft gegen die Fenster wandte, nahm jene gelinde Helligkeit spiegelnd an sich und dünkte mir schön wie nie. Wunderbar, ihn so befriedet zu sehen: war es Abglanz des reinen Sommerabends, drang von der Mildigkeit der abgetönten Luft ein Wohltätiges in ihn ein, oder leuchtete von innen ein Tröstliches ihm zu – ich wußte es nicht. Aber vertraut, in seinem Antlitz wie in aufgeschlagener Schrift zu lesen, spürte ich nur: heute hatte ein milder Gott ihm die Schrunden und Falten des Herzens geglättet.

Und seltsam feierlich auch, wie er nun aufstand und mit gewohnter Kopfwendung einlud, ihm in sein Studio zu folgen: er ging, der sonst Hastige, sonderbar ernst. Dann wandte er sich noch einmal um, holte – auch dies ungewohnterweise – eine geschlossene Flasche Wein aus dem Spind und trug sie bedächtig hinüber. Genau wie ich schien seine Frau ein Wunderliches in seiner Art zu bemerken, mit staunendem Blick blickte sie von ihrer Näharbeit auf und beobachtete stumm neugierig, da wir nun zur Arbeit hinübergingen, seine ungewohnt gemessene Haltung.

Das Zimmer, wie immer vollkommen abgedunkelt, erwartete uns mit vertrauter Dämmerung, nur die Lampe rundete goldenen Kreis um dies wartende Weiß der gehäuften Blätter. Ich setzte mich an meinen gewohnten Platz und wiederholte die letzten Sätze aus dem Manuskript; immer bedurfte er zur innern Abstimmung den Rhythmus als einer Stimmgabel, um das Wort weiterströmen zu lassen. Aber indes er sonst unmittelbar an den ausschwingenden Satz ansetzte, blieb diesmal der Fortklang aus. Das Schweigen stellte sich breit in den Raum, schon drückte es von den Wänden auf uns als Spannung zurück. Noch schien er nicht ganz gesammelt, denn ich hörte hinter meinem Rücken seinen nervös auf und nieder schreitenden Schritt. »Lesen Sie es noch einmal!« – seltsam, wie unruhig mit einmal die Stimme vibrierte. Ich wiederholte die letzten Absätze: nun setzte er unmittelbar an mein Wort an, ruckhaft, rascher und geschlossener diktierend als sonst. In fünf Sätzen war die Szene gebaut; was er bislang dargestellt, waren die kulturellen Vorbedingungen des Dramas gewesen, ein Fresko zur Zeit, ein Abriß der Geschichte. Nun wandte er mit plötzlichem Ruck sich dem Theater selbst zu, das aus Vagabundentum und Karrenfahrt endlich seßhaft wird und sich eine Heimstatt baut, verbrieft mit Recht und Privilegium, das ›Rose-Theater‹ zuerst und die ›Fortuna‹, hölzerne Bretterbuden für selbst hölzerne Spiele; dann aber zimmern, der weiteren Brust der mannhaft wachsenden Dichtung gemäß, die Werkleute ein neues bretternes Kleid: am Strand der Themse, eingepfählt dem feuchten, wertlosen Schlammgrund, ersteht der ungefüge Holzbau mit dem ungeschlachten sechseckigen Turm, das Globe-Theater, auf dessen Szene Shakespeare, der Meister, erscheint. Wie ausgeworfen vom Meere, ein seltsames Schiff, piratisch rote Flagge am obersten Mast, steht es dort fest angeankert im schlammigen Grund. Im Parterre drängt sich lärmend wie in einem Hafen das niedere Volk, von den Galerien lächelt und plaudert eitel die vornehme Welt herab zu den Schauspielern. Ungeduldig fordern sie den Beginn. Sie stampfen und poltern, klirren mit dem Degenknauf lärmend gegen die Bretter, bis endlich sich zum erstenmal an paar flackernd vorgetragenen Kerzen die niedere Szene erleuchtet, Gestalten, lässig kostümierte, vortreten zu scheinbar improvisierter Komödie. Und da, ich erinnere mich noch heute seiner Worte, »braust plötzlich ein Sturm der Worte auf, jenes Meer, das unendlich der Leidenschaft, das von dieser bretternen Grenze zu allen Zeiten und allen Zonen des menschlichen Herzens seine bluthafte Welle hinschlägt, unerschöpflich, unergründlich, heiter und tragisch, aller Vielfalt voll und der Menschen ureigenstes Bild – das Theater Englands, das Drama Shakespeares«.

Bei diesen erhobenen Worten riß die Rede plötzlich durch. Ein langes dumpfes Schweigen kam. Beunruhigt wandte ich mich um: mein Lehrer stand mit einer Hand den Tisch ankrampfend, in jener ausgeschöpften Gebärde da, die ich an ihm kannte. Aber diesmal hatte die Starre etwas Erschreckendes. Ich sprang auf in der Besorgnis, etwas sei ihm zugestoßen, und fragte ängstlich, ob ich aufhören sollte. Er sah mich nur an, atemlos, unverwandt, starr vorerst. Aber dann stieg der Stern seines Auges wieder blau leuchtend vor, entspannter Lippe trat er auf mich zu – »Nun, haben Sie nichts bemerkt?« – eindringlich sah er mich an. »Was denn?« stammelte ich unsicher. Da tat er einen tiefen Atemzug, lächelte ein wenig; seit Monaten spürte ich wieder jenen umfangreichen, weichen, zärtlichen Blick: »Der erste Teil ist fertig.« Ich hatte Mühe, einen Freudenschrei zu unterdrücken, so heiß durchfuhr mich die Überraschung. Wie hatte ichs übersehen können, ja, das war der ganze Bau, herrlich emporgestuft vom Urgrund der Vergangenheit bis zur Schwelle der Gestaltung: nun konnten sie kommen, Marlowe, Ben Jonson, Shakespeare, sie sieghaft zu überschreiten. Das Werk feierte seinen ersten Geburtstag: hastig eilte ich hin, zählte die Blätter. Hundertsiebzig enggeschriebene Seiten umfaßte dieser erste Teil, der schwerste; denn was nun kam, war freie nachbildende Gestaltung, indes bis nun die Darstellung an historisches Zeugnis eng gefesselt war. Kein Zweifel, er würde es vollenden, sein Werk, unser Werk!

Habe ich gelärmt, bin ich umhergetanzt vor Freude, vor Stolz, vor Glück – ich weiß es nicht. Aber meine Begeisterung muß unvorhergesehene Formen des Überschwangs angenommen haben, denn sein Blick wanderte mir lächelnd nach, indes ich bald die letzten Worte überlas, bald eilfertig die Blätter zählte, sie befaßte, wog und verliebt befühlte und schon in voreiligen Berechnungen phantasierte, wann wir das ganze Werk vollendet haben könnten. Sein gestauter, tief verborgener Stolz, in meiner Freude sah er sich gespiegelt: gerührt, lächelnd blickte er mir zu. Dann kam er langsam ganz, ganz nahe, beide Hände vorgestreckt, heran, faßte die meinen; unbewegt sah er mich an. Allmählich füllten sich seine Pupillen, die sonst nur ein zuckendes Blinkfeuer von Farbe hatten, mit jenem klaren beseelten Blau, das von allen Elementen nur die Tiefe des Wassers und die Tiefe menschlichen Gefühls zu bilden vermögen. Und dieses glanzhafte Blau stieg auf aus den Augensternen, trat vor, drang in mich ein; ich fühlte, wie diese warme Welle von ihnen weich bis in mein Innerstes ging, strömend sich dort verbreiternd und zu seltsamer Lust das Gefühl mir dehnend: die ganze Brust ward mit einmal weit von dieser wölbenden quellenden Gewalt, und ich spürte einen großen Mittag italisch in mir aufgehen. »Ich weiß«, überflog nun seine Stimme diesen Glanz, »daß ich niemals diese Arbeit begonnen hätte ohne Sie, nie werde ich es Ihnen vergessen. Sie haben meiner Mattigkeit den rettenden Schwung gegeben, und was von meinem verstreuten verlorenen Leben nun zurückbleibt, das haben Sie gerettet, Sie allein! Niemand hat mehr für mich getan, keiner so treulich mir geholfen. Und darum sage ich nicht, *Ihnen* habe ich es zu danken, sondern ... *dir* habe ich es zu danken. Komm! Nun wollen wir eine Stunde ganz brüderlich sein!«

Er zog mich sanft zu dem Tisch und nahm die bereitgestellte Flasche. Auch zwei Gläser standen da: als offenkundigen Dank hatte er mir diesen symbolischen Trunk zugedacht. Ich zitterte vor Freude, nichts verwirrt ja gewalttätiger unsern innern Sinn als eines glühenden Wünschens plötzliche Erfüllung. Das Zeichen, dieses offenbarste des Vertrauens, jenes Zeichen, nach dem ich unbewußt mich sehnte, sein Dank hatte das schönste gefunden: das brüderliche Du, hingeboten über die Kluft der Jahre und siebenfach kostbar durch so schwierige Ferne. Schon klirrte die Flasche, die noch stumme Täuferin, die mein ängstliches Gefühl nun für immer im Glauben beschwichtigen wollte, schon klangs mir innen gleich hell wie dieser zitternde klare Ton – da hemmte noch ein kleines Hindernis verzögernd den festlichen Augenblick: die Flasche war verkorkt und kein Pfropfenzieher zur Stelle. Er wollte auf, ihn zu holen, aber seine Absicht erratend, stürmte ich ungeduldig ins Eßzimmer voraus – brannte ich doch dieser Sekunde entgegen als der endlichen Beruhigung meines Herzens, als der offensichtlichsten Beglaubigung seiner Zuneigung.

Wie ich so stürmisch durch die Tür in den beleuchteten Gang hinüberfuhr, stieß ich im Dunkel mit etwas Weichen zusammen, das hastig nachgab: es war die Frau meines Lehrers, die offenbar an der Tür gelauscht hatte. Aber sonderbar: so wuchtig ich auch gegen sie angerannt, sie gab keinen Ton, sie wich nur stumm zurück, und auch ich, unfähig einer Bewegung, schwieg erschrocken. Das dauerte einen Augenblick; beide standen wir stumm, einer vor dem andern beschämt, sie im Lauschen ertappt, ich starr vor der zu unvermuteten Entdeckung. Aber dann ging leiser Schritt im Dunkel, Licht flammte auf, und ich sah sie blaß und herausfordernd mit dem Rücken an den Schrank gelehnt; ihr Blick maß mich ernst, und ein Dunkles, Mahnendes und Drohendes war in ihrer unbeweglichen Haltung. Aber sie sprach kein Wort.

Meine Hände zitterten, als ich nach längerem nervösem, halbblindem Tasten endlich den Pfropfenzieher fand; zweimal mußte ich an ihr vorbei, und jedesmal, wenn ich aufsah, stieß ich an gegen diesen starren Blick, der hart und dunkel glänzte wie poliertes Holz. Nichts an ihr verriet Beschämung, bei dem heimlichen Lauschen an der Tür erspäht worden zu sein; im Gegenteil, schroff und entschlossen funkelte jetzt ihr Auge eine mir unverständliche Drohung zu, und ihre trotzige Gebärde zeigte, daß sie gesonnen sei, nicht von dieser ungeziemlichen Stelle zu weichen und weiter horchende Wacht zu halten. Und diese Überlegenheit des Willens verwirrte mich, unbewußt duckte ich mich unter diesem fest und warnend auf mich gehefteten Blick. Und als ich endlich mit unsicherem Schritt in das

Zimmer zurückschlich, wo mein Lehrer schon ungeduldig die Flasche in Händen hielt, war die eben noch maßlose Freudigkeit ganz eingefrostet zu einer sonderbaren Angst.

Er aber, wie sorglos er mich erwartete, wie heiter sein Blick mir entgegenging: Immer hatte ich geträumt, ihn einmal so sehen zu dürfen, die Wolke entwandert von der schwermütigen Stirn! Aber nun sie zum ersten Male so von Frieden leuchtete, innig mir zugewandt, stockte mir jedes Wort; wie durch geheime Poren rieselte die ganze geheime Freude aus. Verworren, ja beschämt vernahm ich, wie er mir nochmals dankte, nun mit dem vertrauten Du, silbern klangen die Gläser zusammen. Den Arm mir freundschaftlich umbreitend, führte er mich zu den Fauteuils, wir saßen einander gegenüber, locker lag seine Hand in der meinen: zum erstenmal fühlte ich ihn ganz offen und frei im Gefühl. Aber mir versagte das Wort; unwillkürlich tastete ich immer mit dem Blick an die Tür, voll Angst, daß sie dort noch horchend stünde. Sie horcht, dachte ich unablässig, sie horcht auf jedes Wort, das er zu mir spricht, auf jedes, das ich sage: warum gerade heute, warum gerade heute? Und als er, mit jenem warmen Blick mich umfangend, plötzlich sagte: »Ich möchte dir heute von mir, von meiner eigenen Jugend erzählen«, da fuhr ich dermaßen erschreckt mit abwehrend bittender Hand gegen ihn auf, daß er verwundert emporsah. »Nicht heute«, stammelte ich, »nicht heute ... verzeihen Sie.« Der Gedanke war mir zu furchtbar, er könnte sich einem Lauscher verraten, dessen Gegenwart ich ihm verschweigen mußte.

Unsicher sah mein Lehrer mich an. »Was ist dir denn?« fragte er in leiser Verstimmung. »Ich bin müde ... verzeihen Sie ... es hat mich irgendwie überwältigt ... ich glaube«, und dabei stand ich zitternd auf – »Ich glaube, es ist besser, daß ich gehe.« Unwillkürlich bog mein Blick an ihm vorbei zur Tür, wo ich, verborgen im Gebälk, noch immer jene feindliche Neugier auf eifersüchtiger Lauer vermuten mußte.

Schwerfällig hob er sich nun gleichfalls aus dem Fauteuil. Ein Schatten flog über sein mit einmal müd gewordenes Gesicht.

»Willst du wirklich schon gehen ... heute ... gerade heute?« Er hielt meine Hand: ein unmerklicher Zug machte sie schwer. Aber plötzlich ließ er sie brüsk wie einen Stein fallen: »Schade«, stieß er enttäuscht heraus, »ich hatte mich so gefreut, einmal freimütig mit dir zu sprechen! Schade!« Einen Augenblick schwang der tiefe Seufzer wie ein dunkler Schmetterling durch das Zimmer. Ich war voll Scham und einer ratlos unerklärlichen Angst; unsicher trat ich zurück und schloß leise hinter mir die Tür.

Ich tastete mich mühsam hinauf in mein Zimmer und warf mich auf das Bett. Aber ich konnte nicht schlafen. Nie hatte ich so stark gespürt, daß nur mit dünner Mauerwand meine Wohnwelt über der ihren hing, einzig abgehoben durch das undurchlässige dunkle Gebälk. Und nun spürte ich magisch mit spitzgeschliffenen Sinnen sie beide jetzt unten wachen, ich sah, ohne zu sehen, ich hörte, ohne zu hören, wie er jetzt unten in seinem Zimmer unruhig auf und ab ging, indes sie irgendwo anders stumm saß oder horchend umhergeisterte. Aber ich spürte ihre beiden Augen offen, und ihr Wachsein ging grauenvoll in mich ein: ein Alp, lag plötzlich das ganze schwere schweigende Haus mit seinen Schatten und Schwärze auf mir.

Ich warf die Decke ab. Meine Hände glühten. Wohin war ich geraten? Ganz nahe hatte ich das Geheimnis gespürt, seinen heißen Atem schon hart im Gesicht, und nun war es wieder fern, aber sein Schatten, sein schweigender undurchsichtiger Schatten, noch ging er raunend um, ich fühlte ihn gefährlich im Haus, schleichend wie eine Katze auf leisen Pfoten, immer da, zuspringend und abspringend, immer mit seinem elektrischen Fell anstreifend und verwirrend, warm und doch gespensterhaft. Und immer spürte ich aus dem Dunkeln seinen umfangenden Blick, weich wie seine dargebotene Hand, und jenen andern, den scharfen, drohenden und erschreckten seiner Frau. Was sollte ich in ihrem Geheimnis, was stellten die beiden mich in der Mitte ihrer Leidenschaft mit verbundenen Augen, was jagten sie mich in ihren unfaßbaren Zwist und drängten mir jeder sein brennendes Bündel von Zorn und Haß in die Sinne?

Noch immer glühte mir die Stirn. Ich warf mich hoch und stieß das Fenster auf. Draußen lag friedlich unter sommerlichem Gewölk die Stadt; noch leuchteten Fenster vom Scheine der Lampe, aber die dort saßen, einte friedliches Gespräch, wärmte ein Buch oder häusliche Musik. Und wo hinter den weißen Fensterrahmen schon Dunkel stand, gewiß, dort atmete beruhigter Schlaf. Über allen diesen ruhenden Dächern schwebte wie der Mond in silbrigem Dunste ein mildes Ruhn, eine entlockerte, sanft niedergeschwebte Stille, und die elf Schläge der Turmuhr fielen ihnen allen ohne Wucht in das zufällig lauschende oder träumende Ohr. Nur ich hier im Haus spürte noch Wachsein, böse Umlagerung fremder Gedanken. Fiebernd mühte sich ein innerer Sinn, dies wirre Raunen zu verstehen.

Plötzlich schrak ich zurück. War das nicht Schritt auf der Treppe? Ich richtete mich lauschend auf. Und wirklich, es tappte da etwas wie blind, Stufen steigend, vorsichtigen, zögernden, unsicheren Schritts: ich kannte dies Ächzen und Stöhnen im ausgetretenen Holz. Nur zu mir konnte dieser Schritt kommen, nur zu mir, wohnte doch keiner sonst hier oben im Giebel außer der tauben alten Frau, die längst schlief und niemanden empfing. War es mein Lehrer? Nein, das war nicht sein stolprig hastiger Gang; dieser Schritt da zögerte und zottelte feig – jetzt wiederum! – bei jeder Stufe: ein Einschleicher, ein Verbrecher mochte so nahen, nicht aber ein Freund. Ich horchte dermaßen angespannt, daß mir die Ohren dröhnten. Und mit. einmal fuhr es wie Frost mir die nackten Beine empor.

Da knackte leise das Schloß: schon mußte er bei der Tür sein, der unheimliche Gast. Ein dünner Luftzug auf meine nackten Zehen zeigte, daß die äußere Tür geöffnet war, den Schlüssel aber hatte er, nur er, mein Lehrer. Doch wenn er – warum so zaghaft, so fremd? War er besorgt, wollte er nach mir sehen? Und warum zögerte dieser unheimliche Gast jetzt draußen im Vorraum, denn erstarrt war mit einmal der diebisch anschleichende Schritt. Und ebenso erstarrt stand ich selbst vor Grauen. Mir war, als müßte ich schreien, doch die Kehle klebte mir schleimig zu. Ich wollte aufschließen; die Füße staken starr mir im Boden. Nur eine dünne Wand war jetzt noch zwischen uns beiden, zwischen mir und dem unheimlichen Gast, aber nicht er tat einen Schritt und nicht ich einen, dem andern entgegen.

Da schlug die Glocke vom Turm: einen Schlag nur, Viertel zwölf. Aber er löste meine Starre. Ich riß die Tür auf.

Und wirklich, da stand mein Lehrer, die Kerze in der Hand. Der Luftzug der brüsk aufgeschwungenen Tür ließ die Flamme blau emporspringen, und hinter ihm taumelte, riesenhaft losgerissen von seinem starren Dastehen, der zuckende Schatten wie ein Trunkenbold quer über die Wand. Aber auch er selbst machte, als er mich sah, eine Bewegung; er zog sich zusammen wie ein Mensch, der von einem jähen Luftzug aus dem Schlaf geschreckt, unwillkürlich die Decke fröstelnd an sich heranzieht. Dann erst wich er zurück, die Kerze schwankte tropfend in seiner Hand.

Ich zitterte, tödlich erschrocken: »Was ist Ihnen?« konnte ich nur stammeln. Er sah mich an, ohne zu sprechen, auch ihm würgte etwas das Wort. Endlich stellte er die Kerze auf die Kommode, und sofort beruhigte sich das fledermaushaft im Raum umflatternde Schattenspiel. Schließlich stammelte er: »Ich wollte … ich wollte …«

Wieder blieb die Stimme ihm stecken. Er stand und sah zu Boden wie ein ertappter Dieb. Unerträglich war diese Angst, dieses Dastehen, ich im Hemd, zitternd vor Frost, er, in sich hineingebückt, wirr vor Beschämung.

Plötzlich gab sich die schwache Gestalt einen Ruck. Er trat auf mich zu: ein Lächeln, böse, faunisch, ein Lächeln, das nur aus den Augen gefährlich glitzerte, indes die Lippen sich enge verpreßten, ein Lächeln grinste mich wie eine fremde Maske erst starr an einen Augenblick – dann stieß spitz wie gespaltene Schlangenzunge die Stimme vor: »Ich wollte Ihnen nur sagen … wir lassen lieber das Du … Das … das … paßt sich nicht zwischen einem Mulus und seinem Lehrer … verstehen Sie? … Man muß Distanz halten … Distanz … Distanz.«

Und dabei sah er mich an, so voll Haß, so voll beleidigender ohrfeigender Bosheit, daß seine Hand sich unwillkürlich krallte. Ich taumelte zurück. War er wahnsinnig? War er betrunken? Er stand da, die Faust geballt, als ob er sich auf mich werfen wollte oder mir ins Gesicht schlagen.

Aber eine Sekunde nur währte dies Grauen, dann stürzte dieser stoßhafte Blick in sich krumm zusammen. Er wandte sich um, murmelte etwas, das wie eine Entschuldigung klang, faßte die Kerze. Ein schwarzer, dienstfertiger Teufel, fuhr der schon zu Boden geduckte Schatten wieder auf und wirbelte ihm voraus zur Tür. Und dann ging er selbst, ehe ich die Kraft beisammen hatte, ein Wort zu erdenken. Die Tür fiel hart ins Schloß; und schwer und gequält knirschte die Treppe unter seinen gleichsam stürzenden Schritten.

Ich werde diese Nacht nicht vergessen; ein kalter Zorn wechselte wild mit einer ratlos glühenden Verzweiflung. Wie Raketen fuhren mir die Gedanken grell durcheinander. Warum martert er mich, fragte meine zerrende Qual sich hundertmal, warum haßt er mich so, daß er eigens des Nachts die Treppe sich emporschleicht, nur um mir dann feindselig solche Beleidigung ins Gesicht zu schlagen? Was hatte ich ihm getan, was sollte ich tun? Wie ihn versöhnen, ohne zu wissen, wie ich ihn gekränkt? Ich warf mich glühend ins Bett, stand auf, grub mich wieder unter die Decke, immer aber stand jenes gespenstige Bild vor mir, mein Lehrer, schleichend und von meiner Gegenwart verwirrt, und hinter ihm, rätselhaft fremd, dieser ungeheure Schatten, hintaumelnd an der Wand.

Als ich dann morgens nach kurzer schwacher Versunkenheit erwachte, beredete ich mich zuerst, geträumt zu haben. Aber auf der Kommode klebten noch rund und gelb die abgetropften Stearinflecken der Kerze. Und mitten in das strahlend helle Zimmer stellte immer wieder und wieder mein gräßliches Erinnern den diebisch emporgeschlichenen Gast dieser Nacht.

Ich ging den ganzen Vormittag nicht aus. Der Gedanke, ihm

zu begegnen, zerknickte meine Kraft. Ich versuchte zu schreiben, zu lesen; nichts gelang. Meine Nerven waren unterminiert, jeden Augenblick konnten sie ausfahren in einen schütternden Krampf, ein Schluchzen, ein Brüllen – sah ich doch meine eigenen Finger zittern wie fremdes Geblätter an einem Baum, unfähig, ihnen Ruhe zu gebieten, und die Kniekehlen wankten, als seien ihre Sehnen durchschnitten. Was tun? Was tun? Ich durchfragte mich bis zur Erschöpfung; das Blut flirrte mir schon in den Schläfen und blau unter dem Blick. Aber nur nicht fort, nur nicht hinab, nur nicht plötzlich ihm gegenüberstehen, ohne sicher zu sein, ohne wieder Kraft in den Nerven zu haben. Von neuem warf ich mich auf das Bett, hungrig, verwirrt, ungewaschen, verstört, und wieder versuchten meine Sinne sich hindurchzudenken durch das dünne Mauerwerk: wo saß er jetzt, was tat er, war er wach wie ich, verzweifelt wie ich selbst?

Es wurde Mittag, und noch lag ich im Feuerbett meiner Verworrenheit, da hörte ich endlich einen Schritt auf der Treppe. Alle Nerven klirrten Alarm: dieser Schritt jedoch ging leicht, unbesorgt, nahm zwei Stufen auf einmal in fliegendem Sprung – jetzt rührte eine Hand schon pochend die Tür. Ich sprang auf, ohne zu öffnen: »Wer ist es?« fragte ich. »Warum kommen Sie denn nicht zum Essen?« antwortete etwas ärgerlich die Stimme seiner Frau. »Sind Sie krank?« – »Nein, nein«, stotterte ich verwirrt, »ich komme schon, ich komme schon.« Und nun blieb mir nichts übrig, als rasch in meine Kleider zu fahren und hinunterzugehen. Aber ich mußte mich an das Geländer der Treppe halten, so taumelten mir die Glieder.

Ich trat ins Speisezimmer. Vor dem einen der beiden Gedecke wartete die Frau meines Lehrers und grüßte mit leichtem Vorwurf, daß ich mich mahnen ließe. Sein eigener Platz war leer. Ich fühlte das Blut mir zu Kopf steigen. Was bedeutete dieses unvermutete Wegbleiben? Fürchtete er die Begegnung noch mehr als ich selbst? Schämte er sich oder wollte er hinfort nicht mehr den Tisch mit mir teilen? Endlich entschloß ich mich zu fragen, ob der Professor nicht käme.

Erstaunt blickte sie empor: »Wissen Sie denn nicht, daß er heute morgen weggefahren ist?« – »Weggefahren«, stammelte ich, »wohin?« Sofort spannte sich ihr Gesicht: »Das hat mein Mann nicht geruht mir mitzuteilen, wahrscheinlich – wieder einer seiner üblichen Ausflüge.« Dann wandte sie sich plötzlich scharf und fragend mir zu. »Aber daß *Sie* das nicht wissen? Er ist doch gestern nachts noch eigens zu Ihnen hinaufgegangen – ich dachte, das sei, um Abschied zu nehmen ... Seltsam, wirklich seltsam ... daß er auch Ihnen nichts gesagt hat.«

»Mir« – nur einen Schrei konnte ich herausstoßen. Und dieser Schrei riß zu meiner Scham, zu meiner Schande alles mit, was die letzten Stunden so gefährlich aufgestaut. Plötzlich fuhr es aus mir heraus, ein Schluchzen, ein heulender tobender Krampf – ich erbrach einen gurgelnden Schwall von übereinanderstürzenden Worten und Schreien als eine einzige ineinandergequirlte Masse wirrer Verzweiflung, ich weinte, nein, ich schüttelte, ich schwemmte in hysterischem Schluchzen die ganze zurückgestaute Qual aus zuckendem Munde. Die Fäuste trommelten irr auf dem Tisch, ein reizbar rasendes Kind, tobte ich aus, das Gesicht von Tränen überströmt, was seit Wochen wie ein Gewitter über mir hing. Und indes ich Erleichterung empfand in diesem tobenden Vorsturz, spürte ich zugleich grenzenlose Scham vor ihr dermaßen mich zu verraten.

»Was haben Sie! Um Gottes willen!« Sie war aufgesprungen, fassungslos. Dann aber eilte sie rasch herzu, führte mich vom Tisch zum Sofa. »Legen Sie sich hin! Beruhigen Sie sich.« Sie streichelte meine Hände, sie fuhr über mein Haar, indes nach wellende Stöße noch immer meinen zitternden Leib rüttelten. »Quälen Sie sich nicht, Roland – lassen Sie sich nicht quälen. Ich kenne das alles, ich habe es kommen gefühlt.« Sie strich noch immer mein Haar. Aber plötzlich wurde ihre Stimme hart. »Ich weiß es selbst, wie er einen verwirren kann, niemand weiß es besser. Aber glauben Sie mir, immer wollte ich Sie warnen, als ich sah, daß Sie sich ganz an ihn hielten, der selbst ohne Halt ist. – Sie kennen ihn nicht, Sie sind blind. Sie sind ein Kind – Sie ahnen nichts, ja heute, heute noch immer nichts. Oder vielleicht haben Sie heute zum erstenmal begonnen, etwas zu verstehen – um so besser dann für ihn und für Sie.«

Sie blieb warm über mich gebeugt, ich fühlte wie aus einer gläsernen Tiefe ihre Worte und den schmerzeinschläfernden Strich beruhigender Hände. Das tat wohl, endlich, endlich wieder einmal ein Hauch Mitleid zu fühlen, und dann auch dies, endlich wieder mal eine Frauenhand zärtlich nah zu spüren, beinahe mütterlich. Vielleicht auch das hatte ich allzulange entbehrt, und nun ich, durch den Schleier der Trübnis, Teilnahme einer zärtlich bemühten Frau empfing, überkam mich Wohliges mitten im Schmerz. Aber doch, wie schämte ich mich, wie schämte ich mich dieses verräterischen Anfalles, dieser preisgegebenen Verzweiflung! Und wider meinen Willen geschahs, daß ich, mühsam mich aufrichtend, nun in stürzender stockender Flut nochmals anklagend herausschrie, was er alles an mir getan – wie er mich zurückgestoßen und verfolgt und wieder angezogen, wie er sich hart stellte wider mich ohne Grund, ohne Ursache – ein Peiniger, an den ich doch liebend gebunden war, den ich liebend haßte und hassend liebte. Wieder begann ich dermaßen mich zu erregen, daß sie von neuem mich beruhigen mußte. Wieder drückten mich weiche Hände sachte auf die Ottomane zurück, von der ich eifernd aufgesprungen. Endlich ward ich ruhiger. Sie schwieg merkwürdig nachdenklich: ich spürte, daß sie alles verstand und vielleicht noch mehr als ich selbst …

Ein paar Minuten band uns dieses Schweigen. Dann stand die Frau auf. »So – jetzt waren Sie lang genug Kind, jetzt seien Sie wieder Mann. Setzen Sie sich her an den Tisch und essen Sie. Es ist nichts Tragisches geschehen – ein Mißverständnis, das sich klären wird«, und als ich irgendwie abwehrte, fügte sie heftig hinzu: »Es wird sich klären, denn ich lasse Sie nicht länger so hinziehen und verwirren. Da muß ein Ende sein, er muß schließlich ein wenig sich beherrschen lernen. Sie sind zu gut für seine abenteuerlichen Spiele. Ich werde mit ihm sprechen, verlassen Sie sich auf mich. Jetzt aber kommen Sie zu Tisch.«

Beschämt und willenlos ließ ich mich zurückführen. Sie redete mit einer gewissen Hast und Eilfertigkeit von gleichgültigen Dingen, und ich war ihr innerlich dankbar dafür, daß sie meinen unbeherrschten Ausbruch gleichsam überhört und schon wieder vergessen zu haben schien. Morgen sei Sonntag, drängte sie, da mache sie gemeinsam mit dem Dozenten W. und seiner Braut einen Ausflug an einen nachbarlichen See, ich solle mitkommen, mich erheitern, mich von den Büchern befreien. All mein Unbehagen verrate nur Überarbeitung und Überreiztheit der Nerven; einmal im Wasser oder in Wanderschaft, würde mein Körper sofort wieder das Gleichgewicht finden.

Ich versprach, zu kommen. Alles, nur jetzt nicht Einsamkeit, nur nicht mein Zimmer, nur nicht diese im Dunkel umkreisenden Gedanken. »Und bleiben Sie auch nachmittags heute nicht zu Hause! Gehen Sie spazieren, rennen Sie sich aus, amüsieren Sie sich!« drängte sie nach. ›Seltsam‹, dachte ich, ›wie sie meine innersten Gefühle errät, wie sie immer, die mir doch fremd ist, weiß, was mir not tut und weh tut, indes er, der Wissende, mich verkennt und zerschlägt.‹ Auch dies versprach ich ihr. Und dankbar aufsehend, fand ich ein neues Gesicht: das Spöttische, Übermütige, das ihr sonst etwas von einem frechen lockeren Jungen gab, war vergangen in einem weichen teilnehmenden Blick: niemals hatte ich sie derart ernst gesehen. ›Warum blickt er mich nie so gütig an?‹ fragte sich sehnsüchtig in mir ein verworrenes Gefühl. ›Warum fühlt er niemals, wenn er mir weh tut? Warum hat er nicht so hilfreiche, so zärtliche Hände an mein Haar, an die meinen gelegt?‹ Dankbar küßte ich die ihre, die sie unruhig, fast heftig mir entzog. »Quälen Sie sich nicht«, wiederholte sie noch einmal, und ihre Stimme beugte sich nah heran.

Aber dann kam wieder das Harte in ihre Lippen; schroff sich aufrichtend, stieß sie leise heraus: »Glauben Sie mir, er verdient es nicht.«

Und dieses Wort, kaum hörbar geflüstert, stieß wieder Schmerz in das beinahe schon beruhigte Herz.

Was ich an jenem Nachmittag und Abend zunächst begann, scheint derart lächerlich und kindisch, daß ich mich jahrelang geschämt habe, daran zu denken – ja daß eine innere Zensur mir jedes Erinnern daran sofort hastig abblendete. Nun, heute schäme ich mich jener ungeschickten Tölpeleien nicht mehr – im Gegenteil, wie sehr verstehe ich heute den unbändigen, wirr leidenschaftlichen Jungen, der sich gewaltsam hinüberturnen wollte über die eigene Unsicherheit seines Gefühls.

Wie vom Ende eines ungeheuer langen Ganges, wie durch ein Teleskop sehe ich mich selbst: den zerfahrenen, verzweifelten Jungen, der in sein Zimmer hinaufsteigt und nicht weiß, was er gegen sich selbst beginnen will. Und der plötzlich in den Rock fährt, sich einen andern Gang anstrafft, wild entschlossene Gesten aus sich holt und dann plötzlich mit gewaltsam energischem Schritt auf die Straße geht. Ja, das bin ich, ich erkenne mich, ich weiß jeden Gedanken dieses dummen, verquälten, armen Jungen von damals, ich weiß: plötzlich habe ich mich aufgestrafft, vor dem Spiegel sogar, und mir gesagt: »Ich pfeif auf ihn! Hol ihn der Teufel! Was quäle ich mich wegen des alten Narren! Sie hat recht: lustig sein, sich einmal amüsieren! Vorwärts!«

Wirklich, so bin ich damals auf die Straße gegangen. Es war ein Ruck, um mich zu befreien – und dann ein Rennen, ein einziges feiges Davonlaufen vor der Erkenntnis, daß diese fröhliche Festigkeit gar nicht so fröhlich sei und der Eisblock, der starre, mir noch ebensoschwer über dem Herzen hing. Ich weiß noch, wie ich ging, den schweren Stock fest in der Hand, scharf jeden Studenten fixierend; in mir wütete eine gefährliche Lust, mit irgend jemand Streit vom Zaun zu brechen, den ohne Ausweg umherirrenden Zorn in den Erstbesten hineinzuprügeln, der mir gerade in den Weg kam. Aber günstigerweise würdigte mich niemand einer Aufmerksamkeit. So steuerte ich zu jenem

Café, wo meist meine Kameraden aus dem Seminar beisammensaßen, bereit, mich unaufgefordert an ihren Tisch zu setzen und die geringste Stichelei zum Anlaß einer Provokation zu nehmen. Doch wiederum stieß meine rauferische Bereitschaft ins Leere – der schöne Tag hatte die meisten zu Ausflügen verlockt, und die zwei oder drei, die dort beisammensaßen, grüßten höflich und boten meiner fiebrigen Gereiztheit nicht den geringsten Vorwand. Verärgert stand ich bald auf und ging nun in ein gar nicht mehr zweifelhaftes Lokal der Vorstadt, wo bei dröhnender Damenkapellenmusik der Abhub der amüsierlustigen Kleinstädter zwischen Bier und Qualm knollig beisammen drängte. Ich stürzte zwei, drei Gläser hastig hinunter, lud mir eine übelberüchtigte Weibsperson und ihre Freundin, gleichfalls eine geschminkte dürre Halbweltlerin an meinen Tisch und hatte eine krankhafte Freude, mich recht auffallend zu benehmen. Jeder kannte mich in der kleinen Stadt, jeder wußte, daß ich der Schüler des Professors war; jene wiederum machten sich durch freche Tracht und ihr Benehmen unverkennbar – so genoß ich die läppische verlogene Lust, mich und (wie ich tölpisch meinte) damit auch ihn zu kompromittieren; mögen sie nur sehen, dachte ich, daß ich auf ihn pfeife, daß ich mich nicht kümmre um ihn – und vor allen Leuten hofierte ich diese dickbusige Weibsperson in der taktlosesten, schamlosesten Art. Es war ein Rausch wütiger Bosheit und bald auch ein wirklicher Rausch, denn wir tranken alles wild durcheinander, Wein, Schnaps, Bier, und stießen so wüst um uns, daß Sessel zu Boden fielen und die Nachbarn vorsichtig abrückten. Aber ich schämte mich nicht, im Gegenteil; er soll es nur erfahren, wütete ich Narr, er soll sehen, wie gleichgültig er mir ist, ah, ich bin nicht traurig, nicht gekränkt – im Gegenteil: »Wein her, Wein!« klirrte ich mit der Faust auf den Tisch, daß die Gläser zitterten. Schließlich zog ich mit beiden ab, rechts die eine am Arm, links die andere, quer durch die Hauptstraße, wo die gewohnte Korsostunde um neun Uhr Studenten und Mädchen, Bürger und Militär zu stillbehaglichem Bummel vereinte: ein schwankes, schmieriges Kleeblatt, randalierten wir drei auf dem Fahrdamm derart laut daher, daß endlich ein Schutzmann geärgert herantrat und uns energisch Ruhe gebot. Was dann weiter geschah, vermag ich nicht mehr genau zu schildern – ein blauer fuseliger Dunst verqualmt mir die Erinnerung, ich weiß nur, daß ich, angeekelt von den beiden betrunkenen Weibsbildern und selbst kaum mehr mächtig meiner Sinne, mich von ihnen loskaufte, noch irgendwo Kaffee und Kognak trank, vor dem Gebäude der Universität zum Gaudium herbeigelaufener Burschen eine Philippika gegen die Professoren hielt. Dann wollte ich, aus dem dumpfen Instinkt, mich noch mehr zu besudeln und ihm – wahnwitziger Gedanke eines wirr-leidenschaftlichen Zornes! – einen Tort zu tun, in ein öffentliches Haus, aber ich fand nicht den Weg und torkelte schließlich verdrossen heim. Das Tor aufzuschließen bereitete meiner taperigen Hand Mühe, mit arger Not schleppte ich mich die ersten Stufen hinauf.

Aber dann, vor seiner Tür, fiel, als sei mir der Kopf plötzlich in eiskaltes Wasser getaucht, der ganze dumpfe Rausch ab. Mit einmal nüchtern, starrte ich meiner eigenen, ohnmächtig wütenden Narrheit ins verzerrte Gesicht. Scham duckte mich zusammen. Und ganz leise, ganz kriecherisch wie ein geprügelter Hund, nur daß niemand mich höre, schlich ich in mein Zimmer hinauf.

Wie ein Toter hatte ich geschlafen; als ich aufwachte, überschwemmte Sonne schon den Fußboden und stieg langsam bis zum Bettrand empor, mit einem Ruck stieß ich mich heraus. Im schmerzenden Kopf zuckte allmählich Erinnerung an den gestrigen Abend auf; aber ich drückte die Scham zurück, ich wollte mich nicht mehr schämen. Seine Schuld war es doch, redete ich mir geflissentlich zu, seine Schuld allein, wenn ich so mich verluderte. Ich beruhigte mich, dies Gestrige sei nur ein rechter studentischer Spaß gewesen, wohl erlaubt einem, der seit Wochen und Wochen nichts als Arbeit und Arbeit gekannt; aber mir ward nicht wohl bei der eigenen Rechtfertigung, und ziemlich beklommen stieg ich in kleinmütiger Haltung hinab zu der Frau meines Lehrers, meines gestrigen Ausflugsversprechens gedenkend.

Seltsam: kaum daß ich an die Klinke seiner Tür rührte, war Er wieder gegenwärtig in mir, damit aber auch schon jener brennende, unvernünftig wühlende Schmerz, jene wütige Verzweiflung. Ich klopfte leise, seine Frau kam mir entgegen mit seltsam weichem Blick: »Was treiben Sie für Unsinn, Roland?« sagte sie, doch eher mitleidig als vorwurfsvoll. »Warum quälen Sie sich so!« Ich stand bestürzt: so hatte auch sie bereits von meinem narrenhaften Treiben gehört. Doch sie munterte sofort meine Verlegenheit auf: »Heute aber wollen wir vernünftig sein. Um zehn Uhr kommt Dozent W. und seine Braut, dann fahren wir hinaus und rudern und schwimmen alle Dummheiten tot.« Noch wagte ich ganz ängstlich die unnötige Frage, ob der Professor zurückgekommen sei. Sie sah mich an, ohne zu antworten, wußte ich doch selbst, daß die Frage vergeblich war.

Pünktlich um zehn Uhr rückte der Dozent an, ein junger Physiker, der, als Jude in der akademischen Gesellschaft ziemlich isoliert, eigentlich der einzige verblieb, der mit uns Abgesonderten verkehrte; ihn begleitete seine Braut, wahrscheinlich wohl eher seine Geliebte, ein junges Mädel, der das Lachen unablässig vom Mund fuhr, einfältig und ein wenig dalbrig, aber darum die rechte Gesellschaft für eine solche improvisierte Eskapade. Wir fuhren zuerst, ununterbrochen essend, plaudernd und einander zulachend, mit der Bahn zu einem nahegelegenen winzigen See, und die Wochen angestrengten Ernstes hatten mich aller gesprächiger Heiterkeit dermaßen entwöhnt, daß schon diese eine Stunde mich wie ein leichter prickelnder Wein berauschte. Wirklich, es gelang ihnen vollkommen mit ihrem kindisch übermütigen Treiben, meine Gedanken von der dunkel quellenden Wabe wegzulocken, die sie sonst immer summend umkreisten, und kaum, daß ich ins Freie tretend, bei einem zufälligen Wettrennen mit dem jungen Mädchen meine Muskeln wieder spürte, so war ich wieder der straffe, unbesorgte Bursche von ehedem.

Am See nahmen wir zwei Ruderboote, die Frau meines Lehrers steuerte das meine, in dem andern teilte der Dozent mit seiner Freundin den Ruderplatz. Und kaum abgestoßen, kam schon die sporthaft wetteifernde Lust über uns, einander zu überholen, wobei ich freilich im Nachteil war, denn indes jene zu zweit ruderten, mußte ich allein gegen beide ankämpfen; aber den Rock von mir werfend, legte ich mich, ein gelernter Athlet dieses Sports, so mächtig in die Riemen, daß ich immer wieder dem Nachbarboot mit wuchtigen Schlägen vorkam. Ununterbrochen hagelte es hinüber und herüber von anfeuernden Spottreden, einer reizte den andern, und achtlos der glühenden Julihitze, gleichgültig gegen den Schweiß, der uns schmählich überströmte, roboteten wir unbändige Galeerensträflinge unserer Sportlust hitzig gegeneinander. Endlich war das Ziel nahe, eine bewaldete kleine Landzunge am See: noch wütiger legten wir uns ins Zeug, und zum Triumph meiner Mitfahrenden, die selbst von dem wetteifernden Spiel gepackt war, knirschte unser Kiel zuerst an den Strand. Ich stieg aus, heiß, überströmt, berauscht von der ungewohnten Sonne, vom klingend erregten Blut, von der Freude des Erfolges: das Herz hämmerte mir aus der Brust, die Kleider klebten schwitzig eng am Körper. Dem Dozenten erging es nicht besser, und statt belobt, wurden wir verbissene Kämpen von den übermütigen Frauen wegen unseres Schnaubens und ziemlich pitoyablen Aussehens noch ausgiebig belacht. Endlich gewährten sie uns eine Frist, um uns abzukühlen; unter Scherzworten wurden zwei Abteilungen, ein Herren- und Damenbad, improvisiert – rechts und links vom Gebüsch. Wir zogen rasch die Schwimmkleider an, hinter dem Gebüsch blitzten blanke Wäsche und nackte Arme, und schon plätscherten, inden wir uns gleichfalls rüsteten, die beiden Frauen wohlig ins Wasser. Der Dozent, weniger ermattet als ich, der einer gegen sie beide gesiegt, sprang sofort ihnen nach, ich aber, der ein wenig zu scharf gerudert und das Herz noch vehement gegen die Rippen hämmern fühlte, legte mich vorerst gemächlich in den Schatten und ließ wohlig die Wolken über mich hinziehen, das summende süße Brausen der Müdigkeit wollüstig genießend im umrollenden Blut.

Doch schon nach wenigen Minuten begann ein stürmisches Rufen vom Wasser her: »Roland, vorwärts! Wettschwimmen! Preisschwimmen! Preistauchen!« Ich rührte mich nicht: mir war, als könnte ich tausend Jahre so liegen bleiben, die Haut sanft brennend von der einsickernden Sonne und gleichzeitig gekühlt von zart anstreifender Luft. Aber wieder flatterte Lachen her, die Stimme des Dozenten: »Er streikt! Den haben wir gründlich abgekappt! Holen Sie den Faulenzer.« Und wirklich, schon hörte ich ein Näherplätschern und jetzt von ganz nah ihre Stimme: »Roland, vorwärts! Wettschwimmen! Wir müssens den beiden zeigen!« Ich antwortete nicht, mir machte es Spaß, mich suchen zu lassen. »Wo sind Sie denn?« Schon knirschte der Kies, ich hörte nackte Sohlen suchend den Strand ablaufen, und plötzlich stand sie vor mir, angestrafft das nasse Schwimmkleid um den knabenhaft schlanken Körper. »Da sind Sie. Ach, wie träge! Aber jetzt vorwärts, Faulenzer, die andern sind schon fast drüben bei der Insel.« Ich lag wohlig auf dem Rücken, dehnte mich faul: »Es ist viel schöner hier. Ich komme später nach.«

»Er will nicht«, trompetete sie lachend durch die hohle Hand in die Richtung des Wassers hinüber. »Hinein mit dem Prahlhans!« hallte von weither die Stimme des Dozenten zurück. »Also kommen Sie«, drängte sie ungedulgig, »blamieren Sie mich nicht.« Aber ich gähnte nur träge. Da brach sie spaßend und geärgert zugleich eine Gerte vom Strauch. »Vorwärts!« wiederholte sie energisch und strich mir mit aufmunterndem Hieb über den Arm. Ich fuhr auf: sie hatte zu scharf getroffen, ein dünner Strich wie von Blut lief rot über meinen Arm. »Jetzt erst recht nicht«, sagte ich, gleichfalls spaßend und leicht erbittert zugleich. Aber nun, in wirklichem Zorn, befahl sie: »Kommen Sie! Sofort!« und als ich aus Trotz mich nicht rührte, schlug sie nochmals und jetzt heftiger einen scharfen brennenden Hieb. Mit einem Ruck sprang ich wütig auf, ihr die Gerte zu entreißen, sie wich zurück, aber ich packte ihren Arm. Unwillkürlich gerieten in dem Ringen um die Gerte unsere halbnackten Körper nah aneinander. Und als ich jetzt ihren Arm packte und das Gelenk drehte, um sie zu zwingen, die Gerte fallen zu lassen, und die Ausweichende sich weit zurückbog, da knackte es plötzlich – die haltende Achselspange ihres Schwimmkleids war gerissen, die linke Hülle fiel von ihrem entblößten Busen, starr und rot stach mir die Knospe ihrer Brust entgegen. Unwillkürlich blickte ich hin, eine Sekunde bloß, aber es verwirrte mich: zitternd und beschämt ließ ich ihre umklammerte Hand. Sie wandte sich errötend, mit einer Haarnadel die zerrissene Spange notdürftig zusammenzurichten. Ich stand dabei und wußte nichts zu sagen. Auch sie schwieg. Und von diesem Augenblick war eine würgende, erstickte Unruhe zwischen uns beiden.

»Hallo … Hallo … Wo seid ihr denn?« – schon vor der kleinen Insel hallten die Stimmen herüber. »Ja, ich komme schon«, antwortete ich hastig und warf mich, froh, einer neuen Verwirrung zu entrinnen, mit einem Schwung hinein ins Wasser. Ein paar Tauchstöße, die begeisternde Lust des Sich-selber-Fortstoßens, Klarheit und Kälte des unfühlsamen Elements, und schon schien dieses gefährliche Rieseln und Zischen des Blutes wuchtig weggeschwemmt von stärkerer, hellerer Lust. Ich holte bald die beiden ein, forderte den schwächlichen Dozenten zu einer Reihe von Wettkämpfen, in denen ich obsiegte, wir schwammen zurück zur Landzunge, wo die Zurückgebliebene bereits angekleidet uns erwartete, um dann aus mitgebrachten Körben ein Picknick im Freien heiter zu veranstalten. Aber so übermütig die Scherzrede zwischen uns vieren die Runde ging, unwillkürlich hatten wir beide vermieden, das Wort aneinander zu richten: wir sprachen, wir lachten gleichsam über uns hinweg. Und wenn unsere Blicke sich begegneten, wichen sie in ungesprochener Gleichempfindung hastig aus: die Peinlichkeit jenes

Zwischenfalls war noch nicht geglättet, und einer spürte des andern Erinnern mit beschämter Beunruhigung.

Der Nachmittag verging dann rasch mit erneuter Ruderpartie, aber die Hitzigkeit der sportlichen Leidenschaft gab immer mehr einer wohligen Ermüdung nach: der Wein, die Wärme, die eingesogene Sonne filterte sich mählich tiefer ins Blut und gab ihm röteren Gang. Schon erlaubten sich der Dozent und seine Freundin kleine Vertraulichkeiten, die wir beide mit einer gewissen Peinlichkeit dulden mußten, sie rückten immer näher zusammen, während wir um so ängstlicher Distanz bewahrten; aber das Paarhafte formte sich schon dadurch bewußter heraus, daß jene beiden Übermütigen im Waldweg gerne zurückblieben, offenbar um sich ungestörter zu küssen, und während dieses Alleingelassenseins hemmte immer ein Befangensein unser Gespräch. Schließlich waren wir alle vier zufrieden, wieder im Zuge zu sein, jene im Vorgefühl bräutlichen Abends, wir, endlich derart peinlichen Situationen zu entrinnen.

Der Dozent und seine Freundin begleiteten uns bis zur Wohnung. Die Treppe stiegen wir allein hinauf; kaum ins Haus getreten, spürte ich wieder die quälende, sehnsüchtig wirre Mahnung seiner Gegenwart. ›Wäre er doch schon zurück!‹ dachte ich ungeduldig. Und gleichsam, als ob sie den ungebrochenen Seufzer mir von der Lippe gelesen, sagte sie: »Wir wollen doch sehen, ob er schon zurück ist.«

Wir traten ein. Die Wohnung lag still. In seinem Zimmer stand alles verlassen: unbewußt zeichnete mein erregtes Gefühl in den leeren Stuhl seine gedrückte, tragische Gestalt. Aber unberührt lagen die Blätter, wartend wie ich selbst. Und da kam wieder die Erbitterung: warum war er geflüchtet, warum ließ er mich allein? Immer grimmiger stieg mir der eifersüchtige Zorn in die Kehle, wieder wogte dumpf aus mir jenes töricht verworrene Gelüst, etwas Böses, etwas Haßvolles gegen ihn zu tun.

Die Frau war mir gefolgt. »Sie bleiben doch hier zum Abendessen? Sie sollten heute nicht allein sein.« Wieso wußte sies, daß ich mich fürchtete vor dem leeren Zimmer, vor dem Knirschen der Stiege, vor der grübelnden Erinnerung: alles erriet sie immer in mir, jeden ungesprochenen Gedanken, jedes böse Gelüst.

Irgendeine Angst kam mich an, eine Angst vor mir selbst und meinem wirr in mir umfahrenden Haß, ich wollte ablehnen. Aber ich war feig und wagte kein Nein.

Ich habe von je den Ehebruch verabscheut, nicht aber um einer rechthaberischen Moral willen, aus Prüderie und Sittsamkeit, nicht so sehr, weil er Diebstahl im Dunkeln bedeutet, Besitznahme fremden Leibs, sondern weil fast jede Frau in solchen Augenblicken das Heimlichste ihres Gatten verrät – jede eine Delila, die dem Hintergangenen sein menschlichstes Geheimnis wegstiehlt und einem Fremden hinwirft, das Geheimnis seiner Kraft oder seiner Schwäche. Nicht daß Frauen selber sich geben, scheint mir Verrat, sondern daß sie fast immer dann, um sich zu rechtfertigen, das Schamtuch lüpfen von ihres Mannes Scham und den Ahnungslosen gleichsam im Schlafe einer fremden Neugier, einem höhnisch genießenden Gelächter aufbreiten.

Nicht also, daß ich damals, von blindwütiger Verzweiflung verwirrt, in der anfangs bloß mitleidigen und dann erst zärtlichen Umarmung seiner Frau Zuflucht fand – verhängnisvoll rasch glitt ein Gefühl ins andere hinüber –, nicht dies empfinde ich noch heute als die erbärmlichste Niedrigkeit meines Lebens (denn es geschah ohne Willen, beide stürzten wir unwissend-unbewußt in diesen brennenden Abgrund), sondern daß ich auf gehitzten Kissen mir über ihn noch Vertraulichkeiten erzählen ließ, daß ich der gereizten Frau erlaubte, Geheimstes ihrer Ehe zu verraten. Warum duldete ich, ohne sie wegzustoßen, daß sie mir berichtete, seit Jahren meide er sie körperlich, und in dunklen Andeutungen sich erging: warum hieß ich sie nicht herrisch schweigen über dies Geheimste seines Geschlechts? Aber ich brannte so sehr nach seinem Geheimnis, ich dürstete dermaßen, ihn schuldig zu wissen gegen mich, gegen sie, gegen alle, daß ich taumlig dies zornige Bekenntnis ihrer Vernachlässigung aufnahm – war es doch so ähnlich meinem eigenen Gefühl des Zurückgestoßenseins! So geschah, daß wir beide aus wirrem, gemeinsamen Haß etwas taten, das wie Liebe sich gebärdete: aber indes unsere Körper sich suchten und ineinanderdrängten, dachten wir beide, sprachen wir beide immer wieder und immer nur von ihm. Manchmal tat mir ihr Wort weh, und ich schämte mich, daß ich verstrickt blieb, wo ich verabscheute. Aber der Körper unter mir gehorchte nicht mehr dem Willen, er wühlte wild in seiner eigenen Lust. Und schaudernd küßte ich die Lippe, die meinen liebsten Menschen verriet.

Am nächsten Morgen schlich ich, die Zunge bitter vor Ekel und Scham, hinauf in mein Zimmer. In der Minute, wo das Warme ihres Leibes nicht mehr mir die Sinne trübte, empfand ich die grelle Wirklichkeit und Widerlichkeit meines Verrats. Nie wieder, sofort wußte ichs, würde ich ihm vor Augen treten können, nie mehr seine Hand nehmen: nicht ihn, mich selbst hatte ich um mein Bestes bestohlen.

Jetzt gab es nur eine Rettung: Flucht. Im Fieber packte ich alle meine Sachen, schichtete meine Bücher, bezahlte meiner Wirtin: er durfte mich nicht mehr finden, auch ich sollte verschwunden sein, grundlos und geheimnisvoll, genau wie er mir.

Aber inmitten des geschäftigen Tuns erstarrte mir plötzlich die Hand. Ich hatte das Knirschen der Holztreppe gehört, ein Schritt hastete die Stiege herauf – sein Schritt.

Ich muß leichenfahl geworden sein. Denn kaum eingetreten, schrak er schon auf. »Was ist dir, Junge? Bist du krank?«

Ich wich zurück. Ich bog ihm aus, als er jetzt näher wollte und mich helfend anfassen.

»Was hast du?« fragte er erschreckt. »Ist dir etwas zugestoßen? Oder … oder … bist du mir noch böse?«

Krampfhaft hielt ich mich zum Fenster hin. Ich konnte ihn nicht ansehen. Seine teilnehmende warme Stimme riß in mir etwas auf wie eine Wunde: einer Ohnmacht nahe, fühlte ich es aufströmen in mir, heiß, ganz heiß, brennend und verbrennend, einen glühenden Guß von Scham.

Aber auch er stand verwundert, verwirrt. Und plötzlich –

ganz klein, ganz zaghaft duckte sich seine Stimme – flüsterte er eine sonderbare Frage: »Hat dir … hat dir jemand … etwas über mich gesagt?«

Ich machte, ohne mich ihm zuzuwenden, eine abwehrende Bewegung. Aber irgendein ängstlicher Gedanke schien ihn zu beherrschen, er wiederholte hartnäckig:

»Sag mirs … gesteh mirs … hat irgend jemand über mich etwas gesagt … irgend jemand, ich frage nicht, wer.«

Ich verneinte wieder. Er stand ratlos. Aber mit einmal schien er bemerkt zu haben, daß meine Koffer gepackt, meine Bücher zusammengerafft waren und sein Kommen gerade meine letzten Reisevorbereitungen unterbrochen hatte. Erregt trat er heran: »Du willst fort, Roland, ich sehe es … sag mir die Wahrheit.«

Da raffte ich mich auf. »Ich muß fort … verzeihen Sie mir … aber ich kann darüber nicht sprechen … ich werde Ihnen schreiben.« Mehr würgte ich nicht aus der verklemmten Kehle, und in jedes Wort schlug mir das Herz.

Er blieb starr. Dann plötzlich kam wieder jene müde Art über ihn. »Es ist vielleicht besser so, Roland … ja gewiß, es ist besser so … für dich und für alle. Aber ehe du gehst, möchte ich dich noch einmal sprechen. Komm um sieben Uhr, zur gewohnten Stunde … dann wollen wir Abschied nehmen, Mann zu Mann … Nur keine Flucht vor sich selber, nur keine Briefe … das wäre kindisch und unser nicht würdig … und dann, was ich dir sagen möchte, will in keine Feder … Also du kommst, nicht wahr?«

Ich nickte nur. Mein Blick wagte sich noch immer nicht vom Fenster weg. Aber ich sah nichts von der Helligkeit des Morgens mehr, ein dichter dunkler Schleier stand zwischen mir und der Welt.

Um sieben Uhr betrat ich zum letztenmal den geliebten Raum: verfrühtes Dunkel dämmerte durch die Portieren, kaum glänzte von der Tiefe noch der fließende Stein der Marmorgestalten, und die Bücher schliefen alle schwarz hinter ihren perlmuttern flimmernden Gläsern. Geheimnisort meiner Erinnerungen, wo das Wort mir magisch geworden und ich Rausch und Verzückung des Geistigen wie nirgends erlebt – immer sehe ich dich aus dieser Abschiedsstunde und immer die verehrte Gestalt, wie sie jetzt der Lehne des Sessels sich langsam, langsam enthebt und mir schattend entgegenkommt: bloß die Stirne glänzt rund wie eine alabasterne Lampe im Dunkel, und drüber wogt ein wehender Rauch, das weiße Haar des alten Mannes. Jetzt steigt, mühsam gehoben, von unten eine Hand empor, sie sucht die meine, jetzt erkenne ich die Augen ernst mir zugewandt, und schon fühle ich sanft meinen Arm umfaßt und mich niedergeleitet zu seinem Stuhl.

»Setz dich nieder, Roland, und sprechen wir klar. Wir sind Männer und müssen aufrichtig sein. Ich dränge dich nicht – aber wäre es nicht besser, die letzte Stunde schaffte auch volle Klarheit zwischen uns? Also sag, warum willst du weg? Bist du böse auf mich wegen jener unsinnigen Beleidigung?«

Ich verneinte mit einer Gebärde. Entsetzlich der Gedanke, daß er noch, er, der Betrogene, der Verratene, die Schuld auf sich nehmen wollte!

»Habe ich dir sonst bewußt oder unbewußt eine Kränkung zugefügt? Ich bin manchmal sonderbar, ich weiß es. Und ich habe dich gereizt, gequält wider meinen eigenen Willen. Ich habe dir nie genug gedankt für alle deine Anteilnahme – ich weiß es, ich weiß es, ich habe es immer gewußt, selbst in den Minuten, wo ich dir wehe tat. Ist das der Grund – sag es mir, Roland – denn ich möchte, daß wir ehrlich voneinander Abschied nehmen.«

Wieder schüttelte ich den Kopf: ich konnte nicht sprechen. Noch immer ging seine Stimme fest: jetzt begann sie sich leicht zu verwirren.

»Oder ... ich frage dich nochmals ... hat irgend jemand dir irgend etwas über mich zugetragen ... etwas, das du als niedrig, als ... abstoßend empfindest ... etwas, was dich ... was dich mich verachten läßt?«

»Nein! nein! ... nein! ...« Wie ein Schluchzen fuhr mir der Protest heraus: ich ihn verachten! Ich ihn!

Ungeduldig wurde jetzt seine Stimme. »Was ist es dann? ... Was kann es denn sonst sein? ... Bist du der Arbeit müde? ... Oder zieht dich sonst etwas fort? ... Eine Frau ... ist es eine Frau?«

Ich schwieg. Und dieses Schweigen war wohl derart anders, daß er die Bejahung spürte. Er beugte sich näher heran und flüsterte ganz leise, aber ohne Erregung, ganz ohne Erregung und Zorn:

»Ist es eine Frau? ... *meine* Frau?«

Ich schwieg noch immer. Und er verstand. Ein Zittern lief mir über den Leib: jetzt, jetzt, jetzt würde er ausbrechen, mich anfallen, mich schlagen, mich züchtigen ... und ... ich sehnte mich beinahe danach, daß er mich peitschte, mich, den Dieb, den Verräter, daß er mich wie einen räudigen Hund wegpeitschte aus seinem geschändeten Haus. Aber seltsam ... er blieb vollkommen still ... und beinahe wie eine Erleichterung klangs, als er zu sich selber sinnend murmelte: »Das hätte ich mir eigentlich denken können.« Zweimal ging er im Zimmer auf und ab. Dann blieb er vor mir stehen und sagte, fast schien mirs, verächtlich:

»Und das ... das nimmst du so schwer? Hat sie dir denn nicht gesagt, daß sie frei ist, zu tun, zu nehmen, was ihr beliebt, daß ich kein Recht habe über sie? ... Kein Recht, ihr etwas zu verbieten, und auch nicht die geringste Lust dazu ... Und warum hätte sie sich beherrschen sollen, wem zuliebe und gerade gegen dich ... Du bist jung, du bist hell und schön ... du warst uns nah ... wie sollte sie dich nicht lieben, du ... du Schöner, du Junger, wie sollte sie dich nicht lieben ... Ich ...« Plötzlich begann seine Stimme zu zittern. Und er beugte sich nahe, so nah, daß ich seinen Atem spürte. Wieder fühlte ich die warme Umfangung seiner Blicke, wieder dies seltsame Licht, so ... so wie in jenen seltenen sonderbaren Sekunden zwischen ihm und mir. Immer näher kam er heran.

Und dann flüsterte er leise, kaum regten sich die Lippen. »Ich ... ich liebe dich doch auch.«

War ich aufgefahren? Hatte mich es unwillkürlich zurückgeschreckt? Aber irgendeine Geste der Überraschung, der Flucht mußte aus meinem Körper vorgefahren sein, denn er taumelte weg wie ein Zurückgestoßener. Ein Schatten dunkelte über sein Gesicht. »Verachtest du mich jetzt?« fragte er ganz leise. »Bin ich dir jetzt widerlich?«

Warum fand ich damals kein Wort? Warum saß ich nur stumm da, lieblos, verlegen, betäubt, statt auf den Liebenden zuzutreten und ihm die irrige Sorge zu nehmen? Aber in mir wogten wild alle Erinnerungen; als hätte eine Chiffre mit einmal die Sprache all jener unfaßbaren Botschaften gelöst, so verstand ich alles jetzt in furchtbarer Klarheit, sein zärtliches Kommen und seine brüske Verteidigung, ich verstand erschüttert jenen Besuch in der Nacht und die verbissene Flucht vor meiner begeistert zudrängenden Leidenschaft. Liebe, ich hatte sie ja immer bei ihm gefühlt, zärtlich und scheu, bald anflutend, bald wieder übermächtig gehemmt, ich hatte sie geliebt und genossen in jedem flüchtig mir zugefallenen Strahl – aber doch, wie Liebe, das Wort, jetzt von bärtigem Munde kam, sinnlich-zärtlichen Klangs, da dröhnte mir ein Grauen süß und furchtbar zugleich in den Schläfen. Und so sehr ich brannte in Demut und Mitleid für ihn, ich fand, ich verwirrter, zitternder, überfallener Knabe, kein Wort für seine unvermutet mir aufgetane Leidenschaft.

Er saß vernichtet und starrte in mein Schweigen. »So furchtbar also ist dirs, so furchtbar«, murmelte er, »auch du ... auch du verzeihst mirs also nicht, auch du, gegen den ich meine Lippen verpreßt, daß ich beinahe erstickte ... dem ich mich verborgen habe, wie ich mich keinem verbarg ... Aber besser, du weißt es jetzt, nun erdrückts mich nicht mehr ... Denn es war schon zuviel für mich ... oh, viel zuviel ... besser, besser ein Ende als dies Schweigen und Verschweigen ...«

Wie das voll Trauer war, voll Zärtlichkeit und Scham; bis ins Innerste drang mir der zuckende Ton. Ich schämte mich, dermaßen kalt, derart fühllos frostig vor dem Manne zu schweigen, von dem ich mehr empfangen als von irgendeinem Menschen und der so unsinnig vor mir sich erniedrigte. Die Seele brannte mir, ihm ein Tröstliches zu sagen, aber die Lippe, die zitternde, gehorchte nicht. Und so verlegen, so jämmerlich klein hockte ich da und bog mich im Sessel herum, daß er, beinahe unwillig, mich aufmunterte. »Sitz doch nicht so da, Roland, so grauenhaft stumm … Faß dich doch … Ist es dir wirklich so fürchterlich? Schämst du dich meiner so sehr? … Jetzt ist ja doch alles vorbei, ich habe dir alles gesagt … laß uns doch wenigstens anständig Abschied nehmen, wie es zwei Männern, zwei Freunden geziemt.«

Aber ich hatte noch immer nicht Macht über mich. Da rührte er meinen Arm: »Komm, Roland, setz dich zu mir! … Mir ist leichter, seitdem du es weißt, seit endlich Klarheit zwischen uns besteht … Erst habe ich immer gefürchtet, du möchtest erraten, wie lieb du mir bist … dann habe ich wieder gehofft, du selbst würdest es spüren, nur damit mir dies Geständnis erspart sei … Aber nun ists geschehen, nun bin ich frei … nun kann ich zu dir sprechen wie nie zu einem andern Menschen. Denn du warst mir näher als irgendeiner in all diesen Jahren … wie keinen habe ich dich geliebt … Wie keiner hast du, Kind, das Letzte meines Wesens wach gemacht … So sollst du auch zum Abschied mehr wissen von mir als irgendein anderer Mensch, ich habe ja in all diesen Stunden dein Fragen, dein stummes, so deutlich gespürt … Du allein sollst mein ganzes Leben kennen. Willst du, daß ich dirs erzähle?«

An meinen Blicken, an meinen verwirrten und erschütterten Blicken sah er mein Ja.

»So komm nahe … hierher zu mir … Ich kann diese Dinge nicht laut sagen.« Ich beugte mich – fromm, muß ichs nennen. Aber kaum daß ich wartend, lauschend ihm gegenübersaß, stand er wieder auf. »Nein, so geht es nicht … Du darfst mich nicht ansehen dabei ... sonst ... sonst kann ich nicht sprechen.« Und mit einem Griff löschte er das Licht.

Dunkel fiel über uns. Ich fühlte, daß er nahe war, fühlte es an seinem Atem, der schwer und wie röchelnd irgendwo im Unsichtbaren ging. Und plötzlich stand zwischen uns eine Stimme auf und erzählte mir sein ganzes Leben.

Seit jenem Abend, wo dieser verehrteste Mann mir sein Schicksal wie eine harte Muschel aufschloß, seit jenem Abend vor vierzig Jahren scheint mir noch immer alles spielhaft und belanglos, was unsere Schriftsteller und Dichter in Büchern als außerordentlich erzählen, was Schauspiele den Bühnen als tragisch maskieren. Ist es Bequemlichkeit, Feigheit oder ein zu kurzes Gesicht, daß sie alle immer nur den obern erhellten Lichtrand des Lebens zeichnen, wo die Sinne offen und gesetzhaft spielen, indes unten in den Kellergewölben, in den Wurzelhöhlen und Kloaken des Herzens phosphorhaft funkelnd die wahren, die gefährlichen Bestien der Leidenschaft umfahren, im Verborgenen sich paarend und zerfleischend in allen phantastischen Formen der Verstrickung? Schreckt sie der Atem, der heiße und zehrende der dämonischen Triebe, der Dunst des brennenden Blutes, fürchten sie die Hände zu schmutzen, die allzu zarten, an den Schwären der Menschheit, oder findet ihr Blick, an mattere Helligkeiten gewöhnt, nicht hinab diese glitschigen, gefährlichen, von Fäulnis triefenden Stufen? Und doch ist dem Wissenden keine Lust gleich als jene am Verborgenen, kein Schauer so urmächtig stark, als der das Gefährliche umfröstelt, und kein Leiden heiliger, als das sich aus Scham nicht zu entäußern vermag.

Hier aber schlug ein Mensch sich mir auf in äußerster Nacktheit, hier zerriß sich einer die innerste Brust, gierig bereit, das zerhämmerte, vergiftete, verbrannte, vereiterte Herz zu entblößen. Eine wilde Wollust folterte sich flagellantisch frei in diesem durch Jahre und Jahre verhaltenen Geständnis. Nur wer ein Leben lang sich geschämt, sich geduckt und verdeckt, nur der konnte so rauschhaft überwältigt ausfahren in die Unerbittlichkeit eines solchen Gestehens. Stück für Stück brach sich hier ein Mensch sein Leben aus der Brust, und in dieser Stunde starrte ich Knabe zum erstenmal hinab in die unausdenkbaren Tiefen des irdischen Gefühls.

Erst wogte seine Stimme nur körperlos im Raum, unklarer Qualm der Erregung, unsichere Andeutung geheimen Geschehens, und doch fühlte man gerade an dieser mühsamen Beherrschung der Leidenschaft ihre kommende Gewalt, so wie man an gewissen gewaltsam verlangsamten Takten, die einem jagenden Rhythmus vorausgehen, das Furioso schon in den Nerven voraus spürt. Dann aber begannen die Bilder aufzuflackern, vom innern Sturm der Leidenschaft zuckend emporgerissen und allmählich erst sich erhellend. Einen Knaben sah ich zuerst, einen scheuen, in sich geduckten Knaben, der kein Wort zu den Kameraden wagt, den aber ein wirres, körperlich-forderndes Verlangen gerade den Schönsten der Schule leidenschaftlich zudrängt. Doch mit erbittertem Rückstoß hat der eine ihn bei allzu zärtlicher Annäherung von sich weggejagt, ein zweiter ihn mit gräßlich deutlichem Wort verspottet, und ärger noch: beide haben sie das abwegige Gelüst den andern verprangert. Und sofort schließt eine einhellige Feme von Hohn und Erniedrigung den Verwirrten wie einen Aussätzigen von ihrer heitern Gemeinschaft aus. Täglicher Kreuzgang wird der Weg zur Schule, und die Nächte von Selbstekel dem früh Gezeichneten verstört: als Wahnwitz und entehrendes Laster empfindet der Ausgestoßene sein abwegiges und doch vorerst nur in Träumen verdeutlichtes Gelüst.

Unsicher schwankt die erzählende Stimme: einen Augenblick ists, als wollte sie verlöschen im Dunkel. Aber ein Seufzer stößt sie wieder empor, und aus dem düstern Qualm flackern nun neue Bilder, schattenhaft und gespenstisch gereiht. Der Knabe ist Student in Berlin geworden, zum erstenmal gewährt ihm die untergründige Stadt Erfüllung der langbeherrschten Neigung, aber wie beschmutzt sind sie von Ekel, wie vergiftet von Angst, diese zwinkernden Begegnungen an dunklen Straßenecken, im Schatten von Bahnhöfen und Brücken, wie arm in ihrer zuckenden Lust und wie grauenhaft durch Gefahr, meist erbärmlich in Erpressungen endend und jede noch wochenlang eine schleimige Schneckenspur kalter Furcht hinter sich ziehend! Höllenwege zwischen Schatten und Licht: indes am hellen arbeitsamen Tag das kristallene Element des Geistigen den Forschenden durchläutert, stößt der Abend immer wieder den Leidenschaftlichen in den Abhub der Vorstädte hinab, in die Gemeinschaft fragwürdiger, vor der Pickelhaube jedes Schutzmannes wegflüchtender Gesellen, in dünstige Bierkeller, deren mißtrauische Tür nur einem gewissen Lächeln sich auftut. Und eisern muß der Wille sich straffen, diese Doppelschichtigkeit des täglichen Lebens vorsichtig zu verbergen, das medusische Geheimnis fremdem Blick zu verhüllen, tagsüber die ernst-würdehafte Haltung eines Dozenten untadelig bewahrend, um dann nachts die Unterwelt jener verschämten, im Schatten flackernder Laternen geschlossenen Abenteuer ungekannt zu durchwandern. Immer wieder spannt sich der Gequälte auf, mit der Peitsche der Selbstbeherrschung die von gewohnter Bahn ausbrechende Leidenschaft in die Hürde zurückzutreiben, immer wieder reißt ihn der Trieb zum Dunkel-Gefährlichen hin. Zehn, zwölf, fünfzehn Jahre nervenzerreißenden Ringens wider die unsichtbar magnetische Kraft unheilbarer Neigung spannen sich wie ein einziger Krampf. Genießen ohne Genuß, würgende Scham und allmählich der verdunkelte, in sich scheu verborgene Blick der Furcht vor der eigenen Leidenschaft.

Endlich, spät schon, nach dem dreißigsten Lebensjahr, ein gewaltsamer Versuch, das Gespann auf die rechte Bahn zu reißen. Bei einer Verwandten lernt er seine spätere Frau kennen, ein junges Mädchen, die vom Geheimnisvollen seines Wesens unklar angezogen, ihm aufrichtige Neigung entgegenbringt. Und zum erstenmal vermag dieser knabenhafte Körper und ihr jugendhaft übermütiges Gebaren seine Leidenschaft für kurze Zeit zu täuschen. Ein flüchtiges Verhältnis bezwingt den Widerstand gegen das Weibliche, zum erstenmal ist er überwunden, und in der Hoffnung, dank dieser geraden Beziehung Herr seiner fehlgängerischen Neigung zu werden, ungeduldig, sich festzuketten, wo er erstmalig Halt gegen dies innere Zeichen ins Gefährliche gefunden, heiratet er rasch – nach vorherigem freiem Geständnis – das junge Mädchen. Nun meint er den Rückweg in die schreckhaften Zonen versperrt. Ein paar knappe Wochen lassen ihn sorglos sein; aber bald erweist sich der neue Reiz als wirkungslos, das urtümliche Verlangen wieder eigensinnig übermächtig. Und von nun ab dient die enttäuschende Enttäuschte nur mehr als Attrappe, um gesellschaftlich die rückfälligen Neigungen zu maskieren. Wieder geht der Weg halsbrecherisch am Rand des Gesetzes und der Gesellschaft hinab ins Dunkel der Gefährlichkeiten.

Und besondere Qual zu der inneren Verwirrung: eine Stellung ist ihm ausersehen, wo solche Neigung zum Fluche wird. Dem Dozenten und bald darauf dem wohlbestallten Professor wird der ständige Umgang mit jungen Menschen amtliche Pflicht, immer wieder schiebt ihm die Versuchung atemnah neue Blüte der Jugend her, Epheben eines unsichtbaren Gymnasions innerhalb der preußischen Paragraphenwelt. Und alle – neuer Fluch! neue Gefährdung! – lieben ihn leidenschaftlich, ohne das Antlitz des Eros hinter der Maske des Lehrenden zu erkennen, sind sie beglückt, wenn jovial seine Hand (die heimlich erzitternde) sie anstreift, sie verschwenden ihre Begeisterung an einen, der ständig wider sie sich bemeistern muß. Qualen des Tantalus: hart zu sein gegen zudrängende Neigung, unablässig mit der eigenen Schwäche in nie endendem Kampf! Und immer, wenn er einer Versuchung sich fast erliegen fühlte, dann ergriff er plötzlich die Flucht. Das waren jene Eskapaden, deren blitzhaftes Kommen und Wiederkommen mich damals so verwirrt: nun sah ich in den grausigen Weg dieser Flucht vor sich selbst, Flucht in das Grauen der Winkelwege und Abgründe. Er reiste dann immer in eine Großstadt, wo er an abseitiger Stelle Vertraute fand, Menschen niederen Standes, deren Begegnung beschmutzte, hurenhafte Jugend statt der heilig hingegebenen, aber dieser Ekel, dieser Sumpf, diese Widrigkeit, diese giftige Beize der Enttäuschung tat ihm not, um dann daheim, im vertrauend gescharten Kreise der Studenten seiner Sinne wieder standhaft gewiß zu sein. Oh, was für Begegnungen – welche gespenstische und doch stinkend irdische Gestalten, die sein Geständnis mir beschwor! Denn dieser hohe geistige Mann, dem Schönheit der Formen ureingeboren und atemhaft notwendig war, dieser lautere Meister aller Gefühle, er mußte den letzten Erniedrigungen der Erde begegnen in jenen rauchigen, verschwelten Kaschemmen, die nur Eingeweihte einlassen: er kannte die frechen Forderungen geschminkter Promenadejungen, die süßliche Vertraulichkeit parfümierter Friseurgehilfen, das erregte Kichern der Transvestiten aus ihren Weiberröcken, die rabiate Geldgier vazierender Schauspieler, die plumpe Zärtlichkeit tabakkauender Matrosen – alle diese verkrümmten, verängstigten, verkehrten und phantastischen Formen, in denen das fehlwandernde Geschlecht sich am untersten Rande der Städte sucht und erkennt. Alle Erniedrigungen, alle Schmach und Gewaltsamkeit waren ihm auf diesen glitschigen Wegen begegnet: mehrmals war er vollkommen ausgestohlen worden (zu schwach, zu edel, sich mit einem Reitknecht zu balgen), ohne Uhr, ohne Mantel, und dazu noch ausgehöhnt von dem betrunkenen Kameraden jenes üblen Vorstadthotels heimgekehrt. Erpresser hatten sich an seine Fersen geheftet, Schritt für Schritt hatte ihn einer monatelang bis in die Universität verfolgt, frech sich in die erste Bank seiner Hörer gesetzt und dann mit schuftigem Lächeln zu dem stadtbekannten Professor aufgesehen, der, zitternd unter seinem vertraulichen Augenzwinkern, das Kolleg nur mit letzter Mühe vorwürgte. Einmal – das Herz stand mir still, da er auch dieses mir beichtete – war er mitternachts in Berlin mit einem ganzen Klüngel in einer anrüchigen Bar von der Polizei ausgehoben worden; mit jenem bauchblähenden höhnischen Lächeln des Subalternen, der sich einmal aufspielen kann über einen Intellektuellen, notierte ein feister, rotbackiger Wachtmeister des Zitternden Namen und Stand, schließlich ihm gnädig bedeutend, für diesmal sei er noch straflos entlassen, doch bleibe von nun ab sein Name auf der gewissen Liste. Und wie an eines Menschen Gewand, der lange in fuseligen Stuben gesessen, schließlich jener Geruch fühlbar anhaftet, so mußte allmählich hier in der eigenen Stadt, an irgendeiner unerfindlichen Stelle beginnend, schon munkelndes Gerede durchgesickert sein, denn genau wie damals in der Schulklasse, frostete jetzt im Kreise der Kollegen immer ostentativer Rede und Gruß, bis auch hier schließlich jener gläserne, durchsichtige Raum von Fremdheit den immer Einsamen von allen absonderte. Und in all seiner Verborgenheit im siebenfach verschlossenen Haus fühlte er sich noch immer bespäht und erkannt.

Nie aber war diesem gequälten, verängstigten Herzen die Gnade des reinen Freundes, des Edelgesinnten widerfahren, würdige Erwiderung männlich-übermächtiger Zärtlichkeit: immer mußte er sein Gefühl zerteilen in ein Unten und Oben, in den zart sehnsüchtigen Verkehr mit den jungen geistigen Gefährten der Universität und jenen im Dunkel geworbenen Genossen, deren er morgens sich nur mehr schauernd besann. Nie hatte dem schon Alternden das Erlebnis einer reinen Zuneigung, der seelenvollen eines Jünglings, sich geschenkt, und matt von Enttäuschung, die Nerven zermürbt von dieser Dornenjagd im Dickicht, hatte der Resignierte schon sich verschüttet gemeint – da trat noch einmal ein junger Mensch in sein Leben, leidenschaftlich auf ihn, den Gealterten, zu, brachte mit seinem Wort, seinem Wesen opferfreudig sich selber dar, ihm zuglühend, dem ahnungslos Übermannten, der erschreckt vor nicht mehr erhofftem Wunder stand, nicht mehr sich würdig fühlend so reinen, so unbewußt dargebotenen Geschenks. Noch einmal war ein Bote der Jugend gekommen, schöne Gestalt und leidenschaftlicher Sinn, glühend für ihn in geistigem Feuer, zärtlich an ihn gebunden durch sympathetisches Band, dürstend nach seiner Neigung und ohne Gefühl ihrer Gefahr. Die Fackel des Eros in der unwissenden Seele, kühn und ahnungslos wie Parzival, der Tor, beugte er sich nah über die vergiftete Wunde, unkund des Zaubers und daß schon sein Kommen die Heilung trug – der Langerwartete eines Lebens, zu spät, in der letzten sinkenden Abendstunde trat er ins Haus.

Und mit dieser geschilderten Gestalt stieg auch die Stimme aus dem Dunkel. Ein Helles schien sie zu durchläutern, eine tiefe mitschwingende Zärtlichkeit gab ihr Musik, da dieser sprachmächtige Mund von diesem jungen Menschen sprach, dem Spätgeliebten. Ich zitterte mit vor Erregung und mitfühlender Beglückung, aber plötzlich – da schlug es mir wie ein Hammer aufs Herz. Denn dieser junge glühende Mensch, von dem mein Lehrer sprach, das war ja – ... das war ja ... – Scham fuhr mir über die Wangen ... das war ja ich selbst: wie aus brennendem Spiegel sah ich mich vortreten, gehüllt in einen solchen Glanz ungeahnter Liebe, daß ihr Widerschein mich noch versengte. Ja, das war ich – immer näher erkannte ich mich, meine andrängende, begeisterte Art, dies fanatische Ihm-nahe-sein-Wollen, die begehrliche Ekstase, der ein Geistiges nicht genügte, mich, den törichten, wilden Jungen, der unkund seiner Macht den quellenden Samen des Schöpferischen noch einmal in dem Verschlossenen erweckt, noch einmal die schon müd hingesunkene Fackel des Eros in seiner Seele entzündet. Staunend erkannte ichs nun, was ich, der Schüchterne, ihm bedeutet, dessen zudrängenden Überschwang er als heiligste Überraschung seines Alters liebte – und schauernd erkannte ich zugleich, wie übermächtig hier sein Wille mir entgegengerungen: denn gerade von mir, dem rein Geliebten, wollte er nicht Hohn- und Rückstoß, den Schauer beleidigter Leiblichkeit erfahren, gerade diese letzte Gnade unwilligen Geschicks nicht den Sinnen zum lusthaften Spiele geben. Darum setzte er meinem Zudrängen so erbitterten Widerstand entgegen, scheuchte mein flutendes Gefühl mit jähem Guß eiskalter Ironie, spitzte das weichflutende Freundeswort zu konventioneller Härte, bändigte die zärtlich umfassende Hand – nur um meinetwillen erzwang er von sich all die Schroffheiten, die mich ernüchtern sollten und ihn bewahren, und die mir durch Wochen die Seele verstörten. Grauenhaft klar ward mir nun das wüste Wirrsal jener Nacht, da er, Traumwandler seiner übermächtigen Sinne, die knirschende Treppe emporgestiegen, um dann mit jenem beleidigenden Wort sich selbst und unsere Freundschaft zu retten. Und schauernd, ergriffen, erregt wie im Fieber, zergehend in Mitleid, verstand ich, wie sehr er um meinetwillen gelitten, wie heldisch er sich um meinetwillen bemeistert.

Diese Stimme im Dunkel, diese Stimme im Dunkel, wie fühlte ich sie eindringen bis in das innerste Gebälk meiner Brust! Es war ein Ton in ihr, wie ich ihn nie vordem vernommen, nie vordem, nie nachdem – ein Ton aus Tiefen, die mittleres Schicksal nie ertastet. So sprach ein Mensch nur einmal in seinem Leben zu einem Menschen, um dann für immer zu schweigen, so wie in der Sage vom Schwane gesagt ist, daß er bloß sterbend ein einziges Mal die rauhe Stimme aufheben könne zum Gesang. Und ich nahm diese heiß vorstoßende, diese glühend eindringliche Stimme in mich auf, schauernd und schmerzhaft, wie ein Weib den Mann in sich empfängt …

Und mit einemmal schwieg diese Stimme, und es war nur noch Dunkel zwischen uns. Ich wußte ihn nah. Nur die Hand mußte ich heben, und die ausgestreckte rührte ihn an. Und mächtig drangs aus mir, dem Leidenden tröstlich zu sein.

Aber da machte der eine Bewegung. Licht zuckte auf. Müde, alt, verquält raffte vom Sessel eine Gestalt sich empor – ein alter, ein erschöpfter Mann ging langsam auf mich zu. »Leb wohl, Roland … jetzt kein Wort mehr zwischen uns! Es war gut, daß du gekommen bist … und es ist gut für uns beide, daß du gehst … Lebe wohl … Und laß … dich küssen zum Abschied!«

Wie von magischer Macht gerissen, schwankte ich ihm entgegen. Jenes schwelende, sonst wie von wirrem Rauch niedergehaltene Licht glomm jetzt offen in seinen Augen: brennende Flamme schlug aus ihnen hoch. Er zog mich nahe, seine Lippen preßten durstig die meinen, nervig, in einem zuckenden Krampf drängte er meinen Körper an sich.

Es war ein Kuß, wie ich ihn nie von einer Frau empfing, ein Kuß, wild und verzweifelt wie ein Todesschrei. Der zitternde Krampf seines Leibes ging in mich über. Ich schauerte von einem fremd-furchtbaren Empfinden zwiefältig gefaßt – hingegeben mit meiner Seele und doch zutiefst erschreckt von einem widrigen Wehren des männlich berührten Körpers – unheimliche Verwirrung des Gefühls, die mir verpreßte Sekunde zu betäubender Dauer zerdehnend.

Da ließ er mich los – es war ein Ruck, als risse gewaltsam ein Leib auseinander –, wandte sich mühsam um und warf sich in den Sessel, den Rücken mir zugewandt: ganz starr lehnte er einige Minuten vor sich ins Leere. Allmählich aber ward ihm der Kopf zu schwer, er beugte sich erst müder und matter, dann aber, so wie ein Übergewicht, ein lange schwankendes, plötzlich zur Tiefe stürzt, fiel mit einem dumpfen trockenen Ton die gebeugte Stirn schwer über den Schreibtisch hin.

Unendlich durchwogte mich Mitleid. Unwillkürlich trat ich nah. Aber da krampfte sich plötzlich der eingestürzte Rücken noch einmal auf, und sich rückwendend, heiser und dumpf aus der Höhle seiner verklammerten Hände stöhnte er drohend: »Weg! … weg! … Nicht! … nicht nahekommen! … um Gottes willen … um unser beider willen … geh jetzt … geh!«

Ich verstand. Und schaudernd trat ich zurück: wie ein Flüchtender verließ ich den geliebten Raum.

Nie wieder habe ich ihn gesehen. Nie einen Brief empfangen oder eine Botschaft. Sein Werk ist nie erschienen, sein Name vergessen; niemand weiß mehr um ihn als ich allein. Aber noch heute, wie einstmals der ungewisse Knabe, fühl ich: Vater und Mutter vor ihm, Frau und Kinder nach ihm, keinem danke ich mehr. Keinen habe ich mehr geliebt.

Die Marienbader Elegie

Goethe zwischen Karlsbad und Weimar

5. September 1823

Am 5. September 1823 rollt ein Reisewagen langsam die Landstraße von Karlsbad gegen Eger zu: der Morgen schauert schon herbstlich kühl, scharfer Wind geht durch die abgeernteten Felder, aber blau spannt sich der Himmel über geweitete Landschaft. In der Kalesche sitzen drei Männer, der großherzoglich sachsen-weimarsche Geheimrat v. Goethe (wie ihn die Kurliste Karlsbad rühmend verzeichnet) und die beiden Getreuen, Stadelmann, der alte Diener, und John, der Sekretär, dessen Hand fast alle Goethe-Werke des neuen Jahrhunderts zum erstenmal geschrieben. Keiner von beiden spricht ein Wort, denn seit der Abfahrt von Karlsbad, wo junge Frauen und Mädchen mit Gruß und Kuß den Scheidenden umdrängten, hat sich die Lippe des alternden Mannes nicht mehr geregt. Unbewegt sitzt er im Wagen, nur der sinnende, in sich gefangene Blick deutet auf innere Bewegung. In der ersten Relaisstation steigt er aus, die beiden Gefährten sehen ihn hastig mit der Bleifeder Worte auf ein zufälliges Blatt schreiben, und das gleiche wiederholt sich auf dem ganzen Wege bis Weimar bei Fahrt und Rast. In Zwotau, kaum angekommen, im Schloß Hartenberg am nächsten Tage, in Eger und dann in Pößneck, überall ist es sein erstes, das im rollenden Gefährt Übersonnene in eilender Schrift zu vermerken. Und das Tagebuch verrät nur lakonisch: »An dem Gedicht redigiert« (6. September), »Sonntag das Gedicht fortgesetzt« (7. September), »das Gedicht abermals unterwegs durchgegangen« (12. September). In Weimar, am Ziele, ist das Werk vollendet; kein geringeres als die »Marienbader Elegie«, das bedeutendste, das persönlich intimste und darum von ihm auch geliebteste Gedicht seines

Alters, sein heroischer Abschied und sein heldenhafter Neubeginn.

»Tagebuch innerer Zustände« hat Goethe einmal im Gespräch die Gedichte genannt, und vielleicht kein Blatt seines Lebenstagebuches liegt so offen, so klar in Ursprung und Entstehung vor uns wie dies tragisch fragende, tragisch klagende Dokument seines innersten Gefühls: kein lyrischer Erguß seiner Jünglingsjahre ist so unmittelbar aus Anlaß und Geschehnis entsprungen, kein Werk können wir dermaßen Zug um Zug, Strophe um Strophe, Stunde um Stunde sich bilden sehen wie dies »wundersame Lied, das uns bereitet«, dieses tiefste, reifste, wahrhaft herbstlich erglühende Spätlingsgedicht des Vierundsiebzigjährigen. »Produkt eines höchst leidenschaftlichen Zustandes«, wie er es Eckermann gegenüber nannte, vereint es gleichzeitig erhabenste Bändigung der Form: so wird offenbar und geheimnisvoll zugleich feurigster Lebensaugenblick in Gestaltung verwandelt. Noch heute, nach mehr als hundert Jahren, ist nichts welk und abgedunkelt an diesem herrlichen Blatt seines weitverzweigten rauschenden Lebens, und noch Jahrhunderte bewahrt sich dieser 5. September denkwürdig im Gedächtnis und Gefühl kommenden deutschen Geschlechts.

Über diesem Blatt, diesem Gedicht, diesem Menschen, dieser Stunde steht strahlend der seltene Stern der Neugeburt. Im Februar 1822 hatte Goethe schwerste Krankheit zu überstehen, heftige Fieberschauer durchschütteln den Körper, zu manchen Stunden ist das Bewußtsein schon verloren, und er selbst scheint es nicht minder. Die Ärzte, die kein deutliches Symptom erkennen und nur die Gefahr spüren, sind ratlos. Aber plötzlich, wie sie gekommen, entschwindet die Krankheit: im Juni geht Goethe nach Marienbad, ein vollkommen Verwandelter, denn fast hat es den Anschein, als ob jener Anfall nur Symptom einer inneren Verjüngung, einer »neuen Pubertät« gewesen wäre; der verschlossene, verhärtete, pedantische Mann, in dem das Dichterische fast ganz zu Gelehrsamkeit verkrustet war, gehorcht seit Jahrzehnten wieder nur noch ganz dem Gefühl. Musik »faltet ihn auseinander«, wie er sagt, kaum kann er Klavier spielen und besonders von einer so schönen Frau wie die Szymanowska spielen hören, ohne daß seine Augen in Tränen stehen; er sucht aus tiefstem Triebe Jugend auf, und staunend sehen die Genossen den Vierundsiebzigjährigen bis Mitternacht mit Frauen schwärmen, sehen ihn, wie er seit Jahren wieder zum Tanz antritt, wobei ihm, wie er stolz erzählt, »beim Damenwechsel die meisten hübschen Kinder in die Hand kamen«. Sein starres Wesen ist magisch aufgeschmolzen in diesem Sommer, und aufgetan, wie seine Seele nun ist, verfällt sie dem alten Zauber, der ewigen Magie. Das Tagebuch vermeldet verräterisch »konziliante Träume«, der »alte Werther« wird wieder in ihm wach: Frauennähe begeistert ihn zu kleinen Gedichten, zu scherzhaften Spielen und Neckereien, wie er sie vor einem halben Jahrhundert mit Lili Schönemann geübt. Noch schwankt unsicher die Wahl dem Weiblichen zu: erst ist es die schöne Polin, dann aber die neunzehnjährige Ulrike von Levetzow, der sein genesenes Gefühl entgegenschlägt. Vor fünfzehn Jahren hat er ihre Mutter geliebt und verehrt, und vor einem Jahre noch »das Töchterlein« bloß väterlich geneckt, nun aber wächst Neigung jäh zur Leidenschaft, nun eine andere Krankheit, sein ganzes Wesen ergreifend, tiefer ihn aufrüttelnd in der vulkanischen Welt des Gefühls als seit Jahren ein Erlebnis. Wie ein Knabe schwärmt der Vierundsiebzigjährige: kaum daß er die lachende Stimme auf der Promenade hört, läßt er die Arbeit und eilt ohne Hut und Stock zu dem heiteren Kinde hinab. Aber er wirbt auch wie ein Jüngling, wie ein Mann: das groteske Schauspiel, leicht satyrhaft im Tragischen, tut sich auf. Nachdem er mit dem Arzt geheim beraten, offenbart Goethe sich dem ältesten seiner Gefährten, dem Großherzog, mit der Bitte, er möchte für ihn bei Frau Levetzow um die Hand ihrer Tochter Ulrike werben. Und der Großherzog, gedenkend mancher tollen gemeinsamen Weibernacht vor fünfzig Jahren, vielleicht still und schadenfroh lächelnd über den Mann, den Deutschland, den Europa als den Weisesten der Weisen, den reifsten und abgeklärtesten Geist des

Jahrhunderts verehrt – der Großherzog legt feierlich Stern und Orden an und geht für den Vierundsiebzigjährigen die Hand des neunzehnjährigen Mädchens von ihrer Mutter erbitten. Über die Antwort ist Genaues nicht bekannt – sie scheint abwartend, hinausschiebend gewesen zu sein. So ist Goethe Werber ohne Gewißheit, beglückt von bloß flüchtigem Kusse, liebgemeinten Worten, indes leidenschaftlicher und leidenschaftlicher das Verlangen ihn durchwogt, noch einmal Jugend in so zarter Gestalt zu besitzen. Noch einmal ringt der ewig Ungeduldige um höchste Gunst des Augenblicks: treulich folgt er von Marienbad der Geliebten nach Karlsbad, auch hier nur Ungewißheit für die Feurigkeit seines Wunsches findend, und mit dem sinkenden Sommer mehrt sich seine Qual. Endlich naht der Abschied, nichts versprechend, weniges verheißend, und als nun der Wagen rollt, fühlt der große Ahnende, daß ein Ungeheures in seinem Leben zu Ende ist. Aber tiefsten Schmerzes ewiger Genosse, ist in verdunkelter Stunde der alte Tröster da: über den Leidenden neigt sich der Genius, und der im Irdischen Trost nicht findet, ruft nach dem Gott. Noch einmal flieht, wie unzählige Male schon und nun zum letztenmal, Goethe aus dem Erlebnis in die Dichtung, und in wundersamer Dankbarkeit für diese letzte Gnade schreibt der Vierundsiebzigjährige über dies sein Gedicht die Verse seines Tasso, die er vor vierzig Jahren gedichtet, um sie noch einmal staunend zu erleben:

Und wenn der Mensch in seiner Qual verstummt,
Gab mir ein Gott, zu sagen, was ich leide.

Sinnend sitzt nun der greise Mann im fortrollenden Wagen, unmutig bewegt von der Ungewißheit innerer Fragen. Noch war Ulrike frühmorgens mit der Schwester beim »tumultuarischen Abschied« zu ihm hingeeilt, noch hatte ihn der jugendliche, der geliebte Mund geküßt, aber war dieser Kuß ein zärtlicher, war er ein töchterlicher? Wird sie ihn lieben können, wird sie ihn nicht vergessen? Und der Sohn, die Schwiegertochter, die unruhig das reiche Erbe erharren, werden sie eine Heirat dulden, die Welt, wird sie seiner nicht spotten? Wird er im nächsten Jahre ihr nicht weggealtert sein? Und wenn er sie sieht, was darf er vom Wiedersehen erhoffen?

Unruhig wogen die Fragen. Und plötzlich formt sich eine, die wesentlichste, zur Zeile, zur Strophe – die Frage, die Not wird zum Gedicht, der Gott hat ihm gegeben, »zu sagen, was ich leide«. Unmittelbar, nackt geradezu, stößt sich der Schrei hinein in das Gedicht, gewaltiger Anschwung innerer Bewegung:

> Was soll ich nun vom Wiedersehen hoffen,
> Von dieses Tages noch geschloßner Blüte?
> Das Paradies, die Hölle steht dir offen;
> Wie wankelsinnig regt sich's im Gemüte! –

Und nun strömt der Schmerz in kristallene Strophen, wunderbar von der eigenen Wirrnis gereinigt. Und wie der Dichter seines inneren Zustandes chaotische Not, die »schwüle Atmosphäre« durchirrt, hebt sich ihm zufällig der Blick. Aus dem rollenden Wagen sieht er morgendlich still die böhmische Landschaft, göttlichen Frieden gegen seine Unruhe gestellt, und schon fließt das eben erst geschaute Bildnis über sein Gedicht:

> Ist denn die Welt nicht übrig? Felsenwände,
> Sind sie nicht mehr gekrönt von heiligen Schatten?
> Die Ernte, reift sie nicht? Ein grün Gelände,
> Zieht sich's nicht hin am Fluß durch Busch und Matten?
> Und wölbt sich nicht das überweltlich
> Große, Gestaltenreiche, bald Gestaltenlose?

Aber zu unbeseelt ist ihm diese Welt. In solch leidenschaftlicher Sekunde vermag er alles nur in Verbindung mit der Gestalt der Geliebten zu begreifen, und magisch verdichtet sich die Erinnerung zu verklärender Erneuerung:

> Wie leicht und zierlich, klar und zart gewoben
> Schwebt, seraphgleich, aus ernster Wolken Chor,

Als glich' es ihr, am blauen Äther droben
Ein schlank Gebild aus lichtem Duft empor;
So sahst du sie in frohem Tanze walten,
Die lieblichste der lieblichen Gestalten.
Doch nur Momente darfst dich unterwinden,
Ein Luftgebild statt ihrer festzuhalten;
Ins Herz zurück! dort wirst du's besser finden,
Dort regt sie sich in wechselnden Gestalten:
Zu Vielen bildet Eine sich hinüber,
So tausendfach, und immer, immer lieber.

Kaum beschworen, bildet sich aber Ulrikens Bildnis schon sinnlich geformt. Er schildert, wie sie ihn empfing und »stufenweis' beglückte«, wie sie nach dem letzten Kuß ihm noch den »letztesten« auf die Lippen drückte, und selig erinnernder Beglückung dichtet nun in erhabenster Form der alte Meister eine der reinsten Strophen über das Gefühl der Hingabe und Liebe, die jemals die deutsche und irgendeine Sprache geschaffen:

In unsers Busens Reine wogt ein Streben,
Sich einem Höhern, Reinern, Unbekannten
Aus Dankbarkeit freiwillig hinzugeben,
Enträtselnd sich den ewig Ungenannten;
Wir heißen's: fromm sein! – Solcher seligen Höhe
Fühl' ich mich teilhaft, wenn ich vor ihr stehe.

Aber gerade im Nachgefühl dieses seligsten Zustandes leidet der Verlassene unter der Trennung der Gegenwart, und nun bricht ein Schmerz hervor, der die erhaben elegische Stimmung des großartigen Gedichtes fast zerreißt, eine Offenheit des Empfindens, wie sie nur das spontane Verwandeln eines unmittelbaren Erlebnisses einmal in Jahren verwirklicht. Erschütternd ist diese Klage:

Nun bin ich fern! Der jetzigen Minute,
Was ziemt denn der? Ich wüßt es nicht zu sagen.
Sie bietet mir zum Schönen manches Gute;

Das lastet nur, ich muß mich ihm entschlagen.
Mich treibt umher ein unbezwinglich Sehnen,
Da bleibt kein Rat als grenzenlose Tränen.

Dann steigert sich, kaum steigerungsfähig, der letzte, furchtbarste Aufschrei:

Verlaßt mich hier, getreue Weggenossen,
Laßt mich allein am Fels, in Moor und Moos!
Nur immer zu! euch ist die Welt erschlossen,
Die Erde weit, der Himmel hehr und groß;
Betrachtet, forscht, die Einzelheiten sammelt,
Naturgeheimnis werde nachgestammelt.
Mir ist das All, ich bin mir selbst verloren,
Der ich noch erst den Göttern Liebling war:
Sie prüften mich, verliehen mir Pandoren,
So reich an Gütern, reicher an Gefahr;
Sie drängten mich zum gabeseligen Munde,
Sie trennen mich und – richten mich zu Grunde.

Nie war dem sonst Verhaltenen eine ähnliche Strophe entklungen. Der sich als Jüngling zu verbergen, als Mann zu enthalten wußte, der sonst fast immer nur in Spiegelbildern, Chiffren und Symbolen sein tiefstes Geheimnis verriet, hier offenbart er als Greis zum erstenmal großartig frei sein Gefühl. Seit fünfzig Jahren war der fühlende Mensch, der große lyrische Dichter in ihm vielleicht nicht lebendiger als auf diesem unvergeßlichen Blatt, an diesem denkwürdigen Wendepunkt seines Lebens.

So geheimnisvoll, als eine seltene Gnade des Schicksals, hat auch Goethe selbst dieses Gedicht empfunden. Kaum nach Weimar heimgekehrt, ist es sein erstes, noch ehe er sich irgendeiner anderen Arbeit oder häuslichen Dingen zuwendet, eine kunstvolle Abschrift der Elegie eigenhändig zu kalligraphieren. Drei Tage schreibt er auf besonders gewähltem Papier mit großen, feierlichen Lettern, wie ein Mönch in seiner Zelle, das Gedicht nieder und birgt es selbst vor den nächsten Hausgenossen, auch vor dem vertrautesten, als Geheimnis. Selbst die Buchbinderarbeit fertigt er, damit geschwätzige Kunde sich nicht voreilig verbreite, und befestigt das Manuskript mit einer seidenen Schnur in einer Decke von rotem Maroquin (die er dann später durch einen blauen, wundervollen Leinwandband ersetzen ließ, der noch heute im Goethe-und-Schiller-Archiv zu sehen ist). Die Tage sind ärgerlich und verdrießlich, sein Heiratsplan hat im Hause nur Hohn gefunden, den Sohn sogar zu Ausbrüchen offenen Hasses verleitet; nur in den eigenen dichterischen Worten kann er bei dem geliebten Wesen weilen. Erst als die schöne Polin, die Szymanowska, wieder zu Besuch kommt, erneuert sich das Gefühl der hellen Marienbader Tage und macht ihn mitteilsam. Am 27. Oktober endlich ruft er Eckermann zu sich herein, und schon an der besonderen Feierlichkeit, mit der er die Verlesung einleitete, verrät sich's, mit welcher besonderen Liebe er an diesem Gedichte gehangen. Der Diener muß zwei Wachslichter auf den Schreibtisch stellen, dann erst wird Eckermann ersucht, vor den Lichtern Platz zu nehmen und die Elegie zu lesen. Nach und nach bekommen sie auch die anderen, aber nur die Vertrautesten, zu Gehör, denn Goethe hütet sie nach Eckermanns Worten »wie ein Heiligtum«. Daß sie besondere Bedeutung für sein Leben besitzt, zeigen schon die nächsten Monate. Dem gesteigerten Wohlbefinden des Verjüngten folgt bald ein Zusammenbruch. Wieder scheint er dem Tode nahe, schleppt sich vom Bett zum Lehnsessel, vom Lehnsessel zum Bett, ohne Ruhe zu finden; die Schwiegertochter ist auf Reisen, der Sohn voll Haß, niemand pflegt oder berät den verlassenen, alten Kranken. Da kommt, offenbar von den Freunden gerufen, Zelter aus Berlin, der Vertrauteste seines Herzens, und erkennt sofort den inneren Brand. »Was finde ich«, schreibt er erstaunt, »einen, der aussieht, als hätte er Liebe, die ganze Liebe mit aller Qual der Jugend im Leibe.« Um ihn zu heilen, liest er ihm immer und immer wieder »mit inniger Teilnahme« das eigene Gedicht vor, und Goethe wird nicht müde, es zu hören. »Es war doch eigen«, schreibt er dann als Genesender, »daß du mich durch dein gefühlvolles, sanftes Organ mehrmals vernehmen ließest, was mir in einem Grade lieb ist, den ich mir selbst nicht gestehen mag.« Und schreibt dann weiter: »Ich darf es nicht aus Händen geben, aber lebten wir zusammen, so müßtest du mir's so lange vorlesen und vorsingen, bis du's auswendig könntest.«

So kommt, wie Zelter sagt, »die Heilung vom Speer, der ihn verwundet hatte«. Goethe rettet sich – man darf es wohl so sagen – durch dieses Gedicht. Endlich ist die Qual überwunden, die letzte tragische Hoffnung besiegt, der Traum von einem ehelichen Leben mit dem geliebten »Töchterchen« zu Ende. Er weiß, er wird niemals mehr nach Marienbad, nach Karlsbad, nie mehr in die heitere Spielwelt der Sorglosen gehen, fortan gehört sein Leben allein noch der Arbeit. Dem Neubeginnen des Schicksals hat der Geprüfte entsagt, dafür tritt ein anderes großes Wort in seinen Lebenskreis, es heißt: vollenden. Ernst wendet er seinen Blick zurück auf sein Werk, das sechzig Jahre umspannt, sieht es zersplittert und verstreut und beschließt, da er nun nicht mehr bauen kann, wenigstens zu sammeln; der Kontrakt für die »Gesammelten Werke« wird abgeschlossen, das Schutzrecht erworben. Noch einmal wirbt seine Liebe, die eben noch um ein neunzehnjähriges Mädchen geirrt, um die beiden ältesten Gefährten seiner Jugend. »Wilhelm Meister« und »Faust«. Rüstig geht er zu Werke; aus vergilbten Blättern wird der Plan vergangenen Jahrhunderts erneuert. Ehe er achtzig ist, sind die »Wanderjahre« abgeschlossen, und heroischen Mutes tritt der Einundachtzigjährige an das »Hauptgeschäft« seines Lebens, den »Faust«, den er sieben Jahre nach diesen tragischen Schicksalstagen der Elegie vollendet und mit gleich ehrfürchtiger Pietät wie die Elegie noch mit Siegel und Geheimnis vor der Welt verschließt.

Zwischen diesen beiden Sphären des Gefühls, zwischen letztem Begehren und letztem Entsagen, zwischen Beginnen und Vollenden, steht als Scheitelpunkt, als unvergeßlicher Augenblick innerer Wende, dieser fünfte September, der Abschied von

Karlsbad, der Abschied von der Liebe, in Ewigkeit verwandelt durch erschütternde Klage. Wir dürfen ihn denkwürdig nennen, diesen Tag, denn die deutsche Dichtung hat seitdem keine sinnlich großartigere Stunde gehabt als den Überstrom urmächtigsten Gefühls in dies mächtige Gedicht.

ANHANG

Editorische Notiz

Der vorliegenden Auswahl liegen die folgenden Ausgaben zugrunde:

Stefan Zweig: Brennendes Geheimnis. Herausgegeben und mit einer Nachbemerkung versehen von Knut Beck. 4. Aufl. Frankfurt am Main: S. Fischer Verlag 2010.

Stefan Zweig: Phantastische Nacht. Herausgegeben und mit einer Nachbemerkung versehen von Knut Beck. 21. Aufl. Frankfurt am Main: Fischer Taschenbuch Verlag 2011.

Stefan Zweig: Sternstunden der Menschheit. Herausgegeben und mit einer Nachbemerkung versehen von Knut Beck. 53. Aufl. Frankfurt am Main: Fischer Taschenbuch Verlag 2010.

Stefan Zweig: Verwirrung der Gefühle. Herausgegeben und mit einer Nachbemerkung versehen von Knut Beck. 22. Aufl. Frankfurt am Main: Fischer Taschenbuch Verlag 2009.

Sommernovelette. Erstmals in: ›Erstes Erlebnis. Vier Geschichten aus Kinderland‹, Leipzig: Insel-Verlag 1911.

Die spät bezahlte Schuld. Erstmals in: ›Die Presse‹, Wien, 15., 22., 29. September, 6., 13. Oktober 1951.

Praterfrühling. Erstmals in: ›Stimmen der Gegenwart. Monatsschrift für moderne Literatur und Kritik‹, Eberswalde, Jg. 1, H. 7, Oktober 1900, und H. 8, November 1900.

Brennendes Geheimnis. Erstmals in: ›Erstes Erlebnis. Vier Geschichten aus Kinderland‹, Leipzig: Insel-Verlag 1911.

Brief einer Unbekannten. Erstmals unter dem Titel ›Der Brief einer Unbekannten‹ in: ›Neue Freie Presse‹, Wien, 1. Januar 1922.

Verwirrung der Gefühle. Erste Buchveröffentlichung in: ›Verwirrung der Gefühle‹, Leipzig: Insel-Verlag 1927.

Die Marienbader Elegie: Erstmals unter dem Titel ›Denkwürdiger Tag. Zum hundertsten Geburtstage der ›Marienbader Elegie‹ in: ›Neue Freie Presse‹, Wien, 2. September 1923.

Daten zu Leben und Werk

1881
Am 28. November wird Stefan Zweig als Sohn des (nicht religiösen) jüdischen Textilindustriellen Moritz Zweig und dessen Frau Ida, geb. Brettauer, in Wien geboren.

1891 – 1899
Besuch des Gymnasiums in Wien.

1900 – 1904
Studium der Germanistik und Romanistik. Zweig wird 1904 mit der Arbeit *Die Philosophie des Hippolyte Taine* zum Dr. phil. promoviert. Bereits 1901 wird sein von Rainer Maria Rilke und Hugo von Hofmannsthal geprägter, erster Gedichtband, *Silberne Saiten*, veröffentlicht. Übersetzungs- und Herausgebertätigkeiten. 1902 Sommersemester in Berlin, Reise nach Paris. 1904 erscheinen erste Novellen.

1904 – 1910
Zahlreiche Reisen durch Europa. 1906 Veröffentlichung des Lyrikbandes *Die frühen Kränze*, 1907 des Versdramas *Tersites* (Uraufführung 1908).

1910
Reise nach Indien. Veröffentlichung der ersten Biografie, *Émile Verhaeren*. Bereits seine frühen Bücher erscheinen beim Insel-Verlag des Freundes Anton Kippenberg.

1911
Der Novellenband *Brennendes Geheimnis* wird publiziert, außerdem *Erstes Erlebnis. Vier Geschichten aus Kinderland*.

1912
Reise nach Nord- und Mittelamerika. Uraufführungen des Einakters *Der verwandelte Komödiant* und von *Das Haus am Meer*.

1914 – 1917
Zweig verrichtet im Ersten Weltkrieg als Freiwilliger Dienst im Kriegspressequartier. Er wird zum Pazifisten und Mitstreiter Romain Rollands. 1917 wird Zweig zunächst beurlaubt, schließlich seines Dienstes enthoben.

1917 – 1919
Zweig lebt im neutralen Zürich. Hier arbeitet er für die *Neue Freie Presse*. 1918 Uraufführung des Antikriegsdramas *Jeremias* in Zürich. Zweig lernt Hesse, Joyce und Busoni kennen.

1919 – 1934
Nach dem Krieg Rückkehr nach Österreich, Wohnsitz in Salzburg. Öffentliches Eintreten für Diplomatie und ein geistig geeintes Europa und gegen Radikalisierung und Nationalismus.

1920
Hochzeit mit Friderike Maria von Winternitz. Ab 1920 Veröffentlichung zahlreicher Erzählungen (u. a. *Angst, Der Flüchtling, Der Zwang*). Zweig verfasst den ersten Band der Essayreihe *Die Baumeister der Welt: Drei Meister* (Balzac, Dickens, Dostojewski).

1921
Erscheinen der *Romain Rolland*-Biografie.

1922
Mit *Amok. Novellen einer Leidenschaft* erscheint ein weiterer Novellenband.

1925
Zweiter Band der *Baumeister: Der Kampf mit dem Dämon* (Hölderlin, Kleist, Nietzsche).

1926
Zweig bearbeitet Ben Jonsons *Volpone* und erringt damit großen Erfolg auf der Bühne. Auch der Novellenband *Verwirrung der Gefühle* erhält reichlich Anerkennung und verkauft sich hervorragend.

1927
Erstausgabe der *Sternstunden der Menschheit* (als Teilsammlung von fünf historischen Miniaturen).

1928
Gemeinsam mit Alexander Lernet-Holenia Verfassen der Komödie *Quiproquo* (später *Gelegenheit macht Liebe*). Der letzte *Baumeister*-Band *Drei Dichter ihres Lebens* (Casanova, Stendhal, Tolstoi) erscheint. Auf Einladung anlässlich von Leo Tolstois 100. Geburtstag Reise in die Sowjetunion. Von 1928 bis 1930 erscheint auf Maxim Gorkis Vermittlung hin eine erste Zweig'sche Gesamtausgabe auf Russisch.

1929
Die Biografie *Jospeh Fouché* und die Tragikomödie *Das Lamm der Armen* erscheinen.

1930
Am 15. März gleichzeitige Uraufführung von *Das Lamm der Armen* in Breslau, Hannover, Lübeck und Prag.

1931
Veröffentlichung von *Marie Antoinette*.

1933
Bei den Bücherverbrennungen am 10. Mai in Berlin werden auch Zweigs Bücher Opfer der Flammen.

1934
Emigration nach London. Trennung vom Insel-Verlag.

1935
Publikation der Biografie *Maria Stuart*. Für Richard Strauss verfasst Zweig das Libretto zu *Die schweigsame Frau*.

1936
Beschlagnahmung und Verkaufsverbot von Zweigs Büchern durch das nationalsozialistische Regime. Reisen nach Brasilien und Argentinien. *Castellio gegen Calvin oder Ein Gewissen gegen die Gewalt* erscheint in Wien.

1938
Mit seiner Sekretärin Lotte Altmann reist Zweig nach Portugal. Die Biografie *Magellan* erscheint. Am 24. Dezember lassen sich Zweig und seine Frau Friderike scheiden. Vortragsreise in die USA.

1939
Am 6. September heiratet Zweig Lotte Altmann. Erscheinen von *Ungeduld des Herzens*.

1940
Zweig erhält die englische Staatsbürgerschaft. Mit Lotte Altmann Ausreise über New York nach Südamerika.

1941
Übersiedlung nach Petrópolis, Brasilien. Entstehen der *Schachnovelle* und der Autobiografie *Die Welt von Gestern*, Veröffentlichung von *Brasilien. Ein Land der Zukunft*.

1942
Die Schachnovelle erscheint. Am 22. Februar gemeinsam mit Lotte Altmann Freitod in Petrópolis. Postum wird 1944 *Die Welt von Gestern*, 1946 die fragmentarische Biografie *Balzac* veröffentlicht.

Stefan Zweig
Schachnovelle
Band 90225

Stefan Zweigs Novelle lotet auf engstem Raum die Abgründe der menschlichen Seele aus. Von der Gestapo verhaftet und in ein Hotelzimmer gesperrt, flüchtet Dr. B. in die abstrakte Welt des Schachspiels, um sich so seine geistige Widerstandskraft zu bewahren. Wochen später, auf einem Passagierdampfer nach Buenos Aires, begegnet Dr. B. zufällig dem Schachweltmeister Mirko Czentovic. Ein atemberaubender Kampf beginnt, bei dem der eigentliche Gegner nicht gegenüber am Brett, sondern tief in der eigenen Seele sitzt.

Fischer Taschenbuch Verlag

fi 90225 / 1

Stefan Zweig

Sternstunden der Menschheit

Vierzehn historische Miniaturen

Band 90196

Manchmal ist die Geschichte selbst spannender als jedes Drama und lebendiger als jeder Roman. Stefan Zweig versammelt in diesen historischen Miniaturen vierzehn große, schicksalhafte Augenblicke in der Geschichte der Menschheit: von der Schlacht bei Waterloo über die Entstehung von Goethes berühmter Marienbader Elegie bis hin zur tragischen Südpolexpedition von Sir Robert Falcon Scott. Dabei zeigt sich: Es sind oft gerade die kurzen, vom Zufall bestimmten Augenblicke, die prägend für die Zukunft sind.

Fischer Taschenbuch Verlag

fi 90196 / 1

Stefan Zweig

Die Welt von Gestern

Band 90314

Stefan Zweigs grandiose Lebenserinnerungen bewahren literarisch eine für immer untergegangene Welt – die Welt der Sicherheit, Schönheit und Heiterkeit in den Jahren vor dem Ersten Weltkrieg, deren strahlende kulturelle Hauptstadt Wien war. Stefan Zweig hat diese »Welt von Gestern« als Zeuge und hochsensibler Beobachter erlebt; sein Buch ist, weit über das Persönliche hinaus, ein einzigartiges Kompendium der ersten Hälfte des 20. Jahrhunderts. Zugleich ist es das Buch vom Schicksal seiner Generation – vom Wachsen der Schatten über Europa bis zum Ausbruch des Zweiten Weltkriegs.

Das gesamte Programm von Fischer Klassik
finden Sie unter:
www.fischer-klassik.de

Fischer Taschenbuch Verlag

fi 90314 / 1